문학과 비평의 구조

김치수

1940년 전북 고창에서 태어났다. 서울대학교 문리대 불문과를 졸업하고 같은 과 대학원에서 석사학위를, 프랑스 프로방스 대학에서 「소설의 구조」로 박사학위를 받았다. 1966년 『중앙일보』 신춘문예 평론 부문 입선으로 등단하였고, 『산문시대』와 『68문학』 『문학과지성』 동인으로 활동하였다. 1979년부터 2006년까지 이화여대 불문과 교수를 역임, 2011년부터 2013년까지 이화학술원 석좌교수로 재직하였고, 2014년 10월 지병으로 타계했다.

저서로는 『화해와 사랑』(유고집) 『상처와 치유』 『문학의 목소리』 『삶의 허상과 소설의 진실』 『공감의 비평을 위하여』 『문학과 비평의 구조』 『박경리와 이청준』 『문학사회학을 위하여』 『한국소설의 공간』 등의 평론집과 『누보로망 연구』(공저) 『표현인문학』(공저) 『현대 기호학의 발전』(공저) 등의 학술서가 있다. 역서로는 알랭 로브그리예의 『누보로망을 위하여』, 미셸 뷔토르의 『새로운 소설을 찾아서』, 르네 지라르의 『낭만적 거짓과 소설적 진실』(공역), 마르트 로베르의 『기원의 소설, 소설의 기원』(공역), 알랭 푸르니에의 『대장 몬느』, 에밀 졸라의 『나나』 등이 있다. 현대문학상(1983), 팔봉비평문학상(1992), 올해의 예술상(2006), 대산문학상(2010) 등을 수상했다.

김치수 문학전집 4

문학과 비평의 구조

펴낸날 2016년 11월 15일

지은이 김치수
펴낸이 주일우
펴낸곳 ㈜문학과지성사
등록번호 제1993-000098호
주소 121-894 서울 마포구 잔다리로7길 18(서교동 377-20)
전화 02) 338-7224
팩스 02) 323-4180(편집) / 02) 338-7221(영업)
전자우편 moonji@moonji.com
홈페이지 www.moonji.com

ISBN 978-89-320-2788-3 04800 / 978-89-320-2784-5(세트)

이 책은 〈오뚜기재단〉의 학술도서 연구비의 지원을 받아 발간되었습니다.

이 도서의 국립중앙도서관 출판예정도서목록(CIP)은 서지정보유통지원시스템 홈페이지(http://seoji.nl.go.kr)와 국가자료공동목록시스템(http://www.nl.go.kr/kolisnet)에서 이용하실 수 있습니다.(CIP제어번호: CIP2016026678)

김치수 문학전집 4

문학과 비평의 구조

문학과지성사

김치수 문학전집을 엮으며

여기 한 비평가가 있다. 김치수(1940~2014)는 문학 이론과 실제 비평, 외국 문학과 한국 문학 사이의 아름다운 소통을 이루어낸 비평가였다. 그는 '문학사회학'과 '구조주의'와 '누보로망'의 이론을 소개하면서 한국 문학 텍스트의 깊이 속에서 공감의 비평을 일구어냈다. 그의 비평에서 골드만과 염상섭과 이청준이 동급의 비평적 성찰의 대상이 되는 것은 자연스러웠다. 문학 이론들의 역사적 상대성을 사유했기 때문에 그의 비평은 작품을 지도하기보다는 읽기의 행복과 함께했다. 그에게 문학을 읽는 것은 작가와 독자와의 동시적 대화였다. 믿음직함과 섬세함이라는 덕목을 두루 지녔던 그는, 동료들에게 훈훈하고 한결같은 문학적 우정의 상징이었다. 2014년 그가 타계했을 때, 한국 문학은 가장 친밀하고 겸손한 동행자를 잃었다.

김치수의 사유는 입장을 밝히는 것이 아니라 입장의 조건과 맥락을 탐색하는 것이었으며, 비평이 타자의 정신과 삶을 이해하려는 대화적 움직임이라는 것을 확인시켜주었다. 그의 문학적 여정은 텍스트의 숨은 욕망에 대한 심층적인 분석에서부터, 텍스트와 사회구조의 대응을 읽어내고 문학과 사회의 경계면 너머 그늘의 논리까지 사유함으로써 당대의 구조적 핵심을 통찰하는 데까지 이르고 있다. 그의 비평은 '문학'과 '지성'의 상호 연관에 바탕 한 인문적 성찰을 통해 사회문화적 현실에 대한 비평적 실천을 도모한 4·19세대의 문학 정신이 갖는 현재성을 증거한다. 그는 권력의 폭력과 역사의 배반보다 더 깊고 끈질긴 문학의 힘을 믿었던 비평가였다.

이제 김치수의 비평을 우리가 다시 돌아보는 것은 한국 문학 비평의 한 시대를 정리하는 작업이 아니라, 한국 문학의 미래를 탐문하는 일이다. 그가 남겨놓은 글들을 다시 읽고 그의 1주기에 맞추어 〈김치수 문학전집〉(전 10권)으로 묶고 펴내는 일을 시작하는 것은 내일의 한국 문학을 위한 우리의 가슴 벅찬 의무이다. 최선을 다한 문학적 인간의 아름다움 앞에서 어떤 비평적 수사도 무력할 것이나, 한국 문학 비평의 귀중한 자산인 이 전집을 미래를 위한 희망의 거점으로 남겨두고자 한다.

2015년 10월

김치수 문학전집 간행위원회

머리말

여기에 모은 글들은 지난 4년 동안에 씌어진 것들이다. 갑자기 비어버린 시간표의 빈칸을 문학적 독서로 메울 수 있었다는 것은 우리에게 허용된 행복일 것이다. 박경리와 이청준에 관계된 글들이 이미 한 권의 책으로 나왔기 때문에 그것을 제외한 그 고통스런 행복의 기록들을 여기 모았다. 많은 작가·시인의 구체적인 작품을 만날 수 있었다는 것이 남아 있는 수확이라면, 이론적으로 새로운 진전의 없음과 나의 글읽기의 미숙함은 부끄러움으로 남아 있다.

폭력이 언어에 선행하는 사회에서는 현실의 억압이 강력해지고 현실의 드라마가 문학의 그것을 능가하는 반면에, 문학의 드라마는 약화되고 문학의 존재는 무력하게 보인다. 그러나 바로 그러한 이유로 문학은 현실과 균형을 이루면서 고통스런 삶과 함께 있을 수 있고 그것을 통해서 폭력과 억압의 존재를, 그러한 사회의 존재를 추문으로 만들 수 있는 것으로 보인다. 문학은 되풀이해서 읽을 수 있고 되풀이해서 반성할 수 있는 언어로 된 현실이기 때문이다.

언어의 무게를 제대로 찾지 못한 글을 묶어낸다는 것은 부끄러움이지만, 그 방법이 반성의 기회를 스스로에게 제공한다는 이유로 감히 부끄러움을 무릅쓴다.

1984년 9월

김치수

차례

Ⅲ

Ⅳ

일러두기

1. 문학과지성사판 〈김치수 문학전집〉은 간행위원회의 협의에 따라, '문학사회학'과 '구조주의' '누보로망' 등을 바탕으로 한 문학이론서와 비평적 성찰의 평론집을 선별해 10권으로 기획되었다.
2. 원본 복원에 충실하되 '한글 맞춤법'과 '외래어 표기법'은 국립국어원에 따라 바꾸었다.

I
비평의 구조」에는 현실의 폭력을 비판적으로 성찰하고자 했던 한 비평가의 지적 노력이 온전하게 담겨 있다. 정치적인 현실이 정신을 병들게 하고 언어를 파괴하고 있던 추문의 1980년대 한가운데에서.
식을 향한 비평적 모색을 꾸준히 이어간다. 그에게 문학은 이른바, "고통스러운 행복의 기록들"이 각인되어 있는 새로운 언어적 가능성을 의미했다. 그러한 가능성을 길어 올리기 위한 지적

문학 언어와 일상적인 삶

1

언어란 인간이 지닌 능력 가운데 가장 크고 고유한 것이다. 물론 인간의 세계뿐만 아니라 다른 동물의 세계에도, 심지어는 식물의 세계에도 언어가 있으리라는 가정을 하고 그것을 밝혀보려는 노력을 해온 학자들도 많지만, 인간이 사용하고 있는 언어, 특히 인간의 사상과 감정, 지식과 느낌을 전달하고 표현하는 체계로서의 언어, 다시 말해서 어떤 사회집단의 공통적인 기호 체계로서의 언어는 지금까지 밝혀진 바에 따르면 인간만이 지닌 특수한 능력의 산물이다. 이러한 주장은 자칫하면 인간 중심적인 인간의 우월의식을 표현하는 것일 수도 있겠지만, 어떤 사회의 규약으로서 의사 전달의 기능을 하고 있는 인간의 언어란, 사람이 다른 사람과 '함께' 사는 삶의 특수한 양상에서 유래하는 것으로 보인다. 사람이 가족이나 사회라는 집단을 구성하게 됨에 따라 그 집단 안에서 의사소통을 할 수 있는 기호 체계를 필요로 할 것이기 때문이다.

그러나 의사소통을 할 수 있는 기호 체계만이 문제가 된다면 집단을 이루고 사는 모든 동물에게도 언어가 있을 것이다. 개인이 각자의 기능을 맡으면서 사회집단의 구성원 가운데 하나로 참가하고 있는 사람과 마찬가지로 꿀벌이나 개미의 세계는 물론이거니와 아프리카의 밀림 지대에서 무리를 지어 살고 있는 코끼리의 세계에도 상호 간에 가령 '위기'를 알리는 기호가 있을 것이고, '슬픔'과 '고통'을 알리는 기호가 있을 것임은 누구나 짐작할 수 있다. 이러한 '수준niveau'에서의 기호란 분화되지 않은 원시 상태의 의사 전달 도구이기 때문에 언어와 동일한 수준에 속하지 않는 것으로 보일지 모른다. 하지만 기호학이 '사회생활 가운데서 기호들의 생명을 연구하는 학문'이라는 소쉬르F. Saussure의 정의 이전에는 의학에서 질병의 증세를 연구하는 분야를 의미했다는 사실을 상기하게 되면 이들이 사용하고 있는 기호들이 기본적으로는 동일한 기능을 하고 있음을 알 수 있다. 그러나 의사 전달이라는 기본적인 기능만으로 그것을 곧 언어라고 정의를 내리는 데에는 문제가 있다. 가령 아프리카의 코끼리와 동남아시아의 코끼리를 처음 만나게 했을 때 상호 간에 의사 전달이 되었다는 것과, 프랑스인과 한국인이 처음 만났을 때 의사 전달이 되지 않았다고 했을 때 여기서의 '의사 전달'이란 같은 '수준'에서 사용된 표현이 아니기 때문이다. 코끼리끼리 의사 전달이 되었다는 것은 본능적인 차원을 의미하며, 프랑스인과 한국인 사이에 의사 전달이 되지 않았다고 하는 것은 문화적인 차원을 의미한다. 그렇기 때문에 처음으로 만난 프랑스인과 한국인도 본능적 차원에서는 의사 전달이 가능할 것이다. 가령 코끼리의 울음소리가 아프리카나 동남아시아나 마찬가지이듯 프랑스인의 웃음소리나 한국인의 웃음소리도 동일한 데서 알 수 있다.

이러한 관점에서 보면 인간의 언어란 문화의 한 양상이다. 문화의 양상이 다르면 언어도 다르기 때문에 프랑스인과 한국인이 처음 만나면 의사 전달이 될 수 없는 것이다. 말하자면 언어가 지닌 폐쇄성을 의미하는데, 어떤 집단 안에서만 하나의 언어가 규약으로 존재한다는 것을 말한다. 그렇기 때문에 한국어는 한국어 고유의 기호 체계를 갖고 있고, 한국을 떠나면 의사 전달 수단이 되지 못한다.

그러나 동일한 한국어라고 할지라도 그것이 사용되는 현실적인 용도에 따라서 다른 형식을 갖추게 된다는 데 언어의 특색이 있다. 예를 들면 대중 앞에서 연설할 때 사용하는 언어와 사랑하는 연인끼리 사용하는 언어는 분명 동일한 한국어임이지만 문맥을 이루는 양식에서, 감정의 이입 양상 면에서 다르다. 이러한 차이는 언어의 형식 차이라고 할 수 있는데 바로 여기에 언어의 생명력이 존재한다. 언어는 그 자체로서 형식 지향적인 성격을 띤다. 다시 말하면 언어는 사용하는 사람의 목적에 따라 형식의 규정을 받을 수밖에 없다. 영수증을 쓰는 데 사용되는 언어의 형식과 조서를 꾸미는 데 사용되는 언어의 형식은 전혀 다르다. 그렇지만 언어가 사용 목적에 따라서 언제나 일정한 형식이 요구된다는 점에서는 언어가 형식 지향성을 갖고 있음에 틀림없다. 여기에서 한 가지 확인할 수 있는 사항은 언어가 일상생활의 도구로 사용되느냐, 아니면 그 자체의 미학을 지향하느냐에 따라서 언어의 형식 지향성이 규정된다는 것이다. 다시 말해서 언어의 형식 지향성은 언어가 일상생활의 실용적인 용도로 사용될 때 경제 원칙의 지배를 받는 반면에 비실용적인 자체 미학을 지향할 때 경제 원칙의 지배를 받지 않는다. 이 문제에 관해서는 뒤에서 다시 언급하겠지만, 실용성으로서의 언어란 순전히 의사 전달 수단으로 사용되는 일상적인 대화·영수증·조서·신문 기사, 수학이나 과학에서의 설명 등을 의미한다. 이와 같은 언어는 그 형식이 인정하고 전달하고자 하는 의미가 단일적인 것이다. 그렇게 때문에 가장 적은 표현으로 최대한 정확한 단 하나의 의미만을 전달한다는 경제 원칙을 지키고 있는 것이다. 반면에 비실용적인 언어란 문학이나 연극에서처럼 언어 자체가 목표라고 할 수 있다. 한 편의 소설은 그 형식이 일정하지 않고 전달하고자 하는 의미가 '하나'는 아니다. 물론 소설에도 작가가 전달하고자 하는 '의미'가 전혀 없는 것은 아니다. 다만 작가가 전달하고자 하는 의미가 소설에서는 절대적이지 않아서 여러 가지일 수도 있고 또 별로 중요하지 않을 수도 있다. 소설에서 우리가 '작가의 몫'과 '신의 몫'을 이야기하는 것은 문학이나 예술작품 속에는 작가가 의도하지 않은 어떤 것이 더욱 중요할 수 있음을 이야기한다. 이것을 구조주의적인 관점에서 설명하면 하나의 작품을 구성하고 있는 언어란 그 표현 하나하나가 가지고 있던 언어학적 기능들을 떠나서 다른 의미를 창조하게 된다고 할 수 있다. 그래서 어떤 사람은 그것을 마치 식물학자가 다루는 꽃과 그 꽃들을 묶어서 만든 꽃다발의 관계로 설명하기도 한다.

그러나 꽃과 언어는 동일한 차원에서 다뤄질 수 없다는 데 문학과 언어의 문제는 좀더 복잡한 양상을 띠게 된다. 가령 꽃다발과 회화, 혹은 꽃다발과 음악의 비교는 꽃다발과 문학의 비교보다 훨씬 설득력이 있을 수 있다. 왜냐하면 꽃과 마찬가지로 색채나 음은 자연의 상태로 존재하지만 언어는 자연이 아니라 문화의 상태로 생성된 것이기 때문이다. 그러한 점에서 문학과 언어의 문제는 좀더 자세한 검토가 필요하다.

2

문학과 언어의 문제는 문학 자체가 지닌 근본적인 속성 때문에 문학이 존재하는 한 (따라서 영원히) 제기될 수밖에 없다. 그것은 문학이 무엇인가 하는 가장 근원적이면서도 언제나 물음의 상태로 남아 있는 질문과 함께 끊임없이 우리의 질문으로 남아 있으며 문학 자체가 제기해야 할 질문이다. 왜냐하면 모든 문학은 궁극적으로 문학이 무엇인가 하는 것을 알기 위한 탐구이듯이 문학과 언어의 관계가 어떤 것인지 알기 위한 탐구이기 때문이다.

흔히 문학에서 언어는 기본적인 재료라고 말한다. 다시 말해 회화에서 물감이 회화의 재료이듯, 조각에서 나무나 돌, 구리가 조각의 재료이듯 언어가 문학의 재료라는 것이다. 어떠한 문학이나 언어를 사용한다는 것을 보면 이러한 주장에도 상당한 이유가 있다. 그러나 이러한 비교는 문학이 언어를 사용한다는 하나의 측면만을 중심적으로 바라본 데서 가능하다. 요컨대 그 재료가 지닌 성질에 대해 유의하게 되면, 그리고 과연 문학이나 회화가 그 재료를 사용하는가 하는 질문을 갖게 되면 그런 단순한 비교가 흔들리게 된다. 우선 회화에서 물감과 문학에서 언어가 같은 성질의 재료인가 하는 문제를 제기할 수 있다. 즉 회화의 재료인 물감은 화가에 의해서 사용되지 않은 상태에서는 하나의 사물에 지나지 않는다. 그것은 자연에 존재하는 하나의 색깔이며 그 자체는 그 어떤 '의미'도 없다. 반면에 언어는 작가의 사용 이전부터 '뜻'이 있다. 작가는 우리가 일상생활에서 의사소통의 수단으로 사용하고 있는 언어를 재료 삼아 문학작품을 만들어내지만, 작가가 사용하는 언어는 그 이전에도 사물의 상태가 아니라 의사 전달의 세계에서 이미 '뜻'을 지니고 있고 또 그 언어를 사용하는 사람과 시대와 사회에 따라서 끊임없이 생성되고 변화하며 소멸하는 그 자체의 생명을 가지고 있다. 그래서 르네 웰렉René Wellek은 문학의 본질에 관한 여러 가지 성찰을 하면서 다른 예술 분야와는 다른 성질로서의 언어에 주목하게 된다. 다시 말하면 물감이나 나무, 돌과 같은 다른 예술의 재료들이 단순한 '불활(不活) 물질'에 지나지 않는 반면에 언어는 그 자체가 인간의 창조물이기 때문에 언어를 사용하고 있는 집단의 역사와 문화의 변화에 상응하는 변화를 경험하게 되고, 따라서 문화적인 전통을 지니고 있는 것이다.

언어가 이처럼 문학의 독특한 재료이기는 하지만 문학은 그 언어를 단순히 사용만 하는 것은 아니다. 다시 말해서 문학은 언어를 사용해 시·소설·희곡 등의 새로운 언어체를 만들어낸다. 따라서 문학의 언어 사용은 언어 자체를 소비하는 것이라기보다는 새로운 언어를 창조하는 것이다. 그런 점에서 보면 문학에서 언어는 수단인 동시에 목적이 된다고 할 수 있다. 여기에서 목적으로서의 언어는 문학작품이 일종의 미학적인 구조를 형성하고 있다는 것을 의미한다. 그렇기 때문에 많은 문학 연구자는 수단으로서의 언어와 목적으로서의 언어 사이의 구별과 관계를 통해서 문학의 본질을 설명하고자 한다. 목적으로서의 언어는 일상 언어와는 다르다. 그 자체가 이미 지시하는 대상이나 의미하는 내용을 지닌 일상 언어를 사용하는 문학 언어는 새로운 지시 대상과 의미 내용을 획득하고 있는 것이다. 따라서 언어학자가 다루는 언어와 문학인 혹은 문학 연구자가 다루는 언어는 동일한 언어이면서도 언어의 층위가 같지 않다.

문학이 언어를 사용하는가 하는 문제는 문학이 무엇인지를 설명하려고 시도한 많은 사람에 의해서 논란의 대상이 되어왔다. 가령 사르트르는 언어의 성질에 차이를 둠으로써 시와 산문을 구분한다. 그에 따르면 시에서 언어는 도구로서의 언어가 아니라 사물로서의 언어인 반면에, 산문에서 언어는 의미 전달을 위한 도구로서의 언어이다. 그러나 이러한 구분은 시와 산문의 한 가지 측면에 지나지 않는다. 왜냐하면 시에서도 시인이 언어를 탐구하기 이전에 이미 전달해야 할 전언을 갖고 있는 경우가 있으며 동시에 산문가에게서도 언어가 사물인 경우는 최근의 작가들에게서 나타나고 있기 때문이다. 실제로 이러한 논의의 발전을 가져오게 된 것은 말을 극단적인 도구로 사용하는 경우를 들게 됨으로써 가능해졌다. 예를 들면 우리가 일상생활에서 사용하는 '영수증' '지불 명령서' '조서' '성명서' 등은 언어를 도구로 사용하는 극단적인 예들이다. 무엇을 받았다는 것을 의미하기 위해서 언어를 사용하는 것이 영수증이고, 얼마의 돈을 지불하라고 지시하기 위해서 언어를 사용하는 것이 지불 명령서이고, 누가 어떤 죄를 지었다는 것을 증명하기 위해서 언어를 사용한 것이 조서이며, 어떤 사건이나 사태에 대해서 자기네들의 입장과 태도를 밝히기 위해서 언어를 사용하는 것이 성명서이다. 이 경우 언어는 무엇을 말하기 위한 것이다.

이처럼 언어를 사용하는 경우와 산문에서 언어를 사용하는 경우를 근본적으로 동일한 것으로 볼 수 있는가? 여기에서 '영수증' '조서' '성명서' 등의 양식과 소설 같은 산문의 양식 간의 차이를 생각해볼 수 있다. 다시 말하면 전자의 경우는 '무엇을 말한다'에서 '무엇'이 확정된 것인 반면에, 후자의 경우에는 그 '무엇'이 전자처럼 확실한 것이 아니다. 따라서 전자의 경우에는 언어를 사용하는 사람 자신이 '무엇'을 이야기할 것인지 확실한 내용을 가지고 있다. 그 '무엇'의 내용은 하나의 목적을 가지고 있어서 언어를 사용하는 사람 자신이 언어에 대한 아무런 회의를 느끼지 않는다. 뿐만 아니라 그것을 읽는 독자가 누구이고 어떠한 상황에 있든지 그 의미가 하나로 통일되어 있고 아무도 거기에 이의를 제기할 수 없는 확정된 내용을 담고 있는 것이다.

반면에 후자의 경우에는 그 '무엇'이 전자처럼 단순하고 확실한 것이 아니다. 여기에서의 '무엇'은 하나의 의미를 지향하는 것도 또 하나의 내용으로 정의될 수 있는 것도 아니다. 바꾸어 말하면 작가가 글을 쓸 때 생각하는 '무엇'은 대단히 복합적인 것이어서 필연적으로 언어 자체가 지닌 복합적인 의미에 대해서 생각하게 만든다. 따라서 작가는 자신이 사용하고 있는 언어에 대해 회의를 느끼며 그 언어를 자신의 문맥 속에서 새로운 의미를 갖게 만들고자 하고 그렇게 하기 위해서 언어 자체의 질서를 일상적인 것과는 다른 것으로 만들게 된다. 그렇기 때문에 독자는 문학작품을 하나의 의미로 읽게 되는 것이 아니라 자신의 교양과 출신과 상황과 관심에 따라서 다르게 읽게 된다.

일상 언어와 시적 언어의 차이에 관해서 주목한 문학이론가 중 러시아 형식주의자를 들 수 있다. 그들에 따르면 일상 언어란 사물을 지시하고 의사를 전달하는 기능을 하는 반면에, 시적 언어는 지시와 전달이라는 일상 언어를 사용하면서도 그 규범의 일탈écart을 통해 언어체의 구조물을 형성하고 있다. 이 언어체의 구조물은 지시와 전달이라는 기능을 지녔다기보다는 '의미 없는 있음' '그 스스로 있음'과 같은 기능을 가지고 있는 것이다. 특히 슈클로프스키는 일상 언어가 간단해지려는 경향과 언어 행위가 습관적으로 자동화되고 있는 반면에,

시적 언어는 단순해지기를 거부하고 언어 행위가 습관적으로 이루어지는 것을 배격한다고 말한다. 여기에서 주목할 수 있는 것은 일상 언어에서는 전달과 지시가 그 주된 기능이기 때문에 다른 의미가 개입되지 않도록 하기 위해 간단해지려는 경향과, 어떤 사실, 어떤 사건을 전달하고 지시하는 데 필요한 표현이 정해지기 위해서 언어 행위가 자동화된다는 사실이다. 또 시적 언어란 창조적인 구조물을 형성하기 때문에 단순화되거나 습관화되는 것을 거부한다는 사실이다. 즉 '무엇'을 지시하고 전달하는 기능이 중요시될 때 언어는 다른 의미가 끼어들 수 없도록 극도로 단순화된다는 것을 말한다. 일반적으로 언어가 극도로 단순화된 예는 수학이나 과학에서 사용하는 숫자와 기호 등을 들 수 있다. 반면에 '무엇'을 지시하고 전달하는 기능보다도 언어적인 구조물을 이룩하기 위해 존재하는 언어는 언제나 다른 의미가 끼어들 수 있도록 열려 있다. 그래서 롤랑 바르트는 작가에게 글을 쓴다는 것이 자동사적이라고 말한다. 여기에서 자동사적이라는 말은 바르트 자신이 지식서사écrivant라고 부르는 지식인의 글쓰기가 타동사적이다라는 말과 대립된다. 다시 말하면 지식서사는 언어체를 의사를 전달하고 사물을 지시하기 위한 도구moyen로 생각하는 사람이다. 그렇기 때문에 지식서사에게 본질적인 것은 전달해야 할 메시지에 있고 따라서 언어체 밖에 있는 것이 된다. 이 경우 언어체는 메시지를 옮기는 지주가 된다. 반면에 작가는 언어체를 교육이나 증언을 전달하는 운반물이라고 생각하지도 않고 도구로 생각하지도 않는다는 것이다. 작가에게 본질적인 것은 언어체 밖에 있지 않고 언어체 자체라는 것이다. 이 경우 글을 쓴다는 것은 '미리 있는 정보를 전달하려는 의지가 아니라 특이한 공간처럼 펼쳐진 언어체를 탐사하려는 기도'이다.

지식서사와 작가를 언어의 타동사적인 성격과 자동사적인 성격에 따라 구분하고 있는 롤랑 바르트에 대해서 누보로망의 이론가 중 한 사람인 장 리카르두는 전자를 '정보 제공자informateur', 후자를 '작가écrivain'라고 할 것을 제안한다. 그리하여 전자가 쓴 것을 '정보information', 후자가 쓴 것을 '문학littératutre'이라고 명명한다. 여기에서 리카르두는 자신이 문학이라고 제안한 것을 사르트르는 시라고 하고, 자신이 정보라고 한 것을 사르트르는 문학이라고 명명한다면서 사르트르의 시와 산문의 구분을 공박한다.

이와 같은 주장들은 모두 근본적으로는 문학이 무엇인가를 밝히기를 시도한 것으로 문학에서 언어의 성질에 중요성을 부여한다. 그러나 실제로 일상 언어와 시적 언어의 구분, 그리고 정보와 문학의 구분을 타동사적인 성격과 자동사적인 성격으로 엄밀하게 분리할 수 있느냐의 문제는 엄격하게 말할 수 있을 만큼 밝혀지지는 않았다. 왜냐하면 시적 언어나 문학에서 타동사적인 성격을 완전히 배제시킨다는 것은 불가능하기 때문이다.

문학에서 구조주의는 문학작품이 언어체로 된 구성물이라는 특유의 예술 양식이라는 사실을 전제로 한다. 그렇기 때문에 구조주의자들은 문학작품을 분석의 대상으로서의 텍스트로 생각하면서, 언어학자들이 일상 언어를 분석한 것과 마찬가지로 문학작품의 구성 요소들을 구조적으로 분석하려고 한다. 그런 점에서 구조주의의 선조는 러시아 형식주의자들이다.

3

이미 알려진 것처럼 러시아 형식주의자들은 문학작품을 철저한 언어의 구조물로 생각한 입장의 선구자이다. 이들의 주된 목표는 '하나의 작품을 문학작품이게끔 만드는' '문학성littérarité의 연구를 통해서 '문학과학'을 설정하고, 나아가서는 문학의 변화를 형식의 변화에서 찾음으로써 새로운 문학사의 기술에 도달하는 데 있다. 이들 작업의 출발이 시적 언어와 일상 언어의 차이를 구분하고 있는 야쿠빈스키L. P. Yakoubinski의 이론에서 비롯되고 있는 것은 바로 문학과 언어의 관계에 대한 집중적인 관심 때문이라고 할 수 있다. 야쿠빈스키는 시적 언어와 일상 언어의 차이를 다음과 같이 공식화한다.

> 언어학적인 현상들은, 특정한 경우 하나하나에 있어서, 말하는 주체가 노리고 있는 목적이라는 관점으로 분류되어야 한다. 만약 말하는 주체가 순전히 의사 전달이라는 실질적인 목적으로만 언어 현상을 이용한다면 일상 언어의 (언어적 사고의) 체계가 문제가 된다. 이 때, 이 체계 속에서는 언어학적인 형성 요소들(소리, 형태학적 요소들)은 자율적인 가치가 없으며, 단지 의사 전달의 한 수단에 지나지 않는다. 그러나 또 다른 언어의 체계들을 상상해볼 수 있다(실제로도 존재하기도 한다).

여기서 말하는 '또 다른 언어 체계'란 시적인 언어 체계를 의미하는데, 이 체계 속에서는 실질적인 목적은 완전히 사라지지는 않겠지만 뒤로 물러가게 되고 언어학적 형성 요소들이 일종의 자율적 가치를 획득하게 된다. 이러한 일상 언어와 시적 언어의 구분은 사르트르가 말하는 시와 산문의 구분과 비슷한 양상임을 알 수 있다. 러시아 형식주의자들의 이러한 구분이 뒷받침을 받게 된 것은, 당시 러시아 시에서 상징주의의 절대적인 이론에 도전한 미래파들의 작업에 따른 것이다. 미래파들은 '초이성적transrationelle'인, 다시 말해 '초의미적'인 언어를 내세움으로써 철학적이고 미학적인 상징주의 이론에 대항했는데, 바로 여기에서 러시아 형식주의자들은 시에서 소리의 문제와 초이성적인 언어의 문제를 다루게 된다. 그 첫번째 작업이 슈클로프스키의 「시와 초이성적인 언어에 관하여」라는 논문이다. 이 논문에서 그는 "사람들이 때로는 그 의미를 생각하지 않고 말을 사용하고 있다"라는 것을 여러 가지 예를 들어 설명하면서 시적 언어의 분절적인 양상aspect articulatoire을 강조한다.

> 언어의 분절적인 양상은 아마 초이성적인 단어, 아무것도 의미하지 않는 단어의 사용에는 중요한 것 같다. 아마도 시가 가져다주는 대부분의 즐거움은 분절적인 양상에 포함되고 언어 기관들의 조화로운 운동에 포함될 것이다.

이처럼 시에서 소리가 지닌 중요성을 초이성적 언어에서 찾게 된 슈클로프스키는, 초이성적인 언어가 아닌 단어들에서도 항상 어떤 의미를 지니고 있는 것이 아니라 그 단어들의 소리 자체에 자율적인 뜻을 가지고 있음을 밝혀낸다 이러한 원리를 밝혀낸 슈클로프스키의 작업은 '시가 이미지에 의한 하나의 사유'라는 그 이전의 이론을 뛰어넘은 것에 해당한다. 다시 말하면 시적 언어가 단지 이미지의 언어인 것만은 아닐 뿐만 아니라 시구의 소리들이 단지 외부적 조화의 요소인 것만도 아니며, 그 소리들이 단지 의미만을 동반하지 않는다는 점이다. 시의 소리들이 그 자체에 자율적인 뜻을 가지고 있음을 밝혀낸 러시아 형식주의자들에게 중요한 것은 그러므로 이미지가 아니라 리듬·소리·구문 등 시를 구성하고 있는 특수한 요소들의 활동 과정이다. 만일 여기에서 그 요소들 자체가 중요하다고 한다면 그것은 대단히 정태적인 것으로 끝나겠지만 그 활동 과정이 중요하다는 의미는 그 요소들의 역동적인 성격에 중요성을 부여하고 있는 것이다.

시적인 언어와 일상적인 언어 사이의 차이점을 설정하고 예술의 특수한 성격이 언어라고 하는 재료의 특수한 활용에 있다고 밝힌 형식주의자들은 형식을 문학의 본질로서 분석할 수 있도록 형식에 대한 감각의 원칙을 구체화시키고자 한다. 형식의 감각은 형식을 느끼게 해주는 예술적인 방법의 결과로서 나타나고 있다는 것이 그렇다. 슈클로프스키는 「기법으로서의 예술」에서 일반적으로 시인들이 사용하는 이미지들이 어떤 시인의 창조라고 믿고 있는 통념의 오류를 지적하면서 실제로는 그 이미지들이란 다른 시인들에게서 빌려온 것에 지나지 않는다고 주장한다. 그는 시적 이미지란 최대한의 인상을 창조하는 방식 중 하나에 지나지 않을 뿐 '이미지에 의한 사유'가 문학 예술의 모든 연구 분야를 하나로 통합하는 '끈'이 아니라고 말한다.

> 기능 면에서 볼 때 방식으로서의 이미지는 시적 언어의 여러 가지 다른 방법들과 동일한 것이다. 그것은 단순하고 부정적인 병치법 parallélisme과 대등하며, 비교법·반복법·대칭법·과장법과 대등하고 문채figure라고 불리는 모든 것과 대등하며, 어떤 대상(하나의 작품에서는 단어와 소리까지도 또한 대상일 수 있다)에 의해 생긴 감각을 강하게 하는 데 적합한 모든 방식과 대등한 것이다.

이처럼 시에서 이미지가 다른 여러 가지 기법과 마찬가지로 강한 인상을 주기 위한 하나의 방법인 것은 사실이지만 그것이 시 전체를 지배하는 기법은 아니다. 그러나 슈클로프스키는 시의 이미지를 산문의 이미지와 동일한 것으로 보지는 않는다. 다시 말하면 사람의 머리가 둥글다고 해서 수박이라고 표현하는 것은 산문적 이미지라고 하면서 이 경우 산문적 이미지는 대상을 추상화시키는 것에 지나지 않지만, 시의 이미지는 그 스스로의 독특한 효과를 가지고 있는 것이다.

그러나 이러한 독특한 효과로서의 시적 이미지는 슈클로프스키에 따르면 인간의 사고 과정에서 경제 원칙을 돕는 것은 아니라고 주장한다. 즉 "단어의 선택과 사용을 결정해주는 모든 규칙의 밑바닥에서 〔……〕 우리의 정신을 가장 쉬운 길로 필요한 개념에 도달하게 하는 것이 유일한 목적이며 주된 목적이다"라고 하는 스펜서Herbert Spencer의 주장과 "이러한 힘은 한정되어 있기 때문에 우리 인간이 가장 합리적으로, 다시 말해서 이러한 힘의 가장 작은 소비로, 혹은 동일한 결과가 되겠지만 최대한의 효과로 지각 과정을 실현시키려고 노력하기를 기대해야 한다"라고 하는 아베나리우스R. Avenarius의 주장에 대해서 슈클로프스키는 일상 언어의 이미지와 시적 언어의 이미지를 구분하지 못한 데서 나온 주장이라고 말한다. 즉 일상적인 이미지에서는 쉽게 이해하기 위해서 낯설거나 어려운 이미지를 사용하지 않는 반면에, 시에서는 어려운 비유나 지각하기 힘든 리듬, 독특한 문체를 사용한다. 다시 말하면 일상적인 언어는 일상생활의 습관적이고 무의식적인 반복과 마찬가지로 습관적으로 떠올릴 수 있는 언어이기 때문에 지각 과정에서 경제 원칙이 작용하고 있는 반면에, 예술적인 언어는 인간 지각의 무의식적이고 습관적인 현상에 충격을 가하는 것이어서 그러한 경제 원칙과는 위배된다는 것이다. 그래서 앞에서 말한 것처럼 일상적인 언어가 간단해지고 습관적으로 자동화되고 있는 반면에, 예술적인 언어는 단순화되기를 거부하고 언어 행위가 습관적으로 이루어지는 것을 배격한다. 이러한 이론을 뒷받침하기 위해서 슈클로프스키는 레오 톨스토이의 1897년 2월 28일의 일기를 인용하면서 인간의 의식과 지각의 자동화가 모든 대상, 의복들, 가구들, 전쟁의 두려움을 마치 없었던 것처럼 만들고 있기 때문에 그것들을 있게 하기 위해 문학의 필요성을 주장한다.

> 그러므로 생활 감각을 다시 갖기 위하여, 대상을 느끼기 위하여, 돌이 정말로 돌이라는 것을 느끼기 위하여 우리가 예술이라고 부르는 것이 존재한다. 예술의 목적은 대상의 감각을 인식으로서가 아니라 시각으로서 부여하는 것이다. 예술의 기법이란 대상들의 낯설게 하기singularisation(영어로는 defamiliarization)의 기법이며, 그 형식을 애매하게 하는 기법이고, 지각의 어려움과 지속을 증가시키는 기법이다. 예술에서 지각의 행위는 그 자체가 목적이며 오래 끌어야 된다. 예술이란 대상의 생성을 느끼는 하나의 방법이며, 이미 '생성된' 것은 예술에서 중요하지 않다.

슈클로프스키의 「기법으로서의 예술」에서 가장 중요한 관점 중의 하나인 이 '낯설게 하기'는 두 가지 의미를 띠고 있는 것으로 보인다. 하나는 우리 자신의 의식이나 지각이 자동화되고 있는 데서 문학(혹은 예술)이 왜 있어야 하는지를 밝혀주었다. 다시 말하면 문학은 우리의 삶이 지각의 자동화로 인해 부재 상태에 빠져 있는 것을 지각하게 해준다는 의미다. 그리고 다른 하나는 문학의 기법이 지각 과정의 경제 원칙에 의존하고 있다기보다는 지각을 힘들게 하고 오래 걸리게 하기 위한 '낯설게 하기'의 원칙에 있다는 것이다.

이처럼 문학 언어의 특수한 성질에서 문학의 예술성을 찾아낸 형식주의자들이 '형식'이라는 개념을 새롭게 받아들이는 것은 당연한 결과인 듯 보인다. 즉 내용과 대립 개념으로 인식되었던 '형식'이 이들에게는 작품의 본질이 되고 있는 것이다. 티니아노프는 「구성의 개념」이라는 글에서 문학작품을 하나의 '체계système'라는 말로 표현한다. 하나의 문학작품은 여러 가지 요소로 구성되어 있고 그 구성 요소 하나하나는 작품의 '체계'를 만들어주는 건설적인 기능fonction constructive'을 하게 된다. 이때 구성 요소는 그 체계의 다른 구성 요소들과 상관관계에 들어감으로써, 그리고 통합됨으로써 전체 체계의 구성에 참여하게 된다. 따라서 구성 요소 하나하나는 역동적인 기능을 하게 되고, 형식도 구성되어 있다는 점에서 역동적인 것이 된다. 이러한 형식이라는 개념이 문학의 개념 그리고 문학적 사실의 개념으로 넘어오는 과정에서 가장 중요한 역할을 한 것은 '문학작품에는 주제sujet와 구성에 적합한 기법들이 존재한다'는 것을 발견한 데 있다. 얼리치V. Erlich가 플롯plot이라는 단어로 번역하고 있는 '주제sujet와 '우화fable'(이야기 혹은 소재로 번역할 수도 있다)라는 개념의 구분은 바로 문학작품의 구성 요소와 구성 기법을 파악하는 데 중요하다.

> 흔히 작품의 독서 도중에 우리에게 전달된, 서로 연결된 사건 전체를 우화라고 부른다. 그러니까 우화는 자연적인 순서, 즉 사건들 자체가 작품 속에 배열되고 소개된 방식과는 전혀 독립적으로 사건들의

시간적 순서와 인과관계의 순서를 좇아서 행동 위주의 방식으로 서술될 수 있다.

우화란 동일한 사건들로 구성된 주제와 대립된다. 그러나 주제는 사건들이 작품 속에 출현하는 순서를 존중하고 우리에게 그 사건을 가르쳐준 정보들의 연속을 존중하는 것이다.

토마체프스키의 「테마론」에 따르면 '우화'란 실제로 일어난 사건이며 '주제'란 독자가 그 사건을 알게 된 방식이다. 작가는 여러 가지 사건을 작품으로 구성할 때 1년 동안에 걸쳐서 일어난 사건들을 반드시 시간적인 순서나 인과관계에 의해서 구성하지는 않는다. 따라서 사건들은 어떠한 이유에서건 그 순서를 벗어난 채로 작품 속에 배열될 수 있다. '주제'란 '우화'와 동일한 사건들로 구성되어 있지만 그 사건들이 작품 속에서 나타나고 있는 순서와 관계되는 것이다. '독자가 그 사건을 알게 된 방식'을 '주제'라고 하는 것은, 시간적인 순서나 인과관계를 벗어난 구성을 갖고 있는 문학작품을 읽을 때 독자는 앞 페이지부터 읽어갈 수밖에 없기 때문이다. 거꾸로 말하면 '우화'란 주제의 형성에 사용된 '재료matériau'이다. 따라서 '주제'가 그 작품의 예술적인 구성과 관계된 것임을 알 수 있는데, 이때 예술적 구성은 작품 자체의 미학적 필요성으로 설명될 수 있다. 종래의 문학 연구가들이 문학작품을 외부에서 빌려온 '동기 부여motivation'를 통해 설명했기 때문에 철학이나 사회학, 심리학적인 해석으로 일관하게 되었다는 것을 생각하면, 형식주의자들은 언어체로서 문학작품의 분석에 가장 충실하고 있음을 인정하지 않을 수 없다. 토마체프스키는 "작품의 분해가 불가능한 부분의 테마가 하나의 동기motif이다"라고 하면서 그 동기들의 제시 방법이 주제와 연관된다고 한다. 다시 말하면 우화가 주제로 바뀌는 데에는 이 동기들의 결합combinaison 양상이 문제가 된다. 토마체프스키는 동기란 '우화'와의 관계에 따라서 '결합 동기motifs associés'와 '자유 동기motifs libres'로 구분하고 작품의 상황과의 관련 아래서 '역동적 동기motifs dynamique'와 '정태적 동기motifs statiques'로 분류함으로써 그 동기들이 작품의 전개에서 맡고 있는 기능을 분석한다. 즉 '결합 동기'는 우화 자체의 전개에 필요하고, '자유 동기'는 우화의 전개 과정에서 꼭 필요하지는 않다. 그리고 상황의 변화를 가리키는 동기를 '역동적 동기', 상황 자체를 가리키는 동기를 '정태적 동기'라고 한다. 이러한 동기나 동기들의 무리가 작품 안에 들어가 있는 것은 그 작품의 미학적인 체계로 정당화된다. 여기에서 정당화된다고 하는 것은 '동기화된다être motivé'는 의미다. 그리고 이처럼 특정의 동기나 동기들의 무리를 도입하고 있는 것을 정당화시키는 문제는 작품 구성에서 '기법상의 체계système de procédés' 때문인데, 이 기법상의 체계를 '동기 작용(부여) motivation'이라고 부른다. 토마체프스키에 따르면 이 동기 작용은 세 가지로 분류된다. 그 체계의 원칙이 동기들의 경제성과 유용성에 근거를 두고 있을 때 '구성적 동기 작용motivation compositionnelle, 작품 안의 행위를 '사실'로 만들기 위해서 이루어진 것을 '사실주의적 동기 작용 motivation réaliste'이라고 하며, 사실처럼 그럴듯하게 만들기 위해서 이루어진 것을 '미학적 동기 작용motivation esthétique'이라고 한다.

이러한 주제의 구성 기법들에 주목한 형식주의자들은 그것의 연구를 통해서 문체론적 기법들과 주제의 구성 기법들 간의 유사성을 발견하게 된다. 예를 들면 서사시를 특징짓고 있는 계단식 구성은 시에서 음의 반복, 동어 반복, 동어 반복의 병치법, 반복법 등과 동일한 계열체에 속해 있다는 것이다. 다시 말해서 그것들은 시적 언어와 이야기의 세분 상태에서, 그리고 이야기 속도의 지연 상태에서 구성된다. 산문과 운문에서 이처럼 동일한 기능을 지닌 계열체를 발견하게 되는 것은 이들의 운문 연구가 운문을 담화의 특수한 형태로 파악하기에 이르렀기 때문이다. 브리크O. Brik로부터 출발한 형식주의의 운문 연구는, 처음에는 시적인 리듬이 운율에 대립되고 운문의 통일성 속에서 운문의 구성 요인으로 파악했다가 나중에는 운문 자체가 구문론적이고 어휘론적이며 의미론적인 성질, 즉 언어학적 성질을 띤 담화의 특수한 형태로 파악하기에 이른다. 그리하여 시에서 음의 반복, 동어 반복, 동어 반복의 병치, 반복법 등이 소설에서 계단식 구성, 고리식 구성, 병치법, 격자화, 구슬 꿰기, 열거법 등과 같은 계열체에 속한다는 것을 밝히는 것이다.

슈클로프스키의 "새로운 형식은 새로운 내용을 표현하기 위해서 나타나는 것이 아니라 낡은 형식을 대체하기 위해 나타난다"는 형식에 대한 새로운 개념은 티니아노프에 의해서 '문학의 발전'에 관한 이론으로 발전한다. 그리하여 문학의 역사도 이 대체된 형식의 역사로 바뀔 수 있는 가능성을 모색하고 있다.

4

문학작품을 언어체로 보고 그 언어체의 구성 요소들에 대한 검토를 통해서 문학의 형식의 변화를 주목해온 러시아 형식주의자들의 작업은 뒤에 프랑스의 구조주의자들의 작업의 토대를 이룬다. 형식주의자들이 '체계'라든가 '형식'이라고 한 문학작품을 구조주의자들은 '구조'라고 부른다. 다시 말하면 하나의 문학작품은 하나 혹은 여러 개의 구조를 갖고 있는데, 이것은 문학 언어 자체가 지닌 조직적인 성질, 그리고 작품을 구성하고 있는 여러 요소의 조직적인 성질을 분석한 데서 이루어졌다.

이와 같은 연구들은 모두 문학에서 언어의 문제를 중심적인 문제로 생각한 데서 가능했다. 그리고 그러한 경향 가운데 빼놓을 수 없는 것이 프랑스의 누보로망이다.

누보로망은 이제는 '지나간' 문학의 경향인 것은 사실이지만, 그리고 형식주의나 구조주의처럼 문학의 언어에 대한 '과학적'인 분석은 시도하지 않았지만 문학의 언어에 대한 반성으로서는 상당히 중요한 의미를 지닌다. 누보로망의 작가들에 따르면 소설의 역사 속에서 위대한 작가들은 새로운 소설을 쓴 사람들이라고 한다. 그것은 낭만주의 소설에 대한 발자크 소설의 새로움, 발자크 소설에 대한 플로베르 소설의 새로움, 19세기 소설에 대한 제임스 조이스나 프루스트 소설의 새로움으로 이야기되고 있는데, 여기에서도 여전히 문학 언어의 문제가 제기된다. 다시 말하면 문학이란 이야기하고자 하는 '무엇'을 선험적으로 가지고 있는 것이냐라는 회의에서 출발한 누보로망 작가들은 문학은 '무엇'을 묘사하고 표현한다기보다도 '자동사적'인 것임을 강조한다. 로브그리예는 그러한 예로 플로베르의 『보바리 부인』과 누보로망 작가 로베르 팽제Robert Pinget의 『파사카유*Passacaille*』의 첫 문장을 들고 있다. 즉 전자의 첫 문장은 "교장 선생님께서 한 신입생과 함께 들어오셨을 때 우리는 수업 중이었다"이고, 후자의 첫 문장은 "정적, 회색빛, 아무런 동요도 없다. 누군가 왔을지도 모른다"이다. 이 첫 문장의 비교에서 우선 전자에는 "교장 선생님" "신입생" "수업" 등의 단어로 이야기의 상황이 결정되어 있는 반면에, 후자에서는 수업 중의 교실 같은 상황 설정 없이 모든 것이 미지의 상태에 있다. 그리고 행위의 측면에서 볼 때에도 전자는 확실하게 행위가 이루어졌음을 나타내기 위해서 프랑스어의 '단순과거'가 사용된 반면에, 후자는 행위가 확실히 이루어졌는지 알 수 없도록 '조건법'을 사용하고 있다. 그러니까 전자는 확실한 역사적 사실을 이야기한다는 점에서 진리의 담화이고, 후자는 확실하지 않는 상태를 이야기한다는 점에서 불확실의 담화이다. 여기에서 누보로망 작가들은 '진리'가 무엇인지 알 수 없는 상황에서 '진리'를 이야기한다는 것이 하나의 허구에 지나지 않는다는 전위적인 이론을 내세운다. 그들은 전통적인 소설이 '모험'의 '기술écriture'인 반면에 누보로망이 '기술'의 모험이라고 주장한다. 이것은 문학 언어의 자동사적 성질을 극대화시킨 태도이다.

문학과 언어의 관계에 관한 이러한 여러 가지 연구와 반성은, 그것이 문학작품의 평가의 문제를 해결할 수 없다는 점, 문학과 다른 예술과의 관계를 밝힐 수 없다는 점, 하나의 사회 혹은 문화 속에서 문학행위가 어떤 의미를 지닐 수 있는지를 소홀히 취급하고 있다는 점 등으로, 여러 가지 한계를 지니고 있는 것은 사실이다. 또 지금까지 밝혀진 문학의 구성 요소나 구조들이 극히 제한되어 있어서 문학의 본질을 모두 밝히기에는 너무나 초보적인 단계에 머물고 있다. 그러나 이들이 이룩한 문학과 언어의 관계에 대한 탐구와 반성이 지금까지 이루어진 다른 경향의 문학 연구나 반성보다 훨씬 과학적이고 전위적이라는 것은 인정하지 않을 수 없다. 따라서 문학이 독자적인 언어체이면서 동시에 사회적인 현상 중 하나임을 받아들임으로써 복합적인 측면에서 문학과 언어에 대한 보다 광범위한 연구가 이들의 작업을 토대로 이루어져야 한다. 그것이 바로 문학이 무엇인가 하는 가장 근본적이면서도 제기되어야 할 문제를 통해서 우리의 삶의 감각을 회복시키는 길이다. 그래서 우리는 지금도 문학이 무엇인가 질문하고 있다.

5

그러나 그렇다고 해서 문학이 우리의 삶 속에서 차지하고 있는 역할의 중요성이 약화되는 것은 아니다. 문학이 삶 속에서 맡고 있는 역할을 가장 상징적으로 표현하고 있는 것은 『천일야화』의 셰에라자드인 듯 보인다. 셰에라자드의 남편인 술탄은 여자에게 배신을 당한 다음부터 자신과 함께 밤을 보낸 여자들을 모두 매일 아침 죽이기로 결심한다. 그리하여 세월이 흘러감에 따라 바그다드에는 죽음의 공포가 휩쓸게 되는데, 이때 셰에라자드가 백성을 구할 생각을 하게 된다. 그녀는 모든 여자를 짓누르고 있는 죽음의 위협을 '이야기'를 통해 사라지게 만드는 것이다. 셰에라자드는 '천 하룻밤' 동안 계속 이야기를 함으로써 죽음의 위협을 점점 줄어들게 만들고, 마침내 그녀뿐만 아니라 다른 여자들의 생명까지 구했다. 여기에서 첫째 재미있는 이야기가 아내에 대한 의심을 사라지게 했다는 것, 둘째 재미있는 이야기를 매일 저녁 새로 꾸며내야 했다는 것, 셋째 이야기를 꾸며낸다는 것이 셰에라자드뿐 아니라 다른 여자의 생명도 구해준다는 것, 넷째 여자들을 사형 집행인에게 넘겨주는 부당한 폭력에 맞서 폭력으로 대응하지 않고 언어로 맞섬으로써 모든 사람이 구제된다는 것, 다섯째 '천 하나'라는 숫자가 영원과 관계된다는 것을 주목할 수 있다. 그 점에서 셰에라자드는 모든 작가의 상징이다. 첫번째 문제는 소설의 재미가 인간의 마음을 감동시키고 변화시킨다는 것이다. 자신의 아내가 된 여자의 정조를 의심해 하룻밤을 지내고 나면 그 여자를 사형 집행인에게 넘기던 술탄은 셰에라자드의 재미있는 이야기=문학에 사로잡혀, 그 이야기가 끝날 때까지 사형 집행을 연기하게 되는데, 셰에라자드는 매일 똑같이 재미있는 새로운 이야기를 천 하룻밤을 계속함으로써 자신과 다른 여자들의 생명을 구한다. 그녀의 이야기가 술탄의 마음을 사로잡은 사실을 말하면서 동시에 이야기=문학이 존재하는 한 죽음의 위협 속에 있는 인간의 운명이 그 죽음을 이겨낼 수 있다는 것을 말해준다. 두번째 문제는 문학이 그러한 역할을 수행할 수 있기 위해서는 셰에라자드가 매일 새로운 이야기를 꾸며내듯이 끊임없는 창작을 하지 않으면 안 된다. 그 창작은 문학의 자기혁신이면서 동시에 술탄의 관심을 지속적으로 끌고 가는 방법이다. 다시 말해서 창조적인 행위로서의 문학이 아니면 문학은 제 기능을 수행하지 못한다. 따라서 작가가 작품을 쓰는 행위는 셰에라자드가 스스로를 구하고 다른 여자들의 생명을 구한 것처럼 작가 자신을 구하고 술탄 밑에 있는 백성들을 구하는 방법이라는 점에서 세번째 문제와 관련된다. 넷째로는 술탄이 자신의 아내가 되고자 하는 여자들을 매일 밤 사형 집행인에게 보내는 행위는 폭력에 속한다. 셰에라자드는 이러한 폭력에 폭력으로 대응하지 않고 이야기로 맞선다. 여기에서 이야기=문학은 모든 불의와 폭력에 대항해 폭력이 아닌 방법으로 맞서서 그 폭력의 존재를 추문으로 만들고 그럼으로써 스스로 폭력을 극복하는 방법이 되고 있는 것이다. 다섯째로는 '천 하나'가 아랍의 세계에서는 특수한 의미를 지니고 '끝없는 숫자'를 의미하므로 '천 하룻밤'이 있다는 사실은 이야기가 한없이 계속된다는 것을 보여주고 그만큼의 세월이 지나면 모두 구제된다는 것을 나타낸다. 여기에서 이야기를 문학으로 바꾸어놓는다면 문학이 영원히 지속됨으로써 작가는 자신을 구하고 모든 사람을 구하는 임무를 수행할 수 있는 것이다. 실제로 작가란 '자기 내부'에 일종의 죽음의 위협을 느끼는 사람이다. 자기의 내면에서 스스로를 갉아먹고 있는 이러한 죽음의 위협을 느낀 작가는 이야기를 함으로써, 따라서 작품을 씀으로써 자신을 짓누르고 있는 그 죽음의 위협을, 사회의 발전 전체를 짓누르고 있는 그 죽음의 위협을 무한정으로 제거하려는 사람이다. 따라서 작가가 '다모클레스의 검'에 대항해서 글을 쓰고 있는 사람이라면 글로 씌어진 문학의 언어는 죽음에 대한 일종의 저항을 의미하고 죽음에 대한 승리를 의미하므로 우리에게 내려진 '사형 선고'를 유예시키는 것이다.

문학의 언어가 지닌 이와 같은 상징적인 의미는 작가로 하여금 '죽음'에 해당하는 모든 것에 대해 갖게 하는 의식을 말한다. 앞에서 이미 언급했듯이 자신의 내면을 갉아먹고 있는 죽음의 위협이란 사실상 우리 주변에 너무나 많이 널려 있다. 가령 우리가 여기 '있음'을 '없음'으로 만들어버리는 것이 바로 죽음의 위협이고, 우리가 옳다고 생각하는 것을 불의로 만들어버리는 것이 바로 죽음의 위협이며, 우리의 정신이 살아서 움직임으로써 얻게 되는 창조적 능력을 말살시키는 것, 나아가서는 정신의 깨어 있음 자체를 방해하는 모든 것이 바로 죽음의 위협이다. 앞에서 말했듯이 러시아 형식주의자 중 슈클로프스키에 따르면 여기에서 말하는 죽음의 위협이 '지각의 자동화'로 설명된다.

여기에서 죽음의 위협을 극복하는 문학의 '낯설게 하기'의 원칙은 우리가 일상생활에서 아무 생각 없이 반복하는 행위, 하찮은 소도구들, 의례적인 언어 등을 모두 의식하지 않고 흘려보내지 않도록 문학작품 속에 재구성하고, 그러한 재구성을 통해서 보다 분명하게 의식하고 지각하게 만드는 것이다. 바로 이 때문에 한 편의 문학작품 속에는 모든 것이 다 들어오게 된다.

한 편의 문학작품 속에 모든 것이 다 들어오게 된다는 것은 문학 언어가 지닌 가장 큰 힘이다. 왜냐하면 하나의 영수증 속에는 빚을 갚는 사람의 감정을 기록할 수 있는 자리가 완전히 배제되어 있고, 절도범의 조서 속에는 그의 어린 시절의 습작시가 들어갈 수 없는 것이 상식으로 되어 있지만, 한 편의 소설 속에는 영수증과 채무자의 감정 기록과 절도범의 행각과 그 조서, 그리고 그의 어린 시절의 시정이 담긴 습작시가 모두 들어갈 수 있다. 뿐만 아니라 그날 아침 그가 무엇을 먹었고 그 순간에 그의 소화 상태가 어떠한지에 이르기까지 모든 것이 문학 언어의 대상이 될 수 있다. 이것이 바로 모든 것을 포용하는 문학 언어의 힘이다.

그러나 여기에서 문학 언어의 대상이 된 영수증이나 조서는 두 가지의 기능을 지닌다. 하나는 다른 모든 사소한 것들과 마찬가지로 영수증과 조서가 거기에 연루된 인물과 그 인물이 처한 상황을 그럴듯하게 보여주는 사실주의적 기능이고, 다른 하나는 영수증이나 조서가 명목상으로만 영수증이고 조서일 뿐 현실적으로 그 본래의 증서나 공식 서류의 힘을 지니지 않고 문학작품의 구성 요소 중 하나가 되고 있을 뿐이다. 이처럼 현실 속에 존재하던 모든 것은 문학 언어 속에 들어오게 되면 모두 작품 속의 현실의 구조에, 언어로 된 현실의 구성에 참여하게 된다. 작품 안에서 현실의 구성이란 순전히 언어로 된 것으로 '그럴듯함vraisemblance'의 원칙을 존중하게 된다. 그렇기 때문에 때로는 작품 안에 들어 있는 언어로 된 현실을 작품 밖에 있는 실재의 현실로 착각하는 일이 벌어져 여러 가지 필화 사건을 일으키기도 했다. 가령 1950년대의 어떤 소설에서 대학 교수 부인의 윤리 문제를 놓고 작가와 어떤 교수 간에 벌였던 치열한 논쟁을 들 수 있고, 1960년대에 모 주간지에 연재되던 소설이 의사들의 사회적 윤리 문제를 다루었다는 이유로 의사들의 항의를 받아 중단된 사건을 들 수 있다. 1970년대에 어떤 시인은 자신이 쓴 담시 때문에 옥고를 치렀다. 이러한 필화 사건은, 작품의 질이 어떠하냐를 떠나, 언어로 된 작품 안의 현실을 실재하는 현실로 착각한 데서 연유한다.

이와 같은 착각은 문학에 대한 태도에 따라서 정당화되는 경우도 있다. 그러나 만일 그것이 정당화된다고 한다면 문학 언어는 갑자기 너무나 큰 위기 속에 빠져버릴 것이다. 왜냐하면 문학 언어란 앞에서 든 예처럼 교수 부인의 성 윤리라든가 의사들의 사회 윤리뿐만 아니라 이발사·공장 노동자·술집 종업원·기업인·기자·군인·정치가 등 우리 사회 속에 있는 모든 분야의 사람들을 여러 각도에서 다룰 수 있는데, 만일 그때마다 문학 언어의 대상이 된 분야 사람들이 들고일어나서 문학 언어가 사실과 다르다고 규탄하고 억압한다면 문학은 모든 분야의 사람을 미화하지 않는 한 존재할 수 없을 것이기 때문이다.

문학의 좋은 점은 언어로 되어 있다는 것이다. 실재하는 사회에서 만일 의사가 사회 윤리적 타락상을 보이게 되면 환자의 생명이 부당하게 위협받을 것이다. 그리고 그러한 사실이 밝혀지면 그 의사는 사회로부터 제재를 받는다. 그러나 문학작품 안에서 그러한 의사가 있다고 가정할 때 작품 속의 의사는 현실 속의 환자와 아무런 상관이 없고 그 환자의 생명에 대해서 책임을 질 수 있는 현실적 인격체가 아니다. 작품 속의 의사는 문학 언어로 만들어진 허구의 의사이기 때문에 그는 윤리적인 타락이나 의학적인 실수를 얼마든지 저지를 수 있다. 현실에서의 실수란 일회적인 것이므로 일단 발생한 실수는 무를 수가 없고 다른 사람에게 입힌 상처와 고통이 현실로 남는다. 반면에 작품 속에서의 실수는 현실의 것이 아니라 언어로 된 것이기 때문에 그것을 통해 극복할 생각을 하게 만들고 만일의 사태에 대비케 한다. 작품 속에서의 실수가 작품 밖에 있는 현실에서의 실수를 예방할 수 있다면 아마도 문학은 더 이상 바랄 게 없을 것이다. 따라서 문학이 언어로 되어 있어 좋은 점은 위에서 말한 작품 속에서의 실수나 고통이 현실적으로 영향을 미치지 않기 때문에 얼마든지 되풀이되어 이야기될 수 있고, 그 이야기됨을 통해서 현실에서의 실수나 고통을 예견하고 예방할 수 있는 가능성을 제시한다는 데 있다.

그러나 문학의 진정한 힘은 이처럼 눈에 보이는 현실로만 나타나지는 않는다. 작가는 작품 속의 인물들에게 일상적인 현실감을 부여하기 위해 여러 가지 '그럴듯한' 요소들을 동원하게 된다. 여기에서 작품이 마치 현실을 반영하는 듯한 인상을 주게 되는데, 작가는 눈에 보이는 현실을 그림으로써 눈에 보이지 않는 현실을 나타나게 하기 위한 것이다. 그렇기 때문에 작품 속에 들어온 현실의 요소들을 본래의 역할이나 의미를 떠나 작품의 구성에 기여하는, 새로운 의미를 태어나게 한다. 여기에서 말하는 새로운 의미란 복합적이고 다양한 것으로 문학만이 지닌 특성에 속한다. 일반적으로 문학을 제외한 모든 분야에서 언어는 '지시적'인 기호 체계이기 때문에 하나의 의미로 단순화되는 것을 지향한다. 그렇기 때문에 사회학이나 심리학, 언어학이나 철학 모두 '무엇'을 지시하는 수단으로 언어를 사용하고, 실제로 그때의 언어는 하나의 의미만을 지녀야 한다. 반면에 문학의 언어는 하나의 '무엇'을 가리키는 본래의 '지시적' 기능을 수행하면서 동시에 그 밖에 무수한 '무엇'들을 가리키는 기호 체계이다. 다른 말로 표현하면 문학 언어의 경우 '기표signifiant'는 하나이지만 '기의signifié'는 무수하거나 무수하게 생성되는 '다의적' 기호 체계이다. 그렇기 때문에 문학작품이란 총체성을 띠고, 삶의 모든 것을 포함한다. 따라서 한 편의 문학작품은 어느 것이나 모든 인문·사회과학적 방법에 따른 접근이 가능하며 또 그 접근 방법에 따라 다른 의미를 나타낸다.

그러나 그렇다고 해서 문학작품의 존재를 다른 분야에 종속시킬 수 있다는 얘기는 아니다. 어쩌면 문학작품이야말로 하나의 의미를 지향하는 모든 분야의 삶의 탐구를 종합적으로 바라볼 수 있는 유일한 분야일 것이다. 그것은 자연이나 삶에서 무질서하게 보이는 것을 문학작품에 수용함으로써 거기에 어떤 질서를 부여하는 문학의 특성에 속한다. 그렇기 때문에 문학 언어는 얼핏 보면 혼란스러워 보이고 애매성을 띠고 있는 듯하지만 인문·사회과학의 어떤 방법론으로 접근하면 정연한 질서의 세계를 보여주는 것이다. 따라서 문학을 한다는 것은 삶을 하나의 창구로 보겠다는 게 아니라 다각적인 창구로 관찰하고 탐구한다는 말이다.

6

위에서 살펴본 문학 언어의 특성 때문에 독서 행위도 쓰는 행위 이상으로 복잡하고 다양하지 않을 수 없다. 삶에서 어떤 사건을 바라보는 개인은 자신의 출신과 교양과 상황과 관심에 따라 다른 태도를 보이는 것과 마찬가지로 독자는 문학작품을 하나의 의미로 읽기보다는 자신의 출신과 교양과 성별과 상황에 따라 달리 읽게 된다. 예를 들면 플로베르의 대표적인 소설 『보바리 부인』에서 주인공 엠마 부인이 사교계의 여왕이 되고자 하는 욕망이란 그녀의 어린 시절 독서에서 유래한 '간접화된' 욕망이라는 것을 르네 지라르René Girard는 분석해낸다. 그에 따르면 엠마 부인의 어린 시절의 독서는 유행잡지에 실린 삼류 소설이 주된 대상이었는데 여기에 나오는 주인공이 바로 사교계의 여왕이었기 때문에 엠마 부인은 그 소설의 주인공을 모방하고자 하는 간접화된 욕망을 갖게 된다. 이처럼 간접화된 욕망 속에는 엠마 부인의 출신과 교양, 성별과 상황의 영향이 압도적인 자리를 차지한다. 그것은 작가와 현실의 관계가 독자와 작품의 관계와 유사하다는 사실을 상징적으로 보여준다.

이처럼 독자와 작품의 관계는 실제로 문학의 역사적 흐름과 동일할 수밖에 없겠지만, 최근의 관계는 비평의 경향만큼이나 전문화되고 다양해지는 추세를 띤다. 원래 문학작품의 독서는 전문화의 성격을 띠지 못하고 여가선용과 같은 '취미' 수준에 머물러 있거나 '교양'의 방법으로 이야기되는 정도였다. 이때의 독서는 머리를 식히기 위해서, 혹은 할 일이 없을 때 시간을 메우기 위해서, 혹은 남보다 고상한 인격을 갖추기 위해서 행해지는 일이었다. 그것은 문학작품 혹은 문학 언어를 오락보다는 고상한 재미를 제공하는 어떤 것, 학문보다는 덜 전문적이면서 인간의 마음을 윤택하게 하는 어떤 것으로 받아들이는 태도이다.

이러한 태도는 독자로 하여금 문학 언어의 독서 도중에 멋있는 주인공과 자신을 동일시하는 착각을 불러일으킴으로써 엠마 부인과 같은 오류를 범하게 할 수도 있고, 반대로 자신의 삶에 대해 정직하게 인식함으로써 새로운 삶의 창조에 나서게 할 수도 있다. 전자의 경우에는 독서가 독자로 하여금 산업사회의 소비적 생활양식처럼 '여기'에서의 삶을 살게 하는 것이 아니라 '다른 곳'에서의 삶을 꿈꾸게 한다. '여기'에 대한 올바른 인식이 없는 '다른 곳'에 대한 꿈이란 허황된 욕망에 불과하다. 이때 독서 행위는 소비의 한 양상이 됨으로써 이기적인 쾌락만을 추구하는 방법이 되고 만다. 따라서 이 경우에는 아이스크림을 먹는 행위처럼 독서 행위가 일회적인 의미만을 지니게 된다. 반면에 후자의 경우에는 독서가 즐거운 행위가 아니라 삶과 세계에 대한 고통스런 인식의 방법이 된다. 여기에서 말하는 고통스런 인식은 우리의 내면과 외부에 끊임없이 존재하고 있는 죽음의 위험을 올바로 바라보는 데서 야기된 것으로 개인으로 하여금 깨어 있는 의식을 갖게 하고 행복한 삶의 진정한 모형에 대해 생각하게 만든다. 문학 언어란 사실 인간의 고통을 바탕으로 하고 있기 때문에 작가가 삶과 세계에 대한 탐구에 기울인 노력에 해당하는 것을 독자가 기울였을 때 독서 행위는 생산적인 것이 된다. 작가가 많은 노력을 기울인 문학작품을 독자가 아무런 노력을 기울이지 않고 읽으려고 하는 태도는, 문학 언어의 독서를 한가한 시간 메우기의 방법이 되게 하고 문학 언어를 소비적인 것으로 취급하게 만드는 일이다. 보다 과감하게 이야기한다면 문학 언어는 그 자체가 순수한 것만도 아니고 현실적인 것만도 아니다. 문학 언어는 그 두 가지 요소를 동시에 지닌 복합체이기 때문에 그것을 읽고자 하는 사람의 삶의 태도에 따라서 얼마든지 다르게 읽혀질 수 있다. 그러한 점에서 문학 언어는 삶의 총체성을 지니고 있고, 따라서 삶에 대해서 접근하는 모든 과학의 방법론을 문학에 적용할 수도 있다. 그렇기 때문에 문학 언어의 독서 방법으로 사회학적 접근, 정치학적 접근, 경제학적 접근, 정신분석학적 접근, 심리학적 접근, 언어학적 접근, 철학적 접근, 순수한 문학적 접근 등 무수하게 많이 있을 수 있다. 그렇지만 대부분의 독자는 문학작품을 이처럼 '골치 아프게' 읽을 필요가 있는지 반문하게 될 것이다. 특히 사회적 신분을 상승시키고 돈과 권력을 획득하는 것만으로 충분하다고 생각하는 사람들에게는 문학이란 할 일 없을 때 시간을 메우거나 골치 아플 때 머리를 식히는 도구이기 때문이다.

그러나 문학에 관한 이러한 관념은 '음풍농월'하던 옛날의 전통에서 유래한 것이다. 이때의 문학이란 다른 것을 전문으로 하는 사람이 '여기(餘技)'로 지니고 있는 것에 지나지 않기 때문에 없어도 무방하지만 있으면 좋은 부수적인 것이었다. 반면에 오늘날의 문학은 다른 것에 종속되거나 부수적인 것일 수 없을 만큼 독자적인 가치를 인정받아 학문적 연구의 대상으로 승격한 것이다. 그만큼 문학은 그 역할과 영향력의 확대에 도달한 셈이다. 문학이 이러한 지위에까지 도달한 것은 그것이, 좀더 과감하게 말하면 그것만이 삶 전체를 드러낼 수 있는 유일한 분야로 평가되었기 때문이리라. 그러한 평가는 문학작품 속에서 삶의 모든 요소를 발견할 수 있다는 데서 가능하다. 문학은 다시 말해서 삶의 모든 요소를 포함한다. 그렇기 때문에 개인의 삶과 사회의 생활을 다루고 그 현상을 분석하고 연구하는 인문·사회과학의 거의 모든 방법론이 문학의 분석과 연구에 적용될 수 있고, 아직도 그 적용의 가능성과 범위의 확대를 시도하고 있는 것이다.

이러한 여러 가지 방법론의 적용은 모두 근본적으로는 삶이 고통스럽다는 인식과 좀더 좋은 삶의 필요성에서 이루어진 것이다. 다시 말해서 왜 삶이 고통스러운가, 그 고통의 정체는 무엇이며 어디에서 유래한 것인가 등의 문제를 해결하기 위해서 모든 인문·사회과학이 존재한다면, 문학은 바로 인간이 고백하고 있는 고통의 양상이며 고통의 언어 자체라고 할 수 있다. 그렇기 때문에 오늘날 문학 언어의 독서에서 우리가 삶의 위안을 얻으려고 할 것이 아니라, 삶의 문제를 제기하고 고통의 참뜻에 관해서 질문을 던져야 한다. 그것이 바로 '나'를 '나'

이게 만들고 우리의 '삶'을 '삶'이게 만드는 방법이다. 반면에 우리가 문학 언어에서 어떤 위안을 얻고자 한다면, 그것은 마치 텔레비전의 저속한 연속극이나 삼류 잡지의 통속적인 연재소설에서 터무니없는 출세주의를 지향하는 주인공의 행동을 읽고 쾌락을 느끼거나 그 주인공에 대해서 자기동일화 현상을 일으켜 스스로를 소외시키는 것과 마찬가지로 일종의 허위의식에 속한다. 왜냐하면 삼류 소설의 주인공을 보고 눈물을 흘리고 박수를 치는 행위는 현실의 고통을 망각하는 행위이며 배설하는 행위이기 때문에 그것은 도피의 방법으로 전락하게 된다. 삶의 진정한 위안이란 고통을 고통으로 철저하게 인식한 다음에야 가능하다. 그러한 점에서 문학 언어를 읽는 행위는 고통스러움에도 불구하고 '나'를 '나'로 인식하고 '나의 삶'을 발견하는 방법이 되어야 하고 동시에 새로운 삶에 대한 비전을 모색하는 과정이 되어야 한다.

그렇게 되기 위해서는 문학 언어를 너무 쉽게 받아들이거나 너무 쉽게 소비하는 행위로서 독서 행위가 이루어져서는 안 된다. '왜 문학인가?' 하는 근본적인 질문이 끊임없이 뒤따라야 한다. 그 경우에만 '왜 삶인가?' 하는 질문과 함께 문학이 우리의 삶 속에 살아서 존재하는 것이다.

역사소설과 역사의식

1

문학과 역사는 그것들이 다루는 내용이나 서술의 목표, 목표의 실현 양상에서 분명히 구분될 수 있다. 역사가 사실을 서술하는 것이라면 문학은 상상을 통해 허구의 구조를 형성하고, 역사가 정확하고 객관적인 서술을 지향하는 반면에 문학은 주관적인 정서가 배어 있는 예술적 서술을 지향하고, 역사 속의 인간이란 이미 존재한 인물인 반면에 문학 속의 인물이란 있을 수 있는 가능한 인물이고, 역사가 그 집단의 중요한 움직임을 통해 집단이 지향하고 있는 사회의 올바른 서술에 도달하고자 한다면 문학은 허구의 등장인물을 통해서 개인의 삶을 이해하고 그 개인이 소속된 집단이 겉으로 표방하지는 않지만 내면의 질서로 삼고 있는 것의 의미를 캐고 설명한다. 이러한 주목이 문학과 역사를 구분하고 그 기능이 다르다는 점을 전제한 것이라면, 그 둘의 관계는, 문학작품이 그것을 가능하게 한 사회의 산물이라는 점에서 언제나 논의의 대상이 될 수밖에 없는 숙명적 관계라고 할 수 있다.

그렇기 때문에 문학작품에 나타난 역사의식이라는 측면은 넓은 의미에서 본다면 모든 문학작품에 적용될 수 있다. 작가가 문학적인 인간이며 동시에 역사적 인간이라는 것은 그 점을 뒷받침해준다. 작가는 본의든 본의가 아니든 간에 자기가 살고 있는 역사에 대한 태도를 드러내게 마련이며, 때로는 거기에 따라서 작가가 여러 가지 제약에 부딪히기도 하고 윤리적인 비난의 대상이 되기도 한다. 여기에서 작가가 그러한 제약과 비난의 대상이 되는 것은 그 작가를 수용하고 있는 사회가 문학적인 인간과 역사적인 인간을 동일시하고, 문학을 현실 자체로 생각하며, 언어를 그것이 지시하는 사물로 보는 데서 연유한다. 역사적으로 문학은 바로 그러한 이유 때문에 박해의 대상이 되었고 작가는 그 사회로부터 억압을 받았던 것이다. 그러나 진정한 작가는 그러한 비난과 제약에도 불구하고 바로 그것으로부터 자신의 문학을 지켜왔다.

하지만 작가나 작품이 어떤 시대, 어느 사회의 산물이라는 점에서 필연적으로 작가나 작품이 역사의식을 드러내게 되어 있다면 여기에서 말하는 역사의식이란 무엇을 의미하는지 일단 규정을 내려야 한다. 가령 여기에서 말하는 역사의식이란, 작가가 작품을 쓰면서 자기도 모르는 사이에 드러내게 된 '세계관'을 이야기하느냐, 아니면 역사소설을 쓰는 과정에서 어떤 역사적 사건을 소재로 선택하고 서술함으로써 역사에 대해 보여준 작가의 태도를 말하느냐로 나누어 생각할 수 있다. 전자의 경우에는 작가가 자신의 출신 계층과 교육, 그리고 거기에 따른 이념의 보이지 않는 영향을 받음으로써 문학작품이라고 하는 총체적 구조물을 구성한다는 보편적인 문학의 문제라고 한다면, 후자의 경우에는 역사적 사실을 소재로 선택했다는 점에서 보다 제한된 구체적인 문제라고 할 수 있다. 왜냐하면 전자의 경우에는 문제의 범위가 모든 문학작품으로 확대되는 반면에, 후자의 경우 그것이 역사소설로 국한되기 때문이다. 그렇다고 해서 역사소설에 나타난 역사의식이 간단하다는 것은 아니다.

역사를 소재로 한 역사소설에서도 문학과 역사는 뚜렷이 구분된다. 역사는 이미 있었던 사실을 충실히 기록한 것이라면 그것을 다루는 문학은 역사적 사실을 토대로 그 배후에 흐르고 있는 정신의 구조라든가 그러한 사실에 대한 저명 혹은 무명의 인물들의 정서적 현실이라든가 그 사건의 비극성 혹은 희극성의 의미를 인물을 통해 그린다. 그렇기 때문에 역사에서는 어떤 인물의 이데올로기나 공적인 행동, 거기에 대한 평가를 이로정연하게 기록하는 것이 문제라면 문학에서는 그 인물의 성격이나 사적인 행동, 그것으로 인한 정서 상태를 미학적으로 구성하는 것이 문제이다. 여기에서 말하는 인물의 성격이나 사적인 행동, 정서적 반응이란 원래 역사적 사실의 기록으로 나타나지 않는다. 아마도 이러한 것을 기록한 문헌을 역사적 기록에서 찾는다면 그것은 일기나 수상록 정도에 지나지 않겠지만 이 경우에도 역사의 기록으로 보는 부분은 제한되고 오히려 문학의 요소가 더욱 강하다.

이러한 관점에서 본다면 문학은, 특히 역사소설은 이미 존재하는 역사의 공적인 기록으로부터 출발한 작가의 상상력이 그것을 토대로 하여 기록으로 나타나지 않은 부분을 '창작'함으로써 만들어진 구조물이다. 따라서 역사소설이 문학이 되는 것은 작가의 상상력이 작용한 부분 때문이고, 그것이 역사적 사건이나 존재했던 인물에 대해서 새로운 해석을 열어놓게 되는 것은, 기록으로 남아 있는 사실과 작가의 상상력으로 만들어진 허구의 조화로운 결합을 통해서이다.

작가의 상상력으로 만들어진 허구로서의 문학이 역사소설에서는 개인의 사적인 행위의 서술로 나타난다고 했을 때 작가는 그러한 사적인 행위의 선택에서 완전히 자유롭고 무구할 수 있는가? 이러한 질문은 작가 자신이 스스로를 태어나게 한 사회로부터 전혀 영향을 받지 않는 자유로운 존재가 아니라는 데서 제기될 수 있다. 다시 말하면 작가는 본의든 본의가 아니든 자신이 속해 있는 상황에 의해 어느 정도 조건 지어진 존재이기 때문에 그러한 사적인 행위의 서술에서도, 순수한 서술 자체만을 목표로 하기보다는 그 서술을 통해서 무엇인가를 전달하고자 한다. 그러니까 사적인 행위의 서술로 끝나는 소설이란 사실 하나의 이야기에 지나지 않겠지만 그것을 통해서 무엇인가를 전달하는 방법을 모색하는 데 문학적인 의미를 띠게 된다. 그렇다면 바로 그 무엇인가를 전달하려는 태도에서 현실과 역사를 보는 작가의 안목이 드러날 수밖에 없다. 이러한 작가의 안목의 문제가 제기될 때 그것이 긍정적인 의미를 지니느냐 혹은 부정적인 의미를 띠느냐 하는 가치의 문제가 제기된다. 역사소설에서 이러한 가치의 문제는, 현실적인 사건이나 역사적인 사실을 보는 작가의 눈이 민족 사관에 근거한 것이냐 혹은 식민지 사관에 근거한 것이냐, 진보적인 것이냐 혹은 보수적인 것이냐 등으로 집약될 수 있다. 그러나 이러한 작가의 역사에 대한 태도는 작가의 의도대로 작품에 나타나지 않을 수 있다. 가령 발자크가 일상적인 자아로서 지닌 반공화주의는 작품 안에서 정반대로 나타나고 있다는 것이 정설로 되어 있다. 물론 이것이 문학작품의 독자성을 신비주의로까지 발전시키기 위한 것은 아니다. 문학작품이 지닌 복합체의 성격이 작가 자신의 이데올로기와 다르게 나타날 수 있는 가능성을 열어놓아야 한다는 점을 말하기 위한 것이다. 그렇기 때문에 문학작품에서 윤리적 가치의 문제는 사실상 역사소설뿐만 아니라 모든 문학작품에서 제기될 수 있는 것이므로 독서의 방법에 속한다고 보아야 한다. 여기에서 윤리적 가치란 시간과 공간에 따라 얼마든지 바뀔 수 있는 성질을 띠고 있다는 것이 전제로 되어야 한다. 이 말은 윤리적인 가치가 선택적이기 때문에 하나의 의미를 지향하는 데 있는 반면에 문학의 본질이 모든 것을 하나의 의미로부터 해방시키는 데 있다는 점에서 이 두 가지가 서로 상반된 성질을 띠고 있다는 것을 의미한다. 사회가 인간다운 삶과 억압 없는 삶을 보장할 때 그것이 좋은 사회라고 한다면 그 사회는 위에서 말하는 두 가지 지향이 조화로운 균형을 이룬 것이어야 한다.

2

이와 같은 전제를 받아들이고 한국의 역사소설을 검토한다면 그것은 분명히 범위를 제한시키면서 구체적 논의를 가능하게 하리라고 보인다. 한국의 역사소설은 그 전통이 짧다. '역사상의 사실 또는 인물을 소재로 한 소설'이라는 의미에서의 역사소설은 춘원의 『마의태자』『단종애사』『이순신』『이차돈의 사(死)』, 벽초의 『임꺽정』, 김동인의 『젊은 그들』『운현궁의 봄』『대(大)수양』, 박종화의 『금삼의 피』『다정불심(多情佛心)』『세종대왕』, 유주현의 『조선총독부』『대원군』『대한제국』, 서기원의 『혁명』, 유현종의 『들불』『연개소문』 등으로 60여 년의 역사를 지닌다. 이러한 역사 속에서 역사소설은 모든 문학 양식이 그러하듯 변화와 발전을, 좀더 구체적으로 말하면 개념의 복잡화를 가져온 것으로 보인다. 초기의 역사소설은 비교적 단순한 개념을 띤 소설 양식이었다. 문학이 당대의 현실 개혁이라는 계몽주의적 의지를 지니고 있었던 것과 마찬가지로 역사소설은 민족이 체험한 역사적 비극과 상관있는 것으로 나타난다. 춘원은 『나의 고백』에서 『원효대사』라는 역사소설을 쓰게 된 동기를 다음과 같이 말하고 있다.

> 나는 검열이 허하는 한 이 소설 속에서 우리 민족의 전통적 정신과 영광과 애국심과 민족의식을 그려서, 천황 만세를 부르고 황국신민 서사를 제창하지 아니하면 아니 될 운명에 있는 동포들에게 보낸 것이었다. 『무정』 이하로 『마의태자』나 『단종애사』나 『이순신』이나 또 『재생』 『그 여자의 일생』이나 무릇 내가 쓴 소설은 민족정신 밀수입의 포장으로 쓴 것이었다. (『이광수 전집』, 제13권, p. 278)

위의 인용문에서 볼 수 있듯이 춘원이 소설을 쓴 이유는 식민지의 현실에 대한 자각에 따른 것이었다. 그는 민족의식을 고취하기 위하여 소설을, 특히 역사소설을 썼다는 것이다. 물론 이처럼 이야기하는 데는 춘원 자신의 세계관과 문학관이라고도 할 수 있는 계몽주의적인 입장이 크게 작용하고 있었던 것도 사실이다. 다시 말해서 우리나라가 식민지로 전락한 것은 민족이 '전통적 정신'과 '애국심'과 '민족의식'을 소유하지 못했기 때문이라는 전제 아래, 우둔한 백성들에게 그것을 가르쳐주고 일깨워준다는 계몽주의 지식인의 현실 인식과 사명감이 그 밑바닥에 깔려 있는 것이다. 이것은 문학이 민족의 우둔 상태를 일깨우는 목적을 달성하는 수단으로 인식되고 있음을 말한다. 그러나 식민지시대에서 그 시대의 책임을 백성이 우둔했다는 데 둔 것은, 우리나라가 미개발 국가이기 때문에 일본의 식민 통치를 받아야 한다는 일본의 식민주의 역사관을 그대로 받아들인 것에 지나지 않는다. 뿐만 아니라 "검열이 허하는 한"이라는 표현을 사용함으로써 지식인인 작가 자신도 백성과 마찬가지로 억압당하는 입장에 놓여 있다는 동류의식까지 불러일으킨다. 이 경우 한편으로는 독자로 하여금 자신들의 조국이 식민지 상태에 놓인 것은 자신들이 무식했기 때문이라는 죄의식을 갖게 하고 다른 한편으로는 그러한 억압적 상황에서도 작가는 자신의 뜻을 나타내기 위하여 최선을 다했다는 자기변명인 셈이다. 그렇기 때문에 작가 자신은, 현실에 대해서 이야기하는 것이 허용되지 않는 상황에서, 현실을 빗대어 이야기할 수 있는 탈출구로서 역사소설과 연애소설을 썼다고 고백하는 것이다. 여기에서 금방 지적할 수 있는 것은 두 가지 모순으로 보인다. 첫째, 식민지 현실에 대해서 역사소설과 연애소설로 맞서려고 했다는 발상도 기발하지만 그러한 문학 활동에도 용기가 필요했다고 이야기하는 태도, 또한 진정한 용기에 대해서 의문을 갖게 한다. 둘째, 역사소설을 포함하여 문학 전체가 어떤 목적에 봉사한다는 실용적인 문학관을 지니고 있는 것이다. 물론 민족이 식민지 상태에 놓여 있는 현실에서 문학만이 자유롭고 독립적일 수 있는 것은 아니고, 문학이 독립운동을 강화하는 데 기여하고 민족의식을 고양하는 데 힘을 쓸 수 있다면 그것을 반대할 사람은 없다. 그러나 춘원의 연애소설이나 역사소설에서 볼 수 있는 현실 감각은 진정한 현실을 외면하는 것이었을 뿐만 아니라 민족운동의 도구가 되기에는 너무나 낭만적인 것이었다.

이러한 현상은 백정 출신의 의적을 그린 『임꺽정』에서도 마찬가지로 나타난다. 물론 이 소설에서는 역사적으로 이미 기록된 이름을 지닌 주인공을 내세우지 않았다는 점에서 벌써 앞의 소설에서보다는 발전된 양상을 발견할 수 있다. 그러나 가령 "백정도 그러하거니와 체장사라거나 독립협회 때 활약하던 보부상이라거나 모두 보면 저희들끼리 손을 맞잡고 의식적으로 외계에 대하여 대항하여 온 것입니다. 이 필연적 심리를 잘 이용해서 백정들의 단합을 꾀한 뒤 자기가 앞장서서 통쾌하게 의적 모양으로 활약한 것이 임꺽정이었습니다"(백철, 『신문학사조사』, pp. 524~25)라고 한 작가의 말에서 볼 수 있듯이 이러한 인물을 문학으로 재현시킨다고 하는 것은 문학을 어떤 이데올로기 실현의 도구로 삼는다는 말과 동떨어지지는 않는다. 물론 이것만으로 이 소설이 지닌 여러 가지 중요성을, 특히 그중에서도 우리말의 보고를 발견하고 그 말을 통해 서민의 밑바닥에 깔려 있는 감정의 보이지 않는 양상을 재현한 점을 낮게 평가하고자 하는 것은 아니다. 다만 여기에서도 '있어야 할 인물'을 내세움으로써 윤리적으로 비난할 수 없는 '초인'을 그리고 있기 때문에 현실을 현실로 인식하기보다는 낭만적으로 인식하게 하고, '자기가 앞장서서 통쾌하게 의적 모양으로 활약한' 임꺽정을 읽음으로써 고통스런 현실을 잊게 하고 낭만적인 거짓 속에 스스로를 소외시키는 결과를 가져오게 한다는 점을 지적하고 싶은 것이다.

이 두 작가의 역사소설에서 볼 수 있듯이 민족의식을 고양하기 위해 역사소설을 쓰거나 민족의 단합을 위해 소설을 쓴다는 것은 식민지 시대라는 당시의 특수 상황 때문에 굉장히 설득력이 있었지만, 그 자체로는 문학으로서의 모순이 내포된 것이다. 왜냐하면 문학은 '민족을 위한다'든가 '친일을 한다'든가 하는 현실적인 문제에 대해서 반성하고 그것을 모순 없이 받아들일 수 없는 현실에 대해서 괴로워하는 것이지, 구세주처럼 천국의 길을 제시하는 것은 아니기 때문이다. 따라서 이 경우 역사의식이란 민족의 진정한 아픔을 아픔 그대로 느끼게 만드는 데 있지 그 아픔에 대한 낭만적이고 허구적인 처방을 제시하는 데 있는 것은 아니리라.

이와 같은 관점에서 보면 이 시대의 역사소설이 주로 역사적으로 큰 이름을 남긴 '영웅'을 중심으로 전개되는 것도 대단히 의미심장해 보인다. 왜냐하면 식민지 상태에 있는 민족은 자기들을 식민지 상태로부터 구해줄 영웅을 기대할 수밖에 없고 그러한 기대에 부응하기 위해서 작가는 과거의 역사적 인물을 소설의 주인공으로 내세울 것이기 때문이다. 그러니까 당시의 시대적 상황과 관련해서 역사소설에 영웅을 등장시킨 작가의 역사의식도 충분히 이해할 만하다. 주인공이 영웅이라는 점에서는 가령 이순신이나 임꺽정이 동질성을 띠고 있다는 것도 그러한 이유 때문이다.

우리나라 역사소설에서 제2의 양상은 김동인과 박종화를 중심으로 이루어진 것으로 보인다. 이들은 민족의식을 고취하기 위해서가 아니라 인간을 탐구하기 위해서 역사소설을 쓰고 있다. 이들의 소설이 역사 속에서 긍정적인 영웅으로 기록된 인물뿐만 아니라 부정적인 인물로 기록된 수양대군(세조가 되기 이전의 왕위 찬탈자를 가리킨다)과 연산군을 소설의 주인공으로 내세우고 그들의 인간적인 면모를 분석하고 이해하려고 한 것으로 증명된다. 물론 김동인의 『대(大)수양』이 춘원의 『단종애사』에 대항하기 위해 씌어졌다는 문학 외적인 경쟁의식이 작용했다는 이유를 들 수 있지만, 이것은 어디까지나 개인적인 관계이지 문학적인 설명이 될 수 없다. 비록 개인적인 동기에서 이루어진 문학작품이라고 할지라도 그 작품을 거론하는 것은 문학의 범주 안에서 해야 한다. 그러한 점에서 조선 왕조 중엽의 군주와 지식 계급인 선비들을 그리려고 했다는 박종화의 『금삼의 피』의 소설적인 이해는 그 이전보다 설명이 가능할 것이다. 다시 말해서 공식적으로는 권력 지향적이고 권력 남용의 대표적인 찬탈자요 폭군인 두 인물을 고민 없고 생각 없는 행동인으로 보기보다는 그러한 외양에도 불구하고 개인적으로 고뇌하고 망설이고 결심하고 행동하는 심리의 추이까지도 이해하려고 한 점에서 이 두 작품은 역사가 아닌 문학의 성질이 좀더 강하다. 박종화의 다음과 같은 말에서도 드러난다.

> 연산주라는 한 개 적나라한 사람을 써 보랴 하는 것입니다. 물론 제왕(帝王) 연산이 아니고 인간으로서의 연산입니다. 이렇기 때문에 위선 횡(橫)으로 그 시대의 사화(士禍)와 사상을 쓰고 있습니다. (이재선, 『한국 현대 소설사』, p. 398)

폭군을 인간적으로 이해하고자 하는 것은 문학에서 할 수 있는 일이다. 그리고 그때까지의 소설이 개인의 종(縱)적인 서술로 일관되어온 것을 생각한다면 박종화가 연산군을 이해하기 위해 '횡(橫)적으로 그 시대의 사화와 사상'에 눈을 돌린 것은 소설의 발전을 의미한다. 그러나 여기에서 말하는 횡적인 서술이 사색당쟁의 왜곡된 해석에 근거를 두고 있느냐 아니면 백성의 삶의 살아 있는 현장에 근거를 두고 있느냐에 따라서 식민지 사관과 민족 사관 사이에서 선택을 하지 않을 수 없을 것이고, 나아가서는 지배 사관이냐 민중 사관이냐 하는 논란의 대상이 될 것이다. 요컨대 횡적인 서술 자체가 발전적인 것은 사실이지만, 어디까지나 연산군이라는 지배자의 서술을 위한 것이라는 데 근본적인 한계를 내포한다. 그러한 점에서는 역사 속에서 긍정적으로 그려졌느냐 부정적으로 그려졌느냐의 차이가 있을 뿐, 이들도 여전히 영웅적인 주인공을 숭배하고 있는 것은 마찬가지라고 할 수 있다. 소설에서 이러한 영웅 숭배는 고대 서사시에서 출발된 문학의 한 현상이지만 소설의 역사를 돌이켜볼 때, 다시 말해서 문학적인 양식의 변화 과정을 살펴보았을 때 전근대적인 성격에 속한다. 영웅 숭배는 영웅이 살고 있는 현실과 우리가 이상으로 꿈꾸고 있는 현실 사이에 별다른 간극이 없던 시대의 산물이다. 그렇기 때문에 실제로 역사학에서도 과거의 사실을 복원하고 확인하는 것이나 지배 계층의 움직임을 보여주는 것만을 역사로 생각하지 않고 그러한 것들을 통해서 민족 전체의 의식 구조와 정신의 흐름을 드러내는 것을 더욱 중요시하게 되었고 서민들의 삶의 질을 통해서 당대 사회가 사람다운 삶을 보장하는 데 긍정적인지 부정적인지 평가하는 것을 사명으로 삼게 되었다. 이것은 역사를 과거의 사실로 파악하는 태도가 아니라 현재의 상황과 관련하여 인식하려는 태도이다. 따라서 근대 이후의 역사학에서는 서술의 대상을 과거의 지배 계층에 속했던 저명한 인물들로부터 무명의 서민들로 확대함으로써 과거의 사회와 그 사회의 움직임에 대해서 전체적인 조명을, 지배 계층뿐만 아니라 피지배 계층에 이르기까지 전체적인 조명을 하게 된 것이다.

역사학에서의 이러한 변화는 소설에서 '역사소설'이라는 개념의 변화를 가져오게 된다. 예를 들면 역사소설에서 이미 알려진 저명인사만을 다루지 않고 익명의 서민들, 다시 말해서 작가의 상상력이 만들어낸 작은 인물들을 다루는 것으로 나타난다. 가령 초기의 역사소설이 역사적 기록에 나타나는 인물의 개인적 전기 형식을 띠었다면, 변화된 역사소설은 어떤 사회, 어떤 집단의 움직임을 파악하게 하는 집단의 묘사 형식을 띠었다. 이처럼 역사소설이 집단 움직임의 묘사로 이행한 과정에서 중요한 역할을 담당한 작품으로 유주현의 역사소설을 들 수 있다. 그의 『조선총독부』는 1960년대 초 당시로서는 상상도 할 수 없는 독자의 호응을 얻은 새로운 유형의 역사소설이었기 때문이다. 여기에서 새로운 유형이라는 말은, 이 작품이 우리 민족을 식민지 백성으로 만든 과거의 식민지 통치기구 전체를 표제로 내세우고 식민지시대의 기간 전체를 의미하고 있으며, 나아가서는 식민지 통치 아래 들어간 이 나라 전체를 묘사하려고 한 데 있다. 그의 다른 작품인 『대한제국』도 마찬가지지만, 역사학에서 어떤 보고서의 제목이거나 통사의 중간 제목에 해당하는 제목을 지닌 그의 역사소설은 방대한 규모와 다양한 서술 대상으로 당시에 새롭게 보였을 만한 요소들을 갖추고 있다. 이 작품을 계기로 작가 개인적으로는 그 이전의 방황을 결산함으로써 단편소설의 작가로부터 장편 역사소설의 작가로 변모하게 되었고, 문단적으로는 많은 작가가 『조선총독부』와 같은 대작을 시도하는 계기를 만들어주었다. 여기에서 사회적으로 한 가지 주목해야 할 점은 『조선총독부』가 한일 국교 재개의 문제가 대두되던 시기에 출간되었다는 사실이다. 이것은 이 작품이 얻어낸 독자의 호응과 사회적 여건 사이에 어떤 관계가 있지 않을까 하는 추측을 가능하게 만든다.

그러나 이러한 여건을 떠나서 이 작품의 제목이 내세우고 있는 집단의 묘사가 얼마만큼 문학적인 성과를 거두었느냐 하는 질문을 던지게 된다. '실록 대하소설'이라는 부제가 붙여진 이 소설은 개인의 전기가 아닌 집단의 묘사를 시도한 점에서 중요성을 인정하게 만들면서도 허구와 다큐멘터리, 소설과 역사, 역사소설과 그냥 소설 사이의 여러 가지 문제를 동시에 제기하게 만든다. 다시 말하면 여러 종류의 역사적 기록들을 여과 장치를 거치지 않고 여기저기 인용하거나 윤색한 경우 이것을 허구로 보아야 하느냐 다큐멘터리로 보아야 하느냐 곤혹감을 갖게 만들고, 역사소설이 역사적 자료에 의존해야 한다면 허구라고 규정된 소설과 실록으로서의 역사소설 사이에 모순을 느끼게 만든다. 특히 집단의 묘사를 시도한 점에서 새로운 의미의 역사소설이라는 인상을 주면서도 그의 역사소설은 역사적 사실에 지나치게 의존함으로써 작가의 상상적 공간이 극히 제한되어 나타난다는 종래의 역사소설의 한계를 안고 있다. 우리의 역사소설의 맹점은 작가의 상상력이 작용한 부분이 이미 알려진 역사적 기록의 보조적인 역할로 끝나고 있는 데서 발견된다. 이 점에서 바로 우리의 역사소설이 문학적인 가치가 적은 것으로 평가되는 가장 중요한 이유이다.

3

이와 같은 역사소설의 한계를 극복하고 허구적인 인물을 주인공으로 내세워 우리의 현실과 삶을 탐구한 역사소설로는 서기원과 유현종의 작품을 들 수 있다. 서기원은 이미 『마록열전(馬鹿列傳)』이라는 풍자적인 연작소설을 통해 오늘의 개인과 권력의 관계, 현실에서 지식인의 역할을 역사로 탐구하고 설명했지만, 『혁명』과 『김옥균』에 의해, 그리고 최근의 『이조 백자 마리아상』에 의해 양반 계층의 붕괴 과정과 당대 지식인의 의식과 그 의식 속에 자리 잡고 있는 모순을 보여준다. 그러한 그의 역사소설에서는 역사적 상상력으로 이루어진 인물이 중요한 역할을 담당함으로써 그 사회의 변동이 지닌 의미를 밝혀준다. 전통사회의 붕괴에 대한 그의 인식은 지배 계층이 역사를 등지고 있다는 데서 그 탁월성을 읽게 만든다.

작가의 상상력으로 만들어진 인물이라는 점에서는 유현종의 『들불』의 주인공도 마찬가지겠지만, 서기원의 주인공이 양반 출신의 지식인인 데 반해 유현종의 주인공은 노비나 농민 출신의 서민에 속한다. 뿐만 아니라 그의 주변 인물도 대부분 농민들이라는 점에서 『들불』은 '민중'의 움직임을 역사적 사건 속에서 파헤친 새로운 역사소설이라고 말할 수도 있다. 특히 각 장은 판소리와 마당굿에서 볼 수 있듯이 '마당'으로 구분되어 있으며 그의 문체는 토속어와 사투리에 리듬을 부여한 것으로 강력한 문학성을 보여준다. 그러나 여기에서 중요한 것은 농민 출신 주인공들의 운명이 결정론의 지배를 받지 않고 변화하는 상황 속에서 생성되고 소멸되는 개성을 획득하고 있다는 점이다. 말하자면 등장인물들을 윤리적인 기준에 따라 평가하지 않고 그 생동성에 따라 평가하는데 이것은 역사소설에만 한정된 문제가 아니다. 이러한 관점에서 서기원과 유현종은 1970년을 전후로 역사소설의 새로운 발전을 가져온 작가임에 분명하다. 그러나 이들이 모두 역사소설을 표방하고 있다는 점에서 스스로의 범주를 제한한 것은 역사소설과 그냥 소설을 구분한 데서 연유한다.

역사소설이 문학적인 가치를 좀더 많이 지니기 위해서는 역사적인 사실이 소설의 바탕이나 배경을 이룬 반면에 작가의 상상력이 만들어 낸 작은 인물(영웅과 반대된다는 의미에서 서민)의 삶이 서술과 묘사의 중요한 몫을 차지해야 한다. 발자크나 스탕달의 역사소설은 그러한 예를 훌륭하게 보여준다. 이 경우에는 굳이 역사소설과 그냥 소설을 구분할 필요가 없다. 중요한 사실은 그 작품의 문학적인 가치일 것이기 때문이다. 그런 의미에서 역사를 소재로 했다는 구분 자체가 우스꽝스러울지 모른다. 소재에 따라서 소설의 장르를 구분하는 것은 소재주의 이상의 의미를 지니지 않을 것이기 때문이다. 또 좋은 소설은 다소간 역사적인 사실을 소재로 하면서도 거기에 얽매이지 않는다.

이러한 관점에서 역사소설의 개념은, 역사적 사실로 알려진 인물이나 사건이 소설의 배경을 이루고 작가의 상상력을 통해 만들어진 인물들의 삶이 소설의 주제가 된 작품으로 확대되어야 한다. 그리고 실제로 최근의 우리 소설에서 그러한 예를 찾는 것은 어렵지 않다. 예를 들면 박경리의 『토지』나 김주영의 『객주』, 김원일의 『불의 제전』 등이 그것이다. 우연히도 이 세 작품은 완간되지 않았지만, 이미 간행된 부분만으로도 그 성격을 충분히 알 수 있는 것으로 평가된다. 『토지』의 경우 구체적인 역사적 시기가 한말에서부터 일제시대로 정해져 있고 공간적으로는 '평사리'라든가 '간도'라든가 하는 현실적 공간이 주요 무대가 되고 있으며, 그 안에 나오는 인물들의 체험이 '동학혁명' '한일합병' '3·1운동' '독립운동' 등의 역사적 사실들을 배경으로 이루어진다. 그렇지만 실제로 이 작품에 나오는 평사리 마을 사람들이나 '최씨' 집안 식구들이나 그들과 관계를 맺게 되는 타 지역의 무수한 사람은 대부분 허구의 인물이며 따라서 그들의 삶도 작가의 상상력의 산물이다. 이 작품은 바로 이러한 등장인물들의 삶을 서술하지만, 이들의 삶은 어떠한 역사적인 기록보다도 당대의 삶과 오늘의 삶의 관계를 더 명확하게 드러내주면서 한국인으로서의 삶과 숙명에 대한 여러 가지 반성을 가능하게 만든다는 점에서 탁월한 문학성을 지닌 역사소설이다. 또한 김주영의 『객주』에서 한말에 전국을 누비며 상권을 쥔 보부상의 존재는 바로 역사적 사실로 남아 있다. 그러나 여기에 등장하는 대부분의 인물이나 그 인물들의 행동은 작가의 상상력으로 만들어진 것이다. 그러나 등장인물들의 삶과 행동은 한편으로 당시 서민들을 상대로 하던 보부상과 그들의 경제적 능력과 의미를 뚜렷이 보여준다는 점에서 역사적 기록을 능가하게 되고, 다른 한편으로는 그들의 성격과 운명의 비극성을 드러내줌으로써 감동적인 장면들을 만들어낸다.

이것은 이 소설의 출발과 배경이 역사적인 사실에 근거를 두고 있지만 작가의 뛰어난 문학의식과 역사의식이 결정적으로 작용했음을 말해준다. 그러한 점에서는 김원일의 경우도 마찬가지다. 그의 『불의 제전』은 6·25전쟁이 발발하기 몇 달 전 경남의 소읍을 무대로 하여 일어나는 사회변동을 다룬다. 여기에서 말하는 사회변동은 남북 분단으로 인한 좌·우익의 대립, 토지 개혁이라는 역사적 사실을 중심으로 한 지주와 소작인의 갈등, 그 가운데서 지적인 방황을 거듭하고 있는 지식인의 고민으로 나타나지만 이 모든 것이 역사적 사실이면서 그 사실의 주체는 작가가 상상력으로 만든 허구적 인물들이다. 작가는 이 인물들의 삶을 통해서 한국인이 겪어야 했던 역사적인 비극과 그 비극 속에서 자라온 애증의 감정과 거기에서 단련된 숙명에 대한 인고를 살아 있는 모습으로 제시한다. 즉 『불의 제전』이 역사적 사실에 근거를 두고 있지만 역사 이상의 어떤 것을 보여주는 소설 특유의 세계를 구축하고 있음을 말해준다.

따라서 위에서 살펴본 세 작품이 모두 역사를 지배 계층의 역사로 보지 않고 서민 혹은 대중의 역사로 보고 있다는 점에서 새로운 역사관의 뒷받침을 받고 있을 뿐만 아니라, 그렇게 함으로써 공식적인 역사에서는 볼 수 없는, 삶을 살아가는 사람의 모습을 제시한다. 생활의 모습을 갖춘 사람이 등장하고 그들의 전체적인 움직임이 역사 자체라는 인식은 역사에 대한 문학의식의 승리라고 할 수 있다. 이들의 삶과 세계에 대한 탐구를 이처럼 감동적으로 수행할 수 있는 것은 문학일 뿐 역사는 아니다. 그런데 이 세 작품은 역사소설을 표방하고 있지 않다. 말하자면 소설에서 역사소설이라는 표현이 일종의 소재 구분의 편리한 방식에 지나지 않으며, 진정한 작가란, 따라서 역사소설을 쓰기보다는 그냥 소설을 쓰고서도 역사소설로서의 뛰어난 평가를 받을 수 있는 작가라는 것을 웅변적으로 보여준다. 그러한 점에서 역사소설을 표방한 작품 가운데 뛰어난 업적이 드문 것은 우연이 아닌 듯하다. 이와 같은 관점에서 본다면 역사소설을 표방하지 않고 역사소설을 쓴 최근의 업적은 역사소설의 개념을 완전히 바꿔놓은 것이라고 할 수 있다. 역사소설을 쓰던지 그냥 소설을 쓰던지 작가가 쓴 작품이 훌륭한 문학이어야 한다는 이러한 인식은, 문학이 역사의 종속적인 존재로 생각한 역사소설의 개념을 뛰어넘어, 문학이 역사보다 앞서가고, 문학이 역사에서 나타나지 않는 것을 역사에 제시해주는 문학의 정당한 '역사의식'의 발로라고 할 수 있다. 그렇기 때문에 『토지』나 『객주』『불의 제전』은 역사에게도 많은 것을 이야기해줄 수 있는 작품이고, 역사보다도 더욱 우리 자신의 역사적 위치에 대한 자각을 가능하게 하는 작품일 것이다. 분명히 알 수 있는 사실은 역사소설은 역사 없이는 존재할 수 없지만 그냥 소설은 역사 없이도 존재해야 한다는 것이다. 좀더 과감히 말한다면 그냥 소설은 역사가 없을 경우에는 역사를 있게 만드는 것이어야 하고 역사를 창조하는 것이어야 한다. 그러한 점에서 오늘의 작가들은 역사소설을 쓰려고 노력할 것이 아니라 진정한 의미에서의 소설을 쓰려고 노력함으로써 위의 세 작가처럼 동일한 작품이 역사소설로서도 평가받을 수 있어야 된다.

누보로망과 두 작품

1950년대 말 프랑스 문학에 소설적 혁신 운동의 정점에 섰던 누보로망은, 그 후 작품에서는 별다른 성공을 거두지 못한 채 지속되고 있으면서도 그 이론적인 정신이나 이념 면에서는 문학에 관심을 가진 사람들에게 끊임없이 영향을 미치고 있다. 여기에서 작품의 더 큰 성공이 없었다고 이야기하는 것은, 1960년 이후의 누보로망 자체가 새로운 방향을 모색하기 위해서 여러 가지 시도를 했지만, 처음과 같은 충격과 논리적 설득력을 제공하지 못했기 때문이며, 그 이념적인 영향이 크다고 하는 것은, 문학작품으로서 새로운 소설적 반성을 낳게 한 누보로망의 역사성이 많은 전문가에게 긍정적으로 인식되었기 때문이다. 뿐만 아니라 작품 활동이 전보다 활발하지 못한 1960년대 이후에 거기에 대한 연구가 활발해졌다. 누보로망의 근본적인 출발점은 역사적으로 모든 뛰어난 문학인이 갖고 씨름하던 '문학이란 무엇인가?' '소설이란 무엇인가?'라는 질문이었다. 이 질문은 시대에 따라 그 내포와 외연이 다르겠지만, 그러나 문학인이 최종적으로 제기하지 않을 수 없는 성질의 것이다. 왜냐하면 근원적인 질문이란 그 해결책이 있지 않고 그 질문의 제기 과정 속에서 어느 정도의 해답을 얻는 것이기 때문이다. 따라서 이러한 질문을 제기한다고 하는 것은 문학인에게는 작품을 새롭게 쓴다는 말이 되리라.

그러나 새롭게 쓴다고 하는 것이 작품을 기괴하고 이상야릇하게 쓴다는 말은 아니다. 그것은 소설에 대한 새로운 생각의 표현으로서의 새로운 소설을 의미한다. 그러나 새로운 소설로서의 누보로망이란 1950년대의 소설들 가운데 전통적인 소설 양식에 반대를 하고 있는 어떤 유형의 소설을 특히 지칭한다. 그렇기 때문에 거기에는 어떤 이유와 원칙이 있을 것이다.

여기에는 몇 가지 우연의 사실들이 작용한다. 예를 들면 미뉘 출판사에서 이들의 작품을 출판해주지 않았더라면 누보로망이란 없었을지도 모른다. 그러니까 다른 출판사에서는 출판할 생각도 하지 않는 소설들을 미뉘 출판사에서 출판해준 이유로 누보로망이 문학운동 같기도 하고 소설의 한 유파 같기도 하다. 그리고 또 하나 우연한 사실은 문학에서 메시지를 가장 중요시한 실존주의 다음에 누보로망이 등장하면서 실존주의 문학과는 반대되는 문학관을 내세우고 있다는 것이다. 다시 말해서 '메시지'와 같은 의미 내용을 중요시하는 실존주의 문학과는 달리 누보로망은 문학적 표현 형식을 중요시한다. 그래서 어떤 사람은 누보로망의 등장 시기가 알제리 전쟁과 일치하고, 따라서 드골의 복귀와 일치하고 있음을 지적하기도 한다. 여기에서 알제리 전쟁은 프랑스 지성들의 메시지가 가장 중요시되어야 할 시기였고 드골의 복귀는 그렇지 못한 문학인들에 대한 일종의 본보기였던 것이다. 어쨌든 의미 내용과 사상에 중요성을 부여하던 실존주의 문학과는 달리, 사물에 대한 묘사와 그 묘사 형식에 대한 실험이 누보로망의 중요한 테마가 되었던 것이다. 그리고 이러한 테마가 주목을 받게 된 데는 몇몇 비평가와 문학 연구자 들의 인정이 역할을 했다.

이처럼 누보로망을 인정한 사람들 중 손꼽을 수 있는 사람이 바로 뤼시앵 골드만, 장-폴 사르트르, 롤랑 바르트이다. 골드만은 우선, 문학에서 어떤 유파가 형성되기 위해서는 역사적·사회적·경제적 조건이 제공되어야 한다는 것을 전제로 하고, 누보로망이 나타난 시대가 바로 사회의 변형, 새로운 현상의 출현, 소비적 체계 속에서의 개인들의 피동화 등이 인간들보다는 사물들에 우선권을 부여하는(이것은 바로 루카치가 말하는 물신숭배의 과정이 된다) 시대와 일치한다는 것이다. 그리하여 골드만은 사물이 우월해지는 새로운 '리얼리즘'이 출현했다는 결론에 도달한다. 또한 사르트르는 더 많은 자유를 위해 완벽한 참여 속에서 작업을 하는 작가들을 누구라고 생각하느냐는 질문을 받고, 그는 굉장한 재능의 소유자라고 생각하는 작가로 사뮈엘 베케트, 미셸 뷔토르, 나탈리 사로트, 알랭 로브그리예를 들면서, 이들의 작품들을 '총체성totalité' 관점에서 보았을 때 문제를 명백히 표명하고 모든 것의 요구에 대답하고 있는 유일한 작가가 프랑스에서는 뷔토르라고 말한다. 그러나 누보로망이라는 소설 장르의 탄생에 이론적으로 기여한 사람은 롤랑 바르트일 것이다. 로브그리예의 첫번째 저서들과 거의 동시에 발표된 유명한 논문들에서 바르트는 '객관적 문학' 혹은 '글자 그대로의 문학'으로 누보로망을 표현하고 있는데, 누보로망이 '이야기의 형식 자체에 방부 조치를 취하는' 것으로 생각하고 있다.

이처럼 당대 일급 비평가들의 비호를 받게 됨으로써 문학운동의 주요한 유파로 인정받게 된 누보로망은, 그러나 그것이 제로 상태에서 갑자기 솟아나진 않았다. 이미 그보다 10년 전부터 소설의 새로운 길이 열린 셈이었으며, 그 길을 연 사람으로 사뮈엘 베케트와 나탈리 사로트를 들 수 있다. 베케트는 이미 1945년 『와트』, 1947년 『머피』를 쓰면서 소설적 언어의 새로운 경지를 개척했으며 1951년에 발표한 『몰로이』에서 누보로망 시대의 시작을 알렸다. 베르나르 팽고의 표현을 빌리면 "1950년부터 문학의 중심 문제는 아무것도 아닌 것rien의 문제가 될 것이다. 『몰로이』의 첫번째 독자들은 그것을 깨달았다." 이 작품은 처음으로 문학이 문학 자체로 지칭되고자 노력한 것이다. 또한 나탈리 사로트는 1939년 의식의 흐름에 민감한 작품 『향성(向性)』을 발표했고, 1949년에는 『미지인의 초상』의 서문에서 이미 사르트르로부터 '반소설anti-roman이라는 지칭을 받았다. 따라서 이들의 초기 10년 동안은 누보로망의 출현을 위한 준비 기간이었다고 할 수도 있다.

1950년대에 누보로망이 전성기를 구가하고 있을 때 누보로망 작가들은 스스로 이론을 발표함으로써 문학에 대한, 그리고 소설에 대한 반성으로서의 누보로망의 존재 이유를 밝혀준다. 그 첫번째 작품이 나탈리 사로트의 『의심의 시대』로 1956년에 단행본으로 나왔다. 여기에서 사로트는 소설에서 몇 가지 개념(가령 인물이라든가)이 유효한 것인지, 그리고 믿을 만한 것인지 의심을 제기하면서 소설의 형식이 이제는 발자크 시대의 소설 형식을 그대로 지닐 수 없음을 천명한다. 또한 로브그리예는 뒤에 『누보로망을 위하여』에 수록된 「미래 소설을 위한 하나의 길」이라는 글을 1956년에 발표하면서 현대 소설의 문제를 보다 구체적이며 결정적으로 제기한다. 그는 이 글에서 '심리'와 '심오성'을 지상으로 생각하고 있는 일체의 문학을 거부하면서 그러한 문학의 이론적인 토대가 되고 있는 인본주의적 형이상학을 고발한다. 로브그리예는 "세계란 의미 있는 것도 아니고 부조리한 것도 아니다. 세계란 단지 거기 있는 것이다. 바로 그 점에서 세계란 가장 주목할 만한 것이다. 그런데 갑자기 이 분명한 사실이 우리를 엄청난 힘으로 충격을 준다. 단번에 모든 아름다운 건축이 무너져 내린다"고 말하면서 그 '사물들의 낭만적인 심장'을 깨뜨리고 그 표면을 지각할 수 있게 만드는 것이 필요하다는 결론을 내린다. 그렇게 하는 데는 '고의적으로 외역적이고 묘사적인 기술'이 필요하다는 것이다. 로브그리예는 1958년에 쓴 「자연, 인본주의, 비극」에서 이러한 기술이 인간 중심 사상으로 가득 차 있는 일체의 소설에 필요 불가결한 해독제가 된다고 주장했다. 그는 바로 그 인간 중심의 사상 때문에 소설 안에 메타포가 지배해왔고 사르트르와 카뮈도 그 함정을 벗어나지 못했기 때문에 세계의 '비극화'만을 문학의 본질로 생각했다고 말한다.

그리고 미셸 뷔토르도 사로트나 로브그리예처럼 비평적 이론을 세우고자 노력한 누보로망 작가 중 하나였다. 그의 대부분의 비평적 성찰이 『목록』이란 제목의 에세이집에 4권으로 묶여 있는데 그중 1955년의 「탐구로서의 소설」에서 그는 "소설이란 이야기의 실험실이다"라고 주장한다. 그의 기본적인 발상은 모든 문학 행위가 본질적으로는 문학에 대한 끝없는 질문일 뿐이라는 데 있다. 그 질문이 그에게 '기법적 technique'인 것인 이유는, 그의 창조적 작업이 결국 어떻게 하여 소설이 더할 나위 없는 현상학적 영역이며, 어떤 식으로 현실이 우리에게 나타날 수 있는지 연구할 수 있는 장소인지 확인하는 데 있었기 때문이다.

이러한 이론을 바탕으로 두 편의 작품을 구체적으로 검토해보는 것은 누보로망의 이해에 도움이 될 듯하다. 우선 로브그리예의 『질투』를 살펴보자.

이야기가 진행되고 있는 곳은 프랑스어를 사용하는 어느 열대 지방의 바나나밭이다. 묘사된 풍경으로 보자면 아프리카인 것 같다. 이 책의 첫 페이지를 열면, 어떤 화자narrateur가 자신을 둘러싸고 있는 모든 것에 대해서 세심한 관심을 표시하고 있다는 것을 알게 된다. 가령 그 집의 정방형, 테라스, 기둥들, 바나나나무들의 기하학적인 배치, 그 주위에 있는 여러 자질구레한 것들에 대한 묘사가 자세하게 나온다. 화자로 나오는 이 남자는 자신의 이름을 말하지 않은 채 자신의 아내인 A를 주의 깊게 관찰하고 있다. 그러나 A가 화자 쪽으로 고개를 돌리면 본문의 이야기는 곧 A로부터 벗어나 대농원의 전체 구역이나 테라스의 난간이라든가 혹은 다른 물체로 옮겨간다.

이야기의 처음부터 화자는 자기 아내의 행위에 대해서 불안을 느낀다. 그것은 그가 자기 아내를 계속 감시하고 있는 묘사로 나타난다. 반면에 그 여자는 자기 방에서 편지를 쓰고 테라스에서 프랑크에게서 빌린 소설책을 읽고 프랑크의 부인 크리스티안 몫의 식기를 치우게 한다. A는 프랑크에게 귀를 기울이고 있고 프랑크의 활기가 그 남편을 불안하게 만들며 젊은 부인 A에게 인상 깊은 것 같다. 프랑크는 고장난 트럭에 관한 이야기와 원주민 운전사들의 질(質)에 관한 이야기를 하기도 하고, A와 A가 읽기 시작한 소설에 관한 이야기를 나누기도 한다. 그들의 이야기 속에 나오는 어떤 질투심 많은 남편과 공격적인 애인과 마음 좋은 여자(흑인들과도 잠자리를 같이하는)에 관한 그들의 해석이 화자 자신의 이야기와 병행하여 여러 번 되풀이되어 나타난다.

A와 프랑크의 대화는 식사 전과 저녁 식사 후에 테라스에서 계속된다. A는 프랑크가 자기 곁에 앉도록 의자를 배치하고, 남편의 의자는 떨어져 있어서 일부러 고개를 돌리지 않고는 그들을 볼 수 없게 배치된다. 따라서 남편은 날이 어두워진 다음에야 고개를 돌리게 되고, 어둠 속에서 이동하고 있는 짐승들의 울음소리가 열대지방의 긴장된 분위기를 고조시킨다. 언제인지는 분명하지 않지만, 겉으로 드러나지 않은 난폭한 행동과 정력과 성욕이 주요한 하나의 장면 속에 표현되고 있는데, 그 장면은 몇 가지 증거에 따르면 소설 속의 소설보다 먼저 있었던 것처럼 보인다. 어느 날 저녁 식사 도중에 A의 맞은편 벽에 지네 한 마리가 나타난다. 처음에 벽에 있는 지네를, 그다음에는 굽돌이 널에 있는 지네를 눌러 죽이기 위해서 일어선 것은 프랑크이다. 이 행위의 에로틱한 암시가 A에게서는 묘한 반응을 불러일으키는데 그것은 분명히 성욕적인 것이다. 즉 숨이 가빠진다든가 칼을 쥔 손에 힘이 가해진다는 것이 그러하다. 이 장면을 제외하고 A는 결코 감정의 흔들림을 보인 적이 없다. 지네가 벽에 남겨놓은 흔적은 따라서 A와 프랑크 사이의 성적 유혹의 초기를 나타내는 표시이다. 그리고 지네를 짓눌러 죽이는 장면은 그 두 사람 간에 육체적 관계의 이미지와 결합되고 있다.

그다음으로 얼음 통 에피소드가 화자와 독자로 하여금 A와 프랑크가 어떤 공동의 계획을 진행하고 있다고 생각하게 만든다. 얼음 통 가져오는 것을 깜박 잊어버렸다는 A의 말 때문에 남편인 화자가 그것을 가져오지 않을 수 없게 된다. 사무실을 지나가면서 남편은 블라인드 커튼(프랑스어로는 '질투jalousie'라는 단어가 블라인드 커튼이라는 뜻으로도 쓰인다)의 날개 사이로 A와 프랑크를 본다. 그들은 움직이지 않고 있었지만 낮은 목소리로 말을 하고 있다. 그 자리로 되돌아오면서 남편은 프랑크의 주머니에서 삐져나온 종이 — 어쩌면 A의 편지 — 한 장을 보게 되는데 프랑크는 그것을 감추려고 한다.

그들의 계획이란 프랑크가 고장이 잦은 자동차 대신에 새로운 자동차를 사고자 시내에 가겠다는 것이고 A는 그를 따라가서 쇼핑을 하겠다는 것이다. 그리고 그들이 새벽에 떠나면 저녁 일찍 되돌아올 것이다. 그다음 날 새벽 6시 A는 프랑크와 함께 떠나고 그 남편은 하루 종일 질투심에 사로잡혀 보내게 된다. 그는 여러 가지 장면을 상상하며 고통스런 하루를 보낸다. A는 그다음 날 아침에도 돌아오지 않고 점심 때야 손에 작은 보따리를 하나 들고 돌아온다.

대충 이러한 줄거리인 『질투』는 좀더 주의 깊게 읽으면 일종의 심리소설과 같은 추이를 보여준다. 그리고 실제로 심리소설의 성격을 그대로 드러내기도 한다. 가령 화자인 남편이 자신의 부인을 A라는 머리글자로만 서술한다는 것은 부인에 대한 두려운 심리일 수도 있고, 화자의 시선이 A의 그것과 정면으로 마주 보지 못하고 있는 것도 그러하다. 뿐만 아니라 A가 프랑크와 함께 시내로 나간 날 경험한 남편의 심리적 위기는 바로 그러한 심리소설의 성격을 드러내기에 충분하다.

그러나 이 소설에서 보다 중요한 것은 화자 자신의 존재 양상이다. 왜냐하면 여기에서 화자는 분명히 존재하면서도 자신의 존재를 겉으로 드러내고 있지 않기 때문이다. 이 소설은 화자 자신이 1인칭(je)으로 자신을 지칭하는 일도 없고 그렇다고 3인칭(il)으로 지칭하는 일도 없다. 다시 말하면 분명히 1인칭으로 존재해야 할 화자가 3인칭과 다름없이 부재의 상태로 존재하고 있는 것이다. 모리세트Bruce Morrissette

는 그것을 '무(無)의 나Je-Néant'라고 한다.

화자의 이러한 존재 양상은 사물과 화자의 불투명한 관계에서 기인한다. 다시 말하면 전통적인 소설에서 볼 수 있듯이 화자 자신의 눈에 비친 모든 게 확실한 것으로 나타나지 않는 점은 화자가 자기 이외의 모든 사물에 대해서 투명한 의식을 가지고 있지도, 또 확신을 가지고 있지도 않기 때문이다. 여기에서 화자에게 보다 확실한 것은 어쩌면 화자의 눈에 비친 사물이 아니라 그냥 그 사물들의 있음 그 자체일지도 모른다. 그렇게 되면 화자인 '무(無)의 나'와 다른 사물들의 존재는 등가(等價)의 것에 지나지 않게 되고 화자 중심의 서술이나 해석은 불가능해진다. 이 소설에서 서술이나 묘사가 단편적으로 보이는 것은 화자와 사물들의 관계가 종속적이기보다는 독립적인 것인 데서 기인한다. 사물들이 화자에게 종속되지 않는다는 사실 때문에 사물과 화자의 관계가 불투명해 보이는 것이다.

화자와 사물들의 존재가 비종속적이란 종래의 전지전능한 시점을 떠난 것이기 때문에 기술의 문제를 제기하게 된다. 다시 말하면 이 소설에서 여러 번 되풀이하여 묘사되고 있는 장면들은 화자의 시점이 전지전능하지 못한 데서 기인한다. 가령 얼음 통을 찾으러 간다든가, 벽에 붙어 있는 지네의 모습이라든가, 그 지네를 짓눌러 죽인다든가, A와 프랑크가 시내로 갔다든가, A와 프랑크가 함께 앉아 있다든가 하는 등등의 행위나 묘사가 단편적으로 되풀이되는 상황은, 전지전능한 시점을 소유하지 않게 된 화자가 한꺼번에 모든 것을 서술하거나 묘사할 수 없음을 고백하는 것이다. 그래서 화자는 동일한 서술이나 묘사를 여러 번에 걸쳐서 반복 기술을 하게 되는데, 그것을 통해 사물과 화자의 불투명한 관계가 윤곽을 드러낸다. 그러나 여기에서 드러난 것도 확실한 관계가 아니라 불투명한 관계의 윤곽에 지나지 않는다. 이것은, 모든 것이 확실하지 않고 분명하지 않다는, 그래서 단정적으로 쓴다는 것이 불가능하다는 누보로망의 기본적인 발상을 그대로 드러내준다.

그다음으로 미셸 뷔토르의 『변모』도 전통적인 심리소설로 읽을 수 있는 작품이다. 장년기에 접어든 한 남자가 파리에서 부인과 두 아이와 함께 가정을 이루고 산다. 그는 이탈리아에 본점을 두고 있는 타이프라이터 회사의 파리 지사장으로 있기 때문에 정기적으로 로마에 가게 되는데 거기에서 그의 정부를 만난다. 소설의 이야기는 레옹 델몽이라는 주인공이 로마행 기차에 타는 순간부터 시작되어 로마에 내리는 순간으로 끝난다. 그런데 이번 여행은 로마의 본사에 가는 정기적인 여행이 아니라 순전히 자신의 정부 세실만을 만나기 위한 것이다. 그는 그녀의 바람대로 파리에 그녀의 일자리를 마련했고 그래서 그녀를 파리로 오게 하여 함께 새로운 생활을 시작해볼 예정이다. 그는 자신의 정부와 떨어져서 살 게 아니라 함께 사는 것이 더 좋으리라는, 그리고 그녀와 함께 산다는 게 자신의 삶을 새롭게 시작하는 것이라는 전통적인 생각을 가지고 기차에 올라탔다. 그렇지만 20여 시간의 기차 여행 중에 문득 주인공의 머릿속에 떠오른 여러 가지 반성, 다른 여행들의 추억, 꿈, 여러 가지의 심상으로 말미암아 애당초의 구상을 '변경'하게 된다.

이러한 요약은 문자 그대로의 '줄거리'에 충실한 것으로 『변모』라는 작품 자체의 독서를 불가능하게 만든다. 왜냐하면 이러한 줄거리대로 말한다면 소설의 제목 'La Modification'을 변경이라고 해야 한다. 그러나 실제로는 이러한 계획의 '변경'이면서 동시에 마음의 '변화'이고,

가정이나 여자에 대한 생각의 '수정'이면서 동시에 자신의 삶에 대한 인식의 '달라짐'이어서, 요컨대 레옹 델몽이라는 존재의 '변모'를 모두 의미한다. 뷔토르는 이러한 감상적인 줄거리를 테마로 삼음으로써 그 문제의 깊은 의미에서의 중요성을 드러내면서 동시에 그 문제를 가볍게 취급해온 지금까지의 방식 자체를 드러낸다. 전통적인 소설에서 사용하고 있는 것처럼 감추어진 현실을 조금씩 드러내주는 감정의 분석이나 심리의 성찰을 거부하고 있는 뷔토르는 여기에서 진정한 언어의 창조를 진정한 테마로 삼고 있다.

이 소설에는 주인공의 정신적 공간을 구성하고 있는 두 개의 장소가 나온다. 하나는 레옹 델몽이 현재 살고 있는 노쇠의 장소 파리이고, 다른 하나는 꿈의 장소이며 회춘의 장소인 로마이다. 그리고 이 두 장소의 떨어져 있는 거리가 주인공이 방황하는 공간을 구성하게 된다. 따라서 이 작품은 외형적으로는 단순해 보이면서도 성극(聖劇)에서 볼 수 있는 장엄함을 지니고 로마와 파리 사이에서 현재·과거·미래의 이미지들이 서로 부딪치기도 하고 어울리기도 한다. 이 두 유럽 문명의 중심지에 대해서 주어진 관념, 판에 박힌 감정 등을 재검토하게 되는 이 작품은 3부 9장으로 되어 있다.

제1부는 주인공이 해방감을 느끼는 여행기이다. 다시 말하면 아내와 이혼하고 세실과 결합하여 파리에서 산다는 계획을 이제 실현하려는 순간에 있는 것이다. 그래서 그는 기독교 시대의 로마와 비(非)기독교 로마를 구분하고 있다. 사제가 강조하는 로마, 가톨릭 신도인 부인 앙리에트와의 관계 속에 나타난 로마, 바티칸 궁전에 대한 세실의 빈정거림으로 나타난 로마가 기독교 로마로서 그의 거부의 대상이 되며, 고대 로마와 16세기의 '빌라 보르게스' 박물관에 있는 사랑의 풍속

도 등이 열광의 대상이 된다. 그래서 레옹 델몽은, 예술가들이 바로크 시대의 로마에 이질 요소들의 통합을 시도했던 것처럼, 신선함 쪽으로 자기 삶의 방향을 바꿔야겠다고 생각한다.

제2부는 사냥터를 보게 되면서 부인인 앙리에트와 관련된 '그랑 브뇌르grand veneur'(왕가의 사냥꾼의 우두머리를 말한다)를 생각하게 된 레옹 델몽이 원래의 계획과 머릿속에서 싸우고 있다. 다시 말하면 세실을 파리로 데려옴으로써 로마의 이미지를 파리로 옮기려고 했던 자신의 꿈이 너무 단순한 것으로 생각된다. 그리하여 여러 추억과 심상이 레옹 델몽으로 하여금 한 편의 소설을 구성하고 있는 중임을 납득시켜감에 따라서 델몽 자신의 확고부동한 결심이 흔들리기 시작한다. 다시 말하면 로마란 지정된 하나의 모습으로 축소되지 않기 때문에 로마를 연구하고 그것이 지닌 모든 모순된 형식 속에서 로마를 이해해야 한다는 생각을 하게 된다. 그것만이 새로운 환상에 빠지지 않는 길이 된다.

제3부에서는 여러 가지 이미지가 떠오르면서 레옹 델몽 자신이 '구원'이라고 생각했던 것들의 허구성을 깨닫게 된다. 구원이란 결정적으로 주어지는 게 아니라 그 모색의 과정 속에 일시적으로만 있을 수 있다는 것을 깨닫고 로마에 도착하면서 세실을 데려오기로 한 계획을 포기하기에 이른다.

말하자면 이 소설은 모든 것이 불확실하지만 내적인 결심 또한 끝없이 흔들리는 것임을 드러내준다. 여기에서 작가는 전통적인 소설에서 사용하는 1인칭이나 3인칭을 사용하지 않고 2인칭을 사용함으로써 그러한 흔들림 자체가 독자의 내면에서도 이루어지고 있음을 직접적으로 보여주고자 한다. 이러한 인칭의 사용은 한편으로는 소설에서 서술

narration이 갈 수 있는 한계까지 실험을 하는 것이며, 다른 한편으로는 소설과 작가와 독자와의 관계를 재검토하게 만든다. 그것은 서술이 지닌 객관적인 외양과는 달리 그 내면에 감추어진 주관성을 폭로하는 하나의 실험이면서 동시에 작가가 화자를 통해서 간접화법으로 독자에게 이야기하던 기법을 직접화법으로 바꾸어놓는 실험이기도 하다. 이러한 실험은 1인칭이라는 '나'의 존재와 3인칭이라는 '그'의 비존재 사이의 간극을 극복하고자 하는 고통스런 탐구의 결과로 나타난 것이다. 달리는 기차 속에서 이러한 주인공의 변모는 시간과 공간의 이동 속에다 인간의 의식을 철저하게 위치시켜보려는 작가의 철저한 탐구 정신 때문에 설득력을 얻고 있다. 그래서 어떤 사람은 이 소설을 공간의 모험이라고 하기도 하고 시간의 모험이라고 하기도 한다.

누보로망 작가들의 작품도 결국 모든 진정한 작가와 마찬가지로 '소설이란 무엇인가'라는 끊임없는 질문의 제기로서 일관되고 있음을 확인할 수 있다. 다만 이들의 실험 정신이 1960년대 이후 독자들의 추적을 불가능하게 만들 정도로 극단적인 상태로 넘어가게 된 것은 이들의 문학운동이 한 시대의 정신을 대변한 다음 그 역할을 끝냈다고 할 수도 있다. 그러나 이들의 문학 이념이나 문제 제기의 방법은 앞으로 보다 많은 논의가 있을 것으로 보인다. 〔1982〕

문학과 문학 이론

1

문학의 오랜 역사 속에서 문학비평 혹은 문학 연구가 가장 활발하게 진행된 것은 20세기에 들어와서인 것으로 보인다. 19세기의 경험적인 비평이나 과학적인 비평이 모두 문학작품을 어떻게 읽을 것인가 하는 문제에 커다란 전기를 마련한 것은 사실이지만, 그러나 문학작품에 대한 접근 방법의 다양성과 그 다양성의 성과를 놓고 볼 때 20세기를 '비평의 시대'라고 불러도 좋을 만큼 그 어느 때보다 문학비평은 눈부신 발전을 이루었다. 문학비평의 발전이란 독자적으로 일어날 수 있었던 것이라기보다는 인문·사회과학의 여러 분야의 발전과 함께 가능했다. 실제로 20세기의 인문·사회과학뿐만 아니라 현대사 자체에 가장 큰 영향을 준 사람을 든다고 한다면 마르크스와 프로이트, 소쉬르라고 해도 지나치지 않을 것이다. 그만큼 이들의 이론은 긍정적이든 부정적이든 세계의 역사 자체를 바꾸어놓았고, 인간의 삶과 관계된 여러 가지의 현상을 해석하는 데 새로운 가능성을 열어놓았다.

바로 그러한 가능성을 통해서 이 세 사람이 20세기 문학비평 혹은 문학 연구에 미친 영향은 인문·사회과학에 끼친 영향보다 결코 작지 않았다. 가령 마르크스주의 문학 이론은 루카치의 사회주의 리얼리즘과 뤼시앵 골드만의 발생론적 구조주의 등 새로운 이론으로 발전함으로써 문학작품과 그 작품을 가능하게 한 사회와의 관계를 밝히는 데 기여하게 되었고, 프로이디즘은 문학에서 심리학적 비평과 정신분석학적 연구의 길을 터놓음으로써 테마와 상상력의 해석을 통한 인간의 본성에 접근하게 되었으며, 현대 언어학의 이론은 구조주의 문학비평을 가능하게 함으로써 언어의 구조물로서의 문학작품이 지닌 체계와 그 체계의 의미를 보다 깊이 있게 찾아가게 되었다. 문학비평에서 이와 같은 전개는 언어학이나 정신분석학이 현대에 와서, 특히 20세기 후반에 접어들면서 인문과학의 꽃으로 각광받게 되고 또 인간과학 science de l'homme이라는 새로운 범주 밑에 자리 잡게 된 것과 무관하지 않다. 그렇기 때문에 인문과학과 문학비평의 관계를 이야기한다면 누구나 문학비평이 정신분석학, 사회학, 언어학의 방법론과 맺고 있는 관계를 연상하게 된다. 따라서 그러한 연상은 현대의 문학비평에서만 가능하지 20세기 중반 이전에는 불가능하다.

2

그러나 이처럼 현대의 문학비평을 정신분석학적 비평, 사회학적 비평, 언어학적 비평으로 분류한다는 것은 당연한 듯 보이지만 좀더 자세히 관찰해보면 그 분류 자체가 얼마나 '임의적'인 것인지 알게 된다. 예를 들면 정신분석학이 언어의 과학적인 힘을 빌리는 경우도 얼마든지 있을 뿐 아니라, 사회학에서 언어학의 기여도도 결코 무시할 수 없을 정도로 크다. 가령 작가가 사용하는 단어라든가 표현에 관한 연구는 분명히 언어학적 방법론에 속한 것으로 보이지만, 다른 한편으로 그 단어나 표현은 그 작가의 이데올로기의 분석에 사용될 수도 있다. 그것은 또한 문체론이나 역사학에도 귀중한 자료가 될 수 있다. 따라서 여러 가지 다양한 인문과학 분야에다 언어학적 모델이나 방법론을 적용할 수도 있기 때문에 언어학이라든가 사회학이라든가 정신분석학을 독립적으로만 생각할 수 없다는 것을 의식해야 한다.

여기에서 한 가지 주목해야 할 사실은 이러한 해석 방법들 하나하나가 각각 고유의 이데올로기를 전달하고 있다는 것이다. 다시 말하면 개개의 해석 방법이란 결코 이데올로기라는 측면에서 중립적일 수 없다는 의미다. 가령 초기의 정신분석학이란 마르크시즘에 강렬하게 대립되는 철학을 함축하고 있었다. 그러니까 이처럼 한편으로는 인문과학의 각 분야가 서로 독립적인 성격을 띠면서도 다른 한편으로는 그것들이 상호 침투 현상을 일으키면서 그 어느 경우에도 이데올로기로부터 자유로울 수 없다는 것을 알 수 있다. 이것은 곧 정신분석학과 사회학 그리고 언어학을 동시에 이용함으로써 인문과학 전체 속에서 통일된 해석 방법을 찾으려는 시도로 발전하게 된다. 그것을 가령 기호학sémiologie, sémiotique이라고 명명할 수 있으리라.

3

그러나 현대 비평의 이 모든 노력은 기본적으로 전통적인 문학비평을 벗어나기 위한 것이었다. 여기에서 전통적인 문학비평이란 '전기적 문학비평' 혹은 '문학의 역사'를 의미하는 것으로 프랑스에서는 생트-뵈브Charles Augustin Sainte-Beuve로부터 실시되었고, 랑송Gustave Lanson에 의해 이론화된 것이다. 이른바 19세기 비평이라고 할 수 있는 전통적 문학비평에서는 '분류하다classer'와 '구별하다distinguer'라는 두 가지 기능이 가장 강조되었다. 그래서 생트-뵈브 같은 사람은 "나는 모든 문학 연구가 언젠가는 인간 정신의 분류를 정립하는 데 사용되기를 바란다"라고 말했고, 브륀티에르Ferdinand Bruntière는 "비평의 목표는 문학 작품들을 감정하고 분류하고 설명하는 것이다"라고 말했다. 또 랑송은 역사학에서 관례처럼 되어 있는 방법들—즉 시대를 구분하고 그 시대마다의 지배적 경향을 정의하는 것—을 문학 분야에 적용하고자 했다. 그렇기 때문에 랑송이나 그의 후계자들에게 문학의 역사란 하나의 도표처럼 나타날 것으로 생각되었다. 작품을 통해서 작가 취향이나 인격을 이야기하고자 하는 전통적인 비평은 작가의 전기적 연구의 범주를 벗어나지 않는다. 전기적 연구란 작가가 모델로 삼은 현실을 발견하고, 그 모델로부터 영감을 받은 모사품의 정체를 밝히는 것을 목적으로 한다. 그리하여 작가의 생애와 환경을 연구하고 그것들이 작품에서 맡고 있는 결정적인 역할을 찾아내고자 한다. 그러한 점에서 전통적인 비평이란 작품의 원천source의 탐구이고 영향 관계들의 분석이라고 할 수 있다. 랑송 자신도 "각 문장에 대해 작가의 상상력이나 지성을 움직이게 한 말이나 텍스트, 사건을 발견하기"를 바란다고 말한다.

이러한 전기적 비평은 19세기 말에 역사학 발달의 영향을 받음으로써 역사학의 방법론들과 유사한 방법론을 사용하게 되는데, 랑송은 문학비평을 일반 역사의 한 장으로 삼으려고 한다. 그는 "글을 쓰는 저명한 개인들과 마찬가지로 글을 읽는 이름 없는 대중의 활동과 문화의 역사"를 기록하고자 한다고 주장했다. 그렇지만 실제로 랑송의 문학사는 집단의 의식이나 정신의 역사라기보다는 여러 개인의 역사로 되어 있다. 그러니까 그의 문학사는 작품을 작품이 아닌 것으로부터 설명하고, 문학적 사실의 특수성을 설명하지 못하고 있다. '역사적 사실'을 존중함에 따라서 객관성을 지키는 데 급급한 문학사는 문학작품의 해석을 내리려고 하는 것이 아니라 작품의 발생을 설명하려 들고, 텍스트를 읽기 쉽고 이해하기 쉽게 만들려고 하는 것이다. 그러나 이처럼 작품의 명확한 이해만을 생각하게 됨으로써 문학사란 문학작품이 지닌 여러 가지 의미의 복수성 문제를 고려하지 않게 되고 오직 하나의 의미의 역사만을 추구하게 된다. 결국 문학사는 여러 분야의 문화적 산물 가운데서 문학이 지닌 특수성에 관해서 질문을 던지지 않는다.

이러한 관점에서 볼 때 전통적인 비평이란 두 가지 공식을 토대로 이루어졌음을 알 수 있다. 첫번째 공식은 작품 속에서 작가의 인격과 환경의 반영을 보게 된다는 것이다. 여기에서 말하는 인격과 환경은 역사학적 방법론을 통해 찾아낼 수 있다. 두번째 공식이란 작가는 자기가 말하고자 한 바를 말한다고 믿는다는 것이다. 그러니까 작가의 의도와 텍스트의 글자 사이에는 어떠한 차이도 없고 불투명한 것도 없다는 말이다. 생트-뵈브는 이것을 작가와 독자와 비평가 사이의 관계로 설명한다. 즉 작가란 작품을 창조하고 그 작품 안에 자신을 표현하는 사람이고, 독자란 단 한 번의 독서와 그 독서에서 받은 인상을 통해 작품에 활기를 불어넣는 사람이며, 비평가란 독자에게 독서하는 방법'을, 즉 어떤 작가가 어떤 작품을 어떻게 창조했고 그 작가를 그의 작품 속에서 어떻게 다시 찾아볼 수 있는지를 설명해주는 사람이라는 것이다.

그러나 이처럼 명확하게 설명하고 있는 작가와 독자와 비평가 사이의 관계가 불투명해지고 작가가 자신의 글에 대해서 확신을 갖지 못하며 작품이 하나의 의미로 읽힐 수 없는 애매성을 지니고 있음을 깨닫게 되면서, 이 두 공식은 갑자기 흔들리게 된다. 나탈리 사로트Nathalie Sarraute가 '의심의 시대'라고 표현할 정도로 문학에 대한 근본적인 질문을 던지게 된 현대의 비평은 역사주의와 인상주의로 일관된 전통에 대한 전면적인 반성으로 들어가게 된다.

여기에 결정적인 역할을 한 것은 비평가의 새로운 이론이 아니라 헨리 제임스, 제임즈 조이스, 마르셀 프루스트, 앙드레 지드, 폴 발레리, T. S. 엘리엇의 작품들이다. 이들의 작품들은 전기적인 비평으로 접근하는 것을 용인하지 않았고, 단 한 번의 독서로 가능했던 인상주의 비평으로는 아무것도 이해할 수 없게 된 것이다. 이 작품들에서는 주인공의 심리와 정신 상태가 옛날처럼 간단명료한 것이 아니라 복잡 미묘하게 얽혀서 불투명하고, 등장인물들의 삶 전체가 작가의 생애로 설명할 수 없게 되어 있으며, 소설의 서술 내용과 양식이 불분명한 상태로 나타난다. 여기에서 문학비평은, 이미 새로운 방법론의 도입으로 일종의 혁명을 일으킨 사회학, 정신분석학, 언어학의 도움을 받아 문학작품을 분석하고 거기에 대한 새로운 해석을 내리게 된다. 이것이 이른바 현대 비평으로, 전통적인 비평이 작품에 대한 인상을 중심으로 하여 작품 주변의 연구에 몰두한 것과는 달리, 작품 자체에 대한 비평으로 변모한 것이다.

문학작품을 분석하고 거기에 대한 해석을 내리는 것을 현대 비평의 특색이라고 한다면, 현대 비평은 그러한 분석과 해석의 방법을 인문과학에서 빌려오게 된다. 그것은 20세기 전반부에서는 베르그송 철학과 실존 철학의 영향으로 작가의 묘사 능력, 서술 기법 그리고 세계관에 관심을 기울이게 된다. 그러다가 20세기 중반 이후 영미 비평계에서 '뉴 크리티시즘'이라는 새로운 비평 방법이 대두하여 서술 관점과 주제들에 중요성을 부여하고, 동유럽에서 루카치가 마르크시스트 비평을 새로운 차원으로 끌어올리고 스위스와 프랑스에서는 레오 스피처의 문체론과 바슐라르의 정신분석학적 비평과 샤를 모롱의 심리비평이 새로운 지평을 열게 된다. 여기에 언어학의 영향을 받은 러시아 형식주의자들은 문학의 기능과 문학성littérarité에 질문을 던짐으로써 구조주의 비평이라는 새로운 장을 열게 된다.

이러한 현대 비평의 다양성은 한편으로 전문화, 세분화의 경향을 띠고, 다른 한편으로는 다른 분야의 업적을 수용함으로써 종합화의 경향을 띤다. 다시 말하면 세분화된 문학비평이 현상학과 해석학이라는 철학의 방법론을 적용하거나 정신분석학, 심리학의 방법론을 수용하거나 사회학, 인류학, 언어학의 이론을 받아들여서 문학작품의 여러 가지 해석의 길을 열어놓게 된 것을 의미한다면, '종합화'란 가령 마르크시즘과 프로이디즘을 문학작품에 동시에 적용한다든가, 정신분석학과 언어학을 융화시켜 문학작품의 분석에 이용한다든가, 언어학과 사회학을 통합하여 문학적 언어의 구조가 지닌 사회학적 의미를 추출해낸다든가 함으로써 문학작품을 복합적인 기호 체계나 인간 삶의 여러 가지 징후로 인식하는 길을 열어놓게 된 것을 의미한다.

4

이와 같은 현대 비평의 현황으로 볼 때 D. W. 포케마와 엘루드 군네입쉬의 『현대 문학 이론의 조류』, 빅토르 얼리치의 『러시아 형식주의』, 토니 베넷의 『형식주의와 마르크스주의』, H. R. 야우스의 『도전으로서의 문학사』, 폴 헤르나디의 『장르론』, 피에르 지마의 『문학 텍스트의 사회학을 위하여』 등은 인문과학의 업적을 수용한 현대 비평의 결실이라고 할 수 있다. 이 중 『현대 문학 이론의 조류』는 이미 제목에서 설명하고 있는 것처럼 현대 비평의 여러 가지 방법론을 한꺼번에 제시한 이 방면의 첫번째 번역서이다. 이 책의 저자들은 '문학 텍스트를 해석하고 문학을 특정의 소통 양식mode of communication으로 설명하고자' 하는 입장을 취하고 있기 때문에 현대 비평의 여러 가지 방법론에 모두 긍정적인 의미를 부여한다. 이 책은 모두 6장으로 구분되어 있는데, 제2장은 러시아 형식주의로부터 체코의 구조주의를 거쳐 소련의 기호학에 이르는 동구권의 과학적인 문학 연구를 다룬다. 저자는 이 세 단계가 현대 비평에 공헌하고 있는 점을 주목하고, 여기에서 현대 비평의 '발전 경로'를 발견한다. 제3장은 프랑스의 구조주의를 다루는데, 소쉬르의 일반 언어학, 레비-스트로스의 구조인류학, 그리고 롤랑 바르트와 대학 비평 간에 있었던 신구 논쟁을 중심으로 프랑스의 구조주의가 성립된 과정을 밝히고, 구조주의 비평의 대표적인 경향으로 바르트의 몇 가지 논문을 검토한 다음, 프로프의 『옛날이야기의 형태학』의 영향을 받고 이른바 '이야기의 기호학'에 집중적인 노력을 보인 그레마스, 클로드 브르몽, 츠베탕 토도로프의 활동과 업적을 '구조주의 설화학'이라는 명칭으로 소개하고, 마지막으로 로만 야콥슨과 레비-스트로스가 행한 보들레르의 시 「고양이」 분석을 '구조

언어학적 텍스트 기술'로 설명한다. 제4장은 마르크스주의 문학 이론의 역사를 서술하면서 특히 루카치를 비롯하여 아도르노, 벤야민 등의 프랑크푸르트학파와 카를 포퍼, 뤼시앵 골드만과 그의 발생론적 구조주의를 보다 세밀하게 발전시킨 린하르트의 작업에 대한 평가를 내린다. 제5장은 이른바 독자 사회학의 발전적인 양상으로 나타난 수용미학의 이론과 실제를 소개하면서 수용미학의 몇 가지 가능성을 타진하고 있다. 볼프강 이저와 야우스 등 주로 독일에서 발전된 수용미학은 문학사회학의 한 양상으로 보아도 괜찮을 것이다. 이상의 다양한 문학 연구의 방법론을 검토한 저자들은 "문학은 의미론적 우주를 구성하고 있는, 한 특수한 형식으로 간주되어, 보다 상대적이기는 하나 보다 의의 있는 자리를 차지하게 된 것이다"라고 결론을 내리면서 제6장에서 움베르토 에코의 기호학 이론, 포퍼의 역사 연구 방법론, 야우스의 수용미학 이론, 그리고 소통 구조의 기호학 이론의 발전에 현대 비평의 기대를 걸고 있다.

5

이상의 내용에서 알 수 있듯이 『현대 문학 이론의 조류』는 여러 가지 문학 이론을 소개하고 그 역사적 전개 과정을 알려준다는 점에서 문학 비평의 현대적 방법론의 입문서처럼 보일 것이다. 실제로 이 책이 여러 가지 방법론을 각 장으로 분류해서 다루는 반면에 얼리치의 『러시아 형식주의』와 베넷의 『형식주의와 마르크스주의』가 이 책의 제2장에 해당하는 부분을 전문적으로 다룬 점에서, 지마의 『문학 텍스트의 사회학을 위하여』가 프랑스 구조주의 이론의 세분화된 분야를 다룬다는 점에서, 야우스의 『도전으로서의 문학사』가 수용미학의 독창적인 이론서라는 점에서 보다 깊이 있는 전문서라고 할 수 있다. 따라서 현대 비평을 공부하기 위해서 『현대 문학 이론의 조류』를 먼저 읽고 나머지 다섯 권의 책을 읽는다면, 심리학적·정신분석학적 문학비평을 제외한 비평의 방법론을 어느 정도 이해하고 실제로 적용해볼 수도 있다. 특히 이들의 책 뒤에 붙어 있는 참고문헌은 전문적인 연구를 하는 데 부족함이 없을 정도로 훌륭하게 작성되어 있다는 점에서 대단히 유익해 보인다. 게다가 이들의 책이 각 분야에서 널리 알려진 업적으로 평가되고 있다는 점에서 우리말로 읽게 된 것은 우리의 문학비평 혹은 문학 연구에 도움이 될 것으로 기대될 뿐만 아니라 개인의 지적인 호기심을 충족시켜줄 수도 있으리라.

6

이들의 이론들이 모두 서양의 이론이라는 사실 때문에 경계의 대상이 될 수도 있고 혹은 현학적인 관심의 대상이 될 수도 있다. 하지만 이들의 이론들이 현대 사회 속에서 개인의 삶과 문학의 의미를 알고자 하는 노력의 산물이라는 사실을 받아들이면 그것들은 순수한 의미에서 우리의 앎의 욕망과 해석의 의지에 많은 암시를 줄 수 있다. 가령 문학의 형식에 대한 관심이 문학의 윤리에 관한 관심보다 이데올로기로부터 자유로울 수 없으며, 구체적·언어학적 실체로서의 문학이 그것을 태어나게 한 사회와 역사로부터 독립될 수도 없다. 그러한 점에서 오늘날 구조주의적인 문학 연구의 선구자로 평가받는 러시아 형식주의가 소련의 마르크주의 문학론에 의해 박해를 받으면서도 문학을 문학이게끔 만드는 '문학성'을 밝히고자 하고 시와 소설의 구조를 탐구한 '역사'와 '이론'을 제시한 얼리치의 『러시아 형식주의』는 형식주의자들이 문학 이론의 완성에는 실패했지만, 문학의 근본적인 문제들을 밝힘으로써 개개 작품의 독창성을 추구하는 문학비평과 문학작품의 보편성을 추구하는 시학에 모두 기여하게 된다. 이것은 문학이 문학으로서 분석되고 해석됨으로써 문학의 신비화가 지니고 있던 제도적인 억압을 벗어나게 하는 역할을 한다. 또한 『문학 텍스트의 사회학을 위하여』나 『도전으로서의 문학사』는 현대의 비평이 개발한 방법론들을 종합하려는 의도로 주목받을 수 있다. 왜냐하면 『문학 텍스트의 사회학을 위하여』는 구조언어학과 사회학의 이론을 종합하여 문학작품을 하나의 기의로만 해석하게 하는 모든 제도화의 음모를 드러내고, 문학이 사회적 사실인 동시에 기호론적 사실이라는 것을 밝힘으로써 내용과 형식의 이원론을 극복하고 보다 포괄적이고 풍요한 문학 텍스트의 사회학을 제시하고 있기 때문이고, 문학과 예술이 그 작품을 향유하며 판단을 내리는 수용자의 경험에 구체적인 역사 과정이 된다는 『도전으로서의 문학사』는 작가와 작품의 역사였던 기존의 문학사를 극복하고 수용자(다시 말해서 독자)의 역사적 기능을 중시함으로써 수신자의 식별·모방·재해석을 통해 새로운 창조에 이르게 하고 있기 때문이다. 여기에서 전자가 러시아 형식주의와 프랑크푸르트학파의 연구 업적을 중시하고, 후자가 후설과 리쾨르의 현상학, 딜타이와 가다머의 해석학, 프랑크푸르트학파의 이데올로기 비판, 체코와 프랑스의 구조주의를 종합하고 있는 것은 문학을 통해 현대의 삶에 대한 이해와 해석에 도달함으로써 문학작품의 독서가 소비가 아닌 생산 행위가 되도록 하려는 이데올로기를 내포하고 있다. 이들은 모두 문학의 언어를 하나의 의미로, 구조주의적 표현을 쓰면 하나의 기의로 파악하려는 경향이 문학을 어떤 이데올로기의 실천 도구로 삼으려는 입장을 대변하고 있음을 증명한다. 그러한 점에서 『형식주의와 마르크스주의』에서 전통적인 마르크스주의 비평에 대한 비판도 동일한 문맥으로 읽어야 한다.

이러한 이론들의 소개와 연구는 우리의 비평 현실로 볼 때 어쩌면 당면 과제 중 하나일지도 모른다. 왜냐하면 문학이 무엇인가에 대한 회의가 부족한 현실에서 학교에서의 문학 교육이나 사회에서의 독서 풍토가 삶과 현실을 읽어내는 방법을 개발하는 역할을 제대로 하지 못하고 있기 때문이다. 모든 것이 소비 중심으로 바뀌어버린 삶의 현실에서 독서만이라도 소비가 아닌 생산 행위가 될 수 있게 하는 데 이 책들의 독서가 기여해야 된다. 헤르나디가 『장르론』에서 문학의 문제를 장르의 문제로 바꿔보고자 하는 것도 그러한 생산의 의도가 담겨 있다. 최근 프랑스에서는 '수용미학'의 이론적인 영향이겠지만 독서 사회학에 관한 연구가 고조되고 있다. 새로운 이론이라고 해서 무조건 좇아가고 받아들이자는 것은 아니지만, 독서 사회학에 관한 연구가 문학작품의 독서를 통해 삶을 해석하고자 하는 우리의 기대와 일치해주기를 바라고 싶은 것이다. 〔1984〕

Ⅱ

구조』에는 현실의 폭력을 비판적으로 성찰하고자 했던 한 비평가의 지적 노력이 온전하게 담겨 있다. 정치적인 현실이 정신을 병들게 하고 언어를 파괴하고 있던 추문의 1980년대 한가운데에서
한 비평적 모색을 꾸준히 이어간다. 그에게 문학은 이른바, "고통스러운 행복의 기록들"이 각인되어 있는 새로운 언어적 가능성을 의미했다. 그러한 가능성을 길어 올리기 위한

소설의 조직성과 미학
—황순원의 소설

황순원의 소설 미학

소설가 황순원을 이야기할 경우 사람에 따라 다르겠지만 그 다른 이야기들을 종합해보면, 대개 다음 몇 가지로 집약할 수 있다. 첫째, 그는 오랫동안 작품 활동을 하고 있는 문자 그대로의 현역 작가로서 소설가의 본보기가 된다는 점이고, 둘째 그는 소설 외의 잡문을 일절 쓰지 않는 결벽증의 소유자로서 문단의 세속적인 욕망과는 상관없이 살고 있다는 점이고, 셋째 그는 후배 양성에서 남다른 안목의 소유자로 그가 추천하거나 선발한 작가들 중 우수한 작가들의 숫자가 압도적으로 많다는 점이다.

황순원에 대한 위의 평가 가운데 첫번째 것은, 대부분의 우리나라 작가들이 30～40세를 전후로 해서 작품 활동을 중단하는 조로 현상을 보이고 있는 반면에, 그가 몇 년 전에도 모 월간지에 장편소설을 연재했다는 사실로도 충분히 입증된다. 회갑을 넘긴 작가로서 창작집을 발간한 뒤 2년 만에 또 하나의 장편을 시도할 수 있었다는 것은 괄목할 만한 일이 아닐 수 없다.

더구나 황순원에 관한 두번째 평가에 대한 설명이 되겠지만, 일체의 신문 연재소설을 배격해오고 있는 그가 여전히 잡지에만 소설을 발표하고 있다고 하는 사실은, 얼핏 보면 별로 중요하지 않아 보일지 모르지만, 그의 결벽증을 단적으로 드러내준다. 일반적으로 사람들은 나이가 들면서 자신의 과거와 삶의 경험을 기록으로 남겨두고 싶어 하거나, 그동안의 자신의 명성을 어떤 글을 통해서 과시하고 싶어 한다면, 황순원은 그러한 것을 지금까지 완전히 거부하고 있는 셈이다. 그래서 소설 이외의 어떤 글도 발표하지 않는 그가 신문에 소설을 연재하지 않고 잡지에만 발표하고 있다는 사실은, 한편으로 문학에 대한 그의 겸허한 태도를 이야기해주면서, 다른 한편으로는 자신의 이름을 소설 이외의 것으로는 남기고 싶어 하지 않는 그의 소설가적인 열정을 말해준다.

뒤집어서 말하면, 이것은 자신의 개인적인 능력에 대한 자각과 그 능력의 집약을 위한 노력의 표현이다. 물론 나이 든 작가들이 자신의 문학에 대한 태도라든가 삶에 대한 경험을 소설 외의 장르로 남기지 않는다는 게 꼭 긍정적인 것인지는 별도의 문제로 보아야 한다. 그에 관한 세번째 평가는 좀더 세속적인 표현을 빌리면 '황순원 사단'이라고 불릴 정도로 능력 있는 현역 작가들이 그에 의해서 문단에 등장했다는 사실로 충분히 입증될 수 있을 것이다. 물론 이것은 그가 소설 속에서 앞으로 소설을 계속 쓸 수 있는 발전적인 요소를 잘 파악한다는 이야기가 되리라.

그러나 앞에서 든 그에 관한 평가는 모두 황순원이라는 작가 자신이 가장 기피해온 문학 외적인 평가라는 면에서 대단히 반어적이다. 오직 소설 쓰는 일 외의 일체의 문학 행위를 거부해온 그에게 이러한 평가를 내린다고 하는 것은, 소설을 열심히 써온 작가에게는 문학적이면서 문학 외적인 호평이 동시에 주어진다는 사실을 입증하는 바이다.

황순원의 최근의 단편집 『탈』에 실린 21편의 단편을 모두 읽게 되면, 원래 그의 작품들을 읽어온 독자로서는 상당히 재미있는 현상을 발견하게 된다. 즉, 그의 단편들이 대부분 그러하듯 별로 길지 않다는 사실과 작가가 지금까지 단편소설에 대해서 가져온 생각 자체가 아직도 한결같은 일관성을 지닌다는 사실이 여전히 작품 속에 드러나면서도, 그러나 그 생각을 뒷받침해주는 이야기들은 좀 달라져 있기 때문이다.

여기에서 단편소설에 대한 일관된 생각이란, 그의 단편에서는 여전히 극도로 절제된 문장 속에 삶의 어떤 순간이나 사물의 어떤 상태를 포착하려고 하는 작가의 의도가 뚜렷한 아름다움으로 드러나고 있다는 사실이다. 반면, 달라진 이야기라고 하는 것은 아름다움으로 묘사된 삶의 순간이나 사물의 상태가 초기의 단편들에서는 소멸의 미학을 가지고 있었다면, 최근의 것은 생성과 유대의 미학을 내보이고 있다는 사실로 설명된다. 황순원 소설의 이러한 특색 때문에 어떤 문학사에서는 그를 다음과 같이 낭만주의자로 규정한다.

> 황순원은 그의 낭만주의적 성격을 구극으로 밀고 나가면서 거기에 적절한 규제를 가하려고 한 작가이다. 그의 낭만주의적 성격은 초

기 낭만주의자들의 체제와 질서에 대한 강렬한 저항 의식을 포함하지 않고 있다. 그런 의미에서 그의 낭만주의적 성격은 죽어가는 여인을 묘사하는 것이 가장 아름답다는 포의 작시철학에 표현된 퇴폐적 낭만주의에 가깝다. 그러나 그의 낭만주의적 성격의 일면을 이루는 퇴폐성은 서북 지방의 프로테스탄티즘에 의하여 적절하게 규제되어 거부되어야 할 것으로 변모된다. 그의 낭만주의적 성격은 그러므로 곧 사라지리라는 예감을 주는 미적 이상을 긍정하고 그것의 효과를 노리는 신비주의적인 측면과 완벽한 형태를 획득하여 그 질서 속에 그의 내부의 정열을 감추겠다는 기교주의적인 측면을 가지고 있다. (김윤식·김현, 『한국문학사』)

여기에서 주목하고 있는 것과 같이 소멸의 미학이나 극도의 절제를 주축으로 한 일종의 기교주의적 측면이 가령 황순원의 작품들이 주는 정태적인 삽화와 관련을 맺고 있다면, 이러한 이야기는 사실이라고 인정해도 좋으리라. 왜냐하면 황순원의 작품에서는, 아니 적어도 단편에서는(장편을 여기에 포함시켜 같은 계열로 묶을 수는 없다), 그의 문학적 생애의 초기나 지금이나 이러한 정태적 서술이 일관되고 있기 때문이다. 일종의 묘사의 정적주의라고 일컬을 수 있는 이러한 묘사의 특색은 장편소설들을 제외하고는 그의 어느 작품에서나 나타난다. 가령 『탈』이라는 작품집의 「소리 그림자」 「온기 있는 파편」 「아내의 눈길」 「주검의 장소」 「나무와 돌, 그리고」 등의 작품 제목들에서 이미 그러한 정적주의와 관련된 표현들을 볼 수 있듯이, 그의 작품 하나하나에도 그러한 분위기를 그린 삽화의 인상이 끝까지 지속된다.

예를 들면 「소리 그림자」에서는 어린 시절의 종소리에 얽힌 '성일'

의 한 많은 일생을 그가 남긴 그림 속에서 즐거운 순간의 발견으로 대치하고 있다. 꼽추로서 일생을 보낸 '성일'의 삶에 대해서 그것이 비극적이었다든가 혹은 가난하고 찌든 것이었다든가 하는 등의 구체적인 생활은 거의 이야기의 표면에서 사라지고 어린 시절의 한 순간에 경험한 즐거움과 놀라움에 대한 추억만이 표면에 드러남으로써 이 작품은 이야기로서의 기능은 약화되고 회화로서의 기능만이 강화되어 있다. 이러한 특색이 「온기 있는 파편」에서는 전혀 다르게 나타난다. 4·19 당시 데모의 대열에서 부상당했다가 창녀의 도움으로 구출된 주인공은 소설의 서두에서부터 끝부분까지 대단히 피동적으로 움직인다. 그러니까 주인공 '준오'가 '데모'에 가담해서 경무대 앞에까지 간 것도 위험을 무릅썼다기보다는 '겁날 것이 없는' 동료들에 밀려서 간 것이고, 자신이 4·19의 영웅이 된 것도 자의로 선택한 게 아니었다. 그러니까 주인공이 자신의 상황에 적극적으로 대처하고 있는 것이 아니라, 그 상황에 이끌려가고 있는 점에서 대단히 정태적인 상황을 묘사하고 있다. 그러나 이 소설의 마지막 부분에서도 일종의 전이 현상이 일어난다. 주인공이 비로소, 혹은 처음으로, 자기의 상황에 적극적으로 대처하고 있는 것이다.

> 말로는 통할 것 같지 않았다. 억울했다. 준오는 발을 땅에 버티고 몸을 뒤로 채면서 마구 주먹을 휘둘러댔다. 어쿠, 하며 두 손으로 얼굴을 감싸는 상대방의 배를 이번에는 발길로 냅다 찼다. 그러고는 흩어지는 사람들 틈새를 뚫고, 있는 힘을 다해 내달리기 시작했다. 오래간만에 전신에 어떤 탄력 같은 것을 준오는 느꼈다.

바로 이 마지막 구절을 쓰기 위해서 작가가 그 앞의 긴 이야기를 쓰기나 한 듯 이 순간의 삽화는 대단히 경쾌해 보인다. 또 「어머니가 있는 유월의 대화」는 분단의 비극 속에서 모성애와 생명력에 관한 담담하면서도 강렬한 이야기를 무명의 주인공을 통해 삽화로 보여준다. 그렇기 때문에 황순원의 단편에는 곳곳에 비극이나 죽음의 그림자가 드리워져 있으면서도 그 비극의 소용돌이나 죽음의 격렬한 현장이 클로즈업되지는 않는다. 「조그마한 섬마을에서」의 주인공 '욱이'의 자맥질이 죽음과 관련 있는 것도 "그 자리에 약간 파문이 이는 게 먼눈에도 보였다"로 끝나는 대목에 이르러서이다.

그런 의미에서 황순원의 단편소설들은 우리의 삶에 있는 모든 비극을 표면화시켜서 다루고 있다기보다는 내면화시키고 있음을 알 수 있다. 이를테면 묘사의 초점이 비극을 당하고 있는 순간의 고통에 맞추어져 있지 않고 그 고통이 주인공 개인에게 내면화된 것에 맞추어지고 있음을 의미한다. 그러한 현상을 소설 속의 표현을 빌리면 "푸른 하늘에 조그만큼씩한 흰 구름이 몇 한자리에 꼼짝 않고 떠 있었다. 그것도 하나의 정물이었다. 그런데 단 하나 정물로 보이지 않는 게 있었다. 바로 위 하늘에 한 마리의 해오라기가 날아다니고 있는 것이다"라고 하는 데서 찾아볼 수 있다. 여기에서 보듯이 정물이 아니라고 하는 날고 있는 해오라기마저 정물화시키고 있는 것이 황순원 소설의 미학이다.

그러나 바로 이러한 모든 정물화 현상에서 주목해두어야 할 점은 여기에 끊임없이 문제가 되고 있는 것이 주로 어린아이와 노인들이고, 따라서 자연스런 현상으로 '죽음'이라는 테마의 압도적인 무게이다. 이때 '죽음'이란 언제나 그의 주인공들 곁에 있으면서도 그것으로 인해 불안해하고 괴로워하지 않는다. 앞에서 이야기했듯이 죽음이나 비극의 현장적인 파악이 문제가 되지 않고 그 내면화된 모습이 문제가 되고 있기 때문에, 황순원 소설에서 '죽음'은 숙명과 같은 것으로 자꾸만 객관화된다. 이러한 객관화는 작가 자신이 삶을 정관하고 있는 데서 기인하고 있는 것처럼 보인다. 삶을 정관하고 있다는 것은 삶의 참뜻에 관한 작가 나름의 오랜 명상과 슬픔을 내면화하려는 노력에서 기인한다.

황순원의 감동적인 작품 「마지막 잔」만 해도 거의 실명의 수기와 다름없는 작품이지만 여기에서도 "머리의 혈관이 파열되어 의식을 잃기 직전 원이 여기서 무엇을 생각하고 있었는지는 알 길이 없으나 〔……〕 원 자신이 이곳을 자기의 죽음의 장소로 택하지 않았나 하는 점이다"라고 하는 것처럼, 그리고 그에게는 친구를 잃은 슬픔을 나타낸 흔적이 전혀 내보이지 않는 반면, 바로 죽음도 운명이고 삶도 운명인 것처럼, 그의 내면화된 현실이 개인적인 진실만을 진실로 받아들이고 그 밖의 진실은 모두 조작된 것으로 간주한다. 그러한 현상이 극도로 치밀하게 정물화된 작품이 「주검의 장소」이다.

그러나 이러한 정적주의는 그의 단편소설의 특징이 될 수 있을지언정 장편소설에도 해당되지는 않는다. 『별과 함께 살다』 『카인의 후예』 『인간접목』 『나무들 비탈에 서다』 『일월』 등의 장편소설에는 드라마와 이야기, 삶의 현장감도 있다. 특히 여기에 등장하는 인물들은 자기 나름대로 역사의 비극과 씨름하고 괴로워하며, 자신들이 처해 있는 상황을 극복하기 위해 피나는 노력을 기울인다. 그런 의미에서 그의 장편소설의 주인공들은 대단히 활동적인 인물이다. 여기에는 분명히 황순원의 장편소설과 단편소설의 구분이라는 문학관이 개입되어 있을 것이다.

한 가지 여기에서 주목하고 넘어갈 수 있는 것은 초기의 장편소설이 가난과 모멸의 시대에서 우리 민족의 토속적인 삶에 관한 탐구가 주축을 이루었다면, 때로는 인간성을 상실한 듯한 전쟁 중의 우리 사회에서 고아들의 구제를 통해 상실된 인간의 접목을 시도하거나, 전쟁으로 인해 우리 민족은 누구나 피해자라는 상황 인식으로 젊은이의 고뇌에 인간적인 의미 부여를 하고자 한 것은, 모두 분단과 전쟁이라는 민족적 비극과 관련 있다. 반면에 『일월』과 같은 작품은 우리 사회의 특수 계층의 문제를 다룸으로써 개인적인 구원이 집단적인 구원과 전혀 무관하지 않음을 아주 뚜렷하게 보여준다.

이처럼 장편소설에서는 집단의 현실에 대해 '이야기'를 전개시킨 작가가 단편소설에서는 내면화된 개인의 정물화를 그리고 있는 것은 어쩌면 작가 황순원의 소설 미학의 표현일는지도 모른다. 그러한 소설 미학의 정체를 밝히기 위해서는 이처럼 좁은 지면으로 가능하지 않을 것이다. 적어도 한 작가가 40년의 세월 동안에 쌓아놓은 문학적인 업적을 제대로 파악하기 위해서는 최소한 그 10분의 1의 세월이라도 투여하지 않고는 아마 불가능할 것이다. 그러나 분명한 사실은 이 작가가 인간의 운명에 관한 깊은 성찰에 도달하고, 그 비밀을 캐보는 일은 바로 그의 소설 세계의 저 심오한 바닥을 두드려보는 것이 되리라. 〔1979〕

아름다움의 사회성—『신들의 주사위』

황순원의 『신들의 주사위』는 약 50년 가까이 작품 활동을 해온 한 작가가 완성한 새로운 장편소설이라는 점에서 우선 주목의 대상이 되어야 한다. 『34문학』 동인으로부터 오늘에 이르기까지 48년 동안 창작을 해온 작가의 예가 한국 문단에서는 찾아보기 드물다. 뿐만 아니라 황순원은 소설 외에는 거의 어떠한 글도 기피함으로써 오직 엄격한 의미에서의 창작에만 전념해온 결벽성을 지녔다. 다시 말하면 작가란 작품으로만 말하는 사람이라는 것을 실천으로 보여주었다. 그렇기 때문에 황순원은 어떠한 작품에서나 독자로 하여금 문학작품의 중요성을 느끼게 할 만큼 문장 하나, 토씨 하나에도 소홀히 하지 않음을 보여준다. 그런 점에서 황순원은 언어를 다루는 작가의 대표적인 인물로 우리의 머릿속에 각인되어 있다. 물론 이렇게 이야기하는 것은 황순원 소설의 어느 한쪽 측면만을 강조함으로써 다른 한쪽을 그와 상관없는 것으로 만들기 위한 일이 아니다. 작가에게 현실은 언어이다. 언어는 작가의 출발점이며 동시에 종착점이고 요컨대 작가의 모든 것이다. 소설의 현실이 언어로 된 현실이고 소설의 미학이 언어의 미학이라는 사실이 그러하다. 『학』 『기러기』 이후 오늘에 이르기까지 황순원 소설에 나타나고 있는 한국인의 정서는 바로 이 작가의 언어로 나타난 정서이다.

이와 같은 점에서 볼 때 『신들의 주사위』도 그의 다른 소설들과 동일한 성격을 지닌 작품이라고 할 수 있다. 그러나 이 작품을 주의 깊게 읽은 독자는 다른 작품보다 더욱 강한 조직을 갖고 있음을 알 수 있다. 여기에서 조직이 강하다고 하는 것은 조직 자체가 복합적이면서도 그것의 상관관계가 어떤 전체를 드러내는 데 기여하며 이를 통해 삶의 정체가 감각의 일부처럼 확실하게 보이기 때문이다.

이 작품은 우선 '한수' 집안의 가족사적인 성질을 띠고 있다. 전답과 가옥을 남보다 많이 소유하고서 그 세를 받아 부를 누리고 있는 할

아버지 '두식 영감', 할아버지의 강한 권한 행사로 한 번도 자기주장을 내세우지 못하는 '한영 아버지', 할아버지로부터 가계의 후계자로 지목받고 집안 살림을 도맡아 하고 있는 형 '한영', 집안에서 출세할 수 있는 인물로서 기대의 대상이 되어 사법고시 준비를 하고 있는 '한수' 등이 이루고 있는 이 집안의 삶에 초점을 맞추게 되면 이 작품은 전통적인 가정이 새로운 문물과 가치관에 부딪치면서 변화할 수밖에 없는 운명을 비극적으로 체험하게 되는 것을 보여준다. 여기에서 전통적인 가정이란 할아버지로부터 손자에 이르기까지 한 집에서 살고 있고 그 집안의 절대적인 권위의 상징이 가부장으로 나타난다는 것을 의미한다. 특히 할아버지의 권위와 가치관은 집안의 누구의 도전도 용납하지 않을 만큼 절대적이며 그 집안을 움직이는 질서의 핵심을 이룬다. 말하자면 이 소설은 그러한 전통적인 가정이 무너져 내리는 '징조'로부터 시작된다. 그 징조는 '관계없다'고 하는 이 집 장손인 '한영'의 고함 소리를 의미한다. '한영'은 유교적인 가부장제도의 장손으로 길러진 인물이다. 그것은 그에게 가업을 맡기려고 하는 '두식 영감'의 의도로 이루어졌다. 그렇기 때문에 두식 영감은 그에게 고등교육을 시키지 않는다. 교육을 출세의 한 과정으로 인식하고 있는 두식 영감은 출세란 집안의 이름을 날리는 데는 필요하지만 가게를 잇는 데에는 불리하다는 생각을 갖고 있다. 왜냐하면 일단 출세하면 그만큼 위태로울 뿐만 아니라 집안의 재산도 안전할 수 없기 때문이다. 그래서 두식 영감은 아들인 '한영 아버지'와 장손인 '한영'에게 교육을 시키지 않는다. 말하자면 교육을 시키지 않음으로써 이들에게는 자신의 가치관을 주입시키고 그리하여 집안의 재산을 관리·보존하는 역할을 맡긴다.

그러나 두식 영감의 이러한 의도는 그다음 세대인 '한영 아버지'에게 통용된 반면에 손자인 '한영'에게서는 실패로 끝난다. 겉으로는 '한영'이 할아버지의 뜻을 받들고 있는 듯하지만 실제로는 그럴 수 없다는 자기 내부의 자각에서 비롯한다. 한영이 다른 사람들에게서 고등학교의 교과서를 구해 본다든가, 어수룩한 듯하면서도 이따금 다른 사람을 놀라게 할 만큼 유식한 이야기를 늘어놓는다는 것이 그러하다. 말하자면 '한영' '한수' 세대가 가정과 개인을 구분하고 그들 사이에서 오는 갈등을 현실로서 체험하는 것을 의미한다. 그래서 한영은 한편으로 동생 한수가 공부할 수 있도록 뒷바라지를 해주면서도 가정의 구성원으로서만 존재하는 자신에 대해서 갈등을 느끼게 된다. 그리고 그러한 갈등의 무의식적인 표현이 이따금 지르게 되는 '관계없다'고 하는 고함 소리로 표현된다. 그의 고함 소리는 한수의 노력으로 치유되지만 그러나 그가 느끼고 있는 개인과 가정 사이의 갈등은 해소되지 않는다. 그는 한편으로 분가를 원하게 되고 또 자신의 아버지에게 계모와의 살림을 차려드리는 일을 함으로써 가정 안에서 비존재의 상태에 있는 자신의 존재를 존재의 상태로 바꿔놓고자 하다가 자살을 하고 만다.

한수는 할아버지로부터 출세에 대한 기대를 한몸에 받고 있기 때문에 개인적으로는 자유로우면서도 그 자유가 고시 공부를 전제로 한 것임을 알고 있다. 그리하여 한편으로는 한영을 이해하고 그의 독립을 지원하고자 하고, 다른 한편으로는 개인적 삶의 내적인 방황을 체험하게 된다. 그의 방황의 주요한 대상은 사랑의 문제로 나타난다. 황순원의 다른 작품에서도 나타나고 있지만 주인공의 사랑은 작가의 문체처럼 고결하고 절제된 것이다. 가정의 요구인 고시 공부와 개인적인 요구인 사랑 사이에서 느끼는 주인공 한수의 갈등은 형인 한영의 자살로 새로운 국면으로 전개된다. 그것은 과부인 세미와 젊은 진희 사이를 오가는 사랑의 방황에 종지부를 찍고 모두를 떠남으로써 고시 공부에 전념하고자 하는 결심으로 나타난다. 그러나 사실은 사랑이라는 개인적 현실로부터 고통을 당할 때는 고시 공부라고 하는 가족의 요구로 도피를 하는 것이다. 이러한 도피는 우연한 사고 때문에 불필요해지만, 한영이 가족의 문제로 괴로워한 반면에 한수는 개인의 문제로 많은 갈등을 겪는다는 사실을 뒷받침해준다.

반면에 할아버지인 두식 영감은 이들이 자신의 요구에 부응하는 한 어떠한 갈등도 없다. 그에게는 개인적인 자아가 존재하기보다는 가족적인 자아만이 존재하기 때문이다. 따라서 그의 가족적인 자아는 가부장적인 자신의 존재를 확인하고 자신의 가치관 실현을 필요충분조건으로 갖고 있다. 그러나 이러한 전통적인 가족 개념 속에 안주하고 있는 그의 자아는 한영의 자살과 한수의 혼수상태로 인해 무너진다. 이 두 가지 사고는 가부장적 가족제도와 가치관이 강력한 도전을 받음으로써 비극적 운명을 맞이할 수밖에 없음을 말해준다. 두식 영감의 노망은 결국 이 가족사에 역사적인 전기가 왔음을 의미한다.

한 가족의 이러한 역사적 전기는, 그러나 그것이 가족의 차원에서 끝나지 않고 사회의 차원으로 확대되고 있다는 점에서 이 소설의 복합적 조직의 일면이 드러난다. 이 마을의 구성원들 가운데 마을의 경제권을 쥐고 있는 사람은 원래 '두식 영감'과 '문진 영감'이다. 여기에서 두식 영감은 마을의 논밭과 가옥 등의 부동산을 가장 많이 소유하여 세를 주고 있고, 문진 영감은 현금을 가장 많이 소유하여 고리대금업을 전문으로 함으로써 전통적인 경제권의 두 측면을 대표한다. 이들에게도 개인적인 윤리관이 존재한다. 가령 두식 영감이 춘길네 집을 인수하는 것은 친구인 재담 영감과의 우정 때문이고, 문진 영감이 고리채를 줄 때에는 반드시 장사를 하려는 사람에게만 국한시키고 돈을 빌려준 다음에도 성공할 수 있도록 여러 가지 조언을 아낌없이 제시하는 것도 단순히 빌려준 돈을 받을 수 있기 위해서만은 아니기 때문이다. 이러한 윤리관은 이들이 그 마을의 경제권을 쥐고 있으면서도 전통적인 마을을 지탱해주는 힘의 역할을 한다. 그런데 여기에 송 회장네 자본이 이입되어 강 사장이 중개인으로 나서며 이들의 땅을 사들이게 된다. 다시 말하면 도시의 자본이 이곳의 땅을 사들임으로써 농사에만 의존하던 이 사회는 공장의 힘에 의존하게 되는 변화를 겪는다. 두식 노인의 한증막 자리가 강 사장에게 매입되는 과정은 농촌의 변화를 상징적으로 보여준다. 도시의 상업 자본이 농촌에 유입될 때는 어떠한 개인적 윤리관도 개의치 않기 때문에 땅 매입 과정에서 수단과 방법을 가리지 않게 된다. 그리하여 강 사장은 '봉룡'을 앞에 내세웠다가 자신에게 절대적으로 유리한 상황의 변화를 보고는 여지없이 안면을 바꾸기도 하면서 두식 영감의 한증막 땅까지도 손아귀에 넣게 된다.

이러한 과정에서 또 하나 나타난 현상은 도시의 상업 자본이 농촌의 땅을 쉽게 매입할 수 있게 된 현실이다. 그것은 농민들의 농사가 저미가 정책과 고가의 비료 때문에 수익성을 띠지 못했기 때문이다. 그들은 수익성이 없는 농사를 짓지 않기 위해서 임자가 나서면 곧 농토를 팔고 도시로 떠나간다. 이른바 1960년대 말에 보이기 시작한 이러한 이농 현상은 한편으로는 두식 영감과 문진 영감 등 전통적인 자본주들이 지니고 있던 개인적인 윤리관마저 발붙일 곳이 없어진 반면에 수단과 방법을 가리지 않고 수익성을 찾아다니는 도시 자본의 유입에서 찾아지고, 다른 한편으로는 저렴해지는 농산물 가격으로 인해 상대적으로 부유해지는 도시 생활에 대한 동경이 농촌에 남아 있지 못하게 하는 데서 찾아질 수 있다. 그리하여 농민들이 쉽게 자신의 농토를 팔고 농촌을 떠남에 따라 농촌의 자본가들도 버텨낼 힘을 상실한다.

여기에서 한 가지 더 지적될 수 있는 사항은 농촌의 자본가들이 농민들의 이농 현상을 막을 수 있을 만큼 충분한 능력을 갖추지 못했다는 사실이다. 영세 농민들이 농토를 팔지 않을 수 있는 삶의 여건을 사회도 마련하지 못했고 농촌 자본가들도 부여하지 못했기 때문이다. 게다가 농민들에게는 공장이 들어섬으로써 월급을 받고 일할 수 있는 직장이 보장되는데, 그것은 곧 그 농촌 사회의 발전을 의미한다. 농촌이 발전한다는 것은 농사만 지음으로써 겪어왔던 가난으로부터 벗어난다는 대단히 현실적인 꿈을 농민에게 심어줄 수 있었다. 그리하여 농민들이 농토를 팔게 되자 이들을 상대로 소작과 고리대금업을 유지해온 농촌의 자본가들이 도시의 자본가들에게 밀려나는 것이다. 이러한 현상을 대표적으로 보여주는 것이 바로 두식 영감의 실패이다. 바꾸어 말하면 문진 영감의 고리대금업이라는 자본도 가치관과 생활양식의 근본적인 변화를 겪지 않으면 언젠가는 도시 자본에 의해 두식 영감의 그것처럼 밀려날 수밖에 없음을 알 수 있다.

여기에서 가치관과 생활양식의 근본적인 변화를 통해서 농촌 자본이 새로운 도시 자본을 이용해서 버틸 수 있는 가능성은 '건호'와 같은 새로운 농민에 의해 발견된다. 그것은 '비닐하우스'라는 새로운 농사 수단의 발견으로 요약된다. '울남이'라는 별명을 지닌 '건호'와, 한수가 술집에서 만난 '선배'는, 비닐하우스에 온실 재배를 함으로써 농사의 수익을 높이면서 새로운 농촌 자본의 축적 가능성을 보인다. 이러한 농사 방법은 도시라고 하는 거대한 시장을 배경으로 삼음으로써 가능하다. 그러니까 도시에 농산물을 공급함으로써 농산물의 상품화에 성공하면 가난에서 벗어날 수 있다는 변화는 농촌 자체의 도시화라고 말할 수 있다. 이러한 변화가 가져올 수 있는 긍정적인 측면이 '건호'에게서 나타난다고 한다면, 부정적인 측면은 한수의 '선배'에게서 나타난다. 그리고 이러한 변화 속에서 '봉룡'이나 '강 사장'과 같은 새로운 유형의 인물도 등장한다.

이 소설이 가족의 이야기부터 농촌이라고 하는 집단의 이야기로 확대된 것은 그것이 현대 사회의 전체적인 문제로의 확대 가능성을 내포하고 있기 때문이다. 실제로 이 소설에서는 현대 사회에서 교육의 문제, 공해의 문제, 통치의 문제 등을 동시에 제기한다. 가령 심 읍장의 딸 창숙이 시험 답안지에 편지를 쓰기도 하고 선생들 간의 관계를 과장해서 소문을 내고 있는 문제라든가, 영란이가 꽃을 사다가 꽂아놓았다가 어느 날 꽃잎을 모두 따버린 문제라든가, 학교에 진학하지 못하고 가사를 돕던 친구가 가출한 것을 보고 어른들에 대해 신뢰하지 않기로 결심한 사춘기 소녀들의 교육 문제는 이 소설에서 상당한 비중을 차지한다. 물론 그것은 이 소설에서 '선생'이라는 직업을 가지고 등장하는 두 인물 '중섭'과 '진희'의 비중이 크기 때문이다. 그러나 청소년들의 교육 문제나 성 문제는 가족의 변화와 농촌의 변화에서 중요한 문제가 아닐 수 없다. 따라서 '중섭'과 '진희'라는 두 인물의 정신적인 방황은 한편으로 지극히 개인적인 감정의 문제와 대타 관계에서 기인하기도 하고 다른 한편으로는 교사라는 직책의 문제에서 기인하는 것이다. 여기에서 중섭은 개인적인 문제의 해결을 위해 고향을 떠난 반면, 명희는 그 두 가지 문제를 모두 해결하려고 하다가 결국 사고로 죽게 된다.

여기에서 또 하나 중요하게 다루어지는 문제가 공해의 문제다. 염색 공장을 건설하기 위해 '강 사장'이 농토를 사들일 것이라는 소문이 난 뒤에 '병배'가 나타남으로써 마련된 술좌석에서 이 문제는 공개적으로 토론된다. 여기에서는 '한수' '중섭' '병배'가 공해 문제의 심각성을 주장하면서 외국의 실례를 든 반면에, 심 읍장과 정 보건소장과 윤 의원이 지역 발전을 위해서는 공장이 들어서야 한다는 주장을 펼친다. 이러한 토론의 좌석에서 '병배' 일행은 지식인의 역할을 맡고 심 읍장 일행은 통치자의 역할을 맡고 있다. 지식인의 역할을 맡은 쪽에서는 눈에 보이는 발전보다는 그 뒤에 보이지 않는 공해의 심각성이 중요한 것임을 강조하고, 통치자 쪽에서는 가난으로부터 벗어나는 길은 농촌에도 공장이 들어서서 농민의 수익을 올리는 것임을 주장하면서 공해 문제는 그 방지 시설로써 극복될 수 있으므로 지식인들의 기우로 발전의 계기를 놓칠 수 없다고 반박한다.

이러한 토론에서 드러나고 있는 통치자적인 태도는 심 읍장에게서 볼 수 있듯 자신이 그 자리에 있을 때 지역 발전을 위해 무엇인가를 이루어놓겠다는 성과주의의 집착에 지나지 않는다. 이른바 실적주의라고 할 수 있는 이러한 태도는 눈에 보이는 시설에만 주력하고 눈에 보이지 않는 보다 중요하면서도 나중에야 그 효과가 나타나는 작업을 기피하는 현상을 초래한다. 그리하여 자신의 공적인 지위 때문에 이룩해놓은 실적을 마치 자기 개인의 능력 때문에 가능했다고 생각하는 풍토를 낳는다. 그것은 그동안 농촌과 도시 전체의 사회변동에서 그 변동이 인간적인 삶을 보장하는 것과는 먼 방향으로 이루어진 근본적인 이유가 된다. 다시 말하면 어떤 실적이 미치게 될 영향에 대한 좀더 깊은 성찰과 반성을 통해서 그것이 사회 전체에 가져올 궁극적인 이득을 극대화시키는 방향에서 이루어져야 함에도 불구하고, '누가' 그 실적을 올렸느냐 하는 점만을 강조하고 그것이 가져올 부정적인 영향은 전혀 고려하지 않는다. 말하자면 작은 이익과 커다란 손해를 따져보지 못하는 통치의 맹점을 사회변동 속에서 드러내놓고 있는 것이다.

이러한 관점을 통해 이 작품을 읽으면 마치 어떤 목적을 위해 쓰여진 작품이라는 인상을 갖게 될지도 모른다. 그러나 그와 반대로 이 작품은 '한수'라고 하는 한 개인의 삶을 다룬 것이다. 가족으로부터는 고시에 합격해야 한다는 과업을 부여받고 있으면서도 형에 대해서는 미묘한 감정적 갈등을 느끼고, 마음에 맞는 친구들과 어울리면서도 여인에 대한 사랑의 감정을 끊임없이 체험하는 한수의 삶은 사실 특이한 삶이 아니라 지극히 평범한 삶이다. 그렇기 때문에 실제로 한수에게는 스스로의 의무처럼 주어진 고시 준비에 대한 질문이나 회의가 없고, 할아버지가 자신에게 요구하고 있는 것에 대해서도 마음속으로 이의를 제기하는 일이 없다. 한수라는 인물 자체는 상황과 개인 사이에서 갈등을 느낀다거나 자신이 살고 있는 세계에 대해서 회의를 품는 따위의 적극적인 의미에서의 사회적 존재는 아니라는 것을 말해준다. 그런 의미에서 이 소설은 오히려 개인의 감정과 감각을 주로 다루고 또 그러한 만큼 대단히 섬세하고 감각적인 문체로 되어 있다. 가령 "저녁놀은 종말을 알리면서 뭔가 새 생명을 품구 있는 것 같애서 좋아요. 그리구 순간이란 것과 영원이라는 걸 함께 느끼게 해줘서 좋아요"라고 하는 대화에서 볼 수 있는 감각은 다른 작가들에게서 흔히 볼 수 없다. 또 어두운 길에서 달구지가 굴러 가는 소리를 듣고 "아래 길 쪽에 달구지가 지나가는지 덜커덕덜커덕하는 소리가 들려왔다. 그것은 어둠을 헤집는다느니보다 어둠에 번지어 오는 소리였다"라는 묘사는 황순원의 감수성이 옛날이나 다름없이 예리하다는 것을 알 수 있다. 그의 소설에 나오는 묘사나 정교한 서술과 감각적인 예민성은 거친 글을 인정하지 않는 예술적 장인의식에서 비롯된다. 그렇기 때문에 위에서 제기된 여러 가지 문제에도 불구하고『신들의 주사위』도 한수 개인의 사랑의 고뇌와 방황을 주축으로 한다. 사랑에 실패한 경험이 있는 세미와 첫사랑에 빠져가는 진희 사이에서 그의 사랑의 진실이란 한쪽이 아니라 양쪽 모두에 있고 그렇기 때문에 사랑은 방황이고 또 방황이기 때문에 비극적인 아름다움을 갖는 것이라고 말할 수 있다. 이러한 태도는 어쩌면 황순원에게 사랑의 낭만주의라고 할 수 있을지도 모른다. 왜냐하면 그의 주인공의 사랑은 대부분 이루어지지 못하거나 죽음으로 성취되고 있기 때문이다. 실제로 황순원에게 사랑의 진실은 순간적인 감정의 정직성에서 발견되는 것이지 이성적 윤리관에 입각한 것이 아니다. 달리 말하면 사랑이란 자연 발생적인 것이지 제도적인 것이 아니라는 사실을 의미한다. 그렇기 때문에 그의 소설에서 사랑은 고결하고 슬픔과 밝음을 동반하면서도 소모적이지 않다.

이러한 주인공의 사랑과 병태·중섭·건호 등과 나누는 우정과 형 한영에게 느끼는 우애와 연민, 그리고 할아버지와 맺고 있는 수직 관계 등은 모두 지극히 개인적인 차원의 것이다. 그러면서도 그것이 가족 문제, 농촌 문제, 공해 문제, 통치 문제 등으로 확대되고 사회변동의 내면을 보여주는 것은, 작가 자신이 우리가 살고 있는 세계의 무질서 속에서 어떤 질서를 발견할 수 있었기에 가능하다. 그것은 삶 속에 흩어져 있어 전혀 서로 무관해 보이는 에피소드 하나하나가 보다 큰 구조 속에서는 서로 상관관계를 갖고서 커다란 망처럼 조직되었음을 인식하고 있는 것이다. 그렇기 때문에 한수라는 주인공이 맺고 있는 개인적인 여러 관계가 여러 에피소드를 통해서 엮어짐으로써 커다란 조직체가 될 수 있었다. 이 작품의 조직의 다양성은 그러한 에피소드들의 층위나 차원이 다르면서도 모두 얽어맬 수 있었던 작가의 탁월한 구성을 확인하게 한다. 그것은 바로 선배 작가의 정신 속에 '소설이 척추'라는 인식이 살아서 움직이고 있음을 이야기하며 소설이 소설로서의 힘을 유지하고 있다는 증거이기도 하다. 소설이란 아무것도 아닐 수 있으면서도 모든 것이라는 말도 거기에서 나왔다. 많은 젊은 작가가 소설을 써버리는 경향이 있는 오늘의 풍토 속에서 소설을 정성들여 제작하고 있는 선배 작가가 있다는 것은 동시대에 살고 있는 우리로서는 행복한 일이다. 〔1982〕

소멸의 미학
—김동리의 「무녀도」

김동리의 「무녀도」는 그가 1935년 문단에 등장한 직후에 발표된 대표적인 단편으로 알려진 작품이다. 그의 대표적인 단편으로 알려진 것은 김동리의 작가 세계를 이야기할 때 이 작품이 거의 빠짐없이 언급되고 있을 뿐만 아니라 『무녀도』라는 단편집의 표제 작품이기 때문이다. 그러나 그의 작가 세계를 파악하고자 하는 좀더 주의 깊은 독자라면 이 작품의 주인공이 대변하고 있는 '토속 신앙'과 '기독교 신앙'이라는 두 주제가 이후의 김동리 작품들에서 끊임없이 반복·확대되고 있다는 점에서 이 작품의 중요성을 이해하게 될 것이다. 특히 최근에 발표된 장편 『을화(乙火)』를 읽은 독자는 아마도 『을화』가 초기의 「무녀도」의 변주라고까지 생각할 수 있을 것이다. 그렇기 때문에 김동리의 약 50년 가까운 작가 생활에 특별한 관심이 있는 경우에는 초기의 「무녀도」와 가장 최근의 『을화』를 비교하는 작업을 통해서 김동리의 작가적 세계와 그 변모의 핵심을 파악할 수도 있을 것이다. 그러나 여기에서는 그러한 가능성을 열어둔 채로 놓아두고, 「무녀도」라는 작품 자체를 분석하는 것이 이 글의 목표이다.

이 작품의 서두에는 "무녀도는 거무스레한 물먹으로 그려졌었다"라는 첫 문장으로 시작된다. 여기에서 볼 수 있는 것은 이 작품의 화자가 처음에는 '나'라는 1인칭을 사용하면서 작품의 전면에 나타나고 있지만, 두번째 단원부터는 화자가 작품의 뒷면으로 감추어진 채 3인칭으로 기술되고 있다는 점이다. 이 작품의 첫번째 단원이 작품 전체 중 일종의 도입 부분에 해당한다는 것을 말해준다. 다시 말하면 화자가 앞으로 이야기하고자 하는 것이 어떠한 계기로 어떠한 방법으로 화자에게 알려졌는가를 밝히는 부분에 해당한다.

소설의 흐름으로 볼 때 이러한 기법은 이야기가 아직 소설이라는 문학적 양식으로 발전하기 이전에 있었던 '옛날이야기'의 화법에서 유래한 가장 고전적인 기법 중 하나이다. 여기에서 고전적인 기법이라고 해서 오늘날에는 '낡았기' 때문에 사용하지 않는 것이라는 의미는 아니다. 왜냐하면 이러한 고전적인 기법은 오늘날에도 흔히 사용되며 그 기법 자체가 작품의 가치를 결정짓는 것은 아니기 때문이다. 이러한 기법은 소설을 끝까지 다 읽고 난 독자가 가질 수 있는 의문—즉 화자는 어떻게 해서 이 이야기를 눈으로 직접 보지 않고도 다 알 수 있었을까 하는—을 사전에 제거하는 방법으로 사용된다. 그러나 첫번째 단원이 이러한 화자의 소설적 성격만을 드러내지는 않는다. 여기에는 '무녀도'라는 소재를 독자에게 제시함으로써 독자로 하여금 거기에 얽힌 사연에 대한 궁금증을 갖게 하는 기능도 곁들인다. 그러한 기능을 수행하기 위해서는 '무녀도'가 뛰어난 재능의 소유자에 의해 그려진 감동적인 그림이어야 한다. 그래야만 독자는 이 작중인물들의 과거에 대해서 관심을 갖게 되고 그 그림이 어떻게 해서 그려지게 되었는지 궁금하게 생각한다. 말하자면 작가가 사용하는 복선이라는 것이다. 그리고 그 복선이 완벽하게 구사된 소설 중 탐정소설이나 심리소설이 많다는 것은 널리 알려진 사실이지만 한 편의 단편소설에서는 그것이 완벽한 구성을 드러내는 기능을 한다.

「무녀도」의 완벽한 구성은 "나이 한 오십가량이나 되어 뵈는" 나그네가 "열대여섯쯤 되어 뵈는" 소녀를 나귀에 태우고 왔다가 그림을 한 폭 그려놓고 다시 떠나는 첫번째 단원이 이 작품의 끝부분에서 '아버지'가 나귀에 '낭이'를 태우고 떠나는 장면과 일치하는 데서 찾아질 수 있다. 이 부녀의 운명이 '명문' 집의 신세를 지며 '나그네'의 삶을 살게 된 것을 이야기하는 구성의 완벽성을 보여준다. 따라서 '그들의 곡절 많은 운명'은 두번째 단원부터 밝혀진다.

두번째 단원에서는 '모화'라는 무당과 그의 딸 '낭이'가 '도깨비굴같이 묵고 헐린 집' 속에서 살고 있는 일상생활이 제시된다. 여기에서 밝혀지고 있는 것은 이들의 삶의 공간이 이미 폐허처럼 무너져 내리는 고옥이라는 사실, 낭이의 아버지는 그곳으로부터 70리 떨어진 바닷가에서 해물 장사를 한다는 사실, 모화가 소문난 무당이라는 사실과 술을 좋아한다는 사실, 언제나 혼자 집을 지키면서 늘 무서움에 사로잡혀 있는 낭이가 벙어리라는 사실, 모화가 딸에 대해 지극한 애착을 보이고 있다는 사실 등이다. 이 두 인물에 대한 묘사는 모화 자신의 토속적인 신앙을 토대로 해서 엮어진다. 그것은 모화가 낭이를 '수국꽃님의 화신'으로 생각하고 모든 사물을 귀신으로 보는 것으로 드러난다. 따라서 두번째 단원은 모화와 낭이의 일상생활과 그 상황 설정으로 일관된다.

세번째 단원에서는 새로운 인물의 등장으로 인해 이들의 일상생활에 변화가 찾아온다. 10년 전에 집을 떠났던 모화의 아들 '욱이'의 귀환이 그것이다. 그러나 "욱이가 돌아온 뒤부터 이 도깨비굴 속에는 조금씩 사람 냄새가 나기 시작한" 반면에 기독교인이 된 욱이와 무당 모화 사이에 첫번째 부딪침이 일어난다. 욱이는 모화의 굿이 "하나님께 죄가 된"다고 말하고 모화는 그러한 아들이 '잡귀신'이 들었다고 푸념을 늘어놓는다.

네번째 단원에서는 이 두 인물의 부딪침이 비극으로 치닫는다. 욱이는 자신이 기도를 드려서 어머니와 누이의 병을 고치고자 한다. 그는 어머니가 무당이 된 것도 낭이가 벙어리가 된 것도 모두 사귀가 들렸기 때문이라고 생각하고 평양의 현 목사와 박 장로에게 그곳에 교회를 세워줄 것을 간청한다. 반면에 자신의 아들에게 예수 귀신이 들렸다고 생각한 모화는 굿을 하면서 욱이의 성경을 불태운다. 이를 말리던 욱이는 모화의 칼에 상처를 입는다.

다섯번째 단원에서 모화는 욱이의 상처를 정성껏 치료해주는 반면에 무당으로서의 신명을 잃어가면서도 그 고을에 전파된 기독교의 도전을 받고는 푸념으로써 대결한다.

여섯번째 단원에서 욱이는 평양으로부터 자신을 찾아온 현 목사를 다시 만나고 경주에 교회가 들어섰다는 소식을 들으며 현 목사로부터 받은 성경을 안고 죽는다.

일곱번째 단원에서는 모화가 자살한 어느 부잣집 며느리의 혼백을 달래기 위한 마지막 굿을 하면서 그 부잣집 며느리가 빠져 죽은 못으로가 스스로 빠져 죽는다. 그리하여 낭이의 아버지가 홀로 신약전서를 들고 있는 낭이를 찾아와서 나귀에 태우고 길을 떠나는 것이다.

이와 같이 일곱 개 단원으로 된 이 작품은 그 중간인 네번째 단원을 모험의 클라이맥스로 삼고 있다. 이 소설이 정점으로 삼고 있는 것은, 즉 모화와 욱이의 대결이 결국 모화로 하여금 아들 욱이를 칼로 찌르는 장면이다. 다시 말하면 첫번째 단원을 출발점으로 하여 두번째 단원부터 모험의 극적인 정점을 향해 갈등의 심화를 보여주면서 결국 네번째 단원에서 모험의 정점에 도달한 다음 다섯째 단원부터는 등장인물들의 그다음 운명의 변화를 보여주면서 다시 출발점을 향하여 하강하고 있는 것이다. 이것을 도표로 그려보면 다음과 같다.

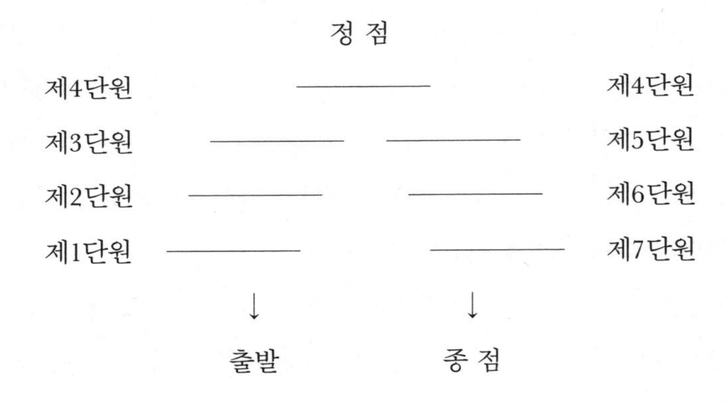

이러한 도표는 이 작품의 구조가 대칭 구조임을 알 수 있게 하고 동시에 그 대칭의 양극에는 열림과 닫힘이 자리 잡고 있고 그 양극의 한가운데에 있는 정점이 대칭의 축을 이루고 있음을 알 수 있다. 따라서 나귀를 타고 온 낭이와 그 아버지의 장면이 나귀를 타고 떠나는 그 부녀의 모습과 이어지게 되며 이러한 구조는 이 작품의 미적 구성을 결

정하고 있는 것이다.

이 작품은 모화와 욱이라는 대립된 두 인물과 그 사이에 갈등의 화신으로 끼어 있는 낭이라는 세 인물의 관계를 통해서 한국 사회의 변화 속에 감추어져 있는 갈등의 비극을 드러낸다. 그것은 전통적인 사회가 새로운 문명과 부딪쳤을 때 생기는 갈등이고 비극이며 변화이다. 모화로 대변되는 토속적인 신앙은 오래전부터 내려오고 있는 일종의 관습의 세계이다. 반면에 욱이로 대변되고 있는 기독교 신앙은 외부에서 들어와 이 땅에 자리 잡기 시작한 새로운 정신세계이다. 전통적인 관습의 세계는 변화를 싫어하는 속성을 지니고 새로운 정신세계는 바로 그 변화를 목표로 하고 태어난 속성을 지닌다. 그렇기 때문에 관습과 변화의 만남은 필연적으로 갈등과 대결을 불러올 수밖에 없다. 모화가 아들 욱이에 대해 모성애를 지니고 있으면서 욱이 전체를 받아들이지 못하는 것은 바로 그 갈등 때문이었고 이 두 인물의 대결은 결국 모화로 하여금 욱이를 죽이는 비극으로 치닫는다. 그러나 욱이의 죽음이 전통의 승리를 의미하지는 않는다. 전통과 변화의 대결은 결과적으로는 언제든지 그리고 어느 경우에든지 변화 쪽으로 기울어지게 마련이다. 왜냐하면 설령 전통이 외부의 도전을 물리친다고 할지라도 그 이후의 전통은 도전 이전의 전통일 수는 없기 때문이다. 욱이를 죽인 다음에 온 모화의 변화 그리고 모화의 죽음은 바로 그것을 말해준다.

여기에서 김동리는 전통적인 것이 처음부터 패배할 수밖에 없는 것으로 제시한다. 이를테면 모화와 낭이가 살고 있는 공간을 도깨비굴같이 음산한 곳으로 묘사하고 있는 것에서 알 수 있을 뿐만 아니라, 욱이가 살던 세계와의 비교에서 더욱 뚜렷이 드러난다.

그러나 욱이가 어머니의 집이라고 찾아온 곳은 지금까지 그가 살고 있던 현 목사나 박 장로의 집보다는 너무나 딴 세상이었다. 그 명랑한 찬송가 소리와, 풍금 소리와 성경 읽는 소리와 모여 앉아 기도를 올리고, **빛난 음식을 향해 즐겁게 웃음** 웃는 것 대신에 군데군데 **헐려져 가는 쓸쓸한** 돌담과, 기와 **버섯이 퍼렇게 뻗어 오른 묵은** 기와집과, **우묵한 잡초** 속에 **구물거리는 개구리 지렁이**들과 그 속에서 무당과 귀머거리 **귀신이 들린** 어미 딸 두 여인을 보았을 때 그는 흡사 자기 자신이 **무서운 도깨비굴**에 흘러온 것이나 아닌가 하고 의심이 되었다. (강조 필자)

물론 이러한 비교는, 욱이의 시점에서 나온 것이기는 하지만, 작가가 낭이와 모화가 살고 있는 그 집에 관한 폐허의 모습을 두번째 단원부터 여러 번 같은 용어로 되풀이하고 있는 것을 보면 그들이 처해 있는 상황이 소멸을 전제로 하고 있음을 볼 수 있다. 그러나 이러한 소멸이 새로운 문명에 대한 작가의 기울어짐을 의미하지는 않는다. 왜냐하면 「무녀도」라는 작품은 바로 그 사라져가는 것의 아름다운 종말을 통해서 태어날 수 있었기 때문이다. 이러한 종말을 아름다운 비극이라고 부를 수도 있을 것이다. 여기서 아름다운 비극이란, 비극은 아름답다는 것을 말하지 않는다. 말하자면 비극에 이르는 과정 속에서 아름다움이 태어날 수 있다는 것을 의미하며 그 비극의 과정을 함께 산 사람이 그 비극을 예술적 경지로 승화시킨 결과를 가져왔다는 것을 의미한다.

이 작품 속에서 모화가 아름답게 느껴지는 것은 무당이라고 하는 자신의 삶에서 신들린 경지에 도달할 수 있었기 때문이며 자신의 아들과 대결해야 될 비극적인 운명을 철저하게 살 수 있었기 때문이다. 반면에 낭이가 아름답게 그려진 것은 자신의 비극적인 운명—귀머거리로서 폐허와 같은 고옥에서 혼자 사는—속에서, 그리고 어머니와 욱이 사이의 대결 속에서 그림을 통해 자신의 구현에 도달할 수 있었던 데 있다. 이 작품에서 낭이라는 인물의 중요성은 소멸하는 전통과 새로운 문명의 대결 속에서 갈등을 철저하게 겪으며 살고 있을 뿐만 아니라 자신의 본능을 예술적 경지로 승화시키는 데 도달했다는 점에서 찾아질 수 있다. 낭이는 "그 얼음같이 싸늘한 손과 입술로 욱이의 목덜미에 뛰어드는" 것과 같이 거의 근친상간의 신화적 주제를 보여주기도 하고, 온갖 교태를 부리며 부엌에서 굿을 하고 있는 어머니를 보다가 스스로 벌거벗고 어머니와 같은 장단으로 춤을 추다가 쓰러지기도 한다. 낭이가 「무녀도」를 그처럼 훌륭하게 그릴 수 있었던 것은 이처럼 자신의 갈등과 비극적인 운명을 철저하게 받아들이며 살았기 때문이며, 모화와 욱이의 죽음 뒤에는 예술로 승화시킬 수 있는 자신의 '한'을 가지고 있었기 때문이다. 낭이에게서도 모화는 '함께 삶으로써' 얻어진 체험적 정신세계였고, 욱이는 아직 이해에 도달하기에는 힘든 주어진 정신세계였다. 낭이가 뒤에 「무녀도」를 그릴 수 있었던 것은 체험적 정신세계의 소멸의 아름다움을 깨달았기 때문이다.

여기서 한 가지 짚고 넘어가야 할 점은 토속적인 신앙을 대변하고 있는 모화의 믿음이나 기독교적 신앙을 대변하고 있는 욱이의 신앙이 그 대상에서는 다르지만 그 질이나 방법에서는 거의 같은 것이라는 사실이다. 이들의 신앙은 저 세상의 질서와 가치에 대한 동경이 아니라 이 세상의 삶의 방편이 되고 있다. 그들의 믿음은 이 세상의 귀신이나 질병을 쫓는 도구라는 점에서 같은 성질의 것이다. 그렇기 때문에 모화의 주문이나 욱이의 기도가 기구(祈求)하는 것은 동일한 것으로 나타난다.

그러나 이 작품은 그러한 신앙의 본질 문제를 다루지 않는다. 그것은 자신의 운명을 받아들이며 철저하게 살고 그렇게 함으로써 정신의 세계가 극도로 상승되어 소멸되는 것을 다룬다. 이처럼 극도로 상승된 정신의 세계가 바로 이 작가의 예술관인 것으로 보인다. 그리고 극도의 상승은 소멸을 동반한다. 그런 의미에서 이 작품은 소멸의 미학으로 완성된 작품이라고 할 수 있다. 〔1983〕

작가의 변모
—최인훈의 「달아 달아 밝은 달아」

소설가로서의 최인훈을 알고 있는 사람들은 아마도 최근 그의 침묵에 대해서 상당히 의아해하고 있는 것처럼 보인다. 적어도 최근 몇 년 동안 그의 새로운 소설을 대할 수 있는 기회가 없었던 사실에 대해서 과연 그가 소설을 더 이상 쓰지 않을 것인가 하는 질문을 던지는 경우, 그 사람은 분명히 한국 소설에 그만큼 관심을 갖고 있는 사람일 것이다. 실제로 『광장』 『소설가 구보씨의 일일』 『태풍』 등의 장편이나 「웃음소리」 「구운몽」 「총독의 소리」 등의 단편을 접해본 독자들은 작가 최인훈에게서 어떤 소설이 나올지 궁금해하고 있을 것이다. 왜냐하면 앞에서 열거한 소설들에서 그가 끊임없이 개발하려고 시도한 것은 소설의 새로운 양식이었고 그리하여 그의 소설은 당대의 한국 소설에서 전위적인 성격을 띠고 있었기 때문이다. 여기에서 전위적인 성격이라는 것은 그의 소설이 소설이라는 양식 자체에 관해서 끊임없이 질문을 던지면서 때로는 소설 속 사건의 시간을 극도로 확대시켜 보이기도 하고, 때로는 소설 속 사건의 공간을 극도로 환상적인 곳으로 변형시키기도 하고, 소설에서 화자narrateur와 서술narration의 실험적인 가능성을 모색해보기도 한 점을 가리키는 말이다. 이와 같은 전위성은 그의 문학적인 태도를 이루고 있는 두 가지 기본 입장을 대변하기에 충분하다. 여기에서 두 가지 기본 입장이란, 첫째 문학과 현실의 관계가 평면적인 단순한 모사의 관계가 아니라 상징의 관계임을 작가가 인식하고 있다는 것이며, 둘째 바로 그렇기 때문에 작가는 자신의 문학 양식을 그 관계의 여러 가지 조명 방법의 개발에서 찾게 됨으로써 문학과 현실의 감추어진 관계를 드러낸다는 것을 말하게 된다. 따라서 그에게 문학은 한편으로는 자신의 의식을 극도로 추상화시키는 노력이 되며, 동시에 다른 한편으로는 그 추상화를 가장 구체적인 현실에서 추출할 수 있는 가능성의 모색이 된다. 아마도 어쩌면 여기에 최인훈 문학의 양면성이 있을는지도 모른다. 왜냐하면 그의 소설은 언제든지 형이상학적인 측면과 물질주의적 측면을 동시에 지니고 있기 때문이다.

이러한 최인훈의 실험 정신을 다른 말로 표현한다면, 그는 자신의 새로운 작품을 쓸 때마다 자신의 문학을 극복하고자 한다고 할 수 있다. 자신의 문학을 극복한다는 말은 자기 작품의 최초의 독자인 작가가 이미 쓰여진 자신의 작품에 대해서 더 많은 것을 요구하고 그것을 달성하기 위해 그다음 작품을 쓴다는 것을 의미한다. 물론 이것은 먼저 쓴 작품보다 다음에 쓴 작품이 뛰어나다는 말이 아니라 적어도 그런 의도로 쓰여진 것임을 말한다. 그렇기 때문에 자신의 작품을 새로 쓸 때마다 새로운 시도를 하게 되고 그 결과가 어쩌면 희곡을 쓰는 데까지 그를 이끌었는지도 모른다. 이와 같은 유추는 희곡이라는 문학 양식이 소설과는 다른 성격을 띤 문학 양식이라는 데서 이루어진 것이다. 알다시피 희곡은 '언어'와 '침묵'이 '상황과 몸짓'의 중재를 받으며 극도의 대립을 이룩하는 문학 장르이다. 물론 그 희곡이 상연을 전제로 한 것이냐 혹은 순수하게 읽히기 위한 것이냐에 따라 '언어'와 '침묵'과 '상황과 몸짓'의 관계는 전혀 다른 양상을 띠고 나타날 수 있다. 가령 '상황과 몸짓'에 해당하는 대화 이외의 활자화된 부분은 '언어'와 '언어' 사이를 이어주는 다리 역할을 한다고 할 수 있는데, 이때 이 다리는 '언어'와 '침묵'의 중간 상태라고 할 수 있다. 소설에서 이 다리에 해당하는 부분이 지문이라는 것을 상기해보면, 희곡이 '대화' 중심의 문학 양식인 데 비해 소설은 서술 중심의 문학 양식이라는 점에서 이 두 문학 양식의 차이를 실감하게 된다. 그렇기 때문에 소설이 서술의 문학이라면 희곡은 침묵의 문학이다. 서술을 극소화시키면서 대화와 대화 사이에 끊임없는 비약을 개입시킴으로써 극 자체의 진전을 꾀하게 되는 희곡이 새로운 문학 양식을 찾고 있는 최인훈에게 관심의 초점이 된 것은 어쩌면 당연할는지도 모른다. 왜냐하면 최인훈은 극대화된 발언(『총독의 소리』 계열의 작품들)과 극대화된 서술(그 밖의 작품들을 일부에서 부당하게도 관념적이라고 비난하는 이유도 여기에 있다)이라는 소설적 실험을 거쳤기 때문이다.

최인훈의 대부분의 희곡 작품이 그렇겠지만 「달아 달아 밝은 달아」도 운문과 같은 어떤 리듬과 운에 기초한 작품이다. 이미 제목에서 그러한 사실을 확인할 수 있지만, 심청이 정한수를 떠놓고 비는 부분이나 심 봉사와 뺑덕 어미의 대화 부분이 모두 운문으로 되어 있다는 것이 그러하다. 여기에서 보이는 리듬은 옛날이야기에서 볼 수 있는 4·

4조에 기초한 것으로 대단한 유머 감각을 드러낸다. "이때 저것 보소 키는 훤칠하고 어깨는 나긋나긋, 버들허리가 잘룸한 여자 하나이 청을 어루만지며 달래는데 눈썹은 구름이요, 눈알은 명월이요. 입술은 앵도꽃에 진주알 이빨이 조르르한 입을 방긋거리며 청을 타이르는가 보는데 이는 필시 선녀로군. 그게 뉘기여?/봉사 어른, 그도 짐작 못 하겠소?/내가 웬걸 알아맞힐손가/뉘기는 뉘기여 천상선녀가 도화동 이 마을에 잠깐 몸을 태어난 뺑덕 어미 이 몸이지/빨리 그렇게 말하면 될 것을 가지고, 임자 용색이사 나 모르는 바 아니지만 일은 앞뒤가 있는 법, 지금 이 마당에 자네 용색 자랑을랑 빼게." 여기에서 주목할 수 있는 것처럼 이해관계가 상반된 두 인물의 대화 속에서 서로 상충되는 감정의 부딪침 때문에 이들이 유머러스하게 받아들여진다. 첫째, 앞 못 보는 장님 앞에서 자신의 용색을 자랑하는 뺑덕 어미의 행위가 모순 감정을 일으키고, 둘째, 딸의 죽음 때문에 심각해 있는 심 봉사와 그 심 봉사의 마음에 들고자 하는 뺑덕 어미의 감정 상태가 정면으로 맞부딪치고 있고, 셋째, 이 모순된 상황 속에서 "자네 용색 자랑을랑 빼게"라고 하는 심 봉사의 당연한 주장이 유머 정신의 또 다른 발로가 된다. 이 세 단계의 에피소드는 「달아 달아 밝은 달아」라는 극을 이끌고 가는 주요 모티프라고 할 수 있다. 왜냐하면 이러한 현상은 '매파'와 '손님'의 에피소드에서도 드러나고, '매파'와 '심청', '심청'과 '김서방', '심청'과 '해적,' '심청'과 '아이'에 이르는 모든 에피소드에서 나타나고 있기 때문이다.

그러나 이러한 최인훈의 유머 정신은 심청이의 행위 자체를 구비문학 시대의 상황으로부터 해방시켜서 자본주의적 상황 속에 대입시킴으로써 그 새로운 모습을 제시한 데서 더욱 뛰어나게 발휘된다. 그것은 아마도 '공양미 3백 석'이라는 에피소드를 역으로 뒤집어보려는 발상에서 유래한 것이 틀림없다. 즉 왜 부처님은 공양미 3백 석을 바치는 사람에게만 눈을 뜨게 하는 것인가. 그렇다면 시주를 많이 한 부자들은 모두 구제를 받는다는 것인가 하는 질문은 곧 '공양미 3백 석'을 오늘날의 재화 개념으로 바꾸게 한다. 이 말은 심청이 '인당수'에 몸을 던진다는 신화적 발상을 현대적 신화로 바꾸고 있다는 것이다. 다시 말하면 오늘의 자본주의 사회에서는 바다의 신의 분노를 달래기 위해서가 아니라 새로운 자본의 축적을 위해서 3백 석이라는 거대한 자본을 투자한다는 것이다. 보다 많은 이윤을 위한 자본의 투자는 우리가 살고 있는 사회의 신화이고 그 신화 속에 최인훈은 심청을 투영시켜보고 있다. 따라서 '돈' 때문에 불행한 운명을 벗어나지 못하고 있는 심봉사에게 뺑덕 어미가 "마오 마오 봉사님 편한 소리 마오 재주가 공명이오. 기운이 장비로되 남창여수 이 세월에 여자 몸을 타고나니 하늘만이 아는 씨앗 그 어디다 꽃 피울고, 색주가 타박 마오. 청이로 말하면 대국나라 색주가 고대광실 높은 집에 분단장을 고이하고, 밤마다 저녁마다 풍류, 남자 맞고 예니 도화동 이 구석에서 비렁뱅이 한평생에 비할 건가?"라고 하는 것은 그러한 측면을 드러내며, 그것은 또 뺑덕 어미 자신의 행위—심봉사와 살게 되는 행위—를 정당화시켜주는 신화이다. "근자에 보니 봉사님 밤에 기운 쓰시는 일이 전에 없이 허술하니 극락세상 가실 때가 멀지 않은 것 같으니 그 돈이 갈 데 있겠나?"라고 하는 뺑덕 어미의 혼잣말은 『심청전』의 '효도'라는 주제를 '돈'이라는 주제로 변형시키고 있음을 말해준다. 그리고 이 주제는 "사람 하는 일이면 다하는 법이야. 아 배곯고 사는 것보다야 비단옷 입고, 구슬 발 쳐놓은 방에서 사내들 귀염받으면서 사는 게 좋지, 참말, 여기가 용궁이지"라고 하는 매파에게서 되풀이되어 나타난다. 그리하여 돈이라는 현대의 신화는 운명처럼 심청이를 따라다니게 되어 '김 서방'과 헤어지고, '해적'에게 납치되며 결국 그 운명에서 벗어나지 못하고 노파로 변모하고 만다. 주인공과 세계의 화해적 결말이 구비문학이나 옛날이야기의 특징이고, 주인공과 세계의 대립이 현대 문학의 특징이라면 최인훈의 심청전의 새로운 해석은 이 희곡을 현대적 성격으로 바꿔놓은 것이라고 할 수 있다.

그러나 최인훈 희곡들에서 주목해두어야 할 점은 이처럼 '언어'의 부분만이 아니라 '침묵'과 '상황과 몸짓' 부분에서도 그렇다는 점이다. 하나의 장면에서 다른 장면으로 건너뛰는 생략의 효과가 가장 적절하게 효과를 얻고 있는 것이 「어디서 무엇이 되어 만나랴」와 원작의 끝부분에서 시작하는 「둥둥 樂浪둥」이라고 한다면 '상황과 몸짓'에 해당하는 부분은 "매미 소리/지르르 지르르"가 배경음을 이루고 있는 「둥둥 樂浪둥」과 "바닷물은/철썩/철썩"이 배경음을 이룬 「달아 달아 밝은 달아」에서 시적인 상태에 도달하게 된다. 이주조음의 반복을 통해서 이 작품은 끊임없는 연상을 가능하게 함으로써 읽는 희곡으로서의 성공을 거두게 되고, 특히 마지막에 "바닷물이/철썩철썩/물결치는/소리/심청/품속을 더듬는다/한참 만에/반 동강짜리 거울을 꺼내/보이지 않는 눈으로/들여다본다/심청/교태를 지으며/환하게 웃는다/갈보처럼"이라고 끝맺는 부분은 우리로 하여금 섬뜩한 전율을 경험하게 한다. 뿐만 아니라 상당히 많은 부분을 '구슬발' 뒤에서 처리함으로써 그리고 되풀이되는 발 위로 비치는 몸짓들이 극도의 언어 절제의 효과를, 다시 말하면 침묵의 효과를 자아냄으로써 이 작품을 보는 연극으로서도 성공하게 한다.

이렇듯 최인훈의 희곡을 읽게 되면, 그가 작가로서의 침묵을 지키고 있는 것이 아니라 자신의 문학에 대한 새로운 표현을 끊임없이 모색하고 있음을 알 수 있다. 더구나 가면극과 같은 민간전승의 극 형태를 제외하고는 극히 짧은 역사와 많지 않은 희곡을 가진 우리의 현실에서 그의 이러한 시도는 희곡 문학의 새로운 가능성을 열고 있는 것이다.

권력의 언어, 반성의 언어
—서기원의 『왕조의 제단』

어느 사회의 역사 속에서도 문학이 중요시되는 이유는, 그것이 사회나 역사의 모든 분야와 관계되고 있기 때문일 것이다. 사회나 역사가 우리의 삶의 현장이요 기록일진대, 문학이 그 사회나 역사를 닮으려고 하는 것은 당연하다.

그러나 문학이 아무리 현실을 닮으려고 한다 해도 거기에는 어찌 할 수 없는 한계가 있다. 문학이 '언어'로 되어 있다는 데서 연유하는데, 그것이 문학과 현실을 근본적으로 구분시켜준다. 작가들은 바로 그 한계에 부딪쳤을 때 절망을 느끼기도 하고 혹은 그 때문에 문학에 대한 정열을 더욱 불태우게 되기도 한다. 그러나 현실이 실제적인 시간과 공간 속에서 이루어지기 때문에 일회적인 것이라면 문학은 상상적인 공간 속에서 이루어지므로 반성적인 것일 수도 있고 전망적인 것일 수도 있다. 문학이 교육적이라고 하는 것은 이러한 성질에서 가능하다. 문학이 기존의 현실에 대한 반성이며 동시에 있을지도 모르는 가능한 현실에 대한 전망인 이유는 그것이 언어로 되어 있다는 데 있으며, 그 점에서 문학이 그 사회 속에서 지성적인 역할을 수행할 수 있는 것이다. 지성의 역할이 언어를 통하지 않고는 불가능하고 따라서 문학의 모든 힘은 언어에서 유래한다.

서기원의 『왕조의 제단』은 문학의 그러한 역할을 보여준 역사소설이다. 물론 여기에서 중요한 사실은 이 작품이 역사소설이라는 점보다는 언어가 지성적 사유의 단계에 있을 때와 실천적 행동의 단계에 있을 때 현실에서 맡게 되는 역할의 차이를 보여준다는 점에 있다. 그만큼 이 작품은 지식인과 권력의 관계를 역사적인 사실에 근거를 두고 반성하고 전망한 소설이다.

이미 10여 년 전에 『마록열전』이라는 연작소설을 발표함으로써 역사 속에 있는 지식인을 풍자적으로 그린 바 있는 서기원이 이번에는 조선왕조 시대의 비극적인 지식인을 다룬 소설을 썼다는 것은 그 사실 자체만으로 화제와 주목의 대상이 되지는 않는다. 실제로 이 소설은 우리가 알고 있는 왕조사 가운데서 기묘사화가 일어날 때까지의 '신진사대부'들과 권력의 관계를, 등장인물들의 심리적 추이보다는 그들이 연루된 사건들을 통해 서술해나가는 방식을 선택하고 있다. 연산군 시대에 권력에 짓눌려 신음하던 이조 중엽의 지식인 계층인 신진사대부들은, 중종이 반정으로 왕위에 오르자, 자신들의 정치적 이념을 실현하기 위해 정치의 현장에 나타난다. 조광조를 비롯한 신진사대부들은 새로 집권한 중종에게 유생을 중심으로 한 '언로(言路)'를 개방하고 도덕적인 정치를 단행함으로써 흩어진 민심을 수습하고 왕권의 정도를 확립할 것을 요구한다. 진보적인 지식인들은 자신들의 요구를 내세우는데, 한편으로는 전통적인 상소제도를 최대한 이용하고 다른 한편으로는 관계(官界)에 진출하여 왕의 신임을 얻고자 한다. 실제로 연산군의 폭정을 목격한 중종은 유교적인 이상의 왕정을 실시하기 위해서 신진사대부들의 이야기에 귀를 기울이고 그들의 요구를 들어준다. 그리하여 왕은 '언로'의 근원이라고 할 수 있는 '삼사'의 기능을 강화하고 '경연'을 열어 정치와 도덕에 관한 고전의 강의를 듣는 한편 공개 토론을 통해서 국정과 인사를 결정하는 등 새로운 정치의 모습을 보여준다. 여기에서 결정적인 역할을 하는 것이 조광조를 중심으로 한 신진사대부들로서 대부분의 경우 과거에 급제한 다음, 왕정 안에서 언론과 국회와 검찰의 기능을 담당하는 삼사의 관리로 등용되어 그들의 정치적 이상을 실현시킬 기회를 갖게 된다. 그들의 목표가 도덕 정치의 실현이었던 만큼 「소학」이나 「여씨향약」과 같은 도의와 풍습에 관한 유교적 지침의 우선적 실천을 요구하는 것은 당연한 일이다. 여기에서 제일 먼저 거론된 것이 계비의 간택 문제이고 그다음에 폐비의 복위 문제인 것은 전조(前朝)에 억울하게 억압과 핍박을 받은 사람들을 구한다는 정치적 도덕성에서 출발한 것으로 보인다.

그다음에 이들의 주장으로 실현된 것이 '소격서'의 폐지이다. 왕궁 안에서 점을 치고 굿을 벌이고 치성을 드리는 것은 유교적 이념과 맞아떨어지지 않기 때문에 소격서는 유생 출신 신진사대부들의 공격 대상이 되었다. 그러나 이 작품은 실제로 소격서가 오랜 전통을 지닌 관아라는 점에서 그것의 폐지는 곧 지배층 안에서 전통적인 세력을 제거하는 상징적인 의미를 지니고 있다는 것을 보여준다. 그렇기 때문에 '소격서' 폐지를 둘러싸고 신진사대부들과 훈구파 관리들 사이에 심각한 대립 양상을 보이는데, 그 결과 신진사대부들이 권력투쟁에서 결정적인 승리를 얻어냈다고 하는 것은 그만큼 중요하다.

> 소격서 폐지가 실현된 후, 젊은 사람들은 상감께서 자기들을 신임하시는 증좌로 치부하고 있다.
>
> 적어도 그렇게 믿고 싶어 한다. 그럴수록 상감께 드리는 말이 절제(節制)를 잃게 된다. 상감의 신뢰와 총애를 거듭 다짐하기 위해서 자꾸만 일을 만들어 진의를 진맥하려고 한다. 아니 상감의 생각을 굳혀놓으려고 든다.

도의 정치라고 하는 정치적 이상을 지닌 사대부들도 일단 권력을 쥐게 되자 당대의 정치 체제의 메커니즘 속에서 절대 권력자의 총애와 신뢰를 확인하기 위해서 새로운 주장을 내세우게 된다. 그들은 한편으로는 자기네들의 정치적 안정을 도모하고 다른 한편으로는 이념을 실현시키려고 새로운 주장을 거듭한다. 그러한 이유로 그들은 '현량과'의 실시를 주장하고 '속고내 사안'이 발생했을 때에는 '왕도는 패도가 아니라 정도(正道)'라는 이유로 변방의 경계를 맡았던 무관의 제안을 폐기시키게 하며 마침내는 '중종반정' 때 작성한 공신록이 올바로 만들어지지 않았다고 하면서 공신록 자체를 완전히 개정하고자 도모하게 된다. 이렇게 왕과 국정 전반을 움직이게 되기까지 진보적인 지식인들은 조광조를 중심으로 단합하는 한편, 처음에는 정치권력의 주변인 유생의 자격으로부터 출발하여 마지막에는 권력의 핵심에 있는 관료에까지 이른다. 그러나 그들의 목청이 갈수록 높아져가는 데 대한 훈구파의 반격이 거세져서 마침내 신진사대부들의 세력은 무너져버린다.

이러한 역사적 사건을 토대로 한 이 작품에서 작가가 가장 중요하게 부각시키고 있는 것은 지식인의 언로의 개방이다. 지식인에게 중요한 것이 '말'임을 부각시키고, 그러나 그 '말'이 권력을 행사하게 되면 정치에 속하는 것이 되어서 그 속성과 기능을 달리하게 되는 것이다. 다시 말하면 '말'이 지식인에게 속했을 때는 불투명하고 유보적인 상태여서 현실에 대한 여러 가지 '반성'과 '전망'을 가능하게 하는 역할을 하지만, 권력의 행사자에게 속했을 때에는 투명하고 선택적인 상황에서 일회적인 실행을 강요하게 됨으로써 반성과 전망의 여지를 박탈당하는 것이다.

이 작품에서 신진사대부들의 주장이 초기에는 신선해 보이다가 그들의 직위가 상승될수록 비현실적인 이상주의이거나 권력욕에 관계된 소용돌이에 빠져버리는 것으로 보이는 부분은 '말'의 그러한 속성 때문이다. 작가 자신이 '후기'에서 조광조에 대해 "상당히 감상적인 애정을 지니고 있다"라고 고백하고 있음에도 불구하고, 신진사대부들이 권력의 핵심에 이르러서 주장하고 있는 '언로의 개방'은 이기적이고 독선적인 성질을 띰으로써 그들의 이상주의적 관념론의 한계를 드러내게 되고 마침내는 그들에게만 '언로의 개방'이 허용되고 다른 사람에게는 허용되지 않아야 된다는 독선과 권력욕으로 발전하게 된다. 그리하여 중종 자신도 "물욕(物慾)보다 앞서는 것이 권세욕이다. 권력을 잡으면 물욕을 채울 수 있기 때문이기도 하지만 그런 것만은 아니다. 권세욕에는 다른 것이 보이지 않는 맹목의 광기가 있다"라고 생각하게 된다. 바로 그 광기가 진보적인 지식인들의 눈을 멀게 함으로써 '소장 문인들의 주장만이 공론이고 노중신들의 의견은 공론으로 여기지 않는' 결과를 가져온다. 그것은 '공신록'이라고 하는 구체적 이해관계에 의해 훈구파의 득세로 발전하게 만든다.

따라서 이 작가의 '말'과 '지식인'과 '권력'이라는 삼각관계에 대한 탐구는, 사대부들의 이념처럼 정치가 선명한 것일 수만은 없다라고 생각하는 중종의 의견을 수용하는 포용력을 보여주기도 하고, 자신의 의견을 관철시키기 위해 위기 때마다 연산군 시절을 되풀이하겠느냐 위협을 내세우는 권력의 메커니즘을 보여주기도 한다. 특히 이 작품이 30여 명의 신진사대부 전체의 움직임을 군더더기 없이 엮어가고 있다는 것은 소설의 재미가 개인의 공적인 삶의 서술로도 가능하다는 점을 보여준다.

한 가지 욕심을 부리자면 이 작품에서 신진사대부들의 이념이나 정치가 구체적으로 혹은 깊이 있게 논의되지 않음으로써 신진사대부들이 출세만을 위해 권력투쟁을 거듭한 것으로 보일 우려가 있다는 사실이다. 그 구체적인 예가 직위가 상승될수록 이념의 깊이를 획득하는 것이 아니라 그들 상호 간에 분열의 위기를 느끼게 되고 그럴수록 목소리가 높아지는 메커니즘을 보여주는 것으로 나타난다. 그러므로 벼슬에 초연한 듯하던 김연이 마지막에 조광조의 사사를 주장함으로써 권력을 얻고자 하는 것은 이들 지식인에 대한 서기원의 시니시즘으로 보아야 할 것인가 자문하게 된다.

소설과 개성

—한승원의 『신들의 저녁노을』

오늘날 산업사회의 특징은 문화의 개성보다는 제복을, 소자본보다는 대자본을 중요시하는 데 있다. 산업사회라는 개념 자체가 서구식 모델을 염두에 두었다는 사실을 전제로 한 것이기는 하지만, 지난날 지역과 민족에 따라 고유의 문화를 지니고 있던 세계는 이제 그 고유성을 서서히 잃어가고 있다. 그것은 세계 어느 곳에서나 높은 빌딩이 들어서고, 어느 나라에서나 똑같은 종류와 모양의 옷을 입고, 어느 민족이나 같은 음식을 먹게 되는 경향으로 설명될 수 있다. 이처럼 문화의 고유성이 상실되고 있는 현상을 문화의 단일 형식화, 즉 유니폼화라고 부를 수 있을 것이다. 이 문화의 제복화를 세계적인 차원에서 보면 서구화이지만 보다 깊이 관찰하면 힘센 문명의 식민주의와 다르지 않다. 말하자면 문명의 우열을 '힘'을 기준으로 평가하게 됨으로써 현재의 지배적 문명을 우수한 것으로 인정하고 그럼으로써 그 지배 자체를 고민 없이 인정하고 받아들이게 된다. 이러한 현상은 결국 개인의 의식 구조 자체를 제복화함으로써 민족이나 지역의 차이에도 불구하고 자신의 개성을 상실하고 근대화라는 허위의식에 빠지게 한다. 이것을 개인적인 차원으로 비춰본다면 개인 한 사람 한 사람이 자신의 고유한 개성을 개발하고 누리기보다는 타인과 동일한 자신이 되도록 노력함으로써 자신에게서 타인의 모습을 발견하는 것으로 설명할 수 있다.

좀더 구체적으로 말한다면 남과 같은 아파트에서 남과 같은 가구를 놓고 남과 같은 의복을 입음으로써 자신이 남보다 열등한 삶을 살지 않고 있다고 자위하고 자신이 남과 동일한 지위를 누리고 있다고 착각하게 된다. 자신의 형편에 맞는 집, 자신의 기호나 경제적 능력에 상응하는 가구, 자신의 개성과 신체적 구조에 적당한 의복을 갖추는 것이 아니라, 일반적인 유행과 경향에 휩쓸리게 된다. 뿐만 아니라 비록 이러한 물질적인 측면에서는 다른 사람들과 비교해서 형편없는 삶을 살고 있다고 할지라도, 자신의 삶의 창조성에서 보다 큰 자랑과 긍지를 느끼는 개인의 숫자가 줄어들고 있다. 이것은 개인의 욕망이 물질적 충족도에 따라 좌우된다는 사실, 또 그 욕망마저도 개인의 내부에서 자연발생적으로 생긴 것이 아니라 외부에서 '암시받은,' 골드만이나 르네 지라르의 표현을 빌리면 '간접화된' 것이라는 사실을 말해준다. 그렇기 때문에 그러한 사회에 사는 개인은 모두 자신이 모 재벌과 같은 거대한 빌딩을 소유하지 못한 것에 대해서만 불행하다고 느끼게 되고, 근로자의 저임금으로 치부하기보다는 가난하지만 정직하게 사는 자신의 삶에 대해 긍지를 느끼지 못하게 된다.

개인의 의식의 획일화가 이처럼 물질과 지배 추구의 사회에서 일어날 수밖에 없는 필연성을 갖고 있다면, 문학은, 특히 소설은 바로 그러한 의식의 획일화로부터 개인을 해방시키는 기능을 가지고 있다. 이 말은 소설 자체가 개인의 발견이라고 하는 프랑스 혁명과 함께 문학의 중요한 장르가 되었다는 사실만을 전제로 하고 있지는 않다. 그것은 소설이 시나 희곡보다는 자유로운 문학 장르이면서도 바로 그 때문에 총체성totalité을 지니고 있음을 말한다. 개인의 의식의 획일화가 개인의 부분적인 성취에 지나지 않는다면 개성의 창조적 발현은 개인의 총체적인 성취, 다시 말해서 개인의 총체적 실현을 의미한다. 소설의 총체성이란 바로 이러한 개인의 총체성의 실현을 가능하게 하는 문학 고유의 기능을 가리킨다. 그리고 개인의 총체성이란 삶의 총체성에서 유래한다. 소설은 모든 것이 개성을 잃어가는 사회에서 바로 개인의 개성을 탐구하고, 그때 남과 다르다는 그 개성의 존재가 개인을 부재의 상태로부터 존재의 상태로 끌어 올리는 것이며, 바로 그처럼 다양한 개인의 존재가 삶의 총체를 형성하게 된다는 사실을 발견하게 한다. 그렇기 때문에 현실에서는 대단히 모순되어 보이는 것들이 소설 속에서는 새로운 의미를 띠고 등장하게 된다. 소설이 삶의 탐구라는 명제가 가능한 것도 어쩌면 이러한 모순의 비모순화에 있을는지 모른다.

이러한 관점에서 한승원의 『신들의 저녁노을』을 읽는다면 그가 이 소설에서 추구하고 있는 것도 삶의 탐구임을 알 수 있다. 소설은 '남도시'라는 가공의 도시에 있는 '유일한' 재벌이 '남도일보'라는 언론기관을 인수하게 되면서 거기에 얽힌 인간관계를 그린다. 여기에서 이미 드러나듯이 대재벌이 경영난에 허덕이는 신문사를 장악하는 것은 흔히 볼 수 있는 일이다. 흔히 볼 수 있다는 얘기는 오늘날 시장경제 체제를 구축하고 있는 사회 속에서 대재벌이 소재벌을 접수함으로써 기업 팽창을 이룩하게 되면 자연스럽게 여론을 조작하기 위해서 언론기관의 접수에 관심을 두게 된다는 메커니즘을 염두에 두고 있음을 의미한다. 언론기관을 소유한 대재벌은 다른 언론 기관으로부터 그 횡포와 부조리에 대한 비판을 받지 않을 수 있고 자기 기업의 광고에 절대적으로 유리한 입장에 놓인다.

이 소설이 이러한 소재를 택할 수 있는 것은 작가가 최근 10년 동안 우리 사회의 언론기관에 대해서 지니고 있던 무의식적 혹은 의식적인 태도를 드러낸다고 할 수 있다. 특히 이 작품의 주인공 '장현진'이라는 인물이 재벌의 총수인 '남인 오철진'의 전기를 떠맡는다는 사실로써 상징적으로 드러난다. 여기에서 상징적이란 말은 '남도일보'의 기자가 그 기업주의 전기를 쓴다고 하는 점이 공적인 자아가 사적인 자아로 될 수밖에 없었던 현실의 모습을 투사하고 있기 때문이다. 물론 이렇게 이야기하는 것이 곧 '장현진'이 그 전기를 썼다는 결과론을 중요시하기 위해서는 아니다. 실제로는 그 전기를 쓰기로 했다가 거절한다. 그러나 일단 '남도일보'의 기자인 '장현진'에게 자서전을 의뢰한다는 사실, 그리고 그 자서전을 쓰게 하기 위해 현실적으로 여러 가지 유리한 조건을 제시함으로써 유혹을 하는 것이 가능하다는 사실, 또 '장현진'이라는 인물이 이유야 어떻든 한때는 전기를 쓰기로 결심했다는 사실 등은, 주인공이 결과적으로 그 일을 수행하지는 않았지만 언론과 대기업의 상징적인 관계를 제시하기에 충분한 것으로 보인다.

이러한 대재벌이 언론기관에 대해 갖게 되는 관심은 보다 근원적으로는 대재벌에 이르게 된 과정과, 대재벌에게는 무엇이든 허용된다는 횡포를 은폐하고자 하는 심리에서 기인한다. 즉 자신이 재벌이 되기 이전의 가난했던 과거를 미화시킴으로써 현재의 자신을 합리화시킬 수 있고, 겉으로는 학교를 인수하여 육영 사업을 벌이고 신문사를 인수하여 언론을 펴고 있음을 보여주면서, 내면적으로는 그 두 가지를 모두 자신의 지배 수단으로 사용한다. 따라서 '오철진'이 '남송'의 어머니 '정초자' 여사나 '장현진'이 작은어머니 '이영순' 여사, 그리고 '적우암'의 여승에 이르기까지 자기 마음대로 농락하고 있는 것은 자신의 현실이 드러나지 않았다는 확신과 그것을 통해서 자신의 지배 심리가 충족된다는 확인 속에서 가능하다. 물론 이런 과정에서 중요한 몫을 담당하고 있는 인물은 단지 '오철진'만이 아니라 그의 사위가 된 '송민' 전무, 그의 아내가 된 '이영순' 여사 등이다.

아들 없는 재벌의 데릴사위로서 그 재벌을 자신의 것으로 만들려는 야심을 펼치고 있는 '송민'이나, 그러한 사위에게 재산을 빼앗기지 않고 자신이 데려온 딸 오혜숙에게 모든 것을 물려줄 수 있게 되기를 바라는 '이영순'은 그 재벌 안에 있는 갈등과 압력을 대변한다. 뿐만 아니라 '송민'의 아내가 된 '오연희'나 '장현진'의 사촌동생이면서도 지금은 '오혜숙'이라고 불리는 '이영순'의 데려온 딸이나, 학교를 맡고 있는 '오승주'는 '남도' 재벌의 중요한 구성원이다. 그러니까 이 재벌을 구성하고 있는 여섯 명의 인물이 제각기 다른 생각을 가지고 있으면서도 '남도' 재벌이라는 전체를 구성한다.

이 말은 개개의 인물이 제각기 '남도 재벌'이라는 전체 속에 있으면서도 그 전체와 맺고 있는 관계는 다르다는 것이다. 이 '다름'을 통해서만 각 개인은 자신의 존재를 발견하고 증명할 수 있을 뿐이다. 그러나 이렇게 한 재벌의 내막을 들추어내는 것만을 문제로 삼게 된다면 이 『신들의 저녁노을』은 감상적인 일개 폭로소설에 지나지 않았을 것이다. 그리고 폭로소설로서도 이 작품이 성공하지 못했을 것이다. 왜냐하면 이 소설에 나오고 있는 재벌의 내막이란 이미 우리가 현실에서 알고 있는 내용보다 더 많다고 할 수 없고 더 깊다고 할 수도 없기 때문이다. 뿐만 아니라 그러기에는 이 소설에서 부자=악(惡), 가난=선(善)이라는 도식이 지나치게 지배함으로써 삶이 너무나 명쾌한 것이 되고 그리하여 소설 속의 삶이 현실 속의 삶보다 훨씬 단순화되어 있다는 결함을 씻을 수 없는 것이다. 소설의 중요성은 우리가 실제의 삶에서 의식하지 못하고 지나치게 되는 삶의 애매성과 양가성을 의식화시키고 거기에 대해서 깊은 성찰을 유도함으로써 개인이 몰개성화되고 있는 자신의 개성을 발견하게 되고, 무명화되고 있는 자신에게 이름을 부여하게 되고, 오늘의 거대한 체제 속에서 부재화되고 있는 자신의 존재를 발견하게 되는 데 있다. 그러한 점에서 이 소설의 중요성은 재벌의 횡포나 비위에 대한 폭로에 있지 않다. 그렇다면 그것은 다른 데서 찾아져야 한다.

이 소설의 주인공은 '장현진'으로 보아야 한다. 그는 '남도일보'의 문화부 차장으로 있다가 '오철진'에 의해 신문사가 인수된 다음에 '오철진'의 전기를 써주기로 하고 문화부장으로 승진했기 때문이다. 여기에서 이미 신문사가 대재벌의 수중에 들어간 뒤 문화부장으로 승진한 '장현진'에 대해 비판적인 눈으로 바라볼 수 있는 위험이 충분히 존재한다. 실제로 작가가 노리고 있는 것도 바로 이러한 위험을 통해서 주인공의 입장을 위기 속에 집어넣으려고 하는지도 모른다. 그러나 그러한 위험에도 불구하고 '장현진'은 늘 경영자의 유혹에 빠질 듯하면서도 자신의 자아를 잘 지탱하고 있다. 그가 자아를 잘 지탱한다고 했을 때 자칫하면 여기에 도덕적인 평가나 단죄를 내릴 가능성이 있다. 그러나 보다 중요한 사실은 그러한 도덕적 측면에 있는 것이라기보다는 그의 인간적인 숙명에 있다. 그것은 그의 직책이 문화부장임에도 불구하고 자신의 피고용의 입장을 극복하고자 하는 노력으로 나타난다. 그러한 그의 노력은 개인 '장현진'이 소속된 '남도 재벌'이라는 거대한 집단과의 투쟁으로 나타난다고 말할 수 있다. 다시 말하면 그는 현재의 자신을 있게 한 모든 조건과 싸우고 있다. 그러나 그 조건이 소설의 겉으로 드러난 사실만으로 보면 별로 중요한 것 같지는 않다. 즉 그는 '남도 재벌'에 대해서 깊은 '원한'을 느끼고 있다. 표면적으로는 자신의 옛 애인인 남도 재벌의 딸 '오연희'가 자신과 결혼하지 않고 현재의 신문사 '송민' 전무와 결혼해서 살고 있다는 사실, 또 재벌 총수 '오철진'이 '장현진'의 숙모를 아내로 삼고 있을 뿐만 아니라 그의 사촌여동생마저 성명을 '오혜숙'으로 바꾸고 있다는 사실로 설명할 수 있다.

그 밖에는 '장현진' 자신이 '남도일보사' 안의 특별한 비위나 횡포, 혹은 기자로서 견디지 못할 일을 목격한 것도 별로 두드러지지 않는다. 그렇다면 위에서 든 표면적인 이유는 그 밑에 보다 깊은 내막을 가지고 있음에 틀림없다. 그것은 '장현진'의 할아버지 '장금종'과 '오철진'의 아버지 '오장쇠'의 관계에서 보여주듯이 그 뿌리가 깊다. 바꾸어 말하면 옛날의 '장금종'은 '오장쇠'를 부리면서 그 아내까지도 빼앗아갈 만큼 부자였던 데 반해 '오장쇠' 집안은 아내를 빼앗길 줄도 모르고 '장금종'의 어선을 타고 그 땅을 갈아먹는 것으로 만족해했었다. 이러한 과거를 알고 있는 오철진은 바로 그 '장금종'의 며느리를 후처로 삼게 되고 이번에는 '장금종'의 손자인 '장현진'이 '남도재벌'에 도전하고 있다. 이와 같은 입장의 전도는 삶의 우연성과 숙명적인 성질을 설명하면서 동시에 '장현진'이라는 개인으로 보면 한편으로 '숙명'에 대한 도전이고 다른 한편으로는 '집단'에 대한 도전이다.

이 두 가지 도전이 '장현진'이라는 인물에게는 존재의 이유이며 동시에 그의 존재의 의식이다. 그렇기 때문에 그는 '오철진'의 전기를 쓰기로 하고, 그의 과거, 아니 자신의 과거를 찾아 나서는 것이다.

그러나 그가 찾아 나선 '오철진'의 과거를 통해서 자기 집안의 과거를 발견한다고 하는 것은 대단히 상징적이다. 왜냐하면 현재의 '오철진' 재벌이 그러한 것과 같은 횡포와 비위가 과거의 부자에게도 있었기 때문이며, 그러한 '오철진'의 과거에서 자기 가문의 과거를 발견했다고 하는 것이 곧 자기 자신의 미래에 대한 예측을 의미하기 때문이다. 이것은 인간 운명의 순환적인 회귀성에 대한 인식이면서 동시에 단순한 보복 심리나 지배 심리는 입장의 전도에 의해서 바뀔 수 있는 성질의 것이 아니라는 사실의 교훈적인 제시라고 할 수 있다.

이처럼 건전하고도 힘찬 작가의 의도가 작품 전면에 흐르고 있으면서도 작가는 '장현진'이라는 인물로 하여금 그 재벌의 유혹이나 '오연희'와 '오혜숙'의 권유에 순간적으로 흔들리게 함으로써 대단히 인간적인 모습을 띠게 한다. 실제로 어떤 경우에는 왜 이 주인공이 논리에 어긋나는 생각을 하고 있을까 회의하기까지 만들고 있기도 하다. 그러나 이러한 흔들림은 곧 어떤 인물이나 때때로 흔들릴 수 있다는 작가의 관용에서 유래하는 것처럼 보인다. 그리고 이처럼 이 작가가 보여주는 인물에 대한 관용은 비단 '장현진'이라는 한 인물에 국한되지 않는다는 데 보다 중요성이 있는 것 같다.

한승원은 다른 작품에서도 그렇지만 여러 종류의 인물에게 모두 상당한 애정을 쏟고 있다. 실제로 이 작품에서는 가령 '모정'의 주인인 '정초자' 여사나 그의 딸 '남송'이나 심지어는 '박창일'에게도 깊은 애정을 표시한다. 이것은 한승원이 인물 하나하나의 개성에 대해 사랑하고 있기 때문이며 그 모든 개성의 집합으로 소설이라는 하나의 총체적인 세계를 구축하고자 하기 때문이다. 사실 이 작품에서 이러한 인물들에 대한 애정을 보다 발전시켜 개개의 인물에게 훨씬 많은 자유를 부여했더라면 그 인물들이 작가의 구상이라고 하는 좁은 공간을 벗어나 훨씬 광활하면서도 역동적인 삶을 누렸을 것이라고 아쉬워하면서도, 이 작가만큼 인물에 대한 편애가 적은 작가도 드물다는 것은 인정하지 않을 수 없다.

그러나 이 작품의 가장 중요한 부분은 어쩌면 '장현진'이 전기를 포기하고 소설을 쓰기로 작정하고 난 다음 신문사를 떠나는 대목일지도 모른다. 그의 싸움의 대상이 분명한 가운데 그 대상에게 패배를 당한 개인은 말하자면 오늘의 집단 사회에서 패배한 개인과 다르지 않다. 그가 그 집단의 폭력 때문에 자칫 패배한 듯 보일지 모르지만 그러나 사실은 자신의 숙명이 그러하도록 결정지어졌기 때문에 패배한 것이다.

이처럼 숙명이 패배하도록 결정되어 있다면 왜 그러한 집단과 투쟁하느냐고 물을 수도 있을 것이다. 그러나 그것은 인간은 어차피 죽는데 왜 살려고 바둥거리느냐고 묻는 것과 다를 바 없다. 말하자면 그의 삶은 그러한 패배의 과정 속에서 자신의 존재를 부재의 상태로부터 존재의 상태로, 무명의 상태로부터 유명의 상태로 끌어내는 것이다. 한승원은 이러한 패배 과정을 통해서 '장현진'이라는, 기구한 운명을 가지고 있지만 그러나 대단히 평면적 서술의 세계에 머물고 있는 인물에 인간적인 생명력을 불어넣는 데 성공한다. 특히 마지막에 가서 그가 여행을 떠나기로 한 대목은 삶 자체가 곧 여행이라는 주제를 상징적으로 보여주면서 아직은 이 인물이 가야 할 길이 얼마나 먼 것인지 증명한다.

한승원 소설의 또 하나의 특징을 들 수 있다면 그의 소설에 나타나고 있는 사투리가 가난과 만났을 때에는 대단히 빛을 발하면서도 부유층에서 사용되었을 때에는 무언가 거북스럽게 느껴진다는 점이다. 이것은 사투리의 세계가 지방이고 표준어의 세계가 서울이라는, 그래서 지방은 가난하고 서울은 부자라는 지역적인 편견이 어쩌면 우리의 내부에 자리 잡고 있는 데서 기인할지도 모른다. 물론 이러한 편견은 우리 스스로 극복해야겠지만 그러나 보다 중요한 것은 그러한 편견이 가능했던 여러 가지 요인이 우리 사회 안에 있었다고 한다면 그것을 제거해야 한다는 데 있다. 왜냐하면 그러한 편견도 지역적인 개성을 인정하지 않고 획일적인 기준으로만 모든 것을 바라보려는 우리 자신의 의식의 획일화가 이미 이루어졌다는 데서 가능했는지도 모르기 때문이다.

유머와 소설 기법

—이문구의 『우리 동네』

10여 년 전에 이문구의 소설 세계를 처음으로 다루어본 바 있는 나는 이후의 그의 작품들을 읽어오면서 '이문구론'이 다시 쓰여야 한다는 생각을 해왔다. 이유인즉 그의 작품 세계가 『관촌수필』이라는 뛰어난 연작소설들을 통해 새로운 단계에 접어들었다는 것을 발견했기 때문이며, 『우리 동네』라는 형식의 연작소설을 통해서 보다 넓은 보편성과 보다 깊은 개성을 획득했음을 알았기 때문이다. 실제로 최근에 이문구가 계속 발표하고 있는 『우리 동네』 연작들은 지금까지 한국의 농촌소설이 지닌 한계를 극복하면서 새로운 소설적인 완성에 도달한 작품으로 꼽을 수 있다. 우선 '우리 동네'라는 연작의 제목에서부터 드러난다. 여기에서 '우리'라는 것은 '너'와 '나', 그리고 '그'라고 하는 개별성을 띠지 않고 '우리'라는 보수적 집단의 개념을 내포한다. 이 보수적인 개념은 한국의 사회 속에서 농촌이라고 하는 집단의 보편성을 포함한다. 그리고 그다음에 나오는 '김씨' '이씨' '최씨' '정씨' '장씨' '강씨' 등의 성은 가장 흔한 성씨들로 구성되어 있어서, 어느 집단 속에 있는 개인의 탐구이면서 그 개인들로 구성된 집단의 탐구에 작가의 관심이 쏠려 있음을 의미한다. 따라서 이 연작들의 제목을 얼핏 보면 아무런 의미가 없는 것 같으면서도 대단히 깊은 문학적 내포를 띤다. 다시 말하면 이문구 소설의 핵심적인 재미에 해당하는 유머 정신이 그 제목에서 이미 드러나기 때문이다. '우리 동네 아무개'라고 하는 일상적인 언어가 문학적인 의미를 획득하게 하는 유머 정신은 그의 전 작품에 깔려 있다.

물론 이처럼 유머로서 이문구의 소설을 이야기해버림으로써, 그의 소설이 지닌 복합적인 의미를 흘려버리게 해서는 안 된다. 이문구의 소설은 1960년대 이후 이른바 한국 농촌의 근대화라고 하는 농촌 운동이 지닌 의미가 그 농촌 속에서 살고 있는 농민 개개인에게 어떻게 투영되고 있는지 알게 한다는 대단히 사회학적인 성격을 띤다. 여기에는 농촌이라는 재래의 봉건적이고 폐쇄된 공간이 이제는 어떤 하나의 가치 기준으로는 파악될 수 없는 개방 체제의 복합적인 공간으로 변형되고 있는 과정을 드러내는 것이다.

우선 『우리 동네』 속 대부분의 주인공은 모두 농사를 짓거나 농사꾼 출신들이어서 사건 자체도 '천동면'이라는 지역을 중심으로 일어난 농촌의 사건들이다. 여기에는 가난에 찌들리는 농민들도 있고 고리채를 놓는 부농들도 있다. 농민들의 삶은 천직이라고 할 수 있는 농사와 그들의 일상생활의 관계를 통해서 파악된다. 제일 첫번째 작품인 「우리 동네 김씨」는 '가뭄'으로 인한 한 농민의 사건을 다룬다. 가뭄 때문에 논이 말라드는 데 고통을 느낀 주인공 '김승두'가 논에 물을 대기 위해서 여러 가지 시도 끝에 실패한 다음, 저수지의 물길에서 물을 끌어들이기 위해서 5부 이자로 12만 원을 얻어다 호스를 샀고 양수기를 빌려왔다. 그리하여 논에 물을 대고 있다가 자신이 두 가지 불법 행위를 저질렀다는 지적을 받는다. 그 하나는 저수지의 물을 사용할 권리가 없는 사람이 남몰래 몽리를 취하는 것이고, 다른 하나는 양수기를 돌리기 위해 길가 전봇대에서 전기를 직접 끌어들임으로써 도전을 하는 것이다. 현장에서 들킨 이 두 가지 불법 행위 때문에 쩔쩔매고 있는 '김승두'를 구해주는 것은 때마침 다가온 예비군 훈련 시간이다. 그리고 「우리 동네 이씨」의 중심 에피소드는 '남과 달리 원리 원칙대로 행동해야 올바로 사는 길'이라고 생각하며 자신의 성을 '리'씨로 사용하고 있는 '이낙천'이 밀주 단속반에게 자신이 밀주를 담근 '리낙천'이 아니라고 부인함으로써 자신의 성을 다시 '이'씨로 바꾸게 된 이야기다. 「우리 동네 최씨」는 주인공 '최진기'가 사냥꾼의 참새 사냥 때문에 독을 깨는 것을 막으려다 참새 한 마리 얻은 것을 좋아했지만 사실은 자기 집 닭이 죽어 있다는 것을 발견하게 된다는 에피소드가 이야기의 지주로 사용된다. 「우리 동네 정씨」는 학생 봉사대의 도움을 받아 일손이 부족한 농번기에 공짜로 모를 심어보려는 '정승화'가 모를 심지 못하게 된 이야기다. 「우리 동네 강씨」는 하곡 수매장에 간 '강만성'이 하곡을 제대로 검사받지도 못하고 경운기에 다리가 부러지는 에피소드를 중심으로 엮어져 있고, 「우리 동네 장씨」는 갑자기 불어닥친 부동산 투기 붐을 타고 엄청난 액수를 손에 쥐게 된 '장일두'가 농민에서 부동산 소개업으로 전업하게 된 이야기를 주축으로 엮고 있다.

이처럼 이문구의 『우리 동네』 연작은 작품 하나하나가 주요한 에피소드를 주축으로 전개된다. 그러나 그러한 에피소드들은 모두 농촌이 라는 삶의 공간에서 현실적인 시간의 진행 속에 일어날 수 있는 일상 적인 작은 사건들에 지나지 않아 그 자체로서는 하나의 이야기일 뿐이 다. 그렇기 때문에 그 에피소드 자체에 어떤 의미가 있다기보다는 에 피소드와 관련해서 일어나고 있는 보다 작은 사건들 전체의 구성이 농 촌이라는 움직이는 공간의 변화를 드러내고 있다는 데 의미가 있다.

이 공간의 변화는 농촌의 근대화라는 우리 사회 전체의 변화와 상응 하는 것으로 삶의 양식에 변화를 가져온다. 여기에서 삶의 양식 변화 에 값하는 것은 사람과 사람의 관계의 변화, 농사를 짓는다는 사실 자 체가 지닌 무게의 변화, 일상생활의 양식 자체의 변화, 농촌의 생산품 이 상품으로서 지닌 가치의 변화 등등으로 요약될 수 있다. 그래서 실 제로 이 소설들에 나타나고 있는 것들을 예로 든다면, 텔레비전이 농 촌에 도입됨으로써 동네 사람들이 만나서 농사를 중심으로 한 마을 이 야기를 할 수 있는 기회가 적어지고, 가족이 대화를 나눌 수 있는 기 회가 줄어들면서 텔레비전 프로그램을 밤늦게까지 시청하게 되고, 따 라서 새벽에 일어나서 일하는 시간이 줄어들고, 살림은 냉장고 때문에 진 빚에 허덕인다. 이러한 도시적 문명의 농촌 이입은 단순히 농촌의 문명화를 가져오는 것이 아니라 도시적 소비 욕망을 농촌에 심어주는 결과로 나타난다. 그것은 한편으로 욕망의 충족이 이루어지지 않음으 로 인해서 가족 간 불화의 원인이 되고 다른 한편으로는 폐쇄적인 농 촌의 풍속 자체의 변화를 일으켜 도시인과 유사한 일상성을 지향하게 만든다. 이러한 도시적 소비 욕망은 소득이 증가한 농가의 경우에조 차도 상대적인 빈곤감을 확대시키고 동시에 소비의 패턴을 도시화시 킨다. 다른 말로 표현하면 농촌의 도시화라고 할 수 있다. 바로 그러한 경우를 단적으로 드러내주는 작품이 「우리 동네 장씨」이다. 주인공 '장일두'는 행상을 하며 전국을 떠돌아다니다가 우연히 '천동면'이라는 농촌에 정착하게 되었는데, 바로 그 '우연' 때문에 거금을 손에 쥐게 된다. 말하자면 갑자기 밀어닥친 부동산 투기꾼들로 인해서 땅값이 치솟고 있을 때 주인공은 초기에 땅을 팔지 않고 값이 오른 다음에 처분함으로써 다른 사람보다도 큰돈을 손에 쥐게 된다. 여기에서 주인공의 변화 가운데 가장 상징적인 것이 아침 식사부터 경양식집이나 일식집에서 먹는 것이다. "먹는 것만 가꿔온 농사꾼 20년에 처음으로 음식다운 것을 알게 된" 주인공의 삶은 이제 농촌에 있으면서도 도시적인 것으로 변한다. 그래서 농사를 짓지 않고 부동산 거래의 거간꾼으로 나서는 것이다. 개인적으로 보면 농업에서 소개업으로, 넓은 의미에서 상업으로의 전환인 것이다. 그리고 그러한 개인적인 전환에 이르는 데에는 다방, 복덕방, 경양식집, 술집 그리고 춤추는 장소 등의 들어섬이 전제로 나온다. "일 때문에 먹는 것이 음식인 줄만 알았던 그에게 식사도 취미의 하나라는 새로운 사실"이 알려진 것이다. 이것은 농촌의 도시화가 가져온 의식의 변화를 나타낸다.

여기에 곁들여 주목할 수 있는 것은 주인공의 부인을 중심으로 한 풍속의 변화이다. 잠자리에서 오줌을 싼 것 때문에 키를 쓰고 온 동네 아이에게 돈 들이지 않고 소금 얻어가는 상습적 행위라고 비난하면서 그냥 돌려보내며 절약하던 그의 부인과 동네 여자들이 온천 호텔에 나가 목욕을 하고 남편을 찾아가 경양식점에서 양요리를 사달라고 조르는 장면이다. 이러한 변화의 핵심적인 요인으로 작가는 축재가 노력의 소산이 아니라 우연의 소산으로 이루어졌다는 것을 무언중에 들고 있다. 그것은 다시 말해서 부동산 투기라는 1970년대적 모순의 구조적 성격을 작가 자신이 파악하고 있다는 사실을 의미한다. 재산의 축적이 우연의 지배를 받는다고 하는 것은 그 사회가 합리적 사고의 보편적 지배를 받지 않고 부동산 투기처럼 '한 건'에 대한 기대와 요행의 지배를 받는다는 사실을 의미한다.

이러한 기대와 요행의 지배는 개인적으로 보면 어디까지나 '운수소관'에 속하는 것이지만 집단적으로 보면 사회적 구조와 상관있다. 가령 정부에서 농촌의 부를 위해 권장했던 뽕나무 심기와 누에 기르기가 오히려 어떤 농가에서는 빚을 지고, 폐농을 하게 만드는 결과를 초래한다. 그랬을 때 그 개인은 운수가 나쁜 경우에 해당하지만 우리 사회 전체로 볼 때에는, 일본에서 한국의 명주 수입을 금한다고 하는 국제 무역의 문제를 제기한다. 어떤 이유에서 일본의 금수 정책이 이루어졌는지 모르지만, 뽕을 심고 누에를 기른 농부는 바로 그 금수 정책 때문에 적자를 보고 빚을 지게 된 것이다. 여기에서 가령 수출 예정이나 계획이 보다 조직적으로 이루어졌더라면 정부의 영농 정책 때문에 빚에 시달리게 되는 결과는 가져오지 않았을 것을 이야기해준다. 그러한 예로는 가령 '통일벼'라든가 '노풍'과 같은 새로운 볍씨 개발에 따른 증산 정책에서도 볼 수 있다. 말하자면 우리의 토질과 기후 조건에 맞는 개량종의 볍씨로서 개발된 통일벼와 노풍이 그 해의 기후와 병충해로 인해 농촌의 빈곤을 초래한 경우 등을 이문구의 소설에서 볼 수 있다.

그러나 이러한 문제들은 이미 신문에서 보도되었고 또 농사 전문가들의 연구라든가 정책 당국의 조사 보고서라든가 소설보다 더 자세하게 사실적으로 다룬 경우가 많을 뿐만 아니라, 소설적 관심의 중심이 될 수 있는 것이 아니다. 소설이 실제로 관심을 두고 있는 것은 그러한 삶의 조건 속에서 사람이 사는 일은 무엇인가 하는 물음의 세계이며, 동시에 그것이 사람의 변화에 어떠한 영향을 끼치는지 탐구하는 것이다. 그 때문에 이문구의 소설에서는 언제나 그러한 정책적이고 구조적인 집단의 문제가 개인의 문제로 되돌아오며 그러한 상황 속에서 개인의 삶과 그 변화를 추구하게 된다.

이문구의 소설 속에서 개인과 개인의 관계로서 자주 등장하는 테마는 농민들 상호 간의 관계와, 농민들과 그 주변 인물들의 관계이다. 다시 말하면 한쪽에서는 증산 정책을 수행하기 위해서 새로운 볍씨를 권장하고 특수 작물을 권유하고 퇴비를 증산하며 영농 자금을 풀고 있다. 다른 한쪽에서는 될 수 있으면 재래종 볍씨를 심으려고 풀고, 텔레비전에서 광고되는 새로운 상품들을 구입하려 들고, 좋은 조건의 땅을 얻으려고 하며, '효도 관광'과 같은 형태의 소비를 희구하게 된다. 이러한 관계에서 보게 되면 농촌의 근대화라든가 증산 정책은 그 의도와는 상관없이 개인의 삶을 도시적인 복합성과 소비성에 연결시키는 결과를 가져온다. 가령 「우리 동네 강씨」에서 볼 수 있듯이 겉으로는 보리농사를 중시하면서도 실제로 보리농사를 짓는 것이 불합리하다는 사실은 시책의 수행 과정에서 일어난 착오인 것으로 나타난다. 주인공의 부인은 냉장고를 사기 위해서 '마늘'을 심어 많은 것을 기대하지만 마늘의 가격 하락으로 실패를 경험하게 된다. 주인공 강씨는 이제 보리 수매에 기대를 걸고 있지만, 보리의 시중 가격의 하락으로 타작 단계부터 어려움을 겪은 다음, 결국 정부의 너무 적은 하곡 수매량에 실망하고 그 수매량의 공판 과정의 모순에 분노를 느끼다가 다리를 다친다. 공판 과정의 모순이란 검사 과정과 창고로의 입고 과정을 의미하며, 여기에 성공한 경우에도 또 '효도 관광'이라는 또 다른 사람들에게 시달림을 당하는 것을 의미한다. 한편에서는 작은 이해관계에 따라 서로 간의 악역과 선역을 교대로 수행하게 되고, 다른 한편으로는 새로운 직종에 종사하는 농민의 숫자가 늘어나는 것이다. 여기에서는 그 당사자들을 착하다거나 악하다고 하기보다는 그들 자신의 생계를 유지하려는 의지만이 문제가 된다. 그래서 개인에게 선악은 그 상황에 따라서 달라질 수 있음을, 그리고 최소한도의 생계를 유지하려는 의지는 그 자체로서 강인한 생명력을 드러내준다. 여기에서 나타나는 새로운 직업이란 앞에서도 언급한 바 있는 부동산 소개업자든가, 혹은 화장품 외판원이라든가, 혹은 효도 관광의 회원 모집원, 혹은 공장의 공원 등이다.

이러한 직업들은 농촌이라는 공간이 농사만을 생업으로 삼던 공간으로서 존재할 수 없다는 사실과 농촌의 변화가 그 자체의 내적인 요구에 따른 것이 아니라 외부의 힘에 따른 것임을 말해준다. 그러나 그러한 변화의 양상 속에서 작가는 최근 우리 사회의 변화가 바로 농촌의 엄청난 희생 위에 이루어진 것임을 드러내준다. 그 희생은 한편으로는 물질적이고 자원적인 성격을 지니고, 다른 한편으로는 정신적이고 풍속적인 성격을 띤다. 마늘과 고추, 그리고 누에고치의 가격 파동과, 개량종 볍씨로 인한 농사의 실패가 바로 물질적인 희생이라면, 새로운 상품의 소유욕과 농민 상호 간의 갈등이 물질적인 이해관계에 얽매이게 되는 건 정신적인 희생일 것이다. 그리고 농촌 인구가 도시로 유입하면서 생기는 인력의 고갈은 한편으로 농촌의 자원을 도시에 종속시키고 농촌 인구의 감소 현상을 초래함으로써 그 자립적인 능력을 상실하게 만들고 다른 한편으로는 새로운 소비 풍조를 부추김으로써 유흥의 풍속을 낳고 가족 관계와 남녀 관계의 변화를 가져온다.

이러한 농촌의 변화는 도시와 농촌의 구별을 전제로 했던 초기의 이문구 소설과 다른 점이다. 그러나 이문구 소설의 변화에서 보다 큰 의미는 농촌 삶의 양상의 변화를 드러내주면서 동시에 개개인의 해학적인 모습을 통해서 사는 모양의 희극성과 그 밑바닥에 깔린 비극성을 실감 나게 묘사하는 그의 소설 기법의 진경에 있을 것이다. 가령 동네 여자들이 '이쁜이 계'를 든다든가, 고리채를 놓으며 부유하게 살고 있는 사람의 수재민 돕기 운동에 '독립문표' 팬티를 내놓는다든가 따위의 에피소드는 물론이고, 각 가정에서 일어나는 부부 간의 불화(고기 반찬 구경을 못 했다든가, 남들처럼 관광을 다니지 못했다는 이유 등등으로)에서도, 그리고 이해관계에 따른 동네 사람들의 말다툼이나 관리와의 대립에서도 이야기는 거의 언제나 작가의 유머 정신을 통해 진행된다. 그래서 소설들이 서로 너무나 유사하다는 인상을 받게 되겠지만, 그 유머 속에 들어 있는 삶의 비극성은 우리의 삶을 되돌아보게 하고 생각하게 만든다. 그러한 점에서 본다면 이문구 소설의 중요성은 그의 언어 구사의 능력 속에 있다고 해도 지나치지 않을 것이다. 비록 대화가 아닌 지문에서까지 지방 언어를 극도로 많이 사용하고 있어서 거기에 익숙하지 않은 독자는 대단한 곤혹을 치르겠지만, 그 언어를 읽어내는 노력이 뒤따를 때에는 그의 복잡한 소설 기법 속에서 사람이 살아가는 모습을 발견하게 될 것이다. 실제로 이문구의 소설에 등장하는 수많은 에피소드나 농촌의 현실은 대단히 새롭지는 않다. 다시 말해서 어느 정도 농촌 생활을 경험하고 농촌에 관한 이야기들에 관심이 있는 사람이라면 대개 알고 있는 사실이다. 그러나 그러한 에피소드들과 사건들이 사람의 삶의 모습으로서 서로 유기적으로 얽혀 있음을 파악하기는 쉽지 않겠지만 그보다 더 중요한 점은 우리의 의식의 자동화 현상 때문에 이미 존재하고 있는 것을 존재하지 않는 것으로 만들어버린 사실을 지각하게 만드는 데 있으리라.

그의 이러한 소설적 기법은 "생활 감각을 다시 갖기 위하여, 대상들을 느끼기 위하여, 돌이 정말로 돌이라는 것을 느끼기 위하여 우리가 예술이라고 부르는 것이 존재하는 것"이라는 예술 이론을 상기시켜준다. 말하자면 작중인물 개개인의 사소한 에피소드를 통해서 삶이라는 보편적인 모습의 복합성을 읽게 해주고, 집단 전체에 행해지는 정책이 개인의 삶에 가져오는 변화를 알게 하면서, 우리의 삶이 지닌 희극성 밑바닥에 오늘의 삶의 절망과 비극이 있음을 깨닫게 해주는 것이다. 여기에는 도시와 농촌, 집단과 개인의 구분이 있을 수 없고, 악한 것과 선한 것, 부와 가난이 선험적으로 규정될 수 없다. 이문구의 삶에 대한 이러한 관심은 어촌 이야기인 『해벽』과, 도시 이야기인 『엉겅퀴 잎새』에서도 그의 독특한 유머 감각으로 확대되고 있음을 덧붙여둔다.

민중적 삶의 구체성

—김주영의 『객주』

1

최근의 한국 소설에서 세 편의 대작을 꼽는다면 아직도 완결되지 않은 박경리의 『토지』, 그리고 작금에 완간된 황석영의 『장길산』과 김주영의 『객주』일 것이다. 이 세 편의 작품은 모두 작가 자신이 짧게는 5년, 길게는 10년 이상의 집필 기간을 거쳤다는 점에서 그들의 문학적 야심과 집념의 결정체라고 불러도 좋을 것이다. 실제로 이 작가들이 1부를 끝낸 다음에, 혹은 완간을 한 다음에 쓴 후기를 보면 이 작품들에 걸고 있는 작가의 자부심을 쉽게 읽을 수 있다. 그뿐만 아니라 이미 널리 알려진 사실이기도 하지만, 이 세 작품은 발표되는 당대에 독자로부터 많은 반응을 불러일으켰다는 점에서 작가로 하여금 동시대적 공감의 기쁨을 누리게 했다. 이런 부분의 의미는 문학 사회학의 깊은 조명을 통해 구명될 수 있는 성질의 것이겠지만, 여기서 한 가지 주목할 수 있는 것은 외판이라고 하는 조직적인 판매 체계를 통하지 않고도 10여 권에 이르는 방대한 장편소설이 지금의 우리 사회에 수용될 수 있다는 사실이다. 이러한 사실은 '소설의 재미'가 아직도 독자의 흥미를 지속적으로 붙들어 맬 수 있는 가능성을 지니고 있음을 이야기해준다. 텔레비전이나 VTR의 보급이 소설의 잠재적 독자를 감소시킬 것이라는 예견을 뒤엎고 있는 이러한 현상은 그것이 곧 문학의 독자적 기능에 대한 사회적 인식의 깊이를 이야기하는 것은 아니지만 긍정적인 것으로 보아야 한다. 왜냐하면 문학작품을 읽는다는 것은 읽는 사람의 절대적인 선택 없이는 불가능한 일이기 때문이다. 그러한 점에서 문학의 독자는 적극적인 의지를 통해 스스로 선택해서 '읽는' 사람인 반면에, 다른 경우에는 그러한 의지나 선택에 의하지 않고도 눈으로 볼 수 있는 성질을 띤다. 여기에서 말하는 적극적인 의지의 선택은 문학의 독서가 지닌 특수한 양상을 강조하기 위한 것이다. 다시 말해서 독서는 적극적인 선택에 의하지 않고는 단 한 줄도 불가능하다. 그런데 이처럼 방대한 장편소설들이 읽힌다고 하는 것은 우리 사회가 가지고 있는 문학적 선택의 적극성을 이야기하기에 충분하다. 더구나 여기에서 이야기하고 있는 장편소설들이 오늘날과는 다른 사회적 구조를 지녔던 과거의 어느 시대를 배경으로 한 역사소설의 형식을 띠고 있다는 것은 대단히 의미 있다. 왜냐하면 소설이 이처럼 대하와 같이 방대하다는 것은 역사적 사실을 바탕으로 하지 않을 경우 어쩔 수 없이 불가능할 수도 있지만, 소설적 주인공들을 역사적 흐름 속에 놓아둠으로써 상상적 공간을 보다 활짝 열어놓을 수도 있으며, 나아가서는 문학이 옛날의 서사성을 재발견해서 '이야기'의 성질을 회복함으로써 자신과 자신이 살고 있던 사회의 모든 여성의 생명을 구하게 된 셰에라자드의 역할을 되찾는 길이 될 수도 있기 때문이다.

그러나 실제로 우리가 글로써 기록할 수 있는 것은 아무리 현재 진행 중인 것이라고 하더라도 기록하는 순간에 과거의 사실이 되어버린다고 하는 점에서 문학으로 기록된 모든 것이 과거의 것이라면, 이들 작품들이 '역사소설'이라고 하는 것은 그 작품의 소재라든가 성질을 규정짓는 편리를 위한 일종의 분류법 중 하나에 지나지 않을 뿐, 그것이 곧 작품의 가치라든가 질을 나타내주는 것과는 거리가 멀다는 사실을 전제로 한다. 그러나 이 세 편의 작품 중 『토지』가 '최씨'라는 대지주의 집안과 그 집안이 있는 '평사리'라는 마을 전체 주민의 삶과 운명을 서술하고 있다는 점에서, 『장길산』이 봉건사회의 밑바닥 계층 출신의 탁월한 개인과 '녹림당'이라는 집단을 중심으로 대립된 삶의 양면성을 끝없이 추구하고 있다는 점에서, 그리고 『객주』가 '보부상'이라는 특수 계층의 세계를 보여주고 있다는 점에서 이 세 작품이 지금까지 보았던 역사소설과는 다른 개성을 지녔음을 알 수 있다. 특히 『객주』는 소재 측면에서 볼 때 '보부상'의 생활을 다룬 최초의 소설이라는 특색을 지닌다. 물론 소재 자체가 작품의 질을 결정하지는 않지만 조선 왕조 후기에 왕조의 경제 체제에서 중요한 역할을 담당했던 보부상의 생활을 재현시켜보고자 하는 작가의 의도는 새로운 작품을 쓰고자 하는 창조적 정신의 표현과 다르지 않다. 문학이 작가의 의도를 통해서만 가능한 것은 아니지만 새로운 의도가 없을 경우에는 지금까지 존재하지 않았던 새로운 작품이란 태어날 수 없기 때문이다. 그러한 점에서 이 작가가 "감수성 많았던 소년 시절의 대부분을" "저잣거리에서" 보냈다고 하는 후기의 고백은 이 작품에 쏟은 5년의 집필 시기가 문제가 아니라 작가 전체의 삶이 작품의 준비 기간에 해당한다는 것을 의미한다. 작품을 읽으면서 분명히 알 수 있는 것은 작가가 이 작품을 쓰기 위해 무수하게 많은 자료를 섭렵했고 전국 방방곡곡을 답사했다는 사실이다. 물론 작가란 상상력으로 글을 쓰는 사람이기는 하지만 상상력이란 무에서 태어나는 것이 아니라 현실과 체험에 대한 깊은 성찰에서부터 자라난다. 이 작품의 도처에서 볼 수 있는 현장 답사의 흔적은 비록 그것이 오늘에 이루어졌지만 우리로 하여금 100년 전의 현장으로 거슬러 올라갈 수 있을 만큼 작가의 상상력을 충분히 자극했을 것으로 보인다.

그러나 이 모든 것은 작품 자체와 직접적으로 관계있다기보다는 작품이 어떻게 만들어졌느냐, 혹은 작품이 어떤 반응을 불러일으켰느냐 하는 점에서 작품 외적인 요소와 관계된 것이라고 할 수 있다. 왜냐하면 우리가 과거에 읽은 작품들 중에는 수많은 자료 섭렵의 흔적은 뚜렷하지만 자료의 물량주의를 증명할 뿐 커다란 감동을 불러일으키지 못한 경우가 드물지 않았고, 또 작품의 분량이 엄청났으면서도 공식적인 사실을 지나치게 과장하거나 문제의 해결을 너무 쉽게 처리함으로써 오락적인 차원을 벗어나지 못한 경우가 많았기 때문이다. 이것은 작품의 질이 반드시 작품의 길이와 비례하는 것도 아니고 독자의 반응이 작품의 질과 함수 관계에 있는 것만도 아님을 입증하는 예이다. 그렇기 때문에 작품을 충실하게 읽지 않고는 문학에 관한 논의 자체가 공허한 것과 마찬가지로 논의의 초점을 일단 작품 안에 두지 않으면 문학의 문제가 다른 것에 의해 수렴되어버릴 위험성이 크다.

2

이 소설의 마지막 권 후기에서 작가는 다음과 같이 이야기한다.

> 왕권의 계승이나 쟁탈, 혹은 그것에 따른 궁중 비화나 권문세가들의 권력 다툼이나 혹은 그들에 대한 인간사가 주류를 이루고 있었던 반면 백성들의 이야기는 뒤꼍에 비치는 햇살처럼 잠깐 비치고 말거나 야담으로 봉놋방 구석으로 밀려나 있었다. 백성들 쪽에서 바라보는 역사 인식에 대한 배타성이 우리 역사 기술에는 너무나 강하게 작용하고 있지 않는가 생각되었다.

우리의 역사 기술이 정치사에 집중되어 있고 지배층의 이동에만 관심의 초점이 모아진 데 대한 반성이라고 할 수 있는 작가의 발언은 곧 그의 작품에 현실로서 나타나고 있다. 과거의 역사 기술이 권력의 주변에 있는 지배층 중심으로 전개된 것과 마찬가지로, 과거의 역사소설이 왕권의 계승을 둘러싼 알력에서 탁월한 능력을 소유한 개인을 중심으로 전개되거나 그 주변에 있는 인물들의 애증 관계의 서술로 전개된 반면에, 김주영의 『객주』는 그들과는 다른 이름 없는 서민들의 생활을 그리고 있다. 서민들이 가지고 있는 상징적인 성질은 보부상들이 어느 한 곳에 뿌리를 내려 정착하지 못하고 전국을 정처 없이 누비고 다니는 운명을 띠고 있다는 데 있다. 어느 한 곳에 뿌리를 내리지 못한다는 것은 '가정'이라는 삶의 기본적인 터전이 이들에게는 마련되어 있지 않기 때문에 이 사회 속에 단단히 뿌리를 내리지 못하고 있는 계층의 삶을 의미한다. 그러니까 크게 본다면 이들이 부초처럼 떠돌아다닌다는 것은 그들이 뿌리를 내리기 위한 노력이지 떠돌아다니는 숙명의 실현을 위한 것은 아니다. 그것은 결국 '천봉삼'과 같은 인물이 수하의 인물들에게 고정된 삶의 장소를 제공하게 됨으로써 실현되기는 하지만, 그렇게 되기까지 이들이 지불한 대가는 어쩌면 이 소설 전체의 내용을 이루고 있는 것이다. 그러한 점에서 이 소설은 '등짐장수'라고 할 수 있는 보부상들이 떠돌이로서의 삶으로부터 이 사회에 뿌리를 내리는 과정의 서술이라고 해도 지나치지 않을 것이다.

그러나 그러한 과정의 서술은 삶의 구체성이 결여되어 있을 때 문학적인 불모성을 드러내는 박토의 메시지에 지나지 않게 된다. 일반적으로 문학의 역할 가운데 가장 근본적이며 본질적인 것은 우리의 삶 속에서 볼 수 있는 모순되고 무질서한 것들을 종합적으로 제시하는 가운데 어떤 질서가 드러나게 만드는 것이다. 이러한 역할이 문학작품 속에 무수하게 많은 사적인 자아의 서술을 통해서 그 개인이 소속되어 있는 사회의 공적인 의미를 알게 만드는 것이다.

이 소설의 첫 장면은 바로 그러한 소설적인 장치의 역할을 하면서 동시에 전체 9권으로 된 이 작품이 어떻게 전개될 것인지 보여준다. 여기에서 제일 먼저 등장하는 인물이 '조성준' '최돌이' '천봉삼'과 서울의 깍정이들로서, 이들은 모두 '조성준'이 당했던 억울한 원한을 풀어주기 위해 동원된 것이다. 송파의 쇠살주였던 조성준이 자신의 젊은 아내와 함께 도망간 송만치에게 보복을 하게 되는 이 첫 장면은 보부상들이 동료의 딱한 사정을 듣게 되면 언제나 그들의 원혐을 풀어주기 위해 서로 단합하고, 가던 방향을 바꾸게 된다는 사실을 전해준다. 최돌이와 천봉삼이 조성준의 수하에서 함께 행동하게 된 것은 바로 그러한 이유 때문이다. 이들이 서울에서 데려온 두 깍정이와 함께 문경새재 밑에 있는 고사리 마을의 송만치 집을 한밤중에 습격해서 조성준을 배반한 젊은 아내의 발뒤꿈치를 자르고, 그녀를 데리고 달아난 송만치의 양물을 잘라내는 장면을 읽게 되면 충격을 받지 않을 수 없다. 그 충격은 보부상들이란 이처럼 개인적인 원한을 어떠한 방법으로든지 갚고야 마는 잔인한 성격을 지니고 있는가 하는 질문에서 유래한다. 거의 무법천지라고 할 수 있는 이러한 보복극은, 그들이 비록 자기 나름으로 배신자나 범법자를 징치(懲治)할 수 있는 어떤 불문율을 갖고 있다고 할지라도 이 세계를 피비린내 속에 묻어버리지 않을까 하는 생각을 갖게 한다.

여기에서 한 가지 뚜렷한 것은 보부상들의 보복에는 의리와 도리라고 하는 그들 나름의 기준이 있는 반면에 그들을 따라온 깍정이들은 도적과 마찬가지로 기준도 의리도 없이 어느 정도의 재산이 보장된다면 무슨 일에나 뛰어든다는 사실이다. 그래서 이들 일행이 조성준의 달아난 아내와 송만치에게 보복을 하고 났을 때 깍정이들은 이제 그 일행에게 찍자를 놓고 조성준이 가지고 있는 전대를 탈취하여 달아나는 것이다. 그런데 보부상 일행은 자신들에게 폭행을 가하고 자신들의 전대를 빼앗아 달아난 서울의 깍정이들을 찾아 나선다거나 그들에게 보복을 가하려고 들지 않는다. 얼른 보면 이것은 보부상의 의리나 윤리의식이 적용되고 있는 범위가 신분상으로 동일한 계층에 제한되고 있는 것이 아닐까 하는 의문을 갖게 한다. 그러나 조성준 일행의 이러한 보복극이 그다음에는 '김학준'으로 확대되는 것은 하나의 거부가 행한 엄청난 폭력에 대항하고 있는 일개 쇠살주의 반항에 지나지 않음을 입증한다. 자신의 부재중에 송파의 재산을 가로채고 자신의 젊은 아내를 겁간한 다음 여각의 '중노미'인 송만치와 달아나게 한 것이 강경의 거부 김학준이라는 사실을 알고 있는 조성준은 이용익, 길소개의 도움으로 김학준을 납치하는 데까지는 성공을 거두었으나 김학준의 소첩인 천소례의 계략에 넘어가 그 납치극은 실패로 끝맺게 된다.

이러한 줄거리를 따라가다 보면 이 작품의 제1부에 해당하는 처음 3권은 전체 작품의 도입부에 해당한다. 여기에서 도입부라고 하는 이유는 작중인물들의 이합집산이 거의 개인적인 이해관계에 따라 이루어진 반면에 실제로 보부상의 생활을 보여주는 과정에서도 체계적인 성질을 띠지 않고 단편적이라는 데 있다. 다시 말하면 구성원이 어떤 사람인가를 보여주기 위해서 전국 각 지방 출신의 보부상들을 여기저기에서 만나게 하고, 이들이 맺고 있는 관계들 중 아전 등의 하급 관리와의 관계, 동료들과의 관계, 거상들과의 관계, 노복들과의 관계 등을 몇몇 특수한 경우를 통해 보여주고 있으며, 이들 사회를 지배하고 있는 윤리관과 그것을 어겼을 때 받게 되는 징벌의 엄격함을 강조하고, 이들이 취급하고 있는 물품의 종류에서부터 그들이 가난과 추위 속에서 묵게 되는 숯막이나 여각의 봉노에 이르기까지 자세하게 소개한다. 이것은 서민들의 세계가 별로 알려지지 않았기 때문에 보다 현실감 있게 받아들일 수 있게 하기 위한 작가의 특별한 노력의 결과라고 보아야 한다.

이러한 작가의 의도 때문에 도입부에 해당하는 제1부가 전체의 3분의 1이나 되는 분량이 되고 말았지만, 가령 각 지방의 토산물을 소개함으로써 보부상이 이 땅의 방방곡곡을 누비고 다닐 수 있는 이유를 설명한다. 이들이 전국 각지를 누비면서 어느 봉노에서나 만나면 함께 잠을 자며 생활을 할 수 있었던 것은 이들의 세계를 지배하는 일종의 윤리관이 있었기 때문이다. 가령 이들이 스스로의 동료에게 징벌을 내리는 경우는 다음과 같이 설명되어 있다.

> 항간의 부상들 중에는 불효부제(不孝不悌)한 자가 많았고, 선배에게 오만한 자, 같은 부상끼리나 시골 고라리들에게 억매 흥정으로 몽리를 취하는 자, 성벽이 완악하고 패악한 행동을 일삼는 자, 주색잡기에 탐닉하여 부상의 체통에 똥칠을 하는 자, 불의를 서슴없이 범하는 자, 동료들을 대함에 언사가 불공한 자, 연소자나 노닥다리라 하여 업신여기거나 능멸하는 자, 질병 중인 동료를 못 본 체하고 방기(放棄)하는 자, 동료가 죽었는데도 문상하지 않는 자가 같은 부상들의 눈에 뜨일 경우 어느 시기 어느 처소를 막론하고 발론하여 중벌을 내리었다. (제2권 p.160)

물론 이러한 율법이 어느 정도 엄격하게 지켜졌는지 알 수 없지만, 가령 소매치기하다 들킨 담배장수를 그들의 행수로 하여금 징치하게 한 것을 비롯하여(제2권 pp.164 이하), 동료인 최돌이를 죽인 '석가'로 하여금 천봉삼이 자문을 권유하여 죽게 만든 사실(제3권 pp.119 이하), 차인행수인 조성준을 배신하고 몰래 김학준에게서 천 냥을 빼앗은 길소개가 자신이 소속되었던 보부상의 세계를 떠나 서울의 거상과 권문세가 주변에서 떠돌면서 양반의 세계로 전신하는 것(제2권 pp. 260 이하), 김학준의 첩실인 천소례에 의해 김학준의 살해자로 지목되어 사발통문이 내려져 보부상의 세계에 살 수 없게 된 조성준이 적굴에 가담하여 은신할 수밖에 없었다는 사실(제3권 pp. 33 이하) 등은 보부상들의 세계를 지배하고 있는 엄격한 계율을 설명하기에 충분하다. 그렇기 때문에 이들은 어느 봉노에서나 처음 만나는 동료들과 인사를 나누고 함께 하룻밤을 묵고 떠날 수 있는 것이다. 이들이 나누는 인사법은 그것이 당시 언어의 정확한 재현인지는 몰라도 이들 세계가 가지고 있는 우애를 엿볼 수 있게 한다.

> 길소개가 권한의 말을 받았다.
>
> "초인사는 올린 처지옵니다만 거주는 상달치 못하였습니다."
>
> "피차일반입니다. 사촌지도리(四寸之道理)에 그렇지 못할 터인데 금일에야 거북한 노상 상봉을 하게 되었으니 정의(情誼)가 매우 불민하였습니다."
>
> "어디로 놀아 계십니까? 하생 살기는 황해도 신천이 지본이올시다."
>
> "좋은 곳에 놀아 계십니다. 하생의 지본은 경기도 경강 인근의 둥근제〔圓峴〕이옵니다. 박가 성 가진고로 박경기(朴京畿)라 존행하옵지요. 하생도 작년에 신천에 들른 일이 있사옵는데 산천이 빼어났더이다."
>
> "어찌 좋기를 바라겠습니까? 신천이야 일개 산협지군(山峽之郡)에 아무것도 보잘것이 없고 그저 여러 동무님들이 애호하여주신 덕분으로 의지하여 살아갈 뿐입니다."

스스로를 낮추고 상대편의 고향을 칭찬하며 겸손을 보이는 이러한 수인사법은 실제로 고증이 어느 정도 된 것인지는 모르지만 '박경기'라든가 '길신천'에서 볼 수 있는 것처럼 자신의 이름을 밝히기보다는 고향의 군이나 도 이름을 별호로 사용하고 있는 것으로 볼 때 이들의 출신이 이름을 내세울 만하거나 아호를 사용할 만한 계층이 아니기 때문에, 그러므로 양반에 속하지 않기 때문에 충분히 설득력이 있다. 여기에서 특히 재미있는 표현은 "어디로 놀아 계십니까"로 보인다. 왜 여기에 '놀다'라는 동사를 사용하게 되었는지 알 수 없으나(언어란 임의적인 것이기 때문에 왜 그렇게 썼는지 알 수 없는 경우가 대부분이다) '일하다'와 반대 개념을 사용하면서 보조어미로는 '계십니까'의 호칭을 사용하고 있다. 어쩌면 '일하다'보다는 '놀다'가 양반의 세계에 가까운 것이거나 노장 사상의 표현과 비슷한 것이라는 데 이유가 있을지 모르겠지만 이 인사법은 멋진 표현이라고 하지 않을 수 없다. 이러한 멋진 표현은 보부상들의 농담과 함께 그들의 풍속을 알 수 있게 한다. 이들이 주고받는 농담은 가령 "물장수 삼 년에 궁둥이짓은 남더라고 장판에서 늙은 사람이 설마 베잠방이에 대님 치듯 하겠나. 자기 처신 자기가 알아서 하겠지"와 같이 직설법을 사용하지 않고 끊임없이 비유법을 사용한다든가 "입에 곡기를 못해서 부황난 사람이 나와 앉아서 길손에 음식을 팔고 있으니…… 차라리 인왕산 차돌을 주워다 삶아 먹지…… 내 아무리 허기진 놈이기로서니 술국이 목구멍으로 넘어가겠소"와 같이 자신의 심정을 토로하면서도 직접적으로 관계가 없는 서울의 인왕산 차돌을 들먹이는 어법을 사용하는 것은 판소리나 타령에서 흔히 볼 수 있는 '비켜선 어법'으로 나타난다. 이러한 어법은 언어를 단순히 의사 전달의 수단으로 사용하기보다는 리듬이나 운율과 같은 순수한 형식적 효과를 위한 것으로 사용하면서 의사 전달을 간접화시킨다. 그것은 분명히 사설이나 판소리, 타령 등의 영향으로 이루어진 것으로 보인다. 특히 이 작품에 무수히 많이 나오는 타령은 그러한 주장의 뒷받침이 될 수도 있을 것이다. 가령 제1부에서만 해도 각설이 타령(제1권 p. 155), 방아타령(제1권 p. 242), 곰보타령(제1권 p. 260), 양반타령(제2권 p. 155), 약타령(제2권 p. 172), 짚신장수타령(제2권 p. 287) 등 무수히 많은 타령이 등장하는데, 타령과 서민 생활과의 관계는 보다 전문적인 연구를 통해 밝혀질 수 있겠지만 우선 서민의 한 많고 설움 많은 감정을 유머나 해학 정신으로 풀어내는 역할을 하는 것으로 보인다.

3

그러나 제1부가 그 길이에도 불구하고 이 작품의 도입부 성격을 벗어나지 못하고 있는 것은, 제1부에서는 개개인의 작중인물들이 이 작품 안에서의 역할을 정착시키지 못하고 문자 그대로 떠돌고 있기 때문이다. 작중인물들의 역할이 떠돌고 있다고 하는 것은 '조성준'을 제외한 대부분의 인물이 스스로의 개성을 드러내줄 만큼 인과관계가 있는 모험의 체험 과정을 보여주지 못하고 있음을 의미한다. 20여 명에 달하는 인물들은 제1부에서 우연에 의해 어떤 인물과 관계를 맺게 되는데, 이 관계는 작중인물들의 크기와 역할이 나타나고 있는 제2부와 제3부에서 작중인물들의 행동에 중요한 동기 역할을 하고 있을 뿐만 아니라 그것이 이 인물들의 드라마에서 근본적인 요소가 되기도 한다. 그러므로 제1부에서는 우연으로 보였던 만남이 제2부와 제3부에서는 필연의 것으로 작용한다.

제1부에서 조성준과 천봉삼이 동사하게 되면서 송파의 쇠살주로 있었던 조성준의 자리를 천봉삼이 되찾아줄 뿐만 아니라 그 두 사람이 처남 매부의 관계로 발전하게 된 동기가 된다. 또 서울 깍정이들에게 폭행을 당해 쓰러진 천봉삼이 제1부에서 들병이 노릇을 하던 매월이에 의해 목숨을 구한 다음 평생을 두고 그녀의 흠모를 받는 인연을 맺게 됨으로써 장차 그의 삶의 전개에서 어쩔 수 없는 관계를 유지하게 된다. 또 선돌이를 구제하기 위해, 계추리를 매점하던 조선득과 협상

하는 과정에서 서울의 신상(紳商) 신석주의 첩실로 가게 된 조소사를 알게 된 천봉삼은 그녀의 중개로 신석주와 관계를 맺게 된다. 길소개와 조성준의 관계가 뒷날 길소개의 터무니없는 재물욕과 출세욕을 설명하고, 나아가서는 관아에서 쫓겨난 길소개가 보부상에 가담하여 옛날의 잘못을 갚게 되는 원인이 된다. 조소사와 월이의 주종관계는 뒷날 월이가 신석주의 재산을 물려받은 뒤 천봉삼의 아내가 될 수 있는 인연으로 작용한다.

따라서 이 작품의 제1부를 읽게 되면 그 전체가 조성준의 개인적인 원한관계의 지배를 받고 있다는 점에서 조성준을 주인공으로 생각할 수도 있다. 하지만 작중인물들의 전체적인 자리매김이 완전히 산만해 전혀 짜임새가 없어 보인다. 이것은 일반적으로 이 작품의 제1부의 역할이 다른 작품들에서는 생략되거나 그렇지 않으면 제2부와 제3부의 일부로서 서술된다는 것을 말해준다. 따라서 구조적인 측면에서 본다면 제1부의 존재 이유가 큰 설득력을 갖고 있지 못하다. 바로 그러한 이유 때문에 제1부만 읽고 난 독자는 보부상이란 이처럼 때로는 동패의 원수를 갚기 위해 잔인한 일을 저지르기도 하고, 때로는 과부로 살고 있는 여자를 겁탈하기도 하고, 소매치기에 실패한 동료에게 장문을 내리기도 하고, 이방이나 현감과 같은 벼슬아치들의 죄를 묻기도 하며, 자신의 생명을 위해서는 양갓집 여자의 정조나 친구의 생명을 무시한다고 생각할 수 있을 것이다. 물론 이러한 삶의 양상은 보부상에게만 국한된다기보다는 어디에서나 볼 수 있다. 따라서 굳이 보부상의 세계를 드러낸다고 하기에는 제1부가 너무나 거칠다는 생각을 할 수도 있다.

그러나 동가숙 서가식하며 한 푼의 이익을 위해 전국을 떠돌아다니는 거칠고 야성적인 그들의 성격을 그들 탓으로만 돌릴 수 있는 성질의 것이 아니리라. 가령 면천을 하기 위해 최돌이 일행과 합류해서 최돌이의 아내가 된 '월이'와 같은 인물이 끝끝내 착하게 살 수 있었던 것은 삶이 덜 고달팠기 때문이 아니라 심성이 그렇게 타고났기 때문이다. 그렇기 때문에 이처럼 거칠고 잔인한 보부상들에게도 때로는 고향을 그리워하고 고향에 돌아가지 못하는 설움을 한탄하는 감정이 없을 수는 없다.

> 열여덟에 누이의 일로 고향을 쫓겨난 지 이제 꼬박 일곱 해가 흘러가고 있었다. 한둔한 지 일곱 해, 결코 짧은 세월이 아니었다. 멀리는 의주까지, 원산포 〔……〕 과천과 말죽거리 〔……〕 중뿔나게 가진 것도 없이 적수단신(赤手單身) 홀몸으로 북녘 지방은 아니 간 데 없이 대중없이 헤매고 다닌 셈이었다. 누이의 잘못이 아니라 천성으로 역마살을 끼고 태어난 죄임이 분명하였다. 식채(食債)에 물리어 막창(幕娼)과 수작하여 야반도주한 적도 있었고, 대궁상을 얻어먹으며 끼룩끼룩 운 적도 있었다. 때로는 여염집 낭자에게 설핏한 연정을 품은 적도, 복에 없는 취리(取利)를 얻은 적도 있었으나 언제나 세월은 소태 같아 남는 건 적수공권(赤手空拳) 외롭고 쓸쓸한 자기 몸뚱이 하나였다. 〔……〕 어쩌다 낯선 타관 고갯마루에 앉아 설핏한 노을을 바라보고 앉았노라면 뭉클 고향 생각이 치밀곤 하였다. (제1권 pp. 97~98)

이처럼 때로는 자신의 몸뚱이가 외롭고 슬픈 것으로 느껴지고 고향을 그리워하는 자신을 발견하게 되면 자신의 지나간 삶에 대해 반성하기도 하지만, 바로 그러한 이유 때문에 일단 행동에 뛰어들면 마치 허무주의자처럼 물불을 가리지 않는 보부상들은 야성적으로 거친 성격이 드러날 수밖에 없는지도 모른다.

일견 거칠고 무질서해 보이는 보부상들의 삶이 제1부에서 읽힐 수 있는 가장 큰 힘은 그것이 바로 '만남'과 '헤어짐'이라는 삶의 가장 근원적인 원리에 호소하고 있다는 데서 찾아질 수 있다. 이들의 '만남'과 '헤어짐'의 양상 속에는 인간의 온갖 욕망이 자리를 잡고 갈등을 일으키고 있는 것이다. 20여 명의 인물이 만나고 헤어지는 데는 대개 3~4인이 단위를 형성하고 있지만 이들의 관계를 지배하고 있는 것은 이권이나 권력, 사랑이나 증오, 폭력이나 의분, 사기나 모리 등이다. 이것은 여기에 나오는 보부상들이 대부분 자신들의 본분인 장사에만 몰두하지 않고 개인으로서 살아가는 데 나타나게 마련인 욕망의 지배를 벗어날 수 없었다는 것을 의미한다. 다시 말하면 이들이 봇짐장사에만 몰두할 수 없다는 데 그들의 드라마가 흥미의 대상이 될 수 있다. 그들의 드라마가 인간적인 모습을 띨 때가 바로 이 지점일 것이다.

그런데 만남과 헤어짐의 원리는 바로 보부상이라는 직업을 가진 인물들 이상으로 보여줄 수 있는 인물들이 없으리라. 보부상은 만남과 헤어짐을 숙명으로 타고난 사람들이다. 그들은 끝없이 장소를 이동하는 '여행자'이기 때문에 오늘은 이곳에서 새로운 동료를 만나고 내일은 저곳에서 또 다른 동료를 만나지 않을 수 없다. 그것은 근대 소설의 기원이 여행기에서 찾아지는 것과 무관하지 않다. 새로운 장소에서 새로운 만남은 언제나 새로운 상황을 자연스럽게 만들어내기 때문에 근대 소설의 기법 가운데 가장 탁월한 기법으로 인정받고 있는 것이다. 새로운 상황은 우연마저도 거북하지 않게 만들어주는 힘을 가지고 있다. 김주영은 이 작품에서 그 힘을 최대한으로 이용하고 있다.

4

작가는 이 작품의 후기에서 "상투적인 개념에서 따지고 든다면 이 소설에는 주인공이라고 할 만한 사람이 없다. 이것은 한 사람의 영웅도 만들지 않았다는 말과 상통한다. 그러면서도 그 많은 등장인물 모두에게 나름대로 고유한 삶의 모습을 색출해서 악센트를 주려고 노력했었다"라고 고백하고 있다. 이 말은 작가 자신의 의도가 모든 등장인물을 주인공으로 삼고자 하는 데 있었다는 이야기가 될 것이다. 실제로 이 작품에서는 재래의 어느 소설에서나 볼 수 있는 주인공이 따로 있지 않다. 과연 민중소설이라고 이름을 붙여도 좋을 만큼 개성을 지닌 등장인물들 각자가 스스로 주인공이 되어 있다고 할 수 있다. 그러나 좀 더 자세하게 관찰하면 이 소설의 제2부와 제3부의 주인공은 천봉삼이라는 생각을 하게 된다. 왜냐하면 여기에서 나타나는 것이 바로 천봉삼으로 대표되는 보부상들의 사적인 삶이 우리 사회의 변동이라고 하는 공적인 역사와 구체적인 관계를 맺게 됨을 이야기하기 때문이다. 실제로 천봉삼은 신상들과 일부 권력과 기존의 쇠살주들의 반대에도 불구하고 송파의 시개접장이 되어서 조성준의 빼앗긴 아성을 되찾게 되고, 나아가서는 다락원과 평강과 원산포에 이르는 상로를 개척함으로써 원산포로부터 평강을 거쳐 송파에 이르는 쇠전을 지배하기에 이른다. 휘하에 100여 명의 보부상을 거느리면서 그가 임오군란에는 군란 진압에 보부상을 동원하라는 이용익과 민영익의 간청을 거절했다가 조정의 미움을 사기도 하고 또 원산포의 개항을 계기로 일본 상인과 왜통사들이 보부상의 상전을 침식해 들어오게 되자 자신의 세력을 이용하여 이들의 침식을 저지하기 위해 온갖 노력을 기울이다가 죽을 고초를 겪게 되지만 결국 민비의 도움으로 살아나게 된다. 이와 같이 천봉삼이 보부상으로서 성공하는 과정에서 매월이가 진령군에 봉해지고 이용익이 단천부사에 이르게 되는 것은 각자의 독자적인 노력과 능력에 따른 것이기는 하지만 여기에서 작가는 결국 이들 모두를 한 가지 사건에 집중시킨다. 작가가 매월이와 이용익이 출세하도록 만들고 있는 것은 천봉삼과 조정 사이의 관계에서 이들이 중요한 역할을 수행할 수 있게 하기 위한 것이다. 이 소설의 마지막 장면은 그것을 증명하기에 충분하다. 바로 천봉삼의 운명과 관계된 것으로 작가가 서술하고 있는 모든 것, 즉 천봉삼의 아내가 된 월이나 그의 누이 천소례는 물론이거니와 그의 휘하에 있는 길소개, 유필호, 석쇠, 득추, 강쇠, 곰배, 답삭부리 등과 이용익, 매월이뿐만 아니라 민비에 이르기까지 그의 옥사와 관련되어 있고 그의 목숨의 향방에 집중되어 있는 것이다. 그것은 천봉삼이 이 소설의 주인공이라고 하기에 충분한 이유가 된다.

뿐만 아니라 작가는 이 작품에서 한 사람의 영웅도 만들지 않았다고 하지만, 그 많은 보부상 가운데서 천봉삼만이 신상이 되었다고 하는 것은 그가 남다른 능력을 소유하고 있음을 의미하고, 그뿐만 아니라 실제로 영웅에게서나 볼 수 있는 초능력을 그는 여러 번 과시하기까지 한다. 그는 신석주의 휘하 사람에게 여러 차례 죽을 고비를 넘겼고 봉적을 당하기도 했으며 몰매와 장문으로 사경을 헤매면서도 줄곧 살아남은 점에서 영웅이 아니면 불가능한 생명력을 보인다. 게다가 그가 다른 보부상들과 다른 점은 사사로운 이익을 취하기 위해서 행동하지 않고 옳다고 생각하는 것을 위해서 행동한다는 데 있다. 가난한 술국장수를 보면 그냥 지나치지 못하고, 붙잡힌 동료를 놓아두고 달아나지 못하며, 살인을 한 동지에게 자문하게 만들고, 옳은 일에는 목숨을 걸고 덤비는 것이다. 이처럼 정정당당하게 살면서 거상이 될 수 있었다고 하는 것은 영웅으로서의 그의 면모를 엿볼 수 있게 만든다. 마지막에는 왜상의 불법적인 거래를 막기 위해 자신의 쇠살주와 상관없는 그들을 위험을 무릅쓰고 징벌하는 것은 의로운 영웅이 아니면 할 수 없는 행동이다.

그러나 『객주』가 조선왕조 시민들의 삶을 드러내는 데 성공한 것은 천봉삼이라는 개인에게만 영웅적 개성이 부여되지 않고 다른 인물들에게도 탁월한 개성이 부여되었기 때문이다. 악역을 맡고서 모사와 계략으로 가장 이기적인 인물의 전형이 되었던 길소개, 하루에 200리를 걷는 준족을 갖고서 금광을 발견하여 얻은 돈을 조건 없이 조정에 바치고 권력의 주변에서 활약하는 이용익, 의리와 정리에 살고 끝까지 상업적인 관심만으로 일관했으나 아내와의 불화로 폐인이 된 선돌이, 갖신장이로서 장안 사대부 집안의 소식을 천봉삼에게 제공하는 석쇠, 그 밖에 매월이, 천소례, 조소사, 월이, 신석주 등 어느 누구도 개성 없는 인물이 없다는 것으로 증명된다. 이들은 떠돌이에 지나지 않는 보부상들의 고달픈 삶과 그 속에 녹아 있는 슬픔과 애통의 현장을 제공해주는 한편, 이들의 삶이 거상이나 양반, 관리나 조정과 어떤 관계를 맺고 있는지 구체적으로 보여준다. 고통을 받고 비천하게 살아가는 이들에게서 잡초와 같은 생명력을 발견하게 만드는 작가의 탁월한 서술 능력은 보부상을 단순히 미화하지만 않는 데서도 나타난다.

뿐만 아니라 개인의 고통을 꿰뚫어보는 이 작가의 능력은 세 번의 고통 장면을 기막히게 서술한다. 그 하나는 행요를 할 수 없는 신석주의 요구를 받고 젊은 조소사가 달빛을 받으며 춤을 추는 장면(제4권 p. 186)이고, 다른 하나는 자신의 후사가 없음을 한탄하여 소첩의 방에 젊은 천봉삼을 들여보내고는, 자기에게는 아갈잡이를 해서 재갈을 물리고 뒷결박 짓고 다리를 묶어 요동을 치지 못하게 조처하게 함으로써 고통스런 하룻밤을 보낸 신석주의 이야기(제4권 p. 254)이며, 다른 하나는 무자리 백정 출신의 월이가 오랫동안 사모해왔던 천봉삼에게 받아들여지자 얼어 있는 강으로 나가서 얼음을 깨고 그 속에 몸을 씻고 돌아오는 장면(제9권 p. 20)이다. 이것은 모두 정욕과 관계된 장면들이면서도 그 고통과 진실성은 대단히 상징적이고 근원적인 아름다움을 동반한다. 이 작품의 도처에서 볼 수 있는 정사 장면들이 어떻게 보면 걸쭉한 삶의 양상을 드러내 보이는 것 같기도 하지만 사실 지나치게 남용되고 있다는 감이 없지 않은데, 그러나 이 세 장면은 인간의 고통과 절망의 깊이 있는 표현을 획득하고 있는 것이다.

5

이 소설이 역사소설의 범주에 들어갈 수밖에 없는 이유를 앞에서도 이야기한 바 있지만 사건의 전개에서 우연과 과장이 차지하고 있는 비중이 지나치게 큰 것은 이 작품을 현대적인 소설이라고 이야기하기 힘든 것으로 보인다. 우연이기에는 너무나 지나쳐서 조작된 것처럼 보이는 구원자의 출현이나 기지의 발동은 사실 사실주의적 기법과는 상관없는 중세의 모험소설적 기법에 속한다. 그러나 조선왕조 후기의 서민의 삶이 억압과 압제 속에서 자기표현을 제대로 할 수 없게 됨에 따라 타령이나 판소리에서 자기표현을 하게 되는 것은 바로 그러한 과장법과 우연의 과잉을 설명해준다. 말하자면 사실주의적 자기표현이 아니라 유머와 해학을 통한 자기표현에 해당하는데, '의미' 있고 '그럴듯한' 언어만을 사용하지 않고 의미가 부재하면서도 장단이나 가락이나 리듬을 맞추는 데 필요하거나 서술하고자 하는 것을 단순히 희화화시켜야 할 경우에는, 따라서 자신의 내면에 있는 의도나 생각, 감정을 감춰야 할 경우에는 이러한 우연과 과장법을 사용한다. 따라서 판소리나 타령에서 볼 수 있듯이 일부러 그래보는 것이거나 짐짓 사설을 늘어놓으며 우회적인 어법에 도달하는 것이다. 말하자면 이 소설들이 지닌 모험소설의 성격을 그대로 반영한다. 대부분 이 계열의 소설이 쫓고 쫓기면서 의적과 같은 행동에 나서는 것처럼 처음에는 작중인물들의 행동이 질서 없이 진행되다가 나중에는 천봉삼의 의도대로 정의와 불의의 싸움 양상으로 발전한다. 그렇게 되면 모험소설에서 볼 수 있듯이 주인공의 살아나는 기술과 행동하는 능력이 비범한 것으로 묘사되지 않을 수 없다.

우리가 배웠던 역사책에서 대단히 부정적인 존재로 인식되던 보부상들에게서 민중적인 삶의 구체적인 모습을 볼 수 있다고 하는 것은 어쩌면 사실에 입각한 역사책보다는 상상력의 도움을 받은 허구의 소설 속에 현실적 진실이 더욱 깊고 넓게 수용될 수 있다는 문학의 힘을 깨닫게 한다. 이러한 힘은 문학이 선악의 판단이나 옳고 그름의 판단을 미리 전제로 하고 있을 때 스스로 굳어져 버림으로써 경직되고 제한되어버리는 반면에, 그러한 전제로부터 자유로워질 때보다 열리고 무한히 확대될 수 있다. 김주영이 『아들의 겨울』 이후에 보여준 이 역작은 그러한 힘을 뿌듯하게 체험하게 해준다. 문학은 곧 말이라고 하는 가장 기본적인 사실을 이 작품은 다시 확인시켜주는 것이다.

가족사와 사회사의 비극적 인식

—전상국과 유재용

전상국의 창작집들과 유재용의 연작소설집 『누님의 초상』을 읽으면 소설적 공간의 무한한 가능성과 소설의 세계 인식이라는 또 다른 가능성을 확인하게 된다. 물론 이 두 창작집을 함께 다룰 수 있는 근거는 여기에 수록되어 있는 대부분의 작품이 6·25라는 우리의 역사적 비극과 관련 있다는 지극히 피상적인 관찰에서 비롯될 수도 있다. 그러나 좀더 주의 깊게 관찰해보면, 동일한 역사적 사건이 그 사건 속에 끼어든 개인의 개개의 상황 속에 어떻게 달리 투영될 수 있는지, 그리고 그 투영의 결과가 어떤 식으로 달리 나타날 수 있는지, 그리고 그것에 접근하고 있는 작가의 방법이 얼마나 다채로울 수 있는지 알 수 있게 된다.

전상국 소설에서 가장 많이 서술의 대상이 되고 있는 역사적 시기는 6·25동란이다. 이것은 실제로 오늘의 한국인의 삶에 가장 깊은 상처와 비극을 안겨준 사건이라는 현실적인 의미를 갖고 있으면서 동시에 개인의 삶의 운명을 탐구하고자 하는 작가에게 문학적인 동기를 제공한다. 물론 한 작가의 작품 세계에서 중요한 것은 이러한 동기에 있다기보다는 그 동기로부터 전개된 양상에 있을 것이다. 그러나 이른바 1950년대 작가들의 작품에서 볼 수 있었던 6·25라는 동기와 전상국의 그것은 동일하지 않다. 왜냐하면 전상국에게 동기로서의 6·25는 그 뒤의 개인 삶의 전개 양상을 탐구하기 위한 것이지만, 그것이 우리의 전통 사회 속에 존재하고 있는 대립 양상의 결과로 인식됨으로써 우리의 현실이나 미래 속에서 나타날 수 있는 가능성으로 제시된다는 점에서 대단히 의미심장하다.

작가의 이러한 현실 인식이 뚜렷하게 드러난 작품이 「하늘 아래 그 자리」와 「외등」이다. 이 두 작품은 작가의 말에서도 이미 나타나고 있듯이 연작소설의 형태를 띤다. 일반적으로 연작소설의 경우는 주인공의 성장 형식이나 혹은 인물들의 순환 형식을 갖고 있는 반면에 이 두 작품은 사건 현장으로서의 공통점을 지닌 연작소설이다. 즉, 이 두 소설은 어느 산골에 있는 '하암리'와 '상암리'라는 두 마을을 중심으로 엮어진다. 하암리는 대대로 '김씨 문중'의 사람들이 살고 있는 부촌이고, 상암리는 그 출신 자체가 의심스런 사람들이 살고 있는 빈촌이다. 이 두 삶의 공간은 양반 출신의 김씨 문중 사람들과 떠돌이 광부 출신의 다양한 사람들로 인해서 서로 대립된다. '은장봉' 기슭을 따라 형성된 이 두 마을 가운데 하암리는 풍요로운 자연조건 속에서 부를 누리며 살 수 있는 마을인 반면에, 상암리는 벌어먹을 수 있는 땅이 없는 곳이어서 언제나 빈곤에 허덕이고 있다. 이 두 마을이 대립관계에 놓인 것은, 하암리에 먼저 문중을 형성해 살고 있는 '김씨' 집안에 대해서 나중에 상암리에 마을을 형성한 사람들의 생존을 위한 여러 가지 노력이 위협으로 존재했기 때문이다. 말하자면 동일한 성씨끼리 폐쇄적인 집단을 형성하고 있는 하암리에 대해서 새로운 삶의 터전을 찾아온 사람들의 상암리가 도전을 하고 있는 것이다. 그리고 이 도전의 양상이 극단적으로 이들 삶에 영향을 미친 것이 6·25라는 민족상잔의 비극이었다.

작가는 기존의 권리와 부를 앞세워 언제나 지배의 입장을 고수하고자 하는 쪽에 대해 생존의 최소한의 권리를 주장하며 도전하고 있는 쪽의 양상으로 나타나고 있는 하암리와 상암리의 대립을 한 사회의 폐쇄성이 가져올 수 있는 비극적 운명처럼 파악하고 있다. 그렇기 때문에 하암리 사람들은 상암리 사람들이 굽히고 들어와 자신들의 지배를 받기를 요구하고, 상암리 사람들은 하암리 사람들의 권위주의와 부에 대해 도전을 하고 있는 것이다. 이 비극적인 운명은 6·25라는 역사적 비극으로 인해 더욱 심화된다. 왜냐하면 북쪽 사람들이 밀려오면서부터는 가진 자와 권력을 누린 자들을 죄인으로 다루고 그 반대의 경우를 영웅처럼 다루기 때문이다. 말하자면 「하늘 아래 그 자리」는 그러한 역사적 체험을 한 한 인물과, 그보다 한 세대 뒤의 한 인물을 중심으로 엮어진 작품이다. 전자에 속하는 인물이 '마필구'이고 후자에 속하는 인물이 '나'로 나오고 있는 이 작품은 3부로 나뉜다. 제1부는 아버지와 할아버지의 고향이면서 아버지의 선거구인 하암리를 찾아가는 '나'의 이야기로, '나'는 그 길에서 '마필구'라는 노인을 만난다. 그리고 제2부는 18년 만에 출옥한 '마필구'의 과거가 그려져 있고 제3부는'마필구'의 죽음과 하암리에서 '나'가 경험한 이야기로 되어 있다.

따라서 이 작품은 현재—과거—현재의 전형적인 구조를 가지고 있으면서, 화자의 시점도 1인칭—3인칭—1인칭이라는 이중의 시점을 사용한다. 이러한 소설 기법의 사용은 한편으로는 6·25라는 역사적 비극을 서술하면서, 다른 한편으로는 그 역사적 과거가 현재와 맺고 있는 관계를 설명하는 역할을 한다. 바꾸어 말하면 '마필구'라는 과거화된 인물의 탐구와 함께 '나'라는 현재의 삶의 탐구가 진행된다는 것이다.

'마필구'라는 인물은, 말하자면 하암리와 상암리라는 두 집단의 갈등 속에서 희생된 인물이다. 그의 과거는, 아버지와 할아버지의 비극적인 삶을 극복하려는 피나는 노력으로 점철되어 있었지만, 우연처럼 보이는 운명의 장난은 그의 과거를 실패로 끝나게 만든다. 그는 '묘'를 잘못 썼기 때문에 후손이 귀하다고 생각하는 집안의 7대 독자로 태어나서, '은장봉' 기슭의 명당자리에 묻히기를 바랐던 '증조할아버지'와 '소경 아버지'의 비극을 알고 있기 때문에, 어떻게 해서든지 '하암리'라는 폐쇄 사회 속에 끼어들려고 한다. 그는 하암리의 어린아이들에게까지 굽실거리면서 하암리 여자와 결혼해서 김씨 문중의 산을 관리하게 되지만, 아들을 얻은 다음 은장봉에 조상의 묘를 암장한 것이 들통남으로써 하암리에서 쫓겨난다. 그러한 그에게 다시 하암리로 돌아갈 수 있는 기회가 주어진다. 그것이 바로 6·25이다. 붉은 완장을 찬 사람들로부터 '하암리 책임자'로 임명된 그는, "상암리 사람들이 눈에 불을 켜" "하암리 반동분자를" 모조리 잡아내려고 하는 것을 알고서, 상암리 사람들을 상암리로 보내고 두 마을에 희생이 따르지 않도록 열심히 뛴다. 그러나 수복이 되자 이번에는 양쪽으로부터 지탄을 받아 '무기수'로 복역하다가 18년 만에 모범수로 석방이 된다. 그러나 석방이 되자 은장봉의 명당자리에서 증조할아버지와 아버지의 뼈를 들고 자살함으로써 자신의 전 생애를 그 명당자리에 바치게 된다. 그의 이러한 일생은 개인적으로 그 자신의 가문에 후손이 적은 것을 극복하기 위한 일이며, 동시에 집단적으로는 그 두 대립된 집단의 화해를 시도하는 것이지만, 그러나 그의 당대에는 그것이 실패로 끝난다.

그러나 18년의 옥고에도 풀지 못한 '마필구'의 희원은 그다음 세대인 나에 의해 풀릴 것이 암시된다. 하암리 김씨 집안 출신의 '나'는 완고한 할아버지 세대, 그리고 그 할아버지의 권위를 이용하여 국회의원이 된 아버지 세대의 힘을 배경으로 그 화해의 실마리를 풀 수 있으리라고 생각한다.

> 그 마필구 노인을 고개 마루턱에 남기고 고갯길을 내려오면서 나는 한 번도 뒤를 돌아다보지 않았다. 몇 번이고 돌아다보고 싶은 걸 억제하면서 몇 개의 산굽이를 지났을 때 나는 비로소 내가 외로운 상태에 놓여 있다는 걸 깨닫기 시작한 것이다. 외로움은 부끄러움을 자각했을 때에야 그 뿌리를 보이는 법이다. 나는 부끄러웠다. 죽어가는 할아버지 앞에서 나는 항상 아버지를 미워하고 있었다. 그러나 할아버지를 위해서 내가 한 일은 정말 단 한 가지도 없었다. 오히려 나는 할아버지에게 외면당하고 언짢은 기색을 보이며 나가는 아버지에게 달려가 아버지, 할아버지는 곧 죽을 거예요—그런 뜻의 위안을 하고 싶어 얼마나 조바심쳤던가. 이미 가버린 세대의 조그마한 정의를 위해서 나의 전도를 흐리고 싶지는 않았던 것이다. 스크럼의 앞줄에 끼었다가도 나는 늘 쉽게 풀려나곤 했는데 그것이 바로 강자를 선망하는 내 철학 때문이었다. 그래서 아버지는 항상 나의 적이면서도 내게는 없어서는 안 될 나의 힘이었던 것이다.

이러한 '나'는 하암리에 가서 아버지의 부정의 뿌리를 보는 것은 물론 하암리와 상암리 사이의 그 역사 깊은 대립관계를 인식하게 된다. 그러한 과정에서 '마필구' 노인을 만남으로써 그 대립관계의 해결을 꿈꾸게 되고 그 첫 단계로 마필구 노인이 은장봉에 묻히게 되도록 하겠다고 결심하는 것이다.

여기에서 작가는 두 마을의 대립관계를 통해서 6·25 비극의 뿌리를 찾고 있으며, 그 대립관계의 극복 가능성을 '나'라는 새로운 세대 속에서 찾고 있는 것이다. 그리고 이러한 극복의 길이 「외등」에서도 찾아진다. 여전히 하암리와 상암리의 대립관계가 지속되고 있는 이 작품에서는 앞 작품의 '마필구'나 '나'의 역할을 '박경사'가 맡고 있다. 국회의원에 당선되기 위해서 온갖 부정을 저지른 권력자는 하암리와 상암리의 대립을 이용하고 '산판'과 같은 이권에 개입해서 '박경사'와 같은 민중의 지팡이를 끌어들이려고 한다. 그러나 '박경사'는 이 두 마을의 대립 사이에 끼고, 권력과 부정 사이에 끼여서 괴로워하며 소화불량증까지 걸린다. 그러한 그가 마지막 결정적인 순간에 그 모든 관계로부터 벗어나서 자신의 임무를 수행하는 것은 그가 '육손이'나 '나'의 역할을 적극적으로 행하고 있다는 것을, 특히 '육손이'나 '나'보다 더 성공적으로 행하고 있다는 것을 말해준다. 그런 의미에서 전상국의 오늘의 주인공들이 과거의 상처의 근원을 찾아가는 것은, 외형적으로는 정신적 상처의 원인을 캐고 있는 것 같지만, 실제로는 오늘의 삶의 보편적 성질의 정체를 밝히려는 것이 된다.

「여름의 껍질」의 주인공 '나'와 아내 '영분'이 구성하고 있는 가정은 '나'의 끈질긴 노력에도 불구하고 이른바 행복이라는 이름을 부여받지 못하고 있다. 2년의 신혼 초기 다음에 불구의 '처제'와 장모가 들어옴으로써 아내 '영분'과의 부부 생활에 단절이 오기 시작한 것이다. 이 단절은 영분이 잊고자 하는 과거의 되살아남에서 기인한다. 과거를 잊고자 하는 것은 과거의 비극과 거기에 대한 공포로부터 벗어나서 지금의 자신의 삶을 영위하고자 하는 의지의 표현이다. 그러나 삶은 그러한 의지에 의해서만 가능하지 않고 끊임없이 여러 관계의 끈에 의해서 간섭을 받고 있다. 따라서 그녀에게 삶은 그 간섭으로부터 자유로워지고자 하는 자신의 노력과 그럼에도 불구하고 현실적으로 눈앞에 있는 관계의 끈과의 부단한 부딪침이 되고 있으며, 그 싸움에서 불구의 동생이라는 현실적인 끈의 강렬함 때문에 그녀의 몸은 식어 있는 것이다. 이러한 영분의 경우와는 달리 남편인 '나'는 과거의 끈으로부터 어느 정도 자유로워진 채 불구인 처제의 구원을 위해 노력함으로써 자신이 현재 쌓아가고 있는 삶이 과거의 끈보다 더욱 강렬하게 드러나게 한다. 그러나 그러한 노력에도 불구하고 현실적인 상황의 개선이 이룩되지 않자 그는 아내인 영분의 과거를 찾아 나선다. 그는 아내의 과거의 현장들을 하나하나 찾아가면서 잊혔던 자신의 과거를 되살리게 된다. 여기에서 그가 만나는 아내의 과거나 자신의 과거는 6·25라는 역사적인 사건 속에서 이념적인 차이로 인해 오는 비극적 결말이었다기보다는 과거나 현재의 삶을 지배해온 원초적인 운명론의 비극성에서 유래한 삶의 보편적인 양상이다. 그렇기 때문에 그의 이러한 추적의 길을 따라가다 보면 과거나 현재에 언제나 있어온 운명의 지배 속에서는 과거의 철저한 부정으로 현재의 자유로운 삶이 가능한 게 아니라 그 과거와 철저히 함께 삶으로써 과거를 극복할 수 있다는 것을 알게 된다. 말하자면 과거란 망각될 수 있는 것도 부정될 수 있는 것도 아니며 단지 그것과 함께 살아가면서 현재의 삶을 인식함으로써 극복될 수 있다는 것이다.

전상국의 삶의 이러한 인식은 「추억의 눈」에서도 드러난다. 이 작품의 주인공인 '나'도 현재는 월급을 받으며 아내와 단란한 생활을 누리고 있고 그 때문에 과거의 쓰라린 기억을 잊고자 한다. 이러한 현재의 생활 속에 어머니의 방문과 형의 장거리 전화로 인해 과거가 되살아나게 된다. 가난했던 어린 시절 고향의 '만물상회' 일을 보아주며 살아왔던 자신의 아버지를 6·25동란으로 잃었던 과거, 그리고 '빵'을 얻어먹기 위해 만물상회 아들 '쐐기'에게 온갖 수모와 고통을 받아야 했던 자신의 과거를 잊기 위해서 나는 고향에 가더라도 쐐기와 선옥이를 피해왔다. 그러한 '나'는 외삼촌의 죽음을 계기로 쐐기를 찾아가고 선옥이의 뒷이야기를 쫓아가게 된다. 다시 말하면 그들을 잊고자 하는 '나'의 현재의 행복은 결국 위장된 위선이 되고 과거의 아픔을 가지고 현재의 삶을 사는 자아로 돌아오게 된다.

또 「맥」에서는 어머니의 죽음을 계기로 화자인 '나'가 숱한 비극의 주인공 아버지와 함께 아버지의 과거를 찾아가는 이야기다. 그가 알게 된 과거는 동학군과 내통한 혐의로 죽은 증조할아버지로부터 고향 풍암리의 대지주의 온갖 수모를 견뎌낸 할아버지의 이야기와, 김씨 문중의 장손의 딸을 업어온 아버지가 6·25를 전후로 겪은 이야기들이다. 이 작품에서는 이러한 과거가 화자인 '나'를 괴롭히기보다는 처음으로 알게 되는 경위로서 주어진다. 그러나 그러한 과거는 다른 작품에서와 마찬가지로 역사의 소용돌이 속에서 개인의 밝음과 어두움의 우연한 교차처럼 진행된다. 일종의 '운명의 장난'이라고 할 수 있는 이러한 삶의 우연성 속에서 똑같은 사실이 어떤 사람에게는 행운으로 작용하고 다른 사람에게는 비극으로 작용하는 것이다. '나'의 아버지가 그러한 과거와 결별하고 서울에서 생활하다가 할아버지와 할머니의 유해를 안고 고향으로 돌아가는 것은 결국 과거를 잊는 게 아니라 옛날의 그 관계의 끈과 함께 현재의 삶을 구축한다는 것을 의미한다. 여기에서 아버지는 지난날의 관계의 끈에 의해 배척당해오던 처남들의 용서를 획득하게 된다. 그리고 이러한 아버지의 삶을 통해서 화자인 '나'는 현재의 자신의 상황에 대한 중요한 암시까지도 받게 되는 것이다.

「고려장」의 주인공 현세도 또한 어머니와 함께 생활하게 되면서 어머니가 겪었던 과거 이상으로 끈질긴 운명의 끈에 의해 괴로움을 겪는다. 그의 어머니는, 소달구지꾼이었던 남편이 일제의 끄나풀이었다는 누명으로 광복과 함께 맞아 죽었고, 경찰이 된 큰아들이 6·25 때 빨갱이들에게 총살당한 과거를 가지고 있다. 전통적인 한국의 어머니들에게서 흔히 볼 수 있듯이 이러한 역사적 비극을 숙명처럼 받아들인 어머니는 모든 수모와 가난을 참아내면서 과부가 된 큰며느리와 함께 말없이 살아가다가 큰며느리의 개가 이후 정신 질환을 앓게 된다. 이 정신 질환이 그녀에게서는 난폭한 행동으로 드러남으로써 그녀의 삶의 양상이 양극화된다. 이 양극화는 극도의 인고가 이성의 통제를 벗어나면 극도의 광포성으로 변화할 수 있다는 것을 보여준다. 여기에서 이성의 통제란, 그녀가 겪어온 참담한 과거로 볼 때 언제까지나 가능한 것이 아니었음을 드러내준다. '액운'으로 표현되고 있는 자신의 재난이 연거푸 계속되는 가운데 그녀가 버틸 수 있는 힘을 잃어버렸을 때 그녀의 인고는 광기라는 전혀 다른 양상을 띠게 된다. 말하자면 민족의 역사가 그녀에게 숙명처럼 인고를 강요한 탓에 그녀의 이성은 폭발을 하게 된 것이다. 그러나 아들 현세에게는 어머니의 정신 질환을 계속 치료받게 할 능력이 없기 때문에 결국 무의탁자 정신병원에 유기하고 만다.

앞에서 살펴본 모든 작품에서 볼 수 있듯이 현재의 주인공과 아무런 상관이 없는 것 같은 어떤 시기의 역사적 현실은 그러나 오늘의 주인공의 삶과 심리와 정신의 상태에 끊임없이 간섭하고 영향을 미치는 것으로 전상국은 인식한다.

6·25에 대한 전상국의 운명론적 비극의 인식이 「고려장」 이상으로 드러나고 있는 작품은 「아베의 가족」이다. 이 소설은 '김진호'라는 이름을 지닌 '나'의 서술로 시작해 소설 속의 소설인 '어머니'의 '나'의 서술을 거쳐 다시 '김진호'의 '나'로 되어 있다. 말하자면 「하늘 아래 그 자리」와 마찬가지로 '현재—과거—현재'의 구조를 가지고 있다. '나'의 가족은 모두 미국으로 이민을 갔는데, 그때 '아베'라는 동복이부(同腹異父)의 형제를 한국에 버리고 갔던 것이다. 그 미국에서의 삶에서 바뀐 것은 아버지와 어머니의 삶의 태도로 나타난다. 한국에서는 집안의 생계를 유지하는 데 전적으로 책임을 지며 살던 어머니가 마치 정신이상자처럼 미국에서는 무력자로 나타나고 한국에서는 무력했던 아버지가 미국에서는 물고기가 물을 만난 듯 적극적으로 사는 강력한 생활력의 소유자로 나타나고 있는 것이다. 그 가운데서 '나'는 어머니가 겪었던 것과 같은 '난행'을 당하는 누이를 보게 되면서 자신의 역사적 과거로부터 스스로의 삶이 무관할 수 없다는 인식에 도달한다. '누이'가 당한 폭행은 전란 중에 '어머니'가 당한 폭행과 다름이 없다. 말하자면 '아베'는 그 비극적 운명의 상징으로 남아 있는 것이다. 왜냐하면 '최창배'라는 독자의 집에 시집을 간 어머니가 겪은 6·25는 그러한 폭행으로 상징되고 그리고 거기에서 태어난 '아베'는 그 과거로부터

어머니를 해방시킬 수 없게 했기 때문이다. 여기에서도 거의 '천형'이나 다름없는 불구의 '아베'가 살아 있는 한 어머니는 그 역사적 비극을 함께 살 수밖에 없는 운명을 지니고 있다. 그러나 미국으로 이민을 가면서 버리고 온 '아베' 때문에 어머니는 삶의 의지를 잃어버렸다. 어머니에게는 그 운명과의 싸움으로써만 삶의 의미가 있었던 것이다. 그리고 그러한 싸움의 부재 속에는 자신의 삶이 부재한 것으로 인식된다. 뿐만 아니라 그들이 아베를 버리고 간다고 해서 그들에게 새로운 삶이 약속된 것은 아니다. 왜냐하면 '정희'가 당한 폭행은, 말하자면 어머니가 당한 폭행의 변주이기 때문이다.

바로 그러한 이유로 '나'는 주한 미군에 지원을 해서 '아베'라는 숙명의 뿌리를 찾아 나선다. '아베'는, '나에게'는 '황량한 들판에 던져진 그 시든 나무들의 꿋꿋한 뿌리'이다. 그 뿌리 때문에 '가난'과 '범죄'로 얼룩진 자신의 과거가 있는 곳을 벗어날 수 없는 것이다. 이것은 한편으로 개인의 삶이 그 개인 이전에 있었던 역사적 사건으로부터, 다른 한편으로도 그 개인을 포용하고 있는 사회적 관계로부터 벗어날 수 없다는 인식이다.

이렇듯 전상국의 소설들을 읽게 되면 해방 전후로부터 오늘날에 이르기까지 역사의 그늘 속에서 경험된 삶의 참담한 양상과 그것이 가져온 결과에 대해서 몸서리쳐질 만큼 강렬하고 집요한 추적과 묘사와 만나게 된다. 그 묘사와 추적은 우리의 안락한 것으로 보이는 오늘의 삶 속에 잊힌 역사와 비극을 재인식시켜주면서 동시에 그것이 오늘의 주인공들의 삶과 밀접하게 연관되어 있음을 보여준다. 그러나 그처럼 민족의 역사 속에서의 개인의 비극적 운명을 잔혹하리만큼 강한 표현으로 추적하고 있음에도 불구하고 그의 소설에서 건강한 휴머니티를 느낄 수 있는 것은 이 작가의 개성 때문이라고 할 수 있다. 왜냐하면 대부분의 작품이 일종의 천형이라고 할 수 있는 개인의 운명을 다루면서도 마지막에 가서는 화해적 결말, 즉 구원의 가능성을 보여주기 때문이다. 가령 「우리들의 날개」에서 '나'는 두호를 유기하려고 했다가도 그의 '날개'가 되어주리라는 힘을 얻고 있으며, 「여름의 껍질」은 불감증에 걸려버린 비극의 주인공 영분에게 "몸속 깊이 사내를 들이고 싶은 그 치열한 정염의 불꽃"이 나타나는 것으로 끝나고, 「추억의 눈」에서는 '내'가 쐐기의 무덤을 찾음으로써 하나의 과거와 화해를 이룩함과 동시에 선옥과의 화해에 도달할 것을 느끼고 있으며, 「맥」에서 '나'는 "내 출생 비밀의 현장인 흙더미 위에서 땅의 찬 서기가 심장까지 힘차게 뻗쳐오름을 감지"하고 아버지의 과거와 화해를 하고, 「고려장」에서는 유기한 어머니와의 재회를 기도하고 있다. 이러한 결말은, 개인 삶의 질곡 속에서도 인간에 대한 신뢰를 끝까지 저버리지 않음으로써 현실을 극복할 수 있다는 인간 승리의 고전적 휴머니즘의 한 표현으로 보인다.

그러나 여기에서 한 가지 주목해두어야 할 사항은 전상국 소설에 나타난 비극적 운명이 모든 소설에서 한결같이 극복될 수 있는 듯 보이는 것은 인간의 운명에 대한 작가의 태도가 지나치게 낙관론에 빠져 있지 않나 하는 사실이다. 이러한 소설적 결말은 한 편 한 편을 별도로 읽을 때에는 작가의 건강한 정신을 느끼게 하지만, 전체 작품을 한꺼번에 읽을 때는 인위적인 것으로 느껴진다. 그리고 또 개인의 비극적인 운명이 남자에게는 '살인' 사건과 여자에게는 '겁탈' 사건을 바탕으로 거의 결정되어 있기 때문에 전체적으로는 운명의 비극성 자체에 신뢰도를 약하게 만들지 않나 하는 생각을 하게 한다. 아마도 이 점을 뛰어넘게 되면 이 작가의 또 다른 세계가 우리에게 나타날 수 있을 것이다.

반면에 유재용의 연작소설집 『누님의 초상』은 식민지시대와 분단, 그리고 6·25와 그 이후라는 역사적 시간으로 볼 때 전상국의 소설들과 거의 비슷한 시기를 다루고 있다는 점에서 한 가족의 과거를 찾아가는 것이기는 하지만, 서술 양식이나 과정은 전혀 다른 형식이다. 우선 이 연작소설집은 6·25 이전에는 이북에 속했던 지방의 한 가족이 그곳으로부터 월남하여 오늘의 삶을 누리기까지 경험한 것을 그 가족의 구성원과 주변 인물들의 개인의 역사를 통해 그려준다. 모두 9편의 소설 가운데 「고목」은 가족의 아버지를, 「기억 속의 집」은 어머니와 외당숙을, 「내 우상 쓰러지다」는 큰형을, 「누님의 초상」은 누님을, 「사양의 그늘」은 아버지의 사생아 복님이를, 「두고 온 사람」은 집안의 심부름꾼으로 들어온 병국이와 '단지'를, 「유전」은 고향 사람인 칠복이 형제를, 「한 세대는 가고」는 고향 사람 오광선 씨네를, 「짐꾼 이야기」는 삼팔선의 짐꾼을 중심으로 전개된다. 따라서 개개의 작품은 그 주인공의 과거부터 현재에 이르기까지 개인의 역사를 서술한다. 그러나 한두 편(예를 들면 「누님의 초상」과 「짐꾼 이야기」 등)을 제외하고는 그 개인의 역사가 시간적인 순서에 따라 전개되지 않고 현재와 과거의 끊임없는 왕복을 통해서 전개된다.

하지만 이러한 과거와 현재의 왕복에도 불구하고 유재용의 소설에서는 전상국의 소설에서와는 달리 화자의 개인적인 감정이나 해석이 극도로 배제되어 있다. 다시 말하면 전상국의 화자인 '나'는 서술의 대상에 끊임없이 개입하고 있는 반면에 유재용의 화자는 거의 객관적인 서술자의 입장을 고수하고 있는 것이다. 그렇기 때문에 유재용의 소설들에서는 똑같은 비극적인 사건일지라도 겉으로는 감정적인 반응을 격렬하게 일으키지 않는다. 이 점이 이 두 작가의 서술 양식의 차이를 드러내는 것이기는 하지만 어느 쪽 서술의 우열과는 상관없다. 그렇기 때문에 가령 「고목」에서 아버지의 죽음에 대비하기 위해 묘지를 찾아다니는 '나'의 감정은 자식으로서의 '도리' 이상으로 발전하지 않으며, 아버지의 일생에 대해 지나친 사랑도 증오도 표현되지 않는다. 그러나 그것이 곧 우리 민족의 현대사에서 파란 많은 일생을 산 한 개인의 삶의 의미나 그것이 우리에게 주는 감동을 약화시키지는 않는다. 「고목」의 아버지는 '남다른 애국자' '독립투사' '핍박받는 약한 사람들 편에 서서' 싸운 '인물'도 아니라는 점에서 우리 민족이나 집단의 차원에서는 하나의 범부에 지나지 않지만 그러한 역사의 격동기를 산 하나의 개인으로서 그리고 '나'의 가족의 중심으로서 빼놓을 수 없는 인물인 것은 다른 소설들의 주인공이나 다를 바 없다.

그러나 극적인 효과가 배제된 채 서술되고 있는 유재용의 소설들은 한편으로는 주인공 하나하나가 살아온 삶의 질과 양을 파악하게 하면서 개인마다 삶의 진실이 그 나름대로의 논리를 획득하고 있음을 알게 해주는 동시에, 다른 한편으로는 우리가 살고 있는 사회와 경험한 역사 속에서 그들의 삶이 지닌 의미를 깨닫게 해준다. 가령 이들 가족의 구성원 중 '아버지'의 땅에 대한 애착이나 자식들에 대한 태도가 집단의 이념으로는 이해되지 않는 그 나름의 논리를 가지고 있다. 기울어져가는 가세를 붙들어 세워야 한다는 아버지의 젊은 시절은, 말하자면 경제적인 부를 축적하는 데 바쳐진다. "돈 모으는 재간이란 꽉 움켜쥐는 재간"이라는 당대의 경제적인 관념을 스스로 터득하기까지는 아버지 나름의 과거가 아버지에게 많은 시련의 연속이었다. 그러한 시련의 연속 속에서 아버지는 많은 토지를 소유할 수 있게 되었지만 분단과 함께 그 토지를 빼앗기고 고향을 버린 채 월남하지 않을 수 없었다. 그러니까 분단시대 이전까지 아버지의 삶을 지탱해주었던 것은 '토지'였고 월남 이후의 그것은 돌아가야 할 '고향'이었다. 그렇기 때문에 식민지시대에는 아들을 잃고 분단의 상황에서는 둘째 아들과 딸을 잃으면서도 토지에 대한 집념과 고향으로 돌아간다는 기원으로 아버지의 삶은 지탱되어오지만, 아버지는 그것이 역사의 거대한 물결 앞에서 실현되지 못하자 거대한 '나무'로서의 추억만 남긴 채 무력하게 쓰러져가는 '고목'이 되어버린다.

이 월남 가족의 시련은 외가 생활을 하던 무렵에도 계속된다. 외할아버지의 '토지'를 노려오던 '큰외당숙'이 '어머니' 가족의 출현으로 인해 토지 상속을 위한 싸움을 벌이기 시작한다. 유재용의 대부분의 소설에서 드러나고 있듯이, 개인의 일상적인 삶 속에는 언제나 억울한 일과 지나친 폭력, 제도적인 비극과 행복이 공존하면서도 그 공존이 관습의 틀에 의해 현상 유지의 궤도를 긋고 있다. 그렇기 때문에 억울한 일을 당했을 때 개인은 '한'을 갖고 살게 된다. 그러나 격동기에는 개인이나 집단이 맺혔던 원한을 폭력으로 풀고자 한다. 이 소설집에 등장하는 많은 인물이 우리 민족의 격동기 속에서 때로는 폭력을 행사하는 쪽에 서기도 하고 때로는 당하는 쪽에 서기도 한다. 유재용은 이러한 비극을 생존의 양상으로 파악하면서 어느 편의 옳고 그름을 판단하기보다는 왜 그러한 폭력이 가능했던가를 생각하게 해준다. 유재용의 소설은 누구에게나 행복하게 살 권리가 있다는 것과, 그러한 권리가 어떤 사람에게 닫혀 있는 가운데서 역사의 전환기가 몰려오면 폭력을 낳게 된다는 것을 보여준다. 이 작가는 어떠한 개인에게서도 절대적인 선이나 악을 파악하는 것이 아니라 개인의 선악이 그가 살고 있는 상황에 의해 결정되고 있음을 보여준다. 그렇기 때문에 이 창작집의 화자인 '나'의 형과 누님의 비극적인 생애도 그들 개인이 격동의 역사적 흐름 속에서 패배했기 때문에 이루어진 것이다.

그러나 유재용 소설집의 보다 큰 중요성은 우리의 현대사라는 거대한 흐름 속에서 한 가족의 드라마를 재현시키는 데 있을 것이다. 다시 말하면 이들 가족은 무수한 희생을 동반하면서 형성되고 생존을 유지하다가 분단과 6·25라는 역사적 사건을 통해서 고향을 잃고 '유전'하게 된다. 이러한 유전을 통해서 한 가족이 분해되고 아버지의 죽음을 통해서 한 세대의 삶이 종말을 고한다. 여기에서 중요한 것은 토지를 중심으로 이루어졌던 경제적인 질서가 붕괴되고 새로운 질서가 형성되는 것(이것은 소설의 화자와 친척, 짐꾼 출신 박성도의 아들 등의 삶으로 증명된다)이 아버지를 중심으로 한 이 가족의 분해와 '나'에 의한 새로운 가족의 형성과 일치하고 있는 것이다. 그런 의미에서 유재용은 『누님의 초상』이라는 연작소설집을 통해 우리 사회사의 깊은 흐름을 성공적으로 제시한다. 여기에서 특히 한 가족의 운명이 '아버지' 자신의 내부에서 형성된 이념이나 가치관에 의해 결정되지 않고 그의 외부에서 작용하고 있는 상황의 변동에 의해 결정된 것에 주목해야 한다.

따라서 전상국이나 유재용은 모두 격동의 역사 속에서 살고 있는 희생자로서의 개인을 다루면서도 한쪽은 그 자신의 과거와의 싸움을 통해서 인간 승리의 기록을 보여주는 반면에, 다른 한쪽은 개개인의 과거를 통해 가족과 사회의 역사를 서술하고 있다.

그렇기 때문에 전상국의 소설은 극적인 성격을 얻고 있는 반면에 유재용의 소설은 서술적인 성격에 보다 큰 역점을 두고 있다. 그러나 이러한 성격의 차이에도 불구하고 이 두 작가는 우리 과거의 아픔이 오늘의 삶과의 연관성 속에서 파악되게 하는 동시에, 인간다운 삶이 가능한 역사에 대한 기대를 전망하게 하는 교훈적인 성격을 띤다. 그것은 역사 속에서 무질서하게 보이는 개인의 삶에 질서를 부여한다. 〔1981～1982〕

운명과 극복

—윤흥길의 『순은(純銀)의 넋』

1

1968년 「회색 면류관의 계절」을 가지고 한국일보 신춘문예에 당선함으로써 문단에 등장한 윤흥길은 그 후 『황혼의 집』 『아홉 켤레의 구두로 남은 사내』 『무지개는 언제 뜨는가』 『환상의 날개』 등의 창작집과, 『묵시의 바다』 『순은(純銀)의 넋』 등의 장편소설을 발표하여 최근까지 주목을 받고 있는 작가이다. 이러한 단편 및 장편들을 보면 이 작가는 많은 작품을 쓰는 작가는 아니다. 그의 작가 연보에 나타난 바에 따르면 1977년에 10여 편의 단편소설과 연재 장편 『묵시의 바다』를 발표하여 가장 왕성한 창작 활동을 했지만 대부분의 경우 1년에 2~3편의 단편소설을 쓰는 작가라는 것을 알 수 있다. 이처럼 많은 작품을 쓰지 않으면서도 이 작가로 하여금 1970년대 작가들 중 가장 중요한 작가 중 한 사람이 되게 한 것은 그의 작품들 하나하나가 지닌 무게 때문이며, 그의 작가 세계의 끊임없는 확대와 심화가 이루어졌기 때문이다. 특히 『황혼의 집』과 『아홉 켤레의 구두로 남은 사내』와 『무지개는 언제 뜨는가』 등의 창작집은 한국의 소설사에서 그의 위치를 확고히 해준 것들이며, 『묵시의 바다』와 『순은의 넋』은 장편 작가로서의 새로운 가능성이 그에게 열렸음을 깨닫게 해준다.

지금까지 발표된 윤흥길의 단편소설들은 대개 세 계열로 나뉠 수 있다. 그 하나는 「황혼의 집」「집」「장마」「양(羊)」 등의 작품으로 동란을 전후로 한 시골에서 경험된 어린이들의 삶이며, 다른 하나는 「어른들을 위한 동화」「몰매」「제식훈련변천약사(諸式訓練變遷略史)」「내일의 경이」「엄동(嚴冬)」 빙청(氷靑)과 심홍(深紅)」 그리고 「아홉 켤레의 구두로 남은 사내」「직선과 곡선」「날개 또는 수갑」「창백한 중년」 등의 작품으로 최근의 도시 문명의 확대 속에서 경험된 삶의 여러 가지 어려움의 드러냄이고, 세 번째로는 「무제(霧堤)」 같은 작품으로 분단의 현실 속에서 몽유병자처럼 방황하는 뿌리 뽑힌 사람들의 삶의 비애이다.

이러한 작품들을 발표한 다음에 나온 작품이 『순은의 넋』이다. 이 작품은 고아 출신의 고아원 부원장 유준상의 삶의 내면을 드러내고 있다. 그러니까 유년 시절에 경험한 6·25의 현장으로부터 산업화되어 가는 도시 삶의 현장을 거쳐 분단의 비극이라는 역사적 현실이 가져온 개인의 불행에 대해 탐구한 다음 '고아'라는 특수한 현실에 대한 조명에 이른 것은 한편으로 이 작가가 자신의 소설적 영역을 어느 하나에 고정시키지 않고 한국인이라는 보편적인 삶이 지닌 역사적 현실과 그 현실을 배경으로 한 무수한 개인의 불행으로 확대시키고 있다는 것을 알게 한다. 다른 한편으로는 개인에 대한 탐구가 처음에는 자신의 출신에 대한 아무런 의문을 던지지 않고 모든 역사적인 움직임과 주변의 죽음을 비극으로 받아들이지 않는 순진한 어린이의 세계로부터, 자신의 출신에도 불구하고 무기력해지는 현실의 피해자 쪽으로 이동했다가, 분단이라는 역사적인 비극을 현실로서 살게 되는 개인의 비극적 종말을 거쳐, '고아'라는 새로운 상황 속에서 개인의 고뇌와 삶으로 넘어온다는 것을 알 수 있다. 그러나 『순은의 넋』에서 '은광원'이라는 현실의 출발이 6·25라는 전란으로 태어났다가 이제는 성도덕과 가족제도의 흔들림이라는 개인의 상황과 그 변화의 수용 현장으로 변모되고 있는 것이다. 그것은 "왜들 낳아서 왜들 버리는 것일까"라고 하는 준상 자신의 끊임없는 질문이 이야기하고 있는 것처럼 한편으로 자신의 출생에 대한 질문이며, 동시에 현재 자신의 현실을 이루고 있는 사회 자체에 대한 질문이다. 이 두 가지 질문은 주인공 자신의 소설 속에서의 삶의 밑바탕을 형성하고 있는데, 하나는 자신이 타고난 숙명에 대한 것이며, 다른 하나는 자신이 살고 있는 사회의 변동에 대한 것이다. 바꾸어 말하면 개인적인 질문과 사회적인 질문을 동시에 제기하고 있다고 할 수 있다.

이러한 질문의 세계는 윤흥길의 소설 세계에서 근본적인 문제처럼 보인다. 왜냐하면 가령 「장마」나 「황혼의 집」에서 어린 주인공들이 자신의 주변 인물들의 죽음에 대해서 유지하고 있는 순진성도 바로 그러한 질문의 세계이기 때문이다. "경주 언니"의 죽음에 사용된 "질긴 끄나풀"을 보고서 주인공이 "경주네 언니의 목은 얼마나 아팠을까?"라고 느끼는 것은 어린아이의 마음 나름의 질문의 세계이다. 또 '외삼촌'과 '친삼촌'의 죽음에 대한 어른들의 반응에 대해서도 어린아이의 눈으로서는 이해되지 않는 의문의 세계였다. 이처럼 윤흥길의 주인공들에게는 이해되지 않는 의문으로 가득 차 있기 때문에 그것이 질문의 형식을 빌렸든지 빌리지 않았든지 이해되지 않는 질문의 세계라고 할 수 있다. 그러한 질문의 세계가 어린 주인공을 다룬 초기 작품들에서는 자기 자아에 대한 질문으로 환원되지는 않지만 뒤에 발표된 성인 주인공의 작품들에서는 자아에 대한 질문과 사회에 대한 질문으로 확대되고 있는 것이다.

그러나 윤흥길 소설의 주인공의 변화는 『순은의 넋』에서 결정적으로 드러난다. 그것은 어린 주인공을 내세웠을 때 그 주인공들이 지닌 순진성이 비록 때로는 악마적 현실로 드러나는 경우에서조차 그 순진성 자체를 인정하지 않을 수 없을 정도로 자신이 살고 있는 사회에 대해서 적극적인 행동의 길에 나서지 못할 뿐만 아니라 자신에 대한 질문이나 고문의 세계에 들어가지 않는 것으로 나타난다. 뿐만 아니라 「아홉 켤레의 구두로 남은 사내」의 연작소설 4편에 나타나고 있는 주인공 '권기용' 같은 인물도 소설 속에서 '악역'을 맡고 나올 수 있을 만큼 철저한 자기학대나 질문을 던지고 있지 않은 것으로 나타난다. 이 주인공의 경우에는 "대학 나온 양반"이라는 자기과시조차 하나의 희극적인 에피소드로서 무기력한 대응 태도를 드러내준다. 그러한 과정에서 주인공은 마지막 부분에 이르러 보다 참담한 패배를 체험한 다음에 새로운 선택에 이르게 되는데, 이것은 자신의 설 자리를 찾아가는 것으로 그다음에 올 윤흥길의 주인공을 예고한다. 그것은 『순은의 넋』에서 '유준상'으로의 변화된 모습을 예고하는 것일지도 모른다. 왜냐하면 현실과의 대결에서 끊임없이 패배해온 「아홉 켤레 구두로 남은 사내」의 연작소설의 주인공 권기용이 마지막 부분에 가서는 그러한 패배의 의미를 깨닫기 시작하기 때문이다. 물론 그러한 깨달음이 곧 패배를 극복할 수 있을 것이라는 결과론을 보장해주지는 않는다. 오히려 현실과의 대결에서 보다 참담한 패배를 가져올 수 있다. 여기에서 한 가지 중요한 사실은 윤흥길의 주인공이 자기 자신의 출신에 대한 보다 가학적인 질문의 세계로 넘어온다는 것이다. 이런 점은 주인공 자신의 상황에 대한 태도의 다양성을 보여준다기보다는 자기 자아에 대한 태도의 심화를 보여준다. 바꾸어 말하면 윤흥길의 소설 세계에서 주인공의 성격의 다양화를 나타내주는 것이다. 이러한 다양화는 윤흥길 자신의 소설을 통한 삶의 탐구에 새로운 일면을 보여주는 것으로 설명될 수 있다.

물론 여기에서 이 작가의 문학 세계가 보다 긍정적이 되었다든가 부정적이 되었다는 사실을 이야기하고자 하는 것은 아니다. 혹은 자아를 둘러싸고 있는 상황에 대한 관심이 약화되고 개인적인 문제로 귀결되었다는 사실을 말하고자 하는 것도 아니다. 다만 한 가지 분명한 사실은 개인에 대한 탐구가 보다 정면으로 이루어지고 있다는 것이다. 이것은 『순은의 넋』이 가장 정공법으로 개인의 탐구에 도달하고 있음을 의미한다. 실제로 이 소설은 한 개인이 주어진 상황 속에서 자신의 타고난 운명과 괴로운 싸움을 하는 것이다. 고아 출신의 '은광원' 부원장 '준상'은 어렸을 때 '순실'과 함께 원장의 특별한 사랑을 받고 제대로 교육을 받아 원장의 후계자로서 '봉사'하고 있다. 그 봉사는 바로 '결혼'이라는 사회적인 제도를 거치지 않고 세상에 태어난 영아를 데려다 기르면서 자식 없는 '가정'에 입양시키는 일을 말한다. 이러한 '사회사업'을 하는 과정에서 주인공 '준상'이나 '원장'은 절대로 감상적인 결단을 내리지 않으려고 노력한다. 가령 딱한 사정 때문에 감상적인 결단을 내리면 결국 입양된 어린아이가 언젠가는 부모의 감상 때문에 또 다시 부모 없는 비극 속으로 빠지게 된다는 원칙이 그것이다. 그 때문에 이들은 고아를 입양시키는 과정에서 입양 부모의 입장보다는 철저하게 입양될 고아의 입장에 서 있다. 즉 그 고아의 생명에 대한 생명 자체의 값어치를 다른 생명과 동일하게 생각하고자 하는 이들의 노력이며, 동시에 출생의 비극적 숙명으로부터 고아들을 구원하고자 하는 참다운 사랑의 정신의 발현이다.

이러한 정신에 입각해서 '원장'은 '준상'과 '순실'을 그 방면의 전문가로 양성해 그들과 똑같은 숙명을 타고난 고아들의 행복을 위해 봉사하게끔 만든다. 그러나 '준상'과 '순실'은 모두 자신들의 출생 때문에 장래의 한 부분이 막혀 있다는 생각을 갖게 된다. 그들은 모두 '고아' 출신이라는 이유 때문에 사랑의 실패라는 과거를 갖게 되고, 그리하여 입양아의 실패한 경우만을 기억에 남기게 된다. 입양이 된 것으로 알고 있는 '봉선'이 창녀의 삶을 살고 난 뒤 갱생원에서 '순실'과 만나게 되는 것 같은 일이 그 예이다. 그리하여 이들은 '고아 출신'이라는 콤플렉스 때문에 숱한 명분과 이론으로 가장하여 현실적으로 모든 사랑과 봉사 정신을 색안경을 끼고 바라보게 되고 기회만 닿으면 그것들을 시험해보고자 한다. '준상'과 '순실'이 '어머니'라고 부르는 '원장'에 대해서 끊임없는 도전과 시험을 감행하는 것은 한편으로는 고아 출신이라는 자기 자신의 콤플렉스와의 싸움이며, 다른 한편으로는 원장의 사랑과 봉사와의 싸움이다. 그렇기 때문에 '준상'은 원장이 금기로 삼고 있는 입양 부모의 감상에 대해서 잔인한 반응을 보이게 되고 '송대리'의 향응을 받으면서 여자와 동침을 시도한다. 그는 부원장으로 은광원 내부에서는 폭군처럼 군림하면서 자신의 약점을 감추고자 하고 또 다른 사람의 약점을 붙들고 늘어지면서 자신의 약점을 감추고자 한다. 그가 원장에게 정면으로 도전하는 것이나 '김보모'를 괴롭히는 것은 그의 내적인 고통 없이 이루어지지 않는다. 그는 자신에게 주어진 '악역'을 최대한으로 맡음으로써 '고아 출신'이라는 자신의 숙명을 내적으로 극복하고자 한다. 그렇게 하기 위해서 작가는 '원장'으로 하여금 자신의 과거를 꾸미면서까지 '준상'이 친아들임을 입증하게 하고자 하지만 실패하게 만든다.

> 어머님이 저한테 잘해주신 줄은 저도 잘 압니다. 허지만 저나 순실이한테 너무 잘해주셨기 때문에, 불쌍한 고아들한테 너무 분수에 넘치는 사랑을 베풀고 대접을 해주셨기 때문에 오늘날 이 불효를 다 받는다면 그건 너무 모순된 주장일까요? 일방적으로 베푼 입장에서만 생각하신다면 아마 이해가 도통 불가능한 얘기겠죠. 하지만 그게 사실인 걸 전들 어떡합니까. 순실이가 저한테 뭐라고 그랬는지 아세요? 어머님이 후계자를 잘못 골랐답니다. 제대로 애정을 줄 줄도 받을 줄도 모르는 우리 같은 고아 출신은 이런 일에 부적격이라 이겁니다. 저도 거기 전적으로 동감이죠.

이와 같은 어머니에 대한 '준상'의 도전은 이미 거의 억지에 가깝다. 그러나 그것이 준상에게는 현실로서 존재하고 있다. 그래서 "준상아, 네 나이 벌써 서른이 넘었다. 남들 같으면 자식을 두엇은 두었을 나이다. 언제까지 그렇게 어린애 같은 생각만 하고 있을 작정이냐?"라는 원장의 힐책에 대해서 "아무리 나잇살을 처먹어도 고아한테는 영영 자라지 않는 부분이 있습니다"라고 준상은 대답한다. 그것은, 준상 자신이 끊임없이 보아온 유기된 아이들을 통해서 성도덕과 가족 개념의 변화에도 불구하고 어머니의 모성애를 받지 못한 과거에 대한 보복이다. 그렇기 때문에 '어머니'라고 부르는 원장에게 원장으로서의 삶에, 그러한 삶을 살게 한 하나님에 대해서 회의를 품어본 적이 없느냐는 질문까지 던진다. 그럼에도 불구하고 무너지지 않는 원장 앞에서 자신의 악역이 힘을 쓰지 못하는 것을 깨닫고는 술을 마신다. 그의 악역은 여기에서 끝나지 않는다. 그는 '원장'과 같은 또 하나의 얼굴인 '김보모'를 범하면서 "비명을 질러! 비명을 지르란 말야!"라고 외치며 거의 발악을 하기에 이른다. 이러한 그 자신의 발악은 자기 출신에 대한 콤플렉스를 이기지 못해서 자기 자신과 벌이는 싸움이다.

반면에 '원장'과 '김보모'는 자신들의 불행한 과거에 대한 보상 행위로서 삶을 살아간다. 이들에게는 전통적인 여성의 인고와 모성애가 이들의 과거의 불행 위에 자리 잡고 있기 때문에 처음부터 '신념'의 문제가 제기된다. "이것이 바로 내 천직이려니 하고 확고하게 인생관을 고정시키고 나면 잡념이 모두 없어지는 법이다. 그렇게 되기까지 어렵지." "자기 자신과의 투쟁이야. 끝없는 투쟁의 연속일 수밖에 없어"라고 하는 원장의 고백에서 볼 수 있는 것처럼 이들은 그 투쟁의 과정을 겪은 결과만이 나타난다. 그것은 고통의 내면화의 결과가 그러한 미화된 신념의 실천으로만 나타난다는 고백이다.

이 두 가지 유형의 인물들, 즉 '준상'과 '순실', '원장'과 '김보모'는 말하자면 윤흥길의 소설 속에서는 새로운 유형의 인물들이다. 그 인물들이 이 작품 속에서 자신들이 맡은 역할을 충분히 수행할 수 있었던 것은 작가 자신의 뛰어난 능력 때문이리라. 그러나 여기에서 주목할 것은 이러한 인물의 움직임을 통해서 작가가 우리로 하여금 악역에 대한 이해의 도를 높이고 있다는 점이다. 다시 말해서 '준상' 자신이 구제받지 못하고 끊임없이 자신의 숙명과 싸우는 과정에서 삶의 '공허감'을 경험한다는 것을 우리는 알게 된다.

> 그는 거의 기진맥진한 꼴이었다. 그간 가슴속에 서리서리 뭉쳐 나온 생각들을 퍼부을 만큼 퍼부은 셈이었으나 숱한 말과 말들이 빠져나간 빈자리에 들어와서 그 공허감을 대신 채워줄 보람도 뒤따르지 않는 맹랑한 소모전일 따름이었다.

> 일가족 셋이 다시 한데 어우러져 눈물까지 글썽거리는 모양을 지켜보다가 준상은 슬그머니 자리를 떴다. 이젠 오늘 당장 죽더라도 여한이 없겠다는 말이 그의 귀에 들렸다. 퇴장하는 배우와도 같이 그는 병원에서 빠져나오면서 허전함을 느끼고 있었다. 관객들의 반응이 요란한 만큼 배우가 느끼는 허탈감도 거기에 비례하는 듯했다. 그러나 그는 허탈감과 함께 전달되어오는 거센 감동을 잇새로 자근자근 음미하고 있었다. 그 자신이 짠 각본에 따라 노인 양반 일가가 연기한 감격의 물결이 자꾸만 그 자신의 소유인 양 착각되는 것이었다.

위의 예문들에서 볼 수 있는 것처럼 주인공 '준상'의 공허감은 두 가지로 구분된다. 하나는 자기 자신의 출생 문제와 싸우는 과정에서 '원장'에게 쏟아놓은 공격 이후에 느끼는 공허감이고, 다른 하나는 어려운 입양 절차를 끝낸 다음에 느끼게 되는 공허감이다. 앞의 공허감은, 자기 자신의 의도와는 상관없이 이뤄진 운명에 대한 싸움이 계속된다고 하더라도 그것이 타고난 운명을 바꿔놓을 수 없다는 데서 야기된 것이므로 일종의 '소모전' 같은 자기 학대 끝에 온 것이다. 반면에 뒤의 공허감은 하나의 일을 성취한 다음에 느끼는 것으로 감동을 동반한 공허감이다. 작가는 이 두 가지 공허감의 경험을 통해서 주인공의 삶이 타고난 운명을 극복할 수 있는 길을 제시한다. 그것은 입양 절차의 성취 뒤에 오는 감동으로 타고난 운명의 공허감을 이겨내는 것이다. 작가는 여기서 자신의 타고난 운명에 대해 원장에게 보내는 도전이 아무리 거셀지라도 그것이 고아라는 자신의 출생을 뒤엎을 수 없다는 인식이 주인공에게 싹트게 된다는 것을 암시하고 있다. 반면 삶에서 행복이나 축복이 절대적인 것이 아니라 상대적인 것이라는 인식을 통해서 "어떤 사람한테는 축복받지 못한 생명이 또 다른 어떤 사람에겐 신이 점지하시는 축복의 선물로 받아들여질 수도 있다"는 증거를 스스로 확인하게 된다. 그것은 곧 그로 하여금 '소모전'이나 다름없는 자신의 운명과의 싸움을 포기하고 현실과의 싸움으로 전환할 가능성을 의미한다. 그리고 그와 같은 전신은 이미 '김보모'가 그녀의 몸속에 들어오는 그를 받아들이는 데서 이미 싹이 트고 있다. 왜냐하면 운명에 대한 그의 증오가 절망으로부터 벗어난 '김보모'나 '원장'의 인고와 달관의 신념 앞에서는 하나의 투정으로 변할 것이기 때문이다. 그 때문에 '준상'은 그다음 날부터 '김보모'에게 어떤 변화가 오지 않을까 조바심을 내는 반면에 '김보모'는 아무런 변화도 보이지 않는다. 그의 내적인 고통이 고아로서 버려진 자신의 타고난 숙명으로부터 출발해 고아들을 고아로서 바라보아야 하는 데 있었다고 한다면, 그의 삶의 보람은 버린 사람만이 있는 것이 아니라 버려진 아이들을 거두어서 행복의 인연을 맺어주고자 하는 사람을 자신과 이웃들에게서 발견하는 데 있을 것이다. 그런데 실제로 그는 이제 그러한 자신의 역할을 악역으로만 바라보기를 멈추게 된다.

이러한 주인공의 변신이 한 아이의 죽음과 '용선'의 출산과 함께 이루어진다는 것은 이 작가가 삶의 양면성에 대한 깊이 있는 관찰을 하고 있음을 의미한다. 생명이 태어나는 바로 그곳에는 생명의 죽음도 있다는 삶의 우연성과 희극성은, 말하자면 고아 출신의 주인공에게 자신의 출생의 운명이 그가 생각한 만큼 중요하지 않고 자신의 주어진 삶의 내용의 실천이 그의 삶을 결정한다는 것을 보여준다.

여기에 곁들여 더 생각해볼 수 있는 것은 주인공들이 지닌 생명에 대한 깊은 외경심과 사회적인 문제로서의 미혼모 문제의 제기이다. 말하자면 『순은의 넋』은 우리 사회와 성도덕과 가족제도가 기존의 질서 속에 보호될 수 없는 데서 이루어진 작품이다. 그러면서도 작가는 그 문제를 그들 자신의 입장에서 그들 자신의 눈으로 제시하려고 함으로써 도덕이나 제도의 차원을 벗어난 문학 본연의 입장을 취하고 있는 것이다. 그것은 삶을 고정관념으로 보고자 하지 않는 작가의 건강한 정신을 엿보게 한다. 개인의 존재 이유가 타고난 운명 속에 있지 않고, 그 운명과의 싸움 속에서 이루어가는 삶 속에 있다는 이 작가에 대해서 우리는 많은 것을 기대할 수 있다. 〔1981〕

2

소설이 근본적으로는 삶과 세계 속에 있는 인간의 탐구라면 소설은 필연적으로 개인으로서의 인간의 특수한 체험의 서술을 통해서 보편적인 어떤 것을 드러내 보이는 문학 장르이다. 여기에서 말하는 인간의 특수한 체험이란 작가 개인이 살아온 삶을 토대로 상상력의 힘을 빌려서 구성한 정신적인 체험일 것이다. 그렇기 때문에 소설 속의 삶이란 한편으로 우리가 일상적으로 체험할 수 있는 것으로 보이는 삶, 적어도 그럴듯하다는 생각이 드는 삶이면서 동시에 우리가 그러한 일상 속에서 깨닫지 못하고 의식하지 못한 어떤 것을 미리 체험하거나 다시 체험하는 삶이다. 이 두 가지 체험을 하나는 선체험, 다른 하나를 재체험이라고 한다면 모든 예술작품의 감상이 그러하듯 문학작품의 독서는 그 두 가지 중 하나의 즐거움을 우리에게 제공하는 것이다.

앞에서 말한 것처럼 윤흥길의 소설 세계를 이야기할 때 그의 작품을 세 가지 계열로 나누어서 논한다고 한다면 최근의 장편 『완장』이나 『에미』는 그 어느 한 계열에 가두어놓기에는 훨씬 폭이 넓은 작품들이다. 그러나 『에미』는 「장마」와 마찬가지로 첫번째 계열에 분류시키지 않을 수 없는 것처럼 보인다. 왜냐하면 『에미』에서 화자의 어머니의 삶이란 해방 전 신혼 시절의 이야기와 죽음을 앞둔 단말마의 고통을 시기적인 출발과 종말로 삼고 있을 뿐 실제로는 6·25동란을 전후해서 살아야 했던 저주받은 여성의 삶 그 자체이기 때문이다. 그러한 점에서 살펴본다면 분단의 문제를 다룬 세번째 계열의 작품도 첫번째 계열에서 파생된 것으로 보아도 별로 무리가 없을 것이다. 6·25동란이란 바로 분단의 역사적 비극 때문에 생긴 것이며 또 오늘날에도 그 비극의 씨앗으로 남아 있다.

윤흥길의 문학적인 출발점은 「장마」라고 할 수 있다. 아니 어쩌면 「장마」는 「황혼의 집」과 함께 윤흥길 문학의 본령이며 핵심이라고 해도 지나치지 않을 것 같다. 왜냐하면 이 두 작품의 발표로 작가 자신이 문단의 주목을 받기도 했지만, 여기에서 이미 윤흥길의 역사에 대한 의식과 묘사로서의 소설적 가능성을 내보여주었기 때문이다. 특히 「장마」는 우리의 역사 속에서 저 끈끈하고 무덥고 고통스런 한 시기의 이야기를 토속적인 믿음과 전통적인 모성애와 상처받은 성장기를 통해서 전해준다는 점에서 윤흥길 자신의 작품뿐만 아니라 우리의 중편 소설 가운데서 손꼽을 만한 걸작이기 때문이다.

이 소설에는 한집안에 살고 있는 두 노인이 등장한다. 사돈 사이인 이 두 노인의 관계가 '나'라고 하는 어린이에 의해 서술되고 있는 이 소설은 화자인 '나'의 외할머니와 친할머니가 역사의 소용돌이 속에서 극단적인 대립을 보이다가 화해에 도달하는 과정을 보여준다. 국군에 입대했다가 죽은 아들을 가진 외할머니와, 빨치산이 되어 밤에나 찾아오는 아들을 둔 할머니가 한집에 살고 있는 이 소설의 상황은 바로 6·25전쟁을 겪은 우리 사회 전체의 축도와 다름없다. 서로 사돈 간이면서도, 또 화자인 '나'의 입장에서 보면 모두 혈육임에도 불구하고 같은 집안에서 서로 다른 이해관계에 빠지지 않을 수 없는 두 노인의 운명은 역사가 만들어준 기괴한 모순을 그대로 드러낸다. 다분히 나막신 장사를 하는 아들과 짚신 장사를 하는 아들을 둔 부모의 우화를 연상시키는 이러한 모순은 두 노인이 나누어 가진 대립적인 운명의 부딪침으로 더욱 비극화된다. 결과적으로는 두 노파가 모두 각자의 아들을 잃고 말지만 이들이 화해의 장으로 나올 수 있었던 것은 전통적인 모성의 공통점에서 유래한 듯 보인다. 실제로 두 노파가 대립 상태에 있을 때 화자인 '내'가 체험하게 된 것은 두 개의 죽음이다. 이 두 개의 죽음은 한국의 여성에게서 전통적인 한이 어떻게 발생하게 되는지 보여준다. 다시 말해서 자식에 대한 맹목적인 사랑 이상을 알지 못하는 전통적인 모성은 바로 그렇기 때문에 역사적 현실 앞에서 자신의 선택을 내세우기보다는 자식의 선택을 무조건 따르는 것이다. 그런데 그러한 선택 때문에 자식이 죽을 때 정치적인 색채가 개인의 의식과는 아무런 상관이 없는, 그러한 논리의 세계를 떠난 숙명을 의식하게 된다. 그렇기 때문에 전통적인 모성에게는 흉년이나 질병, 교통사고나 전쟁 같은 것들이 모두 동일한 차원에서 느껴지는 것이다. 「장마」의 두 노파에서 아들의 죽음이 가져온 비극적 의미는 두 노파 모두가 그것을 숙명으로 받아들임으로써 한을 지니게 되는 데 있다. 이른바 '포한'이라고 할 수 있는 이와 같은 한의 발생이 그러나 작가에게는 단순한 숙명이 아니다. 국군과 빨치산으로 나누어진 역사적 상황이 두 노인에게서와는 달리 작가에게는 부정적인 현실의 뿌리로 인식된 것이다. 그러니까 정치적인 대립이나 이념적인 대립이 우리의 역사에 가져왔고 또 앞으로도 가져올 수 있는 비극이 우리 민족에게 얼마나 큰 부정적인 현실이 될 수 있는가를 작가는 보여준다. 특히 어린 주인공이 초콜릿과 같은 어른들의 미끼 때문에 아버지를 육체적으로 고통받게 함으로써 평생 동안 지니게 될 죄의식을 작가는 내다보고 있다.

그러나 이와 같은 부정적인 현실을 극복하는 일이 두 노파에게는 논리적인 방법으로 가능하지 않다. 수많은 세월 동안 숙명으로 받아들인 역사의 비극을 두 노파는 한(恨)의 풀이, 즉 해한(解恨)의 방식으로 극복하고 있다. 이 소설에서 구렁이의 출현으로 그려지고 있는 비극의 정점은 구렁이가 지닌 토속적인 정서에 의해 깊은 감동으로 남아 있다. 죽은 사람의 영혼을 대신하여 나타났다고 알려진 구렁이를 앞에 놓고 마치 살아 있는 사람과 대화를 나누듯이 달래는 장면은 그것이 토속신앙의 한 표현이면서 동시에 판소리에서 짐짓 사설을 늘어놓는 것 같은 보다 깊은 슬픔을 느끼게 하고, 동시에 그러한 방식으로 비극적인 죽음을 언어화하지 않고는 살아남은 사람으로서 한을 달랠 길이 없음을 말해준다.

여기에서 윤흥길의 주인공이 느끼고 있는 한이란 순전히 개인적인 정서인가 역사적 사실에서 유래한 현대적 의미를 띠고 있는가 질문을 던질 필요가 있다. 왜냐하면 그것이 순전히 개인적인 정서에 속하는 것이라면 일종의 회고적 감상을 벗어날 수 없기 때문이다. 분단의 비극이 아직도 지속되고 있는 우리의 현실로 볼 때 여기에서 나타나고 있는 한은 역사적인 의미를 띤다.

다시 말해서 정치적인 대립과 선전의 지배를 받는 역사는 분단의 현실을 극복할 수 없는 반면에 한과 같은 근원적인 정서의 동질성을 발견할 때 서로를 용서하고 받아들임으로써 적대관계가 극복될 수 있다. 그러한 점에서 외할머니가 구렁이와 대화를 나누는 장면은 대단히 의미심장하다. 여기에서 말하는 대화의 언어는 일종의 주술적인 언어라고 할 수 있다. 구렁이를 죽은 사람의 영혼으로 보았다는 사실 자체가 그 언어를 주술적인 것으로 규정짓게 만들기도 하지만 구렁이를 죽은 사람의 영혼으로 생각하는 '믿음'을 전제로 하지 않고는 그러한 대화를 나눌 수 없다는 점에서 그 언어는 주술적인 것이기도 하다.

그러나 이 주술적인 언어는 동일한 믿음을 갖고 있는 사람에게만 감동적이다. 그렇기 때문에 '할머니'의 적대 감정이 '외할머니'의 주술적인 언어를 들은 다음에 사라질 수 있었던 것이다. 또 '외할머니'가 구렁이 앞에서 그와 같은 언어를 사용할 수 있었던 점은 그것이 죽은 사람의 영혼이라는 믿음이 있었기 때문이다. 이것은 정치나 이념의 싸움 때문에 두 노파가 적대 감정을 가질 수 있었지만 그 두 사람의 밑바닥에 깔려 있는 정서는 토속적인 동질성을 띠고 있어서 감정적인 대립을 해소할 수 있는 통로 역할을 한다는 것을 말해준다.

이처럼 이들이 정서적인 동질성을 느낄 수 있었던 점은 오랜 역사적 체험으로 주어진 것이기 때문일지도 모른다. 그러나 실제로는 전란으로 아들을 잃은 슬픔을 체험하기는 '할머니'나 '외할머니'나 마찬가지일 것이다. 그러한 점에서 갑자기 나타난 구렁이를 상대하는 '외할머니'는 아들을 잃은 사돈의 슬픔을 이해하고 그 한풀이를 대신하고 나선 것이다. 그 점에서 '할머니'는 논리를 떠난 정서적 화해에 도달할 수 있었다.

「장마」를 이처럼 한국 여성의 모성의 한 유형으로 파악하게 되면 윤흥길의 네번째 장편 『에미』는 「장마」의 연장선으로도 읽힐 수 있는 작품이다. 어렸을 때 열병을 앓으면서 '사팔뜨기'가 되었고 그 때문에 큰외삼촌에 의해 정략결혼을 하기는 했지만 신혼 초에 '아버지'로부터 버림을 받은 『에미』의 '어머니'는 「장마」의 두 노파 이상으로 기구한 운명을 살아간다. 소설의 형식으로 보면 이제 죽음을 눈앞에 둔 '어머니'를 찾아가 베일에 싸인 과거의 일부를 하나하나 벗겨가면서 '어머니'의 임종을 지키게 되는 '나'의 이야기라고 할 수 있다. 따라서 한편으로는 '어머니'의 임종을 맞이하게 되는 '나'의 현재가 기록되고, 다른 한편으로는 그 사이사이에 '어머니'의 과거가 밝혀진다. 이러한 서술의 과정에서 '어머니'의 한이 어떻게 맺혀지고 있는지 밝혀주는 감동적인 장면들이 수없이 나타난다. 가령 다음과 같은 장면이 그 대표적이다.

> 어려서 내가 달구지 바퀴에서 본 머리카락은 하나같이 검고 반질반질 윤기가 흐르는 비단실 같은 것들뿐이었다. 어머니는 매일매일 해 질 녘마다 자기 머리털 한 올씩을 뽑아 달구지에다 매다는 것으로 하루 가운데서 가장 의미심장하고 엄숙한 일과를 삼곤 했다. 이를테

면 그것은 혼자 사는 젊은 여자가 밖에 나가서 돌아오지 않는 가족을 불러들이는 비밀스런 의식이었다. 달구지 바퀴에 매달려 나울거리는 그 머리털은 그 사람을 향한 그 사람을 애타게 부르는 어머니의 영혼의 손짓이었다. 그것은 한 여자의 한 남자만을 염두에 둔 소리 죽인 흐느낌이었다. 그것은 한 여자의 일편단심이면서 그니 혼자만이 아는 처절한 희열이요, 동시에 절망이기도 했다. 그것은 머리를 풀어 하늘에 제사 지내는 한 여자의 기도이면서 다른 한편으로는 저주를 의미하기도 했다.

여기에서 볼 수 있는 것처럼 평생 동안 달아난 남편이 되돌아오기를 기다리면서 때로는 오지 않는 남편을 저주하고 때로는 철없는 자식들을 꾸짖고 때로는 자신의 욕망을 억제하기 위해 밤새워 스스로와 씨름을 한 '어머니'에 대한 작가의 탐구는 윤흥길의 치열한 작가 정신이 이룩한 하나의 업적이 될 것이다. 이 작품에서 한 가지 의문으로 남아 있는 문제는 '화자'인 '나'가 왜 '어머니'의 과거를 임종 며칠 전에야 한꺼번에 파악하려고 했느냐 하는 데 있지만, 그러나 그것이 이 작품의 중요성과 감동을 약화시키지는 않는다. 그만큼 이 작품에서는 자신의 몸과 마음과 전 생애를 바쳐가며 한 많은 일생을 살고도 지칠 줄 모르는 모성애와 꺼질 줄 모르는 생명력을 유지하는 어머니의 존재를 드러낸다. 그 존재는 '큰외삼촌'의 엄격함으로 가족의 도움을 잃었고 또 역사의 소용돌이로 사회의 가장자리로 밀려났고 가난의 시련으로 죽음의 위협 속에 빠졌지만, 그보다도 더욱 중요한 것은 모든 원한을 포용하면서 "지면서 이기고 이기면서 지는" 전통적인 '어머니'의 지혜에 도달하는 과정에 있는 것이다. 자신의 '큰오라버니'에게 자식을 맡기려고 했다가 스스로의 힘에 의지하지 않고는 어떤 삶도 보장받을 수 없음을 깨닫고 모녀가 벌거벗고 물속에 들어가서 지금까지의 자신들의 죽음을 선언하고, 폭격 속에서 갖게 된 아들을 미륵의 아들이라고 이야기하고, 죽는 날까지 '아버지'의 귀환을 기다리며 안방을 30여 년 동안 비워놓은 '어머니'의 삶은 스스로의 숙명에 대한 믿음 없이는 불가능한 것이겠지만, '어머니'의 인간적인 고통과 환희, 미움과 사랑, 저주와 용서가 함께하면서도 결국은 모든 것에 대해 화해를 발견하는 것은 「장마」에서의 한풀이와 같은 문맥에 놓인다. 「장마」의 외할머니가 "나사 뭐 암시랑토 않다"라고 주장한 것과 마찬가지로 「에미」의 어머니가 "에미는 참말로 암시랑토 않느니라"라고 단언하는 것은 오랜 한의 역사 속에서 토속적인 믿음에 자신을 거는 비극적 여성의 운명을 느끼게 한다. "살어남는다는 게 말짱 비겁헌 짓인 줄 아냐? 죽는다는 게 말짱 다 용감헌 짓인 줄 알아?"라고 질문하는 '어머니'의 가슴속에는 고난의 역사 속에서 살아남은 끈질긴 생명력과 전통적인 모성애가 체험한 한의 역사가 자리 잡고 있다. 여기에서 한 가지 더 극복해야 할 것은 어머니가 '사팔뜨기'라는 사실이 가지고 있는 상징성이다. 한쪽 눈으로는 동생에 대한 온화함을 나타내고, 다른 한쪽 눈으로는 '나'에 대한 엄격함을 나타낸다고 하는 어머니의 눈의 이중성은 오랜 고통과 시련과 억압을 당한 사람이 살아남을 수 있는 방법이다. 그것은 굽히면서 꺾이지 않는 부드러운 견고함이고, 자기의 끈질긴 생명력을 뒷받침해주는 엄격한 관용이다. 모성이 지닌 이처럼 넓고 깊은 모습의 형상화는 윤흥길의 뛰어난 재능이 아니고는 불가능한 것이다. 〔1982〕

전율, 그리고 사랑

—오정희의 『유년의 뜰』

오정희의 두번째 창작집 『유년의 뜰』에는 주인공들의 나이로 보아 두 계열로 나뉠 수 있는 여덟 편의 중·단편이 실려 있다. 그 하나는 어린이가 화자인 「유년의 뜰」과 「중국인 거리」이고, 다른 하나는 어른이 화자인 「겨울 뜸부기」 「저녁의 게임」 「꿈꾸는 새」 「비어 있는 들」 「별사(別辭)」 「어둠의 집」 등이다. 여기에서 한 가지 특색을 든다면 「별사」를 제외한 다른 작품들이 모두 '나'라는 1인칭 화자에 의해서 서술 전개되고 있을 뿐만 아니라 그 '나'가 모두 여자라는 사실이다. 게다가 3인칭 화자에 의해 서술되고 있는 「별사」도 여자 주인공인 '정옥'의 시점에 의존하고 있다. 그렇기 때문에 이 작품들을 한꺼번에 읽는 독자는 이 작품들이 한 가족을 중심으로 한, 혹은 한 여자의 성장 과정을 중심으로 한 연작소설이 아닌가 생각하게 될 것이다. 실제로 「유년의 뜰」과 「중국인 거리」는 그러한 생각을 뒷받침해줄 것이고 또 「꿈꾸는 새」와 「비어 있는 들」도 성장하여 일가를 이룬, 말하자면 「유년의 뜰」과 「중국인 거리」의 여주인공의 뒷이야기라는 생각을 하게 될 것이며, 「겨울 뜸부기」와 「저녁의 게임」은 이 두 연대의 중간 단계라는 추측도 가능할 것이다. 그렇게 본다면 「별사」와 「어둠의 집」이 이 일련의 가족 중심의 이야기에서 연작과는 상관없이 쓰인 것처럼 생각될 수도 있다. 그러나 앞 여섯 편의 소설이 연작소설로 보인다고 하는 것은 어디까지나 추측이며 짐작에 지나지 않는다. 왜냐하면 거기에 나오는 작중인물들이 그들 고유의 이름을 지니지 않고, 그들이 살고 있는 연대가 분명하게 밝혀져 있지 않으며 그들 삶의 공간도 또한 고유명사화되어 있지 않기 때문이다. 주인공의 이름이 밝혀져 있지 않다는 것은 그 주인공들이 동일인인지 아닌지 확신시켜주지 않고, 그들이 살고 있는 연대가 정확히 없다는 것은 하나의 작품으로부터 다른 작품으로 이동한 시기의 변화를 주인공의 단순한 성장으로 보아야 할지 주인공 자신이 바뀐 것으로 보아야 할지 불분명하며, 따라서 삶의 공간 자체를 동일한 곳으로 보기에는 더욱 어렵다. 물론 주인공이 동일한 인물일 경우에는 시간과 장소에 따라 주인공의 성장과 새로운 상황의 변화를 제시하고 있는 것으로 쉽게 생각할 수 있지만, 여기에서처럼 이름 없는 주인공을 다룰 경우에는 연작소설과 같은 확실한 증거가 있기 전에는 주인공의 변화와 성장이라고 생각할 수 없다. 그럼에도 불구하고 이 작품들이 연작소설 같은 인상을 주는 것은 무엇인가. 그것은 어쩌면 이 작가가 다루고 있는 주인공의 경험이 현재 40 전후에 도달한 한국인들의 일반적인 경험들과 상당히 유사하기 때문이다. 다시 말하면 유년 시절에 전쟁을 직접 경험하지는 않았지만 어른들의 경험을 통해 정신적인 상처와 성장을 동시에 경험한 세대와 이 주인공들이 산 시대가 거의 비슷하다는 말이다. 이러한 유사성 때문에 이 소설을 읽는 40 전후의 독자는 여기서 남다른 감정적 친화력을 발견할 것이다. 아니 감정적 친화력이라기보다는 현재의 삶 속에 묻혀 기억의 표면으로 부상시키지 못하고 있는 과거의 새로운 체험을 할 수도 있을 것이다. 그러나 오정희 소설의 중요성은 이처럼 과거의 경험을 재체험하는 사람에게만 있지 않다. 그것은 적어도 우리가 의식하든 의식하지 않든 우리 스스로의 일상성 속에 빠져 있는 의식의 몽롱한 가수(假睡) 상태로부터 우리 자신의 의식의 잠을 깨워주는 충격의 의미를 갖고 있다. 그 충격은 우리가 일상적으로 경험하고 우리의 행동이나 사고 양식의 결정에 중요한 역할을 하고 있는 사물들에 대한 의식화에서 비롯된다.

「유년의 뜰」에서 '나'는 국민학교에 들어가기 이전에 멀리서 들려오는 포성 소리로 전쟁을 간접적으로 경험한다. '나'는 전쟁으로 인한 '아버지'의 부재 상태를 경험하고, 거기에서 삶의 여러 가지 비극적인 면모들을 비극적이라고 생각하지 않으면서 경험한다. 다시 말하면 가난으로부터 유래한 자신의 식욕과 어머니의 지갑에 손을 대는 도벽, 밤마다 보게 되는 어머니의 외출과 거기에 따른 오빠의 폭력과 어른들의 윤리적인 문제, 성에 눈뜨기 시작한 오빠와 언니와 부네의 이상한 행동, 그중 이 모든 것의 의미를 아직 파악할 수 없는 '나'는 아무런 감성적·논리적 교육을 주변으로부터 받을 기회도 없이 그러한 일상적인 장면들을 단지 기억 속에 담아두게 된다. 그렇기 때문에 '나'의 일상생활은 뜻 모를 여러 가지 사건으로 가득 차 있는 한편, 지루하고 권태로운 생활이 된다. 이 작품의 마지막 부분에서 남루한 '아버지'를 만난 '나'는 「중국인 거리」에서는 항구 도시로 이사를 간다. 「중국인 거리」에서 '나'는, 몸을 팔며 살고 있는 이웃들과 함께 사춘기 시절을 보낸다. 여기까지는 주인공 '나'의 성장기라고 할 수 있다. 말하자면 '나'는 '삶'과 '죽음'의 양극 사이에 놓여 있는 근원적인 허무와 윤리적 회의, 그리고 싹터오는 본능 속에서 성장하는 것이다. 즉 자기 자신과 직접적인 관계에 놓여 있지 않은 상태에서 경험된 것들이다. 왜냐하면 이 시절까지는 자신이 생활의 짐을 직접 짊어지고 있지 않기 때문이다.

이러한 '나'가 「겨울 뜸부기」와 「저녁의 게임」에서는 자신의 생활과 직접적으로 관계된 허무를 경험한다. 값싼 월급쟁이 생활을 하는 처녀 시절의 '나'는 어머니와의 생활을 책임지고 있고, 동시에 '오빠'에 대한 새로운 인간 체험을 하게 된다. 대학 입학에 실패한 오빠가 사회 속에 융합되지 못한 채 인생의 낙오자가 되어가는 보다 많은 실패(어쩌면 그것은 예정된 일이었다. 왜냐하면 오빠의 사업은 출발부터 정상적으로 사회에 융합되는 방법이 아니라 공허한 것이었기 때문이다)는 '나'와 어머니의 생활 자체에 궁핍을 가져오는 것이었다. "비단구두 사가지고 오신다"는 오빠의 동요적인 허무주의에 대한 경험을 한 '나'는 「저녁의 게임」에서는 아버지와의 새로운 일상생활을 갖고 있다. 이러한 일련의 소설들은 한 여인의 성장 과정에서 경험하는 어머니(「유년의 뜰」), 친구(「중국인 거리」), 오빠(「겨울 뜸부기」), 그리고 아버지(「저녁의 게임」) 등과의 관계를 드러낸다. 반면에 「꿈꾸는 새」 「비어 있는 들」 「별사」에서는 결혼한 뒤의 '나' 혹은 여인의 생활과 남편과의 관계를 그리고 있다. 자신의 아이와 함께 살고 있는 '나'가 남편의 외출 시간에 아이를 업고 낯선 거리를 헤매고 있고(「꿈꾸는 새」), 남편의 낚시에 따라나서서는 누군가를 기다리고 있으며(「비어 있는 들」), 어머니가 묻힐 무덤을 찾아갔던 날 낚시 간 남편의 죽음을 회상하고 있다(「별사」). 여기까지의 주인공들은 그들이 살고 있는 시대적 배경으로 보아 한 여인의 일대기로 볼 수도 있다. 그러나 「어둠의 집」에 나오는 50대의 주부는 독자가 참조하게 되는 현실의 시간과 비교해볼 때 앞에 나온 어떤 여인과도 동일한 인물로 볼 수는 없을 것이다. 그런 의미에서 이 작품은 앞 작품들과의 연작관계는 희박하다고도 볼 수 있다.

그러나 여기에서 다시 생각해볼 수 있는 것은 이 인물들이 하나의 인물이 아니라 어떤 계층에서 볼 수 있는 한국 여성의 보편적인 하나의 전형이라는 유추이다. 여성의 일대기로서 이 작품집의 설득력을 이야기하기에 충분하다. 즉 「유년의 뜰」은 한국 여성의 한 전형의 유년기(6~13세)를, 「중국인 거리」는 사춘기(13~16세)를, 「겨울 뜸부기」와 「저녁의 게임」은 처녀 시절(18~20세)을, 「꿈꾸는 새」와 「비어 있는 들」과 「별사」는 결혼기(20대 후반~30대 후반)를, 「어둠의 집」은 노년기(50대 이후)를 그리고 있다고 본다면 이 주인공들이 동일인이라고 생각할 필요가 없다. 그리고 이러한 현상을 뒷받침해주는 것이 바로 주인공의 이름이 없다는 사실이다. 앞에서도 언급한 것처럼 「별사」의 '정옥'을 제외하고는 이 작품집의 모든 주인공이 '나'라고 하는 대명사로 되어 있다. 1인칭 대명사는 1950년대부터 1980년대까지 유년 시절부터 중년 시절을 산 한국 여성의 한 전형을 나타내는 역할을 하고 있다. 이 익명의 '나'를 통해 작가는 일상적인 사건들의 보이지 않는 칼날을 번뜩이게 하고 있다.

오정희 소설이 그 보이지 않는 칼날을 번뜩이게 하는 것은 작가의 단단한 묘사의 힘에서 유래하는 것으로 보인다. 여기에서 묘사의 힘이란 일상적인 사건 하나하나에 어떤 특별한 의미를 부여한다는 것도, 일상적인 사건의 서술의 유창성을 의미하는 것도 아니다. 그것은 오히려 그 사건 하나하나에 가장 충실하려는 작가적인 노력의 산물이며, 일상적인 사건이 바로 언어가 되도록 하려는 언어에 대한 작가의 특별한 의식의 산물이다. 실제로 창작집 『유년의 뜰』에는 첫번째 창작집 『불의 강』과 마찬가지로 삶의 순간순간들의 무수한 묘사로 되어 있다. 그러나 이 작가의 언어에 대한 의식은 그 묘사 하나하나에 작가 자신의 전력을 투여하고 있는 흔적으로 알 수 있다. 여기에서 전력투구한 묘사란 간단한 사건을 공연히 뒤틀리게 묘사한다든가 혹은 엉뚱한 이미지를 쓸데없이 뒤얽어놓음으로써 난삽하게 만들었다는 말이 아니다. 한편으로는 이 작품들 속에서 문장 하나, 단어 하나의 다양한 의미를 단의(單意)화시키고자 하며, 다른 한편으로는 그것이 지시하는 사물에서 해방시키고자 하는 것이다. 단의화란 하나의 문장이나 하나의 단어가 다른 문장과 단어에 이어지는 필연성의 최대화를 의미한다. 이 경우 하나의 단어와 다른 단어 사이에 다른 것이 끼어들 수 없을 만큼 그 단어 상호 간의 관계가 단단한 결합을 맺는 것이다. 따라서 여기에는 작가 자신의 노력이 결정 작용을 일으켜야 한다. 반면에 해방시키고자 한다는 것은 하나의 사물이 그 사물을 가리키는 언어와 맺고 있는 관계를 일상적이고 편안한 상태에서 벗어나게 한다는 의미다. 이러한 예를 「저녁의 게임」에서 들어보자.

> 창은 먹지를 댄 듯 새카맣고 불빛 아래 아버지와 나는 어둠 속으로 한없이 가라앉고 있다는 느낌이 들었다. 우리는 마치 먼 옛날부터 이렇게 식탁을 마주하고 앉아 화투 놀이를 해왔던 것 같다. 그 이전의 기억은 마치 유년 시절의 꿈처럼 현실과 공상이 뒤섞여 멀고 아리송했다. 패가 막히거나 제대로 풀리지 않으면 일단 변소를 다녀오는 노

름꾼의 풍속대로 오빠는 자기의 패를 점쳐보기 위해 슬그머니 자리를 뜬 것이다.

"밤에 우는 건 나빠, 애들이 극성을 떨면 꼭 집안에 좋지 않은 일이 생기거든."

"저도 몹시 울었다면서요?"

수국 껍질을 모아들이며 나는 아버지의 말을 받았다.

잘 자라, 내 아기 밤새 편히 쉬고 아침이 창 앞에 다가올 때까지.

"네 에민 목청이 좋았었지."

그건 사실이었다. 유치원 보모였다는 어머니는 퍽 많은 노래를 알고 있었고 목소리가 고왔던 만큼 노래 부르기를 즐겨했다.

자장자장 우리 아가, 금자둥이 은자둥이 구슬 같은 눈을 감고 별빛 같은 눈을 감고 꿈나라로 가거라.

"네 차례다."

아버지도 역시 노랫소리에 귀를 기울이고 있었던 듯 문득 짜증스럽게 말했다. 지붕 위에서 여자는 결코 서두르는 법 없이 메트로놈의 움직임처럼 정확하게 베란다의 한쪽 난간에서 다른 한쪽 난간 사이를 오가고 있었다.

위의 인용문은 '아버지'와 '딸'의 화투 놀이를 묘사한 장면이라는 것을 알 수 있다. 그러나 이 묘사는 하나의 장소와 하나의 시간에 일어난 하나의 사건만을 대상으로 삼지 않는다. 다시 말하면, 첫째 이제 활동을 하지 못하는 아버지와 그를 모시고 있는 딸이 화투 놀이를 이따금 해오고 있다는 일상의 한 단면을 보여주고, 둘째 원래 이 가정에는 오빠라는 인물도 있어서 그 무료한 생활을 함께 보낸 과거가 있었음을 이야기하고, 셋째 위층에서 애 우는 소리가 들리고, 넷째 위층에서 들리는 자장가 소리를 통해서 죽은 어머니의 과거를 되살리고, 다섯째 이 모든 연상과 행동 속에서 두 사람이 끊임없이 대화를 나누고 있다는 것을 보여준다. 이 짧은 묘사에서 확인할 수 있는 것은 그 묘사 자체가 시간·공간·사건의 단일화에 의한 평면적 묘사가 아니라, 바로 시간과 공간과 사건의 복합화에 의한 입체적인 묘사라는 사실이다. 마치 입체 음향의 효과에서 볼 수 있는 것처럼 현재 아버지와 딸의 화투 놀이를 묘사한 이 장면은 과거의 여러 가지 추억이 연상됨으로써 정의될 수 있고, 이때 추억 하나하나는 그 자체가 지닌 독자적인 의미를 버리고 새로운 의미로 태어나게 하기 위해서 조화를 이룬 합창처럼 화합을 하고 있는 것이다.

이러한 일상적인 상황들이 모여서 새로운 상황을 만들게 되는 오정희의 작품 세계는, 그러므로 얼핏 보면 아무런 사건도 일어나지 않고 있는 것 같지만, 사실은 끊임없이 전율을 느끼게 한다. 「저녁의 게임」에서는 정신 이상이 된 어머니에게 '아기'는 어떻게 했느냐고 물었을 때 어머니가 "고드름처럼 차가운 손가락을 목덜미에 얹으며 말했다. 인형을 사줄게"라고 대답하는 곳에서 전율을 경험하게 되며, 또 자신의 일상생활에서 빠져나와 남자에게 자신의 육체를 제공한 뒤에 경험하게 된 절망과 허무를 "불꽃을 보며 길게 입을 벌려 웃어" 보이는 것으로 표현한 다음, 곧 돌아와서 혼자 자위행위를 하며 "내리누르는 수압으로 자신이 산산이 해체되어가는 절박감에 입을 벌리고 가쁜 숨을 내쉬며 문득 사내의 성냥 불빛에서처럼 입을 길게 벌리고 희미하게 웃어 보였다"고 하는 데서도 느끼게 된다. 「중국인 거리」에서는 가난한 어린 시절의 '회충약'의 충격이나 "난 커서 양갈보가 될 테야"라고 이야기하는 어린애의 단호한 결심이라든가, 새끼를 낳은 고양이에게 그 새끼를 쥐새끼라고 함으로써 잡아먹게 만든 할머니의 음모 등에서 느낄 수 있다. 이러한 전율들은 삶이 겉으로는 평온하게 진행되는 것처럼 보이지만 실제 그 이면에는 무수한 복수와 증오와 죽음의 위협으로 엮어져 있는 것에 대한 의식에서 느껴진다.

그러나 이러한 전율보다 더 큰 무서움은 이 소설가의 화자의 눈에 들어온 사물들이 모두 화자인 '나'와 관련을 맺음으로써 고도의 친화력을 소유하게 된다는 데 있다. 「중국인 거리」에서 시골로부터 도시로 이사를 온 주인공이 "지난밤 떠나온 시골과는 모든 것이 달랐음에도 불구하고 나는 잠시, 우리가 정말 이사를 온 것일까, 낯선 곳에 온 것일까, 이상한 혼란에 빠졌다. 그것은 공기 중에 이내처럼 짙게 서려 있는, 무척 친숙하고, 내용은 잊힌 채 분위기만 남아 있는 꿈과도 같은 냄새 때문이었다"라고 고백하고 있다. 여기에서 주인공의 삶의 공간이 달라졌음에도 불구하고 삶의 내용은 그대로라는 것을, 그리하여 새로운 공간의 모든 것과의 낯설음이 아니라 낯익음을 경험한다. 이것은 변화하지 않는 정체된 것으로 보이는 삶의 겉모습을 드러내지만, 그처럼 구질구질한 삶의 연속에도 불구하고 주인공의 성장이 드러난다. 그 성장이 '초조(初潮)'로 나타나는 것이다. 다시 말하면 상황의 압력 속에서도 끊임없는 생명력을 보이고 있는 인간의 끈질긴 숙명에 대한 이러한 인식은 바로 본능과 생명에 대한 작가의 놀라운 발견이라고 할 수 있다. 뿐만 아니라 화자가 맡고 있는 '냄새'란 대단히 감각적인 것이다. 이 감각은 거의 본능에 가까운 것으로 논리적인 사유가 불가능한 상태에서 사물과 자아의 관계에 보다 깊이 들어갈 수 있다. 작가는 냄새라는 분위기를 통해 사물의 실체 자체보다는 그 사물들이 만들고 있는 분위기를 파악한다. 따라서 사물의 실체는 '나'와 사물의 관계 속에 용해되어버린다. 이러한 용해력이 실제로는 이 작가의 소설이 지닌 긴장감이라고 할 수 있으며, 따라서 그때마다 하나의 에피소드가 지닌 내용이 중요하다기보다는 그것이 만들어내게 되는 이미지가 중요해진다. 그리하여 수많은 에피소드가 소설이라고 하는 거대한 구조를 형성하는 데 치밀하게 기여하고 있는 것이다.

이러한 소설에서는 묘사 하나, 단어 하나라도 조금만 소홀히 읽게 되면 우리가 읽고 있는 궤도에서 이탈하고 만다. 이 작가는 완벽을 기하고자 하는 철저한 조형성으로 이러한 이탈을 방지한다. 그리고 이 조형성이 오정희의 소설을 읽는 독자들에게 끊임없는 긴장을 요구한다. 오정희 작가의 소설 미학의 요체라고 할 수 있는 소설적 긴장감은, 일상적인 삶에서 일어나는 사건들을 강조하거나 과장함으로써 독자들의 순간적인 쾌락을 만족시키는 상투적인 수법을 벗어나 소설이란 하나의 탐구라는 명제를 실현한다. 아무 일도 일어나지 않는 일상적인 이야기인 것 같은 생각이 들 정도로 사건을 과장하지 않는 그의 소설은 그러나 바로 그 일상성 속에 자리 잡고 있는 비수의 번뜩임을 우리로 하여금 감지하게 만든다.

하지만 그 일상성 속에는 삶의 매순간을 생성과 소멸의 엄격한 분위기로 표현하고자 하는 작가의 끈질긴 집념이 성공을 거두고 있기 때문에 긴장이 있을 수 있다. 실제로 그의 작품의 화자들이 여자이고 그 여자가 관찰하면서 우리에게 전달하고자 하는 주제는 '태어남'과 '죽음'이라는 삶의 양면성이다. 이 작가의 소설들에는 생명의 탄생과 인간의 죽음이 곳곳에 등장한다. 가령 「유년의 뜰」에서 부네의 죽음과 '나'의 강인한 식욕이 그것이다. 「중국인 거리」에서는 어머니가 여덟

번째 아이를 낳게 되는 반면에 '메기 언니'는 죽는다. 또 고양이가 새끼를 일곱 마리 낳았다가 모두 잡아먹으며 할머니의 죽음이 예견되는 가운데 '나'의 돌연한 '초조(初潮)'의 경험이 시작된다. 「저녁의 게임」에서는 소년원 죄수들의 행렬에서 '삶'은 "선연하도록 맑은 눈빛"이 "하나의 느낌"으로 남아 있는 반면에 "시취(屍臭)를 풍기기 시작한 어머니에게서는 역시 연기처럼 매움한 꽃냄새가 났다"라고 함으로써 삶과 죽음의 공존을 이야기한다. 또 위층의 어린애의 울음소리는 어린애의 생명력을 이야기하면서도 죽음과 같은 불길한 예감을 불러일으켜서 두 가지 측면을 한꺼번에 이야기한다. 「꿈꾸는 새」에서 주인공은 당숙모의 가까워진 죽음을 옆에 두고 생명의 탄생을 위한 성희(性戲)를 하기도 하고 자신이 묻힐 곳과 미래에 태어날 아이가 묻힐 곳을 생각한다. 「비어 있는 들」에서는 자신과 남편 사이에 있는 괴어 있는 일상성 속에서 '아이'만이 삶의 상징이 되기에 충분한 것이라면, 귀갓길에서 보게 되는 익사체와 아이가 잡은 개구리의 죽음은 삶과 함께 있는 죽음을 말하기에 충분하다. 「별사」에서는 남편의 익사와 아이에게 물려준 낚시 도구에 의한 아들의 생명이 동시에 투영된다. 오정희가 통찰력을 갖고 관찰하고 있는 삶의 양면성은 따라서 삶이 '태어남'과 죽음이라는 두 대립 개념 사이에 존재하는 것이면서 동시에 그 두 가지 요소를 동전의 앞뒤처럼 지니고 있음을 의미한다. 삶에서 이 두 가지 측면을 동시에 보고자 하는 것은 자신의 삶을 결코 무관심의 상태에 놓아두고자 하지 않는 주인공의 의지의 표현이다.

여기에서 한 가지 더 주목해야 하는 것은 등장인물들 자신의 '외출'이다. 이미 유년 시절부터 끊임없이 집을 떠나 밖으로 돌아다니는 이 외출은 자신의 일상적인 삶의 괴어 있음을 극복하고자 하는 본능적인 생리가 되고 있다. 「유년의 뜰」에서 아버지의 가출을 외부의 힘에 의한 것이라고 한다면 주인공 자신이나 언니의 외출은 스스로의 내적인 충동에 의한 것이다. 지루한 일상성 속에서의 자신의 구제는 바로 그 외출을 통해서 가능한 것이지만, 아버지나 어머니의 외출은 비극적인 운명 때문에 가능한 것이다. 그리하여 '부네'는 외출이 중지당한 상태에서 죽음으로 가게 된다. 또 「중국인 거리」에도 곳곳에 죽음의 그림자가 따라다니지만 '나'의 외출은 그 죽음의 그림자들을 확인함으로써 얻어지는 성장의 과정이다. 「겨울 뜸부기」에서 오빠의 가출은 이미 굳어져 있는 자기 삶의 일상성으로부터의 탈출이지만 결국 비극으로 치달을 수밖에 없는 운명을 예견한다. 「저녁의 게임」에서 나의 외출은 일상의 권태로부터 벗어나고자 하는 노력이면서 동시에 또 다른 권태를 확인하는 것에 지나지 않는다. 그러나 이러한 확인은 자신도 모르게 일상 속에 함몰당하고 있는 스스로의 삶에 대한 철저한 의식, 정면의 대결을 가져올 수 있는 것이다. 그렇기 때문에 「꿈꾸는 새」와 「비어 있는 들」에서 '나'는 그러한 일상성에 충실하면서도 그것을 무의식 속에서 흘려보내지 않는 방법으로 집을 나서게 된다. 그것은 어린 시절부터 익혀진 습관이지만 동시에 자신의 이중적 삶의 의식화를 가져오는 의식의 눈뜸의 방법이다. 말하자면 자신의 일상에 가장 충실하면서 그 일상으로부터의 탈출에 도달하는 길이다. 그렇기 때문에 주인공의 외출은 도피도 아니며 사치도 아니다. 일상으로부터 도피하는 것이 아니라 충실하는 것, 그 일상에 함몰되는 것이 아니라 함몰되고 있는 자신의 삶을 똑똑히 보고자 하는 의식의 투철한 관찰에 도달하고자 하는 것, 이것이 바로 주인공의 외출의 진정한 의미라고 할 수 있다. 따라서 주인공의 탈출은 언제나 완전한 탈출일 수 없으며 끊임없이 일상으로 되돌아온다. 그런 의미에서 주인공의 외출은 더욱 비극적이며 더욱 전율을 느끼게 한다. 언제나 되돌아올 수밖에 없는 주인공의 외출은 생성과 소멸의 이중적 짐을 표현해주고 있는 방황, 그리고 그 방황을 통한 삶의 허구성을 드러내주는 것이다. 겉으로 보면 편안하고 안락한 것 같은 착각에 빠지게 하는 일상생활에서 의식의 잠을 깨워주는 이러한 소설은 삶이 무엇인가 하는 본질적인 질문을 던지는 독자에게 긴장감을 불러일으킨다.

이 작가의 긴장감은 또한 언어의 기능에 대한 작가 특유의 인식에서 비롯된다. 다시 말하면 언어는 발설되지 않았을 경우에는 침묵 그 자체에 지나지 않지만 발설되는 순간 침묵이라는 거대한 바탕 위에 돌출되는 것이다. 이러한 돌출 효과는 주인공들의 대사들이 무거운 적요 속에 어울리지 않고 그 적요로운 분위기를 깨뜨리는 기능을 한다. 그러나 그러한 적요가 발설된 언어에 의해서 완전히 사라지기보다는 오히려 적요 자체를 강조하고 있는 것이다. 따라서 많은 대화가 삶의 괴어 있는 적요, 그 가운데서 보이지 않게 우리의 내면을 갉아먹고 있는 적요와 부딪치고 사라짐으로써 융합되지 않는 공허를 드러낸다. 이 잘 파악되지 않는 공허 속에서 빠져나오기 위한 긴장감이 이 소설을 읽는 독자에게 요구되고 있는 것이다.

이러한 이 작가의 세계는 당연한 것으로 받아들여지는 일상적인 편안함과 안일을 추구하는 소설적 타락을 방지하는 한편, 소설을 대하는 우리 자신의 태도의 타락을 방지한다. 문장 하나도 무심코 쓰지 않고 모든 사물에 대해서 친화력 있는 의미를 드러냄으로써 그 사물과 자신의 관계를 발견하게 하는 그의 소설적 정열은 우리로 하여금 사람다운 삶에 대한 끊임없는 질문을 던지게 만든다. 그러면서도 그러한 소설적 현실이 우리에게 깊은 감동을 주는 것은 여자 주인공의 모태적인 감정이 모든 것을 수용하여 새로운 생명을 태어나게 하는 포용적 시선을 잃지 않고 있기 때문이다. 삶이 수많은 한과 상처로 엮어진 것이면서도 그 안에서 생성과 소멸의 깊은 의미를 건져내고 있는 이 작가의 세계는 주목의 대상이 되어 마땅하다.

흔들림과 망설임의 세계
—김원우와 이인성

1

어느 시대, 어떤 사회에서도 문학은 그 자체의 개념 변화에 주력해왔고 문학의 역사는 바로 그러한 변혁의 과정을 기술해왔다. 그러한 점에서는 짧은 한국 소설의 역사도 마찬가지다. 가령 권선징악이라는 도덕적인 사고방식의 표현 양식으로부터 새로운 도덕의 추구로 넘어온 근대 소설의 경우, 이미 소설 개념의 새로운 설정이 시도되었다고 할 수 있을 것이다. 이러한 예는 최근 30여 년 동안의 우리 소설사에서 찾는 것도 그렇게 힘든 작업은 아닌 듯 보인다. 우선 한때 가장 많이 읽힌 작가 중 손창섭은 현실의 비극적인 상황을 정신의 황폐화로 표현할 수 있는 가능성을 소설에서 모색한 경우에 해당한다. 또 장용학 같은 작가는 형이상학적인 문제를 현실 속에 적용함으로써 표현을 얻으려고 했고, 김성한은 우화적인 기법에서 소설의 새로운 개념을 찾고자 했다. 이러한 소설의 개념을 개혁하고자 하는 무수한 시도는 최인훈, 김승옥, 이청준, 박태순 등의 작가들의 실험 정신에서도 그 성공적인 결과를 보게 된다. 여기에서 실험 정신이라는 표현이 자칫하면 그 기교적인 측면으로만 착각하기 쉽겠지만, 사실은 이러한 오해가 내용과 형식 어느 한쪽에 국한시키려는 경직된 사고에서 유래하는 것처럼 보인다. 왜냐하면 정신의 모험 없이는 새로운 형식의 추구가 있을 수 없고 또 형식의 개혁 없이는 정신의 바탕이 바뀔 수 없기 때문이다. 뿐만 아니라 문학이 진정으로 삶과 세계에 대한 탐구라고 한다면 그것의 실현은 그 어느 하나만으로 가능하지 않고 그 '전부'로써 가능하기 때문이다. 오늘날 소설이 한편으로는 인간의 고통과 죽음의 문제, 경제적인 모순과 정치적 상황에 대항하면서 인간의 존엄성과 삶의 권리와 정신의 자유를 요구하는 한편, 다른 한편으로는 문학에 대한 비판적 성찰을 통해서 언어의 새로운 인식과 새로운 이론의 개발을 추구하는 것은, 소설이 지닌 실험 정신의 이중적 깊이를 이야기하는 것이다. 따라서 조이스의 소설이나 프루스트의 소설을 이야기할 때 그 형식 면에서의 혁명만을 강조하거나 주장하는 것은 소설의 개념을 새롭게 하고자 하지 않는 보수적 관점의 표현이면서 동시에 자신의 근본적인 보수성을 은폐하고 전진적인 체하는 가짜 의식의 표현이다. 또 발자크 소설이나 톨스토이 소설을 도덕적·윤리적 측면에서만 그들의 소설가로서의 역할을 주장하는 것은 자칫하면 그들이 소설가가 아니라 역사가·사회학자·사상가라는 새로움 때문에 문학인으로서도 중요하다는 생각으로부터 벗어나지 못하게 한다. 그러나 이러한 작가들의 뛰어난 점은 그들이 그들 이전에 이미 씌어진 작품을 쓰지 않고 자신들만의 새로운 작품을 썼다는 데 있다. 다시 말하면 조이스의 소설은 조이스만이 갖고 있는 소설 개념의 표현이다. 소설의 창작을 이처럼 그 작가의 소설 개념의 표현으로 보게 되면, 소설이라는 문학 장르가 지닌 복합성은 물론이거니와 그 역사는 바로 끝없는 개혁의 연속이었으며 인류의 개혁 의지의 표현이었다.

그러나 그러한 소설의 변화에 비추어서 소설이 독자에게 받아들여지고 있는 양상을 검토한다는 것은 그것이 하나의 사회적 현상에 지나지 않을지 모르지만 우리 사회의 소설에 대한 통념을 끌어내는 데 대단히 중요한 일처럼 보인다. 왜냐하면 최근 몇 년 동안 한국 소설은 이른바 '대중화'의 논의를 불러일으킬 만큼 독자의 양적인 증가를 이룩함으로써 우리의 출판문화에 유례 없는 영향을 미치고 있으며, 동시에 한국인의 문화적 행위에서 어쩌면 다른 어떠한 예술 양식보다 중요한 비중을 차지하게 되었기 때문이다. 물론 소설 독자의 양적인 증가는 비단 우리나라에만 국한된 것은 아니지만, 우리의 현실로 볼 때 그 정확한 숫자는 모르겠으나 최근의 증가율의 넓은 진폭에 대해서 이의를 제기할 수 있는 사람은 없을 것이다. 여기에서 어떠한 종류의 독자가 증가했고, 어떤 종류의 소설이 많이 읽혔느냐 하는 문제는 별도의 조사와 분석을 필요로 하겠지만, 그러나 한 가지 분명한 사실은 소설이 '이야기récit'라는 개념을 한 번도 떠나지 않았다는 것이다. 달리 말하면 '연속적으로 일어난 사건들을 처음부터 끝까지 시간적으로 묶어놓은 것'을 '사건의 자초지종histoire'이라고 한다면, 그 '사건의 자초지종'은 과거로 거슬러 올라가기도 하고 미래로 앞질러가기도 하면서 독자에게 어떤 효과를 주기 위해 그 자초지종에 예술적 양식을 부여한 것을 '이야기récit'라고 할 수 있다. 따라서 소설이 '사건의 자초지종'을 원료로 삼아 이를 재조직한 것을 의미한다면, 최근 독자의 주목을 받고 많이 읽힌 한국 소설들은 이러한 소설의 개념을 강화하고 일정한 독자에게 주게 될 효과를 극대화했던 것이다.

여기에서 이야기로서의 소설 개념을 강화했다는 것은, 이 소설들이 남다른 주인공을 내세워 그들의 '유별난' 생애를 이야기했다는 점에서 그렇다. 바꾸어 말하면 최근에 10만 부 내외의 판매 부수를 기록한 소설들이 모두 남다른 주인공과 그 주인공의 유별난 생애를 내포하고 있다는 말이다. 물론 그렇다고 해서 이 소설들이 지닌 개성이나 남다른 주인공과 유별난 생애는, 그것이 윤리적으로 긍정적이든 부정적이든 간에 소설 자체의 독자와의 관계로 본다면 같은 기능을 하고 있음을 알 수 있다. 여기에서도 그 기능만이 가장 중요한 것이냐의 문제는 다시 따져보아야겠지만 동일한 기능을 하고 있다는 것은 소설이 작가의 윤리의 표현이라는 고전적 명제에 입각해 있음을 의미한다. 이 경우 이런 유형의 주인공에 대해서 취하게 되는 태도는 열광 아니면 증오라는 양극화 현상으로 나타난다. 그러나 열광과 증오는 어떤 대상에 대해서 동일한 층위에서 일어나는 동일한 성질의 반응이지 이질적인 성질의 것은 아니다. 그렇다면 일정한 독자에게 주게 될 효과의 극대화라는 것이 이야기로서의 소설 기능의 극대화이며 동시에 윤리의 표현으로서의 그 가능성의 극대화를 의미하게 된다. 이때 윤리란 그것이 작가의 주장으로 나타나야 하느냐 아니면 소설의 보이지 않는 구조 속에 감춰져 있느냐에 따라서 소설 기법의 고대와 근대로 구분될 수 있다.

이와 같은 관점에서 1970년대 소설을 본다면 그것은 이야기로서의 기능을 강화했다는 점에서 1960년대 소설보다 전통적인 성질이 많다고 할 수 있다. 다시 말하면 1960년대 소설에서 새로운 기법을 시도

했던 작가들 중 소설 속의 시간을 최대로 확대시킨 『서유기』의 최인훈, 사건 자체의 진행보다는 그 사건에 대한 주인공의 태도와 의식의 추이에 중점적인 조명을 가하고 있는 김승옥, 탐정소설의 기법을 도입함으로써 사건의 추체험을 의식화시킨 이청준의 경우, 그 주인공들이 살고 있는 삶이 1970년대의 많은 소설 주인공들의 삶만큼 그 단계가 분명하고 그 거쳐가는 과정이 뚜렷하게 나타나고 그 의식이 명료한 것이 아닐 뿐만 아니라 이야기의 진행도 청산유수처럼 흐르지 않는다. 이 주인공들에게는 모든 것이 불분명하고 따라서 그들의 머릿속에는 온갖 회의와 의문으로 가득 차 있다. 그렇기 때문에 이 주인공들은 자신의 삶에 확실한 발걸음을 내딛지 못하고 자신이 무엇을 할 수 있는가 하는 회의에 빠져서 고민하고 부정하는 것이다. 반면에 1970년대 소설에서는 대부분의 경우 주인공들이 도덕적인 질문을 던지지 않고 어떤 망설임도 회의도 없이 그냥 앞으로 나아가고 있으며, 그 때문에 이들의 모험 세계는 그 이전 세대의 그것보다 훨씬 더 기복이 심하고 보다 전진적인 삶의 자세를 보인다. 이러한 주인공들의 의식 구조나 삶에 대한 태도는 이미 다른 데서도 지적한 바 있듯이 대단히 전위적인 성질을 띠고, 따라서 감수성의 전진적인 개혁과도 상통한다고 할 수 있기 때문이다. 그러나 남다른 주인공의 기구한 일생이 그전 세대에서보다 더 부각되었다는 점에서 이들의 소설 기법은 그전 세대의 그것보다 이야기로서의 기능을 강화한 것이라고 할 수 있다. 이야기로서의 기능을 강화했다는 것은 소설이 소비재로 전락해버릴 수 있는 가능성을 보다 높인다는 점에서 부정적인 한계일 수 있기 때문이다. 실제로 오늘날 유럽이나 미국에서 유행처럼 읽히고 있는 탐정소설이나 공상과학소설은 이야기로서의 기능을 극단적으로 강화한 경우에 해당하며 소비재로서 소설의 역할을 단적으로 보여주는 예에 속한다.

2

최근 소설의 이러한 경향 속에서 새로운 소설적 가능성이 있다면, 그것은 무엇일까? 여기에 대한 대답을 김원우의 「죽어가는 시인」과 이인성의 「낯선 시간 속으로」에서 찾아보는 것은 이들의 작품이 많이 알려져 있지 않기 때문에 무모한 일이 될지 모른다. 사실 이 두 작가의 작품을 처음으로 읽은 사람으로서는 무모하다는 것이 당연하리라. 그러나 최근 소설의 몇 가지 부정적 측면에 대해서 새로운 창조적 극복 능력을 보여준 작품이 있을 수 있다고 하는 것은 소설이 소설에 관한 탐구라는 사실을 다시 한 번 확인하게 해준다.

김원우의 「죽어가는 시인」은 재미있는 모험의 이야기가 아니다. 그것은 이미 이 소설의 서두에 드러난다.

> 시(詩)를 안 써도 시인인 사람이 있다. 천성으로 타고난 시심(詩心)을 문자로 기록해주지 않은 사람이 어디 한둘이겠으며, 시집 한 권 남기지 않고 타계했다고 해서 삶이 시가 되기를 희구하다 죽은 사람을 시인이 아니라 할 수 있겠는가. 그러나 매일 시 한 편씩을 양산해 내어도 시인이 아닌 사람이 있다. 남을 가르친다고 해서 다 선생이겠으며 밥 먹고 숨 쉰다고 해서 다 산 사람이라고 할 수 있겠는가. 그러나 시를 못 쓰는 사람도 죽은 사람임에는 틀림없겠다.

이 소설의 이러한 서두는 마치 시를 써야 한다는 '잠언' 같은 구실을 한다. 말하자면 시를 쓴다고 시인이 아니며 남을 가르친다고 선생이 아니라고 하는 점은 사물에 대한 반성적이며 회의적인 시선이 이미 투여되었음을 의미한다. 이 소설을 직설법의 세계로만 고지식하게 읽게 되면, 화자이며 주인공인 '나'는 시를 쓰는 사람으로 생활력이 없지만 '아내'는 국어 교사이면서 대단한 생활력을 소유하고 있다. 그러나 이 두 사람의 생활 이야기라면 그 자체가 별로 흥미의 대상일 수가 없다. 왜냐하면 이들 주인공이 남달리 특수한 직업이나 사고방식을 가지고 있지 않을뿐더러 그들의 생활이 유별나지 않기 때문이다. 실제로 1970년대 소설의 주인공들은 대부분 직업이 창녀라든가 술집 여자라든가 서커스단의 단원이라는 사실에서, 그 가정환경이 지독히 가난하거나 불우하다는 사실에서, 그 의식이 지사적(志士的)인 자각을 하고 있다든가 여러 가지 도덕적인 죄의식에서 벗어나 있다는 사실에서 이미 주인공의 어느 한 면이 지나치게 과장되어 나타났다. 현실을 보여주기도 하고 설명하기도 하며 가르쳐주기도 하고 혹은 기분 전환을 시켜주기도 하는 것이 소설이라고 한다면 이러한 과장법이 소설의 기능을 수행하는 하나의 방법일 수도 있다. 그러나 그 과장법 자체가 소설 속에서 필연적으로 생성되기보다는 작가에 의해서 미리 주어진 것이라면 그것은 결국 결정론적인 도식의 증명에 지나지 않기 때문에 수많은 소설에서 흔히 볼 수 있는 상투적인 것이 될 수밖에 없다.

따라서 이 소설의 주인공이 시를 쓰면서 어느 자료 조사 월보의 발행을 맡은 월급쟁이라는 사실은 적어도 그러한 과장법을 벗어날 수 있는 전제 조건이기도 하다. 사실 그는 일상적인 생활 외에 특별한 모험을 경험할 만한 성격도 환경도 갖고 있지 못한, 그래서 일개 소시민에 지나지 않는 것처럼 보인다. 그래서 그는 생활의 여러 가지 귀찮은 일이라든가 집을 장만하는 따위의 일은 모두 '아내'에게 맡기고 퇴근 후에는 바둑을 두거나 술을 마시는, "슬슬 세월을 죽여가며 월급 제때 타는 직장인"으로 살아가고 있다. 이러한 주인공에게는 아무런 고민이 없을 것처럼 보이지만 사실 그는 큰 '병'을 앓고 있다. 그것은 '문학'이라는 이름의 병이다. 이 병에 걸린 사람은 생활의 안락함이 정신의 부패에서 기인하고 있다고 생각하고, 따라서 자기 자신뿐만 아니라 모든 사람을 그 부패 상태로부터 벗어나게 하고자 한다. 그리고 그 첫 번째 단계로서 일상의 안락 속에 빠져 있는 것을 모두 적대시하게 된다. "조석간 신문이나 꼬박꼬박 읽고, 마누라쟁이용 여성 잡지를 뒤적이며 아랫배의 탱탱한 굴곡을 선명하게 드러내주는 여자 내의 광고나 눈알이 침침해지도록 보는 나의 일상"이라든가, "돈과 집에 걸신들린 듯"하고 "야비하기까지 한 물질의 풍요에 대한 환상과 그 환상을 현실화시키려는" 마누라쟁이의 극성을 모두 적대시하는 장면은, 그것이 모두 자신의 행위를 반성함으로써 삶에 윤기를 나게 하기보다는 일상의 저 깊은 메커니즘 속에서 의식의 잠을 자게 하는 것이며, 동시에 일상의 리듬에 맞추어서 도저히 중단할 수 없는 광란의 춤을 추는 것이기 때문이다. 의식의 잠 속에 빠지는 것이나 광란의 춤을 추는 일이 모두 보이지 않게 우리의 내면을 갉아먹는 것이다. 따라서 이러한 일상 속에서 죽어가고 있는 자신의 의식에 새로운 활력을 불어넣는 것이 언어이며 시이다. 그러나 그 시마저 일상의 리듬 속에 수렴시키고자 하는 끝없는 위협 속에 놓여 있다. "시야 좋은 거지. 시작(詩作)이야 좋다마다. 시인은 어딘가 은근한 구석이 있어 좋아. 1년에 시집을 한 권씩은 내야 한다고 생각해"라고 하는 '서 기자'의 생각이나, "잉어가 수초를 헤집고 있는 그림을 장롱 맞은편에 걸어놓으면 부자가 된다는 밑도 끝도 없는 말을 맹신하는" 아내의 태도는 모두 시나 그림을 일상의 한 구성 요인이나 장식으로 만들고자 하는 음모에 해당한다. 이러한 음모로부터 벗어나기 위해서 화자는 자신의 모습을 비춰보는 거울의 역할을 화가 '허균'에게서 발견한다. 생활하는 데 필요한 모든 관계를 일상적인 안락 속에 안주시키고 자신은 그것들과 철저한 단절을 이룩함으로써 진정한 화가로서의 생명을 유지하고 있는 '허균'에 비하면 '나'는 생활하는 데 필요한 여러 가지 관계와 끊임없이 타협하고 만다. 그렇기 때문에 "나는 죽은 사람이나 다름없겠다"라고 고백하면서 생활과 타협하지 않고 끝없이 새로 시작하는 '허균'이 떠나버리자 "이 시대를 어떻게 살아내야 되고, 왜 시를 못 쓰게 되어가고 있는지를 가늠해볼 눈이 쏙 빠져버린 것"같이 느끼게 된다. 여기에서 '거울'이나 '눈'으로써 '허균'을 통해 주인공이 자기 자신의 모습을 확인할 수 있다는 것은, "명색이 시심이 있다면서도 가슴에 웅크리고 있는 응어리를 구토하듯 뱉어 못 내는" 자신의 발견이다. 따라서 생활과의 비타협으로 생활을 떠난 '허형'을 보면서 부러워하고 있는 '나'는 생활과의 타협 때문에 시심을 잃어가고 그 때문에 시를 못 쓰지만, 바로 그러한 자신의 확인의 결과로 「죽어가는 시인」이라는 하나의 작품이 나온 것이다. 이것은 생활과 문학 사이에서 갈등을 발견할 때 그것이 곧 한 편의 소설이 될 수 있다는 근대적 소설 개념에 속한다. 다시 말하면 일상적인 자아에 의해 끊임없이 침식당하고 있는 창조적 자아가 그 두 자아의 진정한 갈등을 파악했을 때 스스로의 패배를 발견하게 되지만 그 패배로 인해 하나의 작품이 탄생한다는 의미에서 그것은 일종의 창조적 성질을 띤다.

1960년대 소설에서나 볼 수 있는 이러한 현상이 김원우에게서 나타나고 있는 것은 이 작가의 정신이 그 직전 세대의 소설적 경험보다 한

발 더 앞으로 내딛고 있음을 의미한다. 그것은 그의 소설에 사건 자체의 유창한 흐름이 있어서라기보다는 주인공 자신의 끝없는 자기반성과 질문이 되풀이해서 등장하고 있기 때문이다. 이것은 사물에 대한 확신과 믿음이 사라진 오늘의 현실을 보여주고 해석하는 작업을 이 작가가 수행하고 있음을 의미한다.

3

사물에 대한 믿음과 확신이 사라졌다는 것은 현실에 대한 자신의 태도가 의혹과 불신 속에 휩싸여 있음을 의미한다. 바꾸어 말하면 현실을 이미 주어진 관념이나 제도화된 관점으로 바라볼 수 있는 가능성이 사라졌음을 의미한다. 그것은 서술 대상으로서의 현실의 불투명성을 깨달은 것이고 현실을 투명한 것으로 볼 수 있는 기성의 장치를 불신하는 것이다. 이러한 의혹과 불신은 소설에서의 이야기 기능에 문제를 제기하는 것이며 동시에 명확하고 분명하기를 기대하는 독자의 심리를 거슬리는 것이다.

이러한 관점에서 「낯선 시간 속으로」를 읽는다면 이 소설이 우리를 편안한 상태로 놓아두지 않는다는 것을 알 수 있다. "돌아서며, 나는, 아득히, 내던져진다. 아득히, 내던져져서, 나는, 천천히, 너에게로, 다가선다. 벽에, 등을 대고, 너는, 다가서는 나를, 텅 빈 눈으로, 올려다본다……"라는 소설의 서두와 부딪친 독자는 우선 당황할 것이다. 왜 이처럼 많은 쉼표(,)가 (없어도 뜻이 통할 수 있는데도) 이렇게 문장을 끊어놓을까 하는 질문을 던지게 된다. 이런 종류의 질문은 이 소설을 읽는 중에 계속 던져질 수밖에 없다. 왜냐하면 도처에서 활자체의 변형을 목격하게 되고, 줄을 바꿔 쓸 수가 없는 상황에서 바꿔 쓰고(가령 그 위 문단이 종지부로 끝나지 않은 경우), 때로는 장음의 표시를 강조하고, 또 끝없는 질문이 계속되고 있기 때문이다. 이 모든 것은 이 소설이 지닌 실험 정신의 표현이지만, 보다 주의 깊게 이 소설을 읽는 독자라면 그것이 젊음의 정신적 상황을 서술하려는 작가의 고통스런 자기노출임을 상기할 수 있을 것이다.

'나'와 '우리'로 호칭되는 이 '무명(無名)'의 주인공들은 우선 그들이 '무명'일 수밖에 없는 상황 속에서 살고 있다. 여기에서 '무명'일 수밖에 없다고 하는 것은 그들이 자신들의 이름을 감추고 있는 익명성 때문이기도 하지만 그들이 하고자 한 행위가 어떤 특정인에게만 국한되지 않았다는 보편성 때문이기도 하다. 데모와 휴교와 입대와 도피로 얼룩진 이들의 젊음은 교문 앞에 붙은 "학내 사정으로 기말고사를 무기한 연기하며"라는 공고와 입대 후의 단절과 절망, 그리고 어딘지 모를 '미지'의 곳으로 떠나는 방황을 계속한다. 그 자신이 조직 사회에 들어가면서 이미 그 이전의 자기 자신과 다음 순간의 자기 자신 사이에 있는 단절감이 그를 절망하게 한다. 그것은 그 이전의 삶에 정당성을 부여해줄 수 있는 어떠한 것도 발견할 수 없었으며, "어떤 일을 위해 행동했었다는 과거에 대한 긍지나 더욱더 삶답게 살아가겠다는 미래의 당위 따위는, 거대한 체제 속에 갇힌 그의 기계 같은 존재 방식 앞에선 무기력하기 이를 데 없었"다. 다시 말하면 자신이 확신을 갖고 행동했던 사실 자체가 확실하지 않고, 따라서 그 과거에 대한 이야기가 확실한 성격을 띠고 안정된 상태로 전달될 수 있는 것이 아니다. 화자 자신이 본 사건들이 부인되고 의심 속에 빠지게 되며 정체를 정확하게 파악할 수 없는 것이 된다. 그렇기 때문에 한 사건의 자초지종이 일목요연하게 제시되지 않고 그 사건을 전달하는 사람의 관심과 사고 양식에 따라 혹은 단편적으로 혹은 뒤틀림을 겪어서 제시된다. 그러나 이처럼 하나의 사건이 단편적으로 뒤틀려서 제시된다는 것은 그 사건 자체의 서술에서 두 가지 문제를 제기해준다. 하나는 현실에서 보는 사건이란 우리가 보고 배우고 기대한 것처럼 그렇게 이로정연(理路整然)하게 진행되는 것인가 하는 문제이고, 다른 하나는 우리가 사건을 과연 있는 그대로 서술할 수 있는가 하는 문제이다. 여기에서 첫번째 문제는 그 사회가 지닌 자유와 정의라는 이데올로기와 상관있다. 다시 말하면 어느 사회나 체제를 막론하고 어떤 사건을 납득할 만한 방법으로 서술하도록 되어 있다. 여기에서 그 인과관계가 불분명하게 설명된다면 그 사건은 납득할 수 없게 되고, 따라서 그 사회와 체제는 불신을 받게 된다. 바로 이러한 이유로 모든 사건은 이로정연하게 설명되어야 하고 모든 문학은 그러한 이데올로기에 어긋나지 않기를 기대하게 된다. 그렇기 때문에 그러한 이데올로기에 어긋나는 문학작품은 때로는 도덕적인 이유로, 때로는 종교적인 이유로, 때로는 지역적인 이유로, 때로는 정치적인 이유로 금지당하게 된다. 그리고 이러한 금지의 양상도 가령 스스로의 죄의식에 의해서, 혹은 발표 기관의 자율적인 검열에 의해서, 혹은 당국이나 단체의 직접적인 개입으로 나타나게 된다. 그러한 이유로 편안하고자 하는 독자의 기대를 충족시켜주지 않는 작가의 작품이 '이야기는 흘러가야 한다'라는 묵계를 무시하고 보다 실험적인 수법으로 현실을 해석하려고 할 때 핍박을 받게 되어 있다. 소설이나 소설 속의 이야기가 아름답게 꾸며져야 한다는 이 이념적인 훈계로부터 벗어나기가 힘든 것은 그 때문이다. 두번째 문제도 사실은 첫번째 문제와 관련하에 생각할 수 있다. 그것은 이 소설의 곳곳에서 목격되고 있는 것처럼 일상적인 언어를 소설 속에 담는 것

자체가 힘든 일이겠지만, 정말로 그것을 그대로 담았을 때 과연 그 언어는 읽을 만한가 하는 것이다. 여기에서 술집에서 화자가 듣고 있는 다음과 같은 대화를 읽어보자.

> 그러자 이번엔 무방비 상태의 내 의식 속으로 어떤 소리들이 틈입해 들어오기 시작한다. "……응, 그래 그거?" "그래요. 그때 거기서 말이에요, 훗후……" "아, 알겠어" "그때, 그 사람이……" 나는 그 쪽으로 고개를 돌린다. "그 친구 정말 웃기더군. 주위하구 잘 어울렸어." "어쩌면 그럴 수가 있어요." "글쎄 말이야." 그들은 남자와 여자다. 〔……〕 "그 사람 누구하고 똑같았는지 알아요?" "몰라." "그러니까 우리가 두번짼가 세번째 만났을 때, 그……" "아, 그래, 저기, 왜, 거기가 어디지?"

이 정도가 되면 언어는 그것을 이야기하고 있는 사람에게는 무의미하다. 이렇게 되면 이 '소리'들이 자신의 의식 속으로 틈입해 들어온 것이 아니라 자신의 의식이 오히려 그 언어 속으로 틈입해 들어가려고 시도하고 있는 셈이다. 그러나 그 언어는 대화를 하고 있는 두 사람만을 보호하고 있는 단단한 껍질에 해당한다. 따라서 이 두 사람의 대화는 의사를 교환하는 말 본래의 기능을 하고 있는 것이 아니라, 두 사람만의 어떤 비밀을 찾기 위해서 사용되고 있는 도구이다. 이보다 훨씬 뒤에 나오는 똑같은 장면을 읽어보자.

> 그러자 이번엔 무방비 상태의 내 의식 속으로 어떤 소리들이 틈입해 들어오기 시작한다. "……일까? 산다는 게 말이야." "글쎄요."

> "인간이란 말이야, 인간이란 과거의 집적체라고 말할 수 있을 것 같은데……" "네 아마 그럴 것 같아요. 과거를 기억할 수 없다면 어떻게 살겠어요?" 나는 그쪽으로 고개를 돌린다. "없겠지." "아주 쉽게, 사랑이란 걸 생각해도 그래요. 그게 좋은 것이든 나쁜 것이든 갖가지 시간이 쌓여야만 완전한 사랑에 도달할 것 같은." "이렇게 말할 수 있을 거야. 자기가 가장 잊어버리고 싶은 추억까지도, 사실은 지금의 나를 만든 중요한 요소가 된다고, 그래서 우리는 과거를 통해서만 진실을 알 수 있지." 〔……〕 "전 가끔 이런 생각을 하곤 해요. 두 사람이 함께 공유하는 기억이 많으면 결코 헤어질 수 없을 거라고." "하하, 또 사랑 이야긴가?" "아이 참, 그냥 그렇단 거예요. 행복이란 게 그런 거 아니에요?" 그리고 그들의 흐뭇한 미소. 나는 그것을 견디기 위해서 입술을 잘근잘근 깨문다. 인간, 과거, 축적, 진실……

이처럼 행복의 상태에 있는 두 남녀의 대화를 통해서 자신의 이별이라는 고통을 대비시키고 있다는 점에서 이 대화는 그 실제 주인공에게서와는 전혀 다른 의미를 띠게 된다. 왜냐하면 이 대화의 주인공에게서 이 언어는 의사 전달의 수단이 아니라 욕망과 사랑의 도구이며 침묵의 공간을 메우는 하나의 방법에 지나지 않는다. 따라서 이 공간 속에는 그 두 사람이 아닌 어느 누구도 들어올 수 없으며, 그 이야기를 듣고 있는 자신은 그 언어로부터 밀려나 있는 것이다. 따라서 이 소설의 주인공은 모든 사건의 자초지종을 이야기해주는 것이 아니라 그 단편, 즉 자신이 '거기 있는' 언어만을 전달해준다. 그렇기 때문에 이들 사건의 단편들은 서로 인과관계에 의해 일렬로 서술되어 있지 않다.

이처럼 마음 놓고 읽어갈 수 있도록 인과관계에 의해 서술하지 않는다는 것은 금지투성이의 제도, 억압적 존재로서의 제도 속에서 언어마저 믿을 수 없는 것임을 보여준다. 가령 모든 사연을 그 속에다 집어넣기만 하면 편안해지고 안심이 되어서 회답을 기다릴 수 있는 우체통을 보고 있는 도중에 POST가 P·O·S·T로, P·S·O·T로 T·O·S·P로, P·T·S·O로 해체된다든가 우편이 ㅇ·ㅜ·ㅍ·ㅕ·ㄴ을 거쳐 ㄱ·ㅗ·ㅠ·ㅍ·ㅇ의 상태로 해체되어 뒤틀린다는 것은 언어에 대한 불신이 절망적인 상태에 놓여 있음을 이야기하기에 충분하다. 그리고 이러한 절망의 상태가 이 소설 전체를 질문과 의심의 세계로 만들고 있다. 그래서 자신과 똑같은 이유로 입대한 군인에게 '병사'라는 동화적인 이름을 붙여놓고 그가 쏘는 총도 사람을 죽일 수 있느냐는 질문을 던지게 되고, 사랑했던 여자에 관한 묘사에서 쉼표와 맞춤표를 모두 제거할 수 있게 되며, 두 사람 사이의 관계에 대한 질문을 던지고 헤어지게 된다.

그렇다면 이제 이 소설의 서두에서 본 것과 같은 그 많은 쉼표의 사용은 무엇을 의미하는가. 그것은 사이키델릭한 음악에 맞추어서 춤을 추는 사람의 동작 하나하나가 그것을 비춰주는 조명을 받았을 때처럼 언어가 의미 내용의 효과로 사용되었다기보다는 시각적인 효과로 사용되었음을 의미한다. 거기에는 동작의 연속이 있지 않고 동작의 분절만 나타나고 있듯이, 자신의 행위를 서술하는 언어를 완전히 시각적인 효과로 가져가고자 하는 것이다. 이것은 자신이 사용하고 있는 말에 대해서 안심하지 못하는 불안을 의미한다. 이러한 불안을 통해서 작가는, 끊임없이 방황하며 자신의 '미지'의 시간을 향해 암중모색하고 있는 젊음의 불안과 절망, 그리고 아직도 확정되지 않은, 끝없는 움직임을 묘사하는 길을 열고 있는 것이며, 동시에 소설의 새로운 개념에 대해 생각하게 한다. 그것은 자신의 경험 자체가 흔들리고 있고 경험 자체에 확신을 가질 수 없는 젊음 특유의 불안의식과 관련이 있다.

여기에서 젊음 특유의 불안의식이라고 한 것은, 주인공이 쫓기는 상태에서 자기와 함께 다니던 동료들 속의 자신을 지금의 자신과 비교하는 데서 더욱 잘 드러난다. "이곳은 서울이 아니었던 것이다. …… 나는 그곳에 갈 수 없다. 나는, 지금, 여기에 있다. ……그런데, 어쩌면, 너희들과 내가 맺고 있는 심상치 않은 관계가 지금 나를 내 부재(不在)의 장소에 있게 할지도 모른다는 생각이 문득 든다. 너희들을 통해서만 그 자리에 존재하는 나. 나이면서 동시에 내가 아닌 나. 아니다. 그는 전혀 내가 아니다"라고 독백하고 있는 주인공은 이제 자기 자신이 함께 살고 있던 동료들이라는 집단을 의심하고 자기 자신의 존재에 대해서 회의한다. 이러한 회의는 자신이 '외롭다'는 원초적 감정으로부터 비롯된다고 할 수 있다. 그러한 것을 단적으로 보여주는 예는 그가 만난 '미구시(迷口市)' 대학생의 이야기에서 찾을 수 있다. "우리는 모두 일곱 명이에요. 늘 똘똘 뭉쳐 다니죠. 단 하루도 안 만나는 적이 없어요. 처음엔 어쩌다가, 오늘은 안 나가야지— 하고 혼자 결심할 때도 있었죠. 하지만 한두 시간만 지나면 안절부절못해지기 시작하고 결국 아무것도 못 해요. 그래서 늘 모이는 데로 가지요. 그럼 이상한 안도감 같은 거 있죠?" "난 그들 속에서 비로소 완전하고 자유로운 거지요. 그래요 자유로워요. 그들과 함께라면 무엇이든지 할 수 있어요"라는 고백에서 볼 수 있듯 자기 혼자 있을 때 자유를 느끼는 것이 아니라 타인과 함께 있을 때 자유를 느낀다. 이것은 이들의 젊음이 미완의 것이기 때문에 서로 함께 있음으로 해서 완전의 상태를 경험하게 되고 자유로울 수 있음을 이야기한다. 이것은 또한 젊은이들이 시끄러운 음악 속에서 자유로울 수 있는 이유이며 그들끼리 음악에 맞추어서 춤을

출 때 편안할 수 있는 이유이기도 하다. 따라서 그들 특유의 세계로부터 떨어진다는 것은 자유의 상태에서 구속의 상태로, 확실한 세계에서 불확실한 세계로 가는 것이며, 거기에는 필연적으로 불안과 아픔이 뒤따를 수밖에 없다. "내가 본 '그들'은 틀림없는 현실인가? 저 홀로 불사르는 듯하던 그들 각자의 춤은 무엇인가? 나는 왜 그들 속으로 뛰어들어 소리치고 싶나? 그러면 왜 그들이 허깨비처럼 허공 속으로 사라질 것같이 상상되나? 또는 증오와 분노에 차 나를 살해할 듯 위협적으로 뒤쫓을 것같이 상상되나?" 하는 수없는 질문을 던진 다음에 비로소 '나'가 '그'로 바뀌는 객관화 현상이 일어나게 된다. 이러한 현상은 '나'나 '내'가 만난 젊은이 모두에게서 일어나는 것으로 "그랬죠. 그들 때문이었죠. 제가 그토록 믿었던. 어떤 변화가, 그들에게 어떤 변화가 생겼죠. 나와 밀접히 관련 있는 변화가. 이제는, 물론 이해는 합니다. 나도 그들과 한패거리였고, 그들에 대해서 잘 아니까요. 하지만 그때 그 변화 때문에 내게 주어졌던 엄청난 고통은 어떻게 할 수 없었던 거죠"라는 병사의 고백에서도 드러난다. 말하자면 '그들'이라는 집단의 개념으로만이 불릴 수 있는, 확실한 것 같은 젊음이라는 세계로부터 떨어져 나와 '나'라는 개별적인 존재가 된다는 것이 그들에게 불안과 절망과 고통을 준다. 그야말로 미지의 세계를 향해 출발하는 아픔이기 때문이다. 그러나 여기에서 다시 한 번 확인하게 되는 것은 그러한 새로운 출발이 그처럼 많은 아픔을 동반하고 있어서 이 소설 자체를 거의 실연기와 비슷한 감각적인 세계로 이끌고 있지만, 그 모든 상처를 극복할 수 있는 길이 열려 있다는 사실이다. 그것은 젊음에 대한 깊은 이해와 '미구(迷口)'라는 과거로부터 '미지'라는 미래를 향한 열차의 출발로 요약될 수 있다.

4

이 두 신인은, 중요한 현실을 모두 괄호 속에 감추고, 그럼으로써 모든 것이 논리적인 인과관계에 의해 이룩되었고, 따라서 우리 자신이 언제나 편안히 현실을 바라볼 수 있다고 가르치고 납득시키고 있는 데 대해 우리로 하여금 우리가 살고 있는 현실의 불안한 정체를 깨닫게 하고 그러기 위해서는 우리가 소설에서 우리를 안심시키는 것을 추구할 게 아니라 우리를 의혹과 질문 속에서 고민하게 만드는 것을 추구해야 함을 보여준다. 그렇기 때문에 그들의 주인공들은 거리낌 없이 그들의 생애를 개척해나가지도 못하고 매 순간 회의와 망설임과 질문 속에서 자신의 진로를 더듬고 괴로워하고 있는 것이다. 그리고 그 흔들림과 망설임이 소설의 형식 자체에도 동일한 효과를 가져온다. 〔1979〕

전통과 실험

—정소성의 『천년을 내리는 눈』

최근의 한국 소설은 그 어느 시대에 못지않게 활발한 움직임을 보이고 있다. 그 움직임을 구체적으로 뒷받침해줄 수 있는 것은 최근 몇 년 동안의 출판연감이리라. 물론 이러한 통계적인 숫자가 과연 얼마만큼의 내적 충실성을 반영하고 있느냐의 문제는 별도로 검토의 대상이 될 수 있겠지만, 많은 소설이 출판될 수 있다는 양적인 문제는 한국 소설의 현실로 볼 때 결코 무시할 수 없는 중요성을 갖게 한다. 왜냐하면 소설이 많이 출판될 수 있다고 하는 것은 그만큼 많은 독자가 있다는 증거이며, 독자가 많다는 것은 소설에 대한 관심을 가진 사람들이 그만큼 많다는 이야기가 되고, 소설에 대한 많은 관심은 또한 그에 상응하는 숫자의 작가 지망생을 낳을 수 있기 때문이다. 이와 같은 양적인 증가는 경우에 따라서 소설의 상품화가 이루어질 수 있다는 사실 때문에 일부에서는 문학의 상업화에 대한 우려의 표시가 없었던 것도 아니다. 그러나 현실적으로 볼 때 문학을 하면서도 먹고살아야 하는 오늘의 냉정한 현실에서 작가만이 그러한 현실과 상관없이 살 수 있는 것은 아니다. 그래서 어떤 경우에는 작가로서의 근본적인 자세는 진정한 것을 추구하게 되지만 일단 작품이 출판되어 저자의 이름이 박힌 책이 나오게 되면 필연적으로 거기에 작가의 이름이 알려지게 되고, 그에 따라 작가의 이름은 일종의 상업적인 힘을 지니게 되는 모순을 지적하게도 된다. 여기에서 모순이라는 것은 작가의 진정한 가치와, 시장경제 체제의 교환 가치 사이에 있는 그 상반성을 의미한다. 말하자면 어떤 작품의 창작 자체는 진정한 가치의 추구를 통해 이루어지지만, 일단 그 작품이 출판되었을 때에는 정가가 붙은 상품이 되며, 나아가서는 그 작가의 수입이 그 상품의 판매에 따라 결정되는 것이다. 작가의 수입이 출판된 작품의 판매에 따라 결정된다는 것은 자유경쟁의 시장경제 체제에서 도덕적이라든가 부도덕적이라는 차원에서 논의될 성질의 것은 아니다. 왜냐하면 그것만이 작가의 수입을 결정하는 경우 작가도 생활을 유지하기 위해서 수입을 어느 정도 보장받을 수 있어야 하기 때문이다.

그러한 측면에서 살펴보게 되면 이른바 1970년대 이후 계속되어온 몇몇 많이 읽힌 작가들을 그 자체만으로 비난할 수는 없다. 더구나 그처럼 많이 읽힌 경우에는 어디까지나 독자 자신의 선택으로 이루어진 것이라는 점을 인정하게 되면 많이 읽힌 것이 전혀 작가의 부도덕성에만 근거하고 있지는 않다. 어쩌면 그러한 비난은 작가에 대한 비난이라기보다는 차라리 독자들에 대한 비난인 것이다. 다시 말하면 왜 독자들이 어리석게도 어떤 작품을 많이 읽느냐는 비난이라는 말이다. 여기에는 독자의 수준을 은근히 얕보는 경멸의 의미가 감추어져 있다. 그렇기 때문에 이러한 문제 제기는 대단히 피상적이며 일시적인 호기심을 벗어나지 못한다.

많이 읽히는 작품에서 문제로 삼아야 할 점은 우선 진정한 가치가 교환 가치로만 환원되어버리는 현실 자체에 있다. 말하자면 많이 읽힌다는 사실만으로 상업주의라는 비난을 퍼붓는 것도 그러한 현실의 한 반영에 지나지 않지만, 보다 근본적인 문제는, 진정한 가치를 추구하여 작품을 썼던 작가가 일단 자신의 이름이 알려진 다음에도 계속 진정한 가치를 추구하고 있느냐 아니면 교환 가치만을 염두에 두고 있느냐 하는 것을 알아보는 데 있으리라. 이 경우에는 많이 읽히는 작가의 작품들을 두 가지 측면에서 검토해야 한다. 한 측면은 그 작가의 작품이 많이 읽히기 시작된 다음 어떻게 전개되고 있는지 그 작가의 문학세계에 관한 보다 포괄적이며 전문적인 분석이 따라야 한다는 것이고, 두번째 측면으로는 어떤 작가의 작품이 독자에게 많이 읽힐 경우 독자들이 무엇 때문에 그 작품을 읽는지에 대한 깊이 있는 검토가 있어야 한다. 그러니까 하나는 작가와 작품에 관한 문학적인 검토라고 한다면 다른 하나는 문학작품이 수용되고 있는 그 사회의 독자와 그 수용 현상에 대한 검토가 될 것이다. 물론 여기에는 많이 읽히지 않은 작가와 작품에 대한 검토도 포함되어야 한다. 그리고 그러한 검토를 위해서는 보다 많은 지면을 통한 연구가 있어야 한다. 따라서 여기에서 지적할 수 있는 점은 당대에 많이 읽힌 작품이 꼭 훌륭한 작품인 것만은 아니며, 또 그 반대가 꼭 진실인 것도 아니라는 사실이다. 그것은 많은 문학의 역사를 다룬 저술들에서도 이미 드러나고, 실제로 최근 10여 년 동안에 많이 읽힌 작품 중에도 뛰어난 작품들이 있는 반면에, 단순히 독자들의 '소비재'로서 많이 읽힌 작품들도 있다.

그러나 이 두 경우에서 모두 긍정적인 의미를 추출하는 것은 비평이 해야 할 일에 속한다. 왜냐하면 모든 문학 현상이 바로 비평의 대상이기 때문이다. 그러나 한 명의 비평가가 그 모든 현상을 검토하는 것은 불가능하다. 비평가는 그러한 현상들 중 어떤 것을 선택적으로 비평함으로써 일반 현상으로서의 확대 가능성을 모색하게 된다. 그렇게 함으로써 문학이 어디에 서 있는가 하는 괴로운 질문을 끊임없이 제기할 수 있는 것이다.

이러한 우리 문학의 현실로 볼 때 비교적 소홀하게 다루어져 온 것이 문학에서 실험 정신이다. 문학에서 실험 정신은 한편으로는 문학의 어떤 장르에 관한 실험을 동반하면서 동시에 문학의 정신에 관한 실험을 동반하는 것이다. 역사적으로 뛰어난 문학인은 바로 그러한 실험을 성공적으로 수행한 사람이다. 바꾸어 말하면 지금까지 씌어지지 않은 새로운 작품을 쓴 작가는 바로 문학의 역사에 어떤 전기를 마련한 사람이고, 그 작가는 그 이전에 씌어진 작품들에 대한 깊은 반성으로 스스로에게 문학적인 질문을 제기한 사람이다. 그렇기 때문에 그 작가는 여러 가지 측면에서 새로운 작품을 쓰는 것이다. 여기에는 물론 그 새로움에 대한 설득력이 동반되어야 한다. 다시 말하면 그 내적인 필연성이 없는 새로움은 기괴한 것으로 끝나버리며 하나의 제스처에 지나지 않는다. 따라서 훌륭한 실험 정신은 전통에 대한 깊은 탐구를 거친 자연스런 결과로 나타나는 설득력을 지니는 것이다.

말하자면 정소성의 첫번째 장편 『천년을 내리는 눈』은 그러한 실험 정신을 통해 씌어진 작품으로 보인다. 1977년 『현대문학』지에 추천을 받아 문단에 등장한 그는 이미 「회색더미」에서 실험적인 시도를 한다.

이 작품에서 실험적인 요소는 '당신'이라는 2인칭을 소설의 인칭으로 삼고 있는 데 있었고 실제로 그 때문에 일부 평자로부터 상당한 평가를 받기도 했다. 그러나 「회색더미」에서 보여준 이 작가의 실험 정신은 그 내적인 필연성에서 큰 설득력을 얻지 못했다. 왜냐하면 작가가 일반적으로 사용하고 있는 1인칭과 3인칭이 오랜 소설의 역사 속에서 그 독특한 시점상의 이론을 획득하고 있는 반면에 여기에서 사용되고 있는 2인칭은 3인칭이나 1인칭으로 바꾸어 써도 아무런 지장이 없는 것이기 때문이다. 2인칭이라는 새로운 인칭을 사용하기 위해서는 3인칭이라는 객관적 시점이나 1인칭이라는 주관적 시점을 가지고는 표현되지 않는, 혹은 서술되지 않는 어떤 것에 대한 투철한 인식이, 내적인 필연성이 있어야 한다. 가령 미셸 뷔토르가 『변모*Modification*』에서 사용하고 있는 2인칭인 '당신Vous'이라는 인칭은 1인칭이라는 '나'의 '존재와 3인칭이라는 '그'의 비존재 사이의 고통스런 간극을 극복하기 위한 소설적 서술의 집요한 탐구에서 가능했던 점을 상기할 필요가 있다. 물론 「회색더미」에서도 뷔토르와 똑같은 이유가 있어야 한다는 것은 아니다. 작품 안에서 그러한 인칭의 사용이 내적인 필연성을 가져야 한다는 말이다.

반면에 『천년을 내리는 눈』에서의 실험적인 시도는 하나의 장편에서 만 이틀의 시간 속에 일어난 사건들만을 다루고 있다는 데 있다. 이러한 예는 조이스나 프루스트 같은 외국의 예를 들 필요도 없이 가령 최인훈 같은 작가에게서도 볼 수 있다. 최인훈의 『서유기』의 서두는 『회색인』의 마지막 부분에서 '이유정'의 방에 들어갔던 주인공 '독고준'이 그 방에서 나와 자기 방으로 들어가기 직전의 장면으로 시작된다. 그리고 『서유기』의 마지막 부분은 독고준이 자신의 방으로 들어온 것으로 끝난다. 이것은 『서유기』의 내용이 극히 짧은 순간 동안 상상의 세계였음을 이야기한다. 극단적인 사실주의가 현실을 있는 그대로 묘사하는 것이라면 최인훈은 '있는 그대로'가 아니라 극도로 확대하고 있다. 왜냐하면 하나의 방에서 그 옆의 방으로 옮겨가는 것은 현실적으로 소설 한 권의 시간을 요구하지 않기 때문이다. 이것은 문학작품이 가질 수 있는 특권에 속한다.

이러한 관점에서 볼 때 정소성의 작품이 지닌 시간의 제한은 일반적으로 장편들이 사용하고 있는 시간의 사용에 대한 실험적인 시도에 속한다. 즉 주인공이 아침에 눈을 뜬 것이 새벽의 신문 배달 시간이고 이 소설의 끝부분이 그 이튿날 밤 자정 무렵으로 되어 있다. 약 40시간의 이야기로 장편소설 한 편을 쓸 수 있다는 것은 이 작가의 잠재적 가능성이 이 작품을 통해 상당히 드러나고 있음을 알 수 있다. 실제로 이 작가가 서술하고 있는 삶은, 무질서해 보이는 이 세계에 대해 작가 자신이 어떤 질서를 보여준 것에 해당한다. 이제 주인공의 하루를 쫓아가보는 일이 우선 필요하다.

어느 사립 고등학교 시간강사인 '나'는, 어느 직장인지는 모르지만 화학섬유로 옷을 만드는 봉제 회사의 '디자이너'인 아내와 함께, 어느 산동네의 '단칸 셋방'에 살고 있다. 흔히 셋방이 그러하듯이 그들의 주변에는 끊임없는 변소 냄새로, 그들의 방 안에는 바퀴 벌레로 가득 차 있기 때문에 그들은 삶의 현장을 '남향'의 '독채' 전세로 옮기고자 하는 꿈을 가지고 있다. 그 꿈은 임신 3개월의 아내와 함께 '남들처럼' 단란한 가정을 이루는 것으로 요약될 수 있다. 자기 집에서 아이를 낳고 자신이 쓰고자 하는 시를 쓰고 아내와 함께 즐겁게 사는 일상적인 꿈이다. 자신의 삶의 터전을 확보하고자 하는 이러한 꿈은 생활하는 사람의 가장 소박한 꿈이면서도 이루기 힘든 꿈에 속한다. 학교에서는 강사로서 제대로 대우를 받지 못하는 '나'는 시를 쓰는 일과 아내의 사랑으로 위로를 받으며 일상생활을 버텨나간다. 그러한 '나'는 아내의 적극적인 생활태도에 휩쓸려서 7평짜리 반지하의 연립주택을 계약했다가 사기를 당하게 되고, 그 계약금으로 사용한 옆방 사람의 돈을 돌려주어야 할 처지에 놓이자, 과외선생으로서의 새로운 생활 능력을 보이기로 결심하고 빌려온 돈을 옆방 사람에게 돌려주기로 작정한다. 그런데 옆방 사람의 병석에 누워 있던 남편이 죽어서 장례 치르는 일을 맡게 되는 순간 아내는 그날 하루의 과로로 유산을 하게 된다.

얼핏 보면 흔히 볼 수 있는 대단히 일상적인 인간을 그리고 있는 것 같은 이 소설은 그러나 보다 중요한 의미를 지닌다. 말하자면 이 사회 속에 뿌리를 박지 못한 개인이 한 '가정'을 이룩한다는 것이 얼마나 많은 비극을 경험하는가를 보여주기 때문이다. 하나의 '가정'을 이룩한다는 것은 하나의 직업을 갖는 것과 함께 개인이 그 사회 속에 융합될 수 있는 가장 기본적인 요건이다. 그런 의미에서 주인공이 단란한 '가정'을, 남들처럼 안정된 집과 자식과 아내가 있는 가정을 갖는다는 것은 특별한 의미를 내포한다. 왜냐하면 주인공은 6·25전란으로 인해 고아가 된 사람이기 때문이다. 고아인 주인공이 대학 교육까지 받는 과정에서 실제적인 어려움을 겪었으리라는 것은 소설의 내용을 떠나서도 충분히 짐작할 수 있다. 소설 속에서 그의 대학 졸업 무렵의 자취 생활에 대해서 언급하고 있는 것으로 잠깐 드러나고 있지만, 주인공이 대학을 졸업한 사실은 우리의 현실로 볼 때 거의 기적 같은 주인공의 의지와 노력을 통해서일 것이다. 그러나 그러한 주인공의 의지와 노력에도 불구하고 그의 삶은 아무런 보장도 없이 하나의 '가정'

을 이룩하려는 그의 고된 삶의 연속이다. 주인공은 남에게 피해를 입히지 않고 자신의 아내와 함께 편안한 삶의 터전을 마련하려고 노력한다. 그러나 그는 흔히 말하는 바의 생활 능력이 없고, 그리고 그 자신이 모든 것에 의해 눌려 지낸다는 일종의 피해의식에 사로잡혀 있다. 그래서 그는 언제나 자신의 현실을 극복하는 데서도 소극적인 자세를 취하고 있다. 그러나 그러한 그가 집을 장만하는 데 어떤 결심을 하게 되지만 그 결심은 뜻하지 않은 사건들로 인해 완전히 실패로 끝나버린다. 그 첫번째 사건이 반지하의 연립주택을 계약하는 데 빌려 쓴 돈을 되돌려주어야 하는 옆방 사람의 죽음이고, 그다음 사건이 계약 자체를 사기당한 일이고, 세번째 사건이 아내의 유산이다. 이 세 가지 사건을 한꺼번에 경험하면서도 그는 그 어느 것도 해결하지 못한 채 주인집 아들이 이끄는 대로 옆방 사람의 장례 준비에 끼어드는 것이다.

이러한 이야기를 통해 작가는 고아 출신의 주인공이 이 사회 속에 뿌리를 내리는 과정에서 겪게 되는 어려움을 드러내고, 동시에 선의의 소시민이 겪는 피해 상황을 보여주고 있으며, 삶 속에 보이지 않게 도사리고 있는 우연들이 개인에게 어떤 비극을 가져오는지를 이야기해 준다. 말하자면 주인공에게는 끊임없이 '눈'이 내려 그의 모든 노력이 덮여버리는 것이다. 하나의 안락한 가정을 이루기 위해서 주인공이 경험하게 되는 온갖 수모와 갈등은 그러한 노력을 수용하지 못하게 되는 주인공의 상황을 밝혀주는 데 기여한다. 그리고 그러한 수모와 갈등 속에서 보게 되는 주인공의 무능한 자아인식은 비극적이라고까지 할 수 있다.

여기에서 주목할 수 있는 사실은 주인공의 의식을 지배하고 있는 것이 자신의 출신으로부터 사회적인 상승에 이르는 일임을 알 수 있다는 점이다. 말하자면 주인공이 그 역경 속에서 대학을 졸업하는 것은 대학 졸업이라는 결과에만 의미가 부여되고, 그 후에 보인 주인공의 모든 노력은 현재의 가난으로부터 벗어나는 데 기울여지고 있기 때문이다. 그것은 오랜 빈곤으로부터 벗어나고자 하는 주인공의 일차적인 현실이며, 거기에 대해 아무도 도덕적인 이의를 제기할 수는 없다.

그러나 이 작품이 보다 문학적인 의미를 지니기 위해서는 몇 가지 조건들을 만족시켜야 한다. 첫째로 사회적인 상승이라는 결과에만 목표를 두기보다는 그 과정과 상승이 갖고 있는 의미에 대해서 문제를 제기하는 것이 필요하다. 물론 우리는 이 작품에서 주인공의 상승 의지가 실패하는 과정을 볼 수 있다. 하지만 주인공이 생각하고 있는 상승이 어떠한 의미인지 주인공 스스로의 검토가 삶의 보편성에 대한 문제 제기로서 이루어졌다면 주인공의 비극적인 실패가 보다 큰 감동을 불러일으켰을 것이다. 왜냐하면 소설은 우리 자신의 삶과 운명, 나아가서는 세계에 대한, 그리고 문학에 대한 끊임없는 질문을 내포하고 있을 때 그 실험적인 시도를 인정받기 때문이다. 둘째로 주인공의 비극적 삶의 양상이 좀더 큰 틀을 벗어나서 소설적 자유 속에 형성될 수 있는 것이 필요한 듯 보인다. 주인공 내면의 끊임없는 싸움이 주인공의 이상과 현실 사이에서 계속됨으로써 비극 자체를 심화시키는 것이기 때문이다. 주인공의 삶의 목표가 '내 집' 마련과 단란한 가정을 이루면서 시를 쓰는 데 있다면 그것은 소설적 주제로서 좀더 검토의 대상이 될 수도 있으리라. 물론 여기에는 '빛의 조화'라는 상당히 설득력 있는 표현을 얻고 있지만 거기에 대한 구체적인 '이야기'가 부연되었더라면 좀더 이해하기 쉬웠을 것이다. 그다음으로는 소설 속의 에피소드 하나하나가 인위적으로 나타나지 않으면서도 우연의 힘에 의존하지 않는 장편적인 구성이 중요하다. 이 작품에서 가령 '이기옥'이라는 여성과의 모험은 주인공의 입장에서나 이기옥 자신의 입장에서 설명이 없는 만남이며, 또 그 만남 자체가 주인공의 전체적인 세계에 의미를 부여하는 에피소드로서는 고전적 의미에서 '그럴듯함'을 충분히 보여주지 못하고 있는 것처럼 보인다.

물론 이러한 지적은 이 작가가 『천년을 내리는 눈』에서 보인 장편작가로서의 능력을 전제로 한다. 지금까지 5~6편의 단편소설을 쓴 다음 이러한 장편소설을 쓸 수 있었던 그의 문학적 정열과 시도가 우리에게 한국 소설의 새로움을 제시해준다면 그것은 그 자신의 문학적 성취이면서 동시에 독자인 우리 자신의 기쁨이 되리라. 그렇기 때문에 모든 소설적 실험들이 소설 내면에서 보다 많은 설득력을 보이게 되는 소설을 기대하고 있는 것이다. 〔1981〕

고통과 절망의 변증법

—강석경의 『밤과 요람』

강석경의 소설을 부분적으로 읽은 독자들은 그녀의 소설이 지닌 독특한 분위기, 금기를 깨뜨린 표현, 삶에 대한 주인공의 절망감 등으로 요약될 수 있는 개성 때문에 두 부류로 나뉠 것이다. 그녀의 개성을 좋아하는 쪽은, 그녀의 작품이 지닌 강렬한 고통의 기록을 통해서 자신이 생각해온 삶의 뚜렷한 모습을 확인하기 때문이고, 그녀의 개성을 싫어하는 쪽은 일상의 순간순간을 과장되게 기록한 것으로 보이는 절망과 그 절망의 표현으로 나타나는 제도적 언어 감각의 파괴를 통해서 자신의 주어진 삶에 위기를 느끼기 때문일 것이다. 그만큼 강석경의 작품이 지닌 독특성은 강조될 수 있는 성질의 것이면서도, 자신의 안정된 삶을 보편적 삶의 양상으로 인식하는 사람에게는 불쾌감을 줄 수 있는 성질의 것이다. 그러나 문학이 예전에는 어떤 계층에게 즐거움을 제공하는 역할을 했다고 하더라도 그것이 모든 사람에게 그러한 것은 아니었다는 점을 감안한다면 강석경의 소설이 어떤 사람들을 불쾌하게 만들 수 있다는 것은 문제의 핵심과는 상관없을 수 있는 문제이리라. 문학은 누구의 마음에 들기 위해서 있는 것도 누구의 마음을 거슬리게 하기 위해서 있는 것도 아니기 때문이다. 문학작품이란 그냥 있는 것일 뿐이다. 다만 그 작품을 읽고서 좋아하는 사람과 싫어하는 사람이 있는 것은 독자 자신의 읽는 행위와 함께 시작될 수 있을 뿐이다. 더구나 강석경처럼 작가로 데뷔한 지 10년이 안 된 신인의 경우 그의 많지 않은 10여 편의 작품을 한꺼번에 읽는다는 것은 어쩌면 비판 이전에 이해를 함으로써 한 작가 앞에 열려 있는 무한한 공간을 내다보는 행위가 선행되어야 한다. 그것은 어쩌면 자신의 비판 자체의 타당성 여부를 검토할 수 있는 창조적 문화 행위의 출발이 될 수도 있다.

이 작품집에 실려 있는 12편의 중·단편은 실린 순서를 그대로 좇아가며 읽는 방법도 있고, 아니면 주인공의 나이라든가 직업, 혹은 작품의 소재에 따라 읽는 방법도 있다. 그만큼 강석경의 작품들은 그의 소설 세계의 드러냄이라는 의도성에 의해 묶여 있겠지만, 그러한 의도와 우리가 읽음으로써 발견하게 되는 세계가 반드시 동일한 묵게 위에 나타나야 하는 것은 아니다.

강석경의 소설에서 제일 중요한 몫을 차지하고 있는 것은 성장소설인 듯 보인다. 여기에 수록된 작품들 중 「폐구(閉口)」 「거미의 집」 「근(根)」 등 세 편을 읽을 수 있기는 하지만 이 소설들에 나오는 어린이들은 비극적인 사건을 체험함으로써 일종의 정신적인 상처를 입게 된다. 가령 「폐구」에서는 아버지가 사업가로서 집을 비우는 시간이 많지만 귀가할 때마다 많은 선물을 가져온다. 그런데도 주인공인 '나'가 경험하게 되는 사실은 이미 알고 있는 것이 아니라 알려지지 않은 것, '나'의 마음을 편안하게 만드는 것이 아니라 불안하게 만드는 것, 즐겁게 해주는 것이 아니라 고통스럽게 하는 것 등이다. 달리 말하자면 이러한 과정을 통해서 어린 주인공이 삶을 알게 되고 배워가는 것이다. 그러나 그 배움은 주인공에게 행복을 가져오지 않고 비극적인 체험을 하게 만든다. 우선 이 소설에서 제일 먼저 눈에 띄는 불행의 양상은 '나'의 동생 '우애'가 소아마비를 앓아 외할머니와 함께 침을 맞으며 돌아다니는 것으로 나타난다. 이것이 '나'의 가정에 기본적으로 깔려 있는 '어둠'의 하나라고 한다면, 다른 하나는 '아버지'의 출장으로 나타나는 가정의 불균형적 어둠이다. 물론 비누 공장을 경영하는 사업가로서 아버지는 출장을 자주 갈 수도 있겠지만 그것으로 인해 '나'와 '명애'는 어머니뿐만 아니라 집안 전체의 불행을 예감하기에 이른다. 그래서 실제로 이들은 아버지에게 서울에 가지 말라고 요구를 하기도 하지만 아버지는 돈을 많이 벌어야 한다고 말함으로써 거기에 대한 대답을 하지 않게 된다. 그런데 실제로 아버지의 서울행이 기생을 소실로 삼고 있었기 때문이고 그로 인해 어머니가 불행해한다는 사실을 '나'는 알게 되는 것이다. 그러니까 아버지의 서울행은 가족 불행의 상징이라고 할 수 있다. '나'의 누나인 '명애'가 밤에 앓게 되는 것도 아버지가 서울에 가고 없을 때이며, 형인 '종호'가 가정교사에게 총을 쏘고 '명애'가 진택에게 당하는 것도 모두 다 아버지가 서울에 가고 없을 때이다.

이와 같은 관점에서 보았을 때 '나'가 조금씩 알아가고 있는 삶에는 아버지가 가지고 오는 선물 보따리라든가 매일 뛰어놀 수 있는 공장의 넓은 공간이라든가 남들보다는 어린 시절의 꿈을 만족시키는 기회를, 그래서 행복의 체험을 더욱 많이 갖게 되는 일이 있는 것도 사실이지만, 그러나 그 과정 속에서 나타나는 불안한 어떤 것이 행복의 체험보다 '나'의 삶에 더욱 큰 영향을 미치게 되는 것으로 나타난다. 가령 "작은아버지의 딸 정숙이 누나와 말득이 엄마" 사이에 주고받는 대화에서 "부자는 부자대로 액이 있을 끼다"라고 하는 얘기를 듣기도 하고, '임춘앵 국악단'의 공연을 보러 갔다가 어떤 남자의 무릎에 앉아 돌처럼 굳어진 누나가 그날 밤에 경기를 일으키는 것을 보기도 하고, 공장 뒤뜰 잡초 더미 속에서 공장장과 봉이 엄마가 비밀리에 만나는 장면을 목격하기도 하고, '금순'과 함께 '종호'의 자위 현장을 목격하기도 하고, '종호'가 말에서 떨어진 날 '진택'이 나무 위에 숨어 고무총을 쏜 것을 알게 되기도 하며, 밤중에 '진택'이 누나 방에 몰래 들어가는 것을 보기도 한다. 이러한 사건들의 공통적인 특색은 그것들이 모두 '비밀리에' 이루어진다는 데 있다. 어떤 사건이 남몰래 이루어진다는 의미는 그것이 제도적으로 금지되어 있거나 그 행위 자체가 떳떳하지 못하거나 그렇지 않으면 약자로서 강한 힘의 위협을 느끼게 되기 때문이다. 그렇기 때문에 이러한 비밀을 알아간다고 하는 건 어른들의 세계가 정당하지 못하고 모순 속에 가득 차 있다는 것을 배운다는 의미다. 그와 같은 배움은 어린 시절의 행복한 꿈에서 깨어나는 과정과 다르지 않다. 그것은 겉으로 평온한 현실의 내면을 들여다보는 것이며 현실의 진정한 모습에 다가가는 것이다.

현실의 제도는 그 자체가 완벽한 것이 아니어서 많은 모순을 내포하고 있고, '나'의 행복이란 곧 '남'의 행복과 항상 동일한 것은 아니어서 다른 사람의 불행 위에 있을 수 있다는 세계의 발견은 곧 나를 불안하게 하고 불편하게 만들지만 그것을 통하지 않고는 진정한 현실을 볼 수 없다. 따라서 행복의 꿈에서 깨어나서 불행의 현실을 산다고 하는 것은 삶을 제대로 보게 되는 과정이며, 문학은 바로 그 불행의 현실을 상상력을 통해 구조화함으로써 실제로 일어나는 불행을 각자가 스스로 극복할 수 있는 능력을 갖게 하는 것이다.

「폐구」에서 볼 수 있는 비밀리에 일어나는 이러한 사건들을 좀더 분석해보면 그 하나는 성에 대한 눈뜸이라는 지극히 개인적이며 본능적인 성질을 띠고 있고, 다른 하나는 가진 자와 못 가진 자의 대립이라는 집단적이며 사회적인 성질을 띤다. 그래서 공장의 여자들이 '나'의 '꼬추'를 가지고 장난을 친다든가, 극장에서 '누나'가 옆의 남자 무릎에 앉아 돌처럼 굳은 얼굴을 했다든가, 아버지가 서울에 작은집을 차렸다든가, 공장장과 봉이 엄마가 몰래 만난다든가, 금순과 함께 형의 방문을 열어본다든가, 진택의 그림자가 누나의 방 안으로 사라진다고 하는 것은 성장소설에서 볼 수 있는 성에 대해 눈뜨는 것에 속한다. 이것은 누군가에 의해 공개적으로 보이는 게 아니라 모두가 비밀리에 이루어지는 일이지만 '나'의 본의와는 상관없이 목격된다. 반면에 정숙 누나와 말득이 엄마가 귀신이 되어서라도 비단치마를 입고 싶다고 이야기한다든가, 가정교사가 공장에 실업자 한 사람이라도 더 고용하라고 권고한다든가, 아버지가 귀가할 때마다 선물보따리를 가져오고 대구에서는 제일 먼저 자가용 지프차를 소유한다든가, 형이 진택과 금순에게 억압적인 존재로 군림하려고 한다든가, 형의 승리가 일종의 사치라고 가정교사가 비난한다든가, 삼한 방직에서 스트라이크가 일어났다든가, 진택이 정확성과 완벽성으로 형을 굴복시킴으로써 가진 자의 마음에 들면서 가진 자에게 보복한다든가 하는 것 등은 모두 '나' 자신에게 가난이라는 사회적인 문제에 눈뜨게 만드는 것이다.

그러나 강석경의 소설에서 성과 가난에 대한 눈뜸이 바로 주인공의 고통스런 현실로 부각되지 않는 것은 가난하지 않은 어린 주인공의 꿈이 그 두 가지 문제를 타인의 것으로 나타나게 만들기 때문이다. 특히 「폐구」에서는 화자가 어린 소년으로 분장하고 있기 때문에 그의 시점을 통해 그 두 가지가 이해할 수 없는 것이라는 설득력을 갖게 될 뿐만 아니라 그 두 가지 문제에 부딪힘이 어린 시절의 꿈과 정서를 모험의 세계 속에서 나타나게 하는 것이다. 바로 그러한 이유로 주인공의 두 가지 눈뜸이 각박하고 암울한 현실로 부각되기보다는 비교적 순수하고 투명한 정서로 부각될 수 있는 것으로 보인다. 이와 같은 부각은 곧 그 두 가지 주제를 방법적으로 제시하는 작가의 문학적 재능과 관련이 있는 것으로 보아도 좋을 듯하다. 왜냐하면 그 두 가지 주제는 가령 미군부대 주변에서 살고 있는 여자들을 다룬 소설들에서 하나의 문제로 통합되고 젊은 생활인을 다룬 소설들에서는 현실 속에서 꿈의 좌절의 양상으로 나타나기 때문이다.

그의 두번째 계열의 소설로는 「밤과 요람」 「낮과 꿈」 등을 들 수 있는데, 이 두 작품은 미군부대 주변에서 직업이 접대부인 여자들의 삶을 그린다. 가난 때문에 미군부대 주변으로 밀려온 여자들에게는 성이 생활의 도구로 나타난다. 그러니까 가난한 사람에게는 성이 개인적인 것도 본능적인 것도 아니라 집단적이며 사회적인 것이다. 그러나 강석경의 소설에서 미군을 상대하는 접대부들의 가난은 현실의 비극적 양상으로 강조되지 않고 사람들의 살아가는 모습의 다양성을 띠고 있다. 그러니까 돈에 대한 철저한 의식을 갖고 그것을 위해 싸우는 사람들이 있는가 하면, 「밤과 요람」의 '써니'처럼 좌절된 꿈을 안고 최소한의 직업의식으로 생활을 영위하는 사람도 있다. 그러나 '써니'가 "돈만을 위해 살 수는 없다"라고 생각함에도 불구하고 가난은 그러한 삶을 현실로 만들어버린다.

이와 같이 성이 생활의 방법이 되어버린 경우에는 성에 관한 금기가 하나씩 무너지게 된다. 그 구체적인 예는 그의 소설에서 성적 기관에 대한 노골적인 표현에서 드러난다. 말하자면 비밀리에 남의 눈에 띄지 않도록 감추어야 할 것을 감출 수 없는 경우에는, 감출 수 없는 자신의 현실에 대한 보복으로, 그것을 감추는 사람에게 노골적으로 드러내려는 심리가 작용하는 것이다. 그러한 예는 「밤과 요람」에서 '애니'가 '써니'를 데리고 어느 가정집에 들어가서 "이 집에 방 없어요?"라고 물었다가 "여긴 그런 데 아녜요"라는 대답을 듣고 "씨팔, 이 바닥이야 다 색시 사는 덴데 그런 것도 못 물어봐? 양색시를 똥같이 보는 그년도 미제라면 환장을 한단 말야"라고 하는 데서 찾아볼 수 있다. '써니'가 지적하고 있듯 방을 세놓는다고 써 붙이지 않은 집에 들어가서 방이 있느냐고 묻는 것은 아이를 낳고 가정을 이루며 사는 여자에 대한 일종의 도전에 해당한다. 그래서 "옷 벗으면 제 년이나 나나 다를 게 뭐가 있어?"라고 노골적인 반발의 표현을 하게 된다. 이러한 심리는 화자 자신의 성과 관계된 모든 기관을 거침없이 이야기하게 만든다.

그러나 주의 깊은 독자들은 여기 수록된 작품들에서 성이 쾌락의 양상을 띠지 않는다는 것을 발견하게 되리라. 그러한 양상은 두번째 계열의 소설처럼 매춘을 직업으로 삼고 있는 경우뿐만 아니라 거의 모든 소설에서 공통적으로 드러난다. 말하자면 성적 쾌락이나 생명력에 관한 어떠한 신비도 나타나지 않는다는 것이다. 이것은 어쩌면 여주인공들 가운데 매춘을 직업으로 삼고 있는 사람들이 그 직업 자체에 대한 혐오감뿐만 아니라 삶 자체에 대한 절망에서 유래한 것일지 모른다.

그러나 그러한 직업을 갖지 않은 경우에도 동일한 현상을 발견할 수 있다는 것은 단순한 직업의 문제가 아니리라. 「폐구」에서 볼 수 있듯이 성에 대해 눈을 뜸이 정상적인 방법으로 이루어지지 않고 충격적인 순간으로 나타나고 있는 것으로 설명될 수 있을 듯하다. '명애'가 경험하듯 성이 극도로 억압된 상황 속에서, 가령 공장장과 봉이 엄마의 관계처럼 불륜의 양상을 띠거나, 극장에서 낯모르는 남자의 욕망에 의하거나, 진택의 그림자가 어른들의 부재중에 침입해오는 것을 통해 성에 대해 눈을 뜬다고 하는 사실은 모두 비정상적인 방법이며, 따라서 정신적인 충격으로 작용한다. 이렇듯 어린 시절의 충격은 정신적인 상처로 남아서 성을 경멸하고 학대하게 만드는 것이다. 그러한 눈뜸이 비정상적으로 이루어지는 것은 「밤과 요람」의 '선희'가 미술 선생에게서 강제로 성적 체험을 하는 것에서도 나타난다.

이처럼 충격을 받고 상처로서 간직하게 된 성적 체험은 대단히 상징적이다. 왜냐하면 그것은 단순한 성의 문제로 제한되기보다는 어린 시절에 입을 수 있는 모든 상처, 그리하여 오늘날에도 현실 속에 뿌리내리는 것을 방해하는 모든 종류의 정신 질환으로 확대될 수 있기 때문이다. 실제로 그의 모든 소설에는 주인공들의 고통스런 삶이 서술되고 있다. 「맨발의 황제」에서는 잡지사 기자인 주인공이 일상적인 직장 생활에서 고통을 받음으로써, 민방위 훈련 중의 인적 없는 거리를 달려가는 미친 여자에게 자신을 비춰보기도 하고, 「빨간 넥타이」의 주인공 태석민은 광고회사의 기획부장으로서 현실에 적응해버린 자신의 삶을 한탄하고 있고, 「아브라함 아브라함」의 주인공은 출판사로부터 밀려나지 않을 수 없는 처지가 되었고, 「이사」의 주인공들은 각자의 고달픈 삶을 살면서 퇴직 공무원인 집주인의 현재에 자신들의 장래를 비추어볼 수 있게 되었고, 「엘리께여 안녕」의 주인공은 은사와 여학생에게서 현실의 고통스런 모습을 재확인하게 되었으며, 「북」의 주인공인 잡지사 기자는 현실 속에서 좌절한 젊은이가 익사하는 데서 자기 자신이 지닌 젊음의 고통과 동질의 어떤 것을 발견하게 된다. 이들은 모두 현실 속에 제대로 뿌리를 박지 못하고 고통을 받고 있다.

이들이 고통을 받게 되는 이유는 주인공들의 현재 직업이 자신이 하고자 했던 바와는 다른 분야이거나 다른 방향으로 흘러가고 있기 때문이다. 여기에서 주인공들이 원래 하고자 했던 것을 꿈이라고 표현한다면 이들에게는 꿈이 없었기 때문에 현재의 직업을 갖게 되었다기보다는 자신이 살고 있는 세계, 혹은 사회가 어떤 이유에서인지 그 꿈의 실현을 방해했기 때문이다. 「근」에서 '나'는 인형 만드는 기능공으로 살고자 하는 꿈을 갖고 있었으나 실직 상태에서 세월만 보내고, 또 '아동회관'에서 찾는 전보가 왔지만 그것을 찢어버린다. 「밤과 요람」에서 '선희'는 "돈만을 위해 살 수는 없다"라고 토로함으로써 자신의 꿈이 있었음을 고백하지만 현재의 삶은 그 꿈과 전혀 다르다. 작가로서 성공하고자 하는 꿈이 있으면서도 현실의 가난에 시달리고 있는 「이사」의 '정인'이나, 원래 행정학을 전공했으나 지금은 잡지사 기자로서 박봉에 시달리며 살고 있는 「맨발의 황제」의 '태경', 화가로서의 꿈을 간직하고 있으면서도 현재는 광고회사의 기획부장으로 지내는 「빨간 넥타이」의 '태석민,' 작가의 꿈을 실현하지 못하고 출판사 편집장으로 월급쟁이의 일상인으로 안주하려고 했으나 그것마저 거절당하는 「아브라함 아브라함」의 '정무', 신춘문예에 시나리오가 당선됨으로써 작가의 꿈을 간직하고 있었으나 지금은 광고 대행 회사에 근무하는 「오픈 게임」의 '장달삼', 대학에서 러시아어를 전공했으나 졸업도

하지 못하고 제적당한 뒤 여행사의 공항 안내원으로 일하면서 복학의 꿈을 가지고 있지만 실현하지 못하는 「엘리께여 안녕」의 '동석', 시골에서 천재라는 말을 들으며 법대에 들어갔으나 제적당하고 중동의 노무자 생활을 하고 돌아왔으나 이 사회에 뿌리를 내리지 못하고 죽은 「북」의 '희완' 등은 모두 젊은 주인공들이면서 좌절된 꿈을 안고 있다. 이들의 현재 직업은 밥을 빌어먹고 살기 위한 방편에 지나지 않을 뿐 자신들의 꿈과는 상관없는 것이다. 따라서 이들이 현실에 뿌리를 내리지 못하고 끝없는 절망을 되풀이하며 물질적으로뿐만 아니라 정신적으로도 가난하게 살게 되는 것은 그 꿈의 실현 가능성이 보이지 않는 현실에 대한 절망 때문이다.

그러나 이상과 현실의 간극이 벌어진 것이 비단 어제오늘의 문제가 아니라고 한다면 꿈의 실현이 불가능한 현실에 대한 절망이란 어쩌면 상투화된 현대의 비극일지도 모른다. 현대의 뛰어난 소설이 꿈과 현실 사이의 간극을 보여주기보다 꿈의 좌절이 어떻게 이루어지는가 보여주는 데 탁월하다면 꿈과 현실의 거리가 크다는 것을 이야기하는 결말로 끝나는 소설이란 진정한 절망의 표현이 아니라 절망의 헛된 몸짓만을 행하는 것이다. 그러한 점에서 본다면 강석경의 소설에서 꿈의 정체가 현실성을 획득하지 못하고 낭만적인 허구처럼 선험적으로 주어진 것으로 보일 수 있으리라. 그러나 심리학적인 관점에서 본다면 주인공들의 고통과 절망의 근원은 의외로 건강한 가족 개념, 정상적인 가정 개념에 있을지도 모른다. 왜냐하면 대부분의 주인공이 비정상적인 가족관계로 인해 고통받고 있기 때문이다. 앞에서 「폐구」의 가족관계를 언급한 바 있지만 「거미의 집」에서 어린 주인공도 아버지의 정체가 누구인지, 왜 어머니는 도망갔는지, 숙모와 삼촌 간의 불화의 근원이 무엇인지 모른 채 할아버지와 살 수밖에 없고, 「근」의 주인공 '창기'도 어렸을 때 언청이였던 형을 나무에서 떨어지게 하고 씨름 때문에 죽게 만드는 체험을 했으며, 「오픈 게임」의 '장달삼'은 어렸을 때 어머니가 개가한 체험을 했다. 어린 시절의 불행한 가족관계뿐만 아니라 주인공들의 현재의 가족관계도 대부분 불행하다. 이것은 이 주인공들의 현실이 어린 시절의 불행한 가족관계의 영향을 받고 있음을 의미하며, 그들의 절망스런 몸짓이 행복한 가족관계의 결핍을 보상받고자 하는 행위임을 의미한다.

따라서 강석경의 소설은 그녀의 성장소설을 포함하여 일종의 가족소설이라고 부를 수도 있다. 그러나 그녀의 소설이 지닌 보다 큰 호소력이 동세대의 아픔을 다룬 「북」이나 어린이의 절망적 체험을 다룬 「폐구」, 그리고 '써니'라는 인물을 만들어낸 「밤과 요람」 등에서 나타난다는 것은, 이야기의 대상이 확실할 때 작품의 구조적 견고성과 깊은 울림을 주는 서술의 감동과 근원적인 문제의식을 지니게 된다는 것을 우리에게 알려준다. 그렇기 때문에 "흰빛이 나를 삼킬 듯했다. 나는 흰빛에 지지 않으려고 눈을 부릅떴다. 강단 아래를 내려다보았다. 어둠 속에 한 무리의 군중이 눈에 들어왔다. 강단 아래 심사석에 켜놓은 촛불이 흔들흔들 춤추며 다가왔다. 횃불이었다. 방직 공장 사람들이 어둠 속에서 횃불을 들고 내게 몰려오고 있었다. 나는 입을 뗐다. 벙어리가 된 듯 소리가 들려오지 않았다. 물속에서 허위적이듯 소리가 나오지 않는 것이다. 눈이 하얗게 뒤집어지는 것 같았다. 〔……〕 나는 어머니 품에 어린애처럼 안겼다"(「폐구」)라고 하는 극히 개인적인 체험이 보편성을 얻게 되고 "탐슨이 뒤돌아서자 짙은 체취가 코끝을 스쳤다. 그들의 피부색처럼 체취가 짙어서 아이들이나 어른들이나 그들을 '검은 사람'이라고 부른다. 요란한 옷 모양이며 화려한 색채의 기호뿐 아니라 그들의 글씨도 목소리도 백인들과 다르다. 어딘지 신경질적인 글씨와 그림자가 달린 듯한 어두운 목소리. 문명의 제물"(「밤과 요람」)이라는 감각에 의해 흑인의 문제와 양색시의 삶이 동일한 차원의 것임을 깊이 있게 파악하고 있고, "촌로는 두 번이나 '심심'하다는 말을 한다. 젊음은 고통스럽고 늙음은 권태로운가"(「북」)라고 함으로써 고통과 권태로써 젊음과 늙음을 절묘하게 대비시키는 능력을 보여주는 일이 가능하다. 이 작가에게서 나타나는 이러한 재능이 새로운 소설을 쓰고자 하는 야심과 조화를 이룰 때 그는 보다 많은 독자를 포용하게 될 것이다. 〔1982〕

가족소설의 한계와 극복

—현길언의 『용마(龍馬)의 꿈』

사람이 살고 있는 사회는 언제나 그 사회를 유지시켜주는 제도와 법률과 풍속을 갖고 있기에 그 안에서 살고자 하는 모든 사람에게 그것들이 허용하는 범주 안에서 살기를 요구한다. 만약 제도와 법률과 풍속이 없을 경우 힘이 세고 재산이 많고 권력을 쥔 사람만이 지배를 하게 됨으로써 가장 원시적인 약육강식의 원리만이 통용되는 사회가 되기 때문에 그러한 모순을 극복하기 위한 것이며, 개인 하나하나에게 삶의 권리와 그 존귀성을 보호해주고 보장하기 위한 것이다. 그러한 점에서 모든 제도나 법률, 풍속이란 다수의 개인을 보호하기 위한 일종의 보편성을 추구하고 있다는 점에서 인간이 만들어낸 가장 경험적인 장점을 지닌다고 할 수 있다.

그러나 제도나 법률, 풍속이 보편성을 지니고 또 다수의 삶에 안전판 역할을 하고 있다고 해서 그것들이 지닌 모순이 해소될 수 있는 것도 아니고 또 그것들이 개인에게 작용하고 있는 억압을 허용할 수 있는 것도 아니다. 제도나 법률, 풍속이 고정되어 있지 않고 끊임없이 변화하고 있는 건 그 모순을 줄이고 억압적인 요소를 감소시키기 위한 것이다. 그러나 그와 같은 노력에도 불구하고 그것들은 어떤 집단을 유지하고 강화하고자 하는 제도적인 속성 때문에 그 자체가 요구하는 억압적인 측면을 완전히 떨쳐버릴 수 없다. 바로 여기에서 문학은 모든 제도적인 장치와는 다른 역할을 하게 된다. 아무리 훌륭한 제도라고 할지라도 문학은 그 제도 안에서 개인이 억압을 받게 되는 현실을 자각하게 하며, 동시에 현실 속에서 이루어지는 모든 것이 그 자체가 일회적이어서 실제적인 영향을 미치지 않고는 수행될 수 없는 데 비해 문학은 현실에서 일어날 수 있는 모든 가능성을 현실보다 먼저 언어로 수행함으로써 실제적인 영향의 적부를 내다볼 수 있게 한다. 그 때문에 근대 이후의 문학은 불행한 개인의 이야기를 다뤄오고 있다. 여기에서 말하는 불행한 개인이란 도덕이나 법률에 위배된 개인, 그리하여 제도적인 장치에 의해서 어떤 제재를 받을 수 있는 개인을 말한다. 그렇지만 법률적으로나 도덕적으로 비난의 대상이 될 수 있는 이러한 개인이 문학작품 안에서는 이해와 동정의 대상으로 다뤄지는 경우를 얼마든지 볼 수 있다. 가령 『레 미제라블』에서 장발장은 배고픈 전과자인 자신을 받아들여준 사제관에서 '은그릇'을 훔치고도 작가나 소설 속의 화자나 심지어는 독자의 동정을 얻고 있다. 말하자면 소설 속의 화자는 물론 독자와 작가가 은그릇을 훔친 장발장이라는 개인을 미워하고 비난하기보다는 그러한 개인을 태어나게 한 사회, 그를 그처럼 도둑질하게 만든 제도를 비판하고 있기 때문이다. 이러한 이야기가 장발장의 절도 행위 자체를 합리화시키거나 동정한다는 의미는 아니다. 절도 행위 자체를 비판하고 죄악시할지언정 그 개인 자체를 증오하고 개인의 존재를 비난할 수는 없다. 물론 그 개인에 대해 증오하고 비난하기는 쉬운 일이지만 그러한 개인이 태어나게 된 과정을 이해하고 보다 살기 좋은 사회를 만들기 위한 제도적인 개선 모색이 중요하고 필요하다. 그렇기 때문에 문학은 바로 그 어려운 일에 대한 가능성을 제기하는 것이다.

일반적으로 오늘의 한국 소설의 주인공이 불행한 개인으로 표현되고 있다는 것은 그와 같은 맥락에서 이해할 수 있다. 실제로 현대의 한국 소설에서 불행한 주인공이 아닌 경우들을 찾기는 대단히 어렵다. 한국 소설에서 나타나는 주인공의 불행은 일반적으로 개인과 개인이 살고 있는 사회와의 갈등에서 비롯된다. 그중에서도 특히 6·25라는 민족 분단의 비극에서 유래한 갈등이 대다수를 차지한다. 현길언의 소설 세계를 이루고 있는 개인의 비극도 그러한 점에서 이데올로기의 대립에 의한 분단의 현실에 속한다. 주로 제주도라는 제한된 공간 속에서 일어난 사건을 중심으로 전개되는 그의 소설은 독자로 하여금 그것의 현실적인 시간을 알아볼 수 있을 만큼 30년 내지 40년 전의 상처와 오늘의 삶과의 관계를 드러내준다. 그의 작품집에 실려 있는 13편의 작품 중 절반 이상이 역사적 상처와 오늘의 비극적 삶 사이에 있는 관계를 규명하고 있다는 것은 이 작가에게서 관심의 향방이 어느 쪽인지 알 수 있게 해준다. 가령 「우리들의 조부님」에서는 화자의 할아버지가 세상을 떠나기 직전에 '30년 전'에 죽은 아버지로 '빙의'해서 그 죽음의 진상을 밝히는 이야기다. 여기에서 중요한 것은 '민보단 부단장'이었던 아버지가 공비로 몰려 죽었다는 죽음의 진상에 있다고 할 수도 있겠지만 그보다도 그때의 억울함을 그 후 30년 동안 자신의 내면에 지니고 살아온 할아버지가 결국 아버지로 빙의하지 않고는 그냥 눈감을 수 없었다는 개인의 해결될 수 없는 불행에 있는 것이다. 그 불행은 30년 동안 마치 존재하지 않았던 것처럼 아무도 이야기하지 않고 넘어가는 것이었는데 할아버지의 죽음으로 인해 우리의 삶과 현실의 내면에 존재해온 것임을 확인하게 된다. 그러니까 30년 전에 입은 역사적 상처가 그동안 할아버지에게서 치유된 것이 아니라 그대로 감추어져 있었다는 사실과, 현실에서 그것이 드러나지 않게 강요된 어떤 것으로 끊임없이 존재해왔다는 사실, 그래서 죽음의 순간에야 표면화될 수 있었다는 사실 등을 이 작품은 일깨워준다. 그 일깨움도 자칫하면 도식적인 주장으로 끝나기 쉽지만, 이 작품에서 할아버지가 아버지로 '빙의'해서 어머니에게나 삼촌, '화자'에게 아버지의 행동을 한다는 것은 개인 비극의 어떤 절정 같은 것을 보게 하여 더 큰 감동을 선사한다.

이와 같은 30년 전의 상처가 지닌 현재성은 「먼 훗날」에서 보다 직접적인 현실로 나타난다. 왜냐하면 이 작품의 화자에게 3촌이 되는 숙부와 9촌이 되는 숙부가 재일교포로 살면서 민단과 조총련이라는 서로 다른 단체에서 활동함으로써 분단국가의 비극을 외국에서도 그대로 실현하고 있기 때문이다. 그것은 현길언 주인공의 30년 전 상처가 아직도 아물지 못한 이유이기도 하다. 왜냐하면 30년 전에 그러한 비극을 체험하게 된 것은 바로 분단된 조국의 이데올로기적 대립 때문이었는데, 오늘날에도 그 분단 상황이 극복되지 않음으로써 그것으로 인한 상처를 치유받을 기회조차 없었기 때문이다. 화자인 '나'가 일본에 간 길에 3촌인 숙부의 안내로 9촌 아저씨를 만나게 되는데, 그는 종갓집 종손으로 옛날에 '나'의 선망의 적이었을 정도로 집안의 기대를 한

몸에 받고 있었으나 '제주도의 사태'를 사상적으로 주도하다가 일본으로 피신하여 소식이 없었던 것이다. '그'가 주인공-화자에게 "다른 뜻이 있는 게 아니라 부모님네 제사 때 제수라도 마련하도록" 하기 위해 "고향에 있는 내 조카 덕재에게 전해"달라고 돈을 건네주고 '나'에게도 전별의 정으로 돈을 준 것 때문에 "아무 생각 없이" 받은 주인공은 그 돈을 처리하지 못하고 딜레마에 빠진다. 특히 '덕재'가 "집안을 쑥밭으로 만들어놓고 이제 무슨 낯으로 제수 값을 보냅디까. 〔……〕 이제 그까지 가서도 무신 귀신사 붙이신디 그 일에 정신이 팔린 사람이 이제사 조상을 찾는 이유가 뭐엔 헙디까"라고 하며 거절하는 것은 그들이 아직도 분단의 현실과 이데올로기의 대립이 개인의 비극을 가져올 수 있는 상황에서 살고 있기 때문이다. 여기에서 비교적 순진하게 생각한 주인공은 평소 자신이 제도적인 구속감을 느끼지 않아 억압이 존재하지 않는 것처럼 생각해왔지만 자신의 순진성이 9촌 숙부의 위장된 이데올로기에 이용당할 수 있는 가능성과 거기에 대한 법률적 제재를 받을 수 있다는 현실을 깨달으면서 제도적 억압으로부터 자유로울 수 없다는 것을 알게 된다. 그리하여 30년 전의 과거가 망각의 상태에서 현재의 삶과 상관이 없는 것처럼 생각하는 우리의 '지각의 자동화'에 대해서 작가는 강하게 도전하고 있다. 특히 여기에서 상징적인 부분은 주인공이 '경민(9촌)'에게서 받은 돈을 자신이 쓴 편지와 함께 싸놓는다는 사실이다. 여기에서 돈을 사용하지 않고 싸놓는다는 것은 '현실의 유보' 혹은 자신의 의사 표시의 연기를 의미하면서 동시에 모순과 억압 속에 있는 자기 삶의 철저한 인식을 말해준다. 뿐만 아니라 편지를 쓴다는 사실은 이러한 억압과 모순이란 눈에 보이지 않는 것이어서 기록으로 남겨놓지 않을 경우 마치 존재하지 않았던 것으로 이용될 수 있는 현실에, 일종의 알리바이를 남긴다는 점에서 문학의 역할을 상징적으로 대변해준다.

「지나가는 바람에」는 "우리 마을에서 한 사람밖에 없는 읍내 농업학교 학생"이었고 그중에서도 '수재라는 소문'이 나 있었던 삼촌의 죽음에 관한 이야기다. 이미 6. 25사변에 죽어간 가족 이야기를 다룰 때 너무나 자주 나타나 한국 소설에서 하나의 상투형이 되어버린 '묘지 이장'의 에피소드 때문에 감동 자체가 다른 작품들에서보다 죽어버린 이 작품은 '삼촌'의 좌경화가 화자의 집안 전체에 가져온 파문을 통해 역사적 격동기를 산 사람들에게 남아 있는 상처의 흔적을 다시 보게 만든다. "금빛 단추의 까만 세루 양복"으로 대표되는 행복한 시절의 '삼촌'은 열일곱의 나이에 '한라산의 공비'가 됨으로써 집안에 불행을 불러온다. 그는 할아버지의 분노의 대상이 되었을 뿐만 아니라, 공비들의 습격으로 할머니가 처참하게 죽은 원한의 대상이 되었으며 그 자신도 폭도로 붙들려 죽는다. 그의 묘지가 어수선하던 당시의 분위기 때문에 제대로 자리 잡지 못했었는데, 이제 '아버지'에 의해 이장되는 것이다. 또 「귀향」에서는 '아버지'가 집안의 불행을 초래하는 장본인의 역할을 한다. 집안의 재산을 일으키는 데 온갖 노력을 기울여 성공한 '할아버지'에게 '아버지'는 너무나 귀중한 존재였다. 할아버지의 뜻대로 '경성제국대학'에 들어간 '아버지'는 학병에 징집되었다가 무사히 귀환하는 행운까지 겹쳐 집안의 희망이었으나 공산주의 운동에 가담함으로써 그 희망을 저버리고 "좋은 세월이 오면" 다시 오겠다는 약속을 한 채 사라졌다. 그동안에 삼촌은 6·25 때 입대하여 전사했고 할머니는 공비들의 습격을 받고 창에 찔려 죽었다. 그런데 죽은 것으로 생각하고 제사까지 지내고 있는 아버지는 '나'의 유학을 위한 신원 조회에서 생존이 확인된 뒤, 34년 만에 일본으로부터 귀국하겠다는 편지를 보냈지만, 결국 유골이 되어서 '나'의 이복동생의 손에 들려 귀국하게 된다. 그러니까 집안의 희망이었던 '아버지'는 집안의 불행의 원인이 되어서 할머니의 죽음과도 관련되고 청상과부가 되어 한스러운 일생을 살아온 어머니를 불행하게 만든 주역이었다. '아버지'는 귀국하겠다는 편지를 보내 어머니로 하여금 기대를 갖게 한 다음, 한줌의 재가 되어 귀국함으로써 마지막 순간에까지 어머니의 기대를 배반하고 있는 것이다. 그러니까 「먼 훗날」의 9촌 숙부 역할을 이 작품에서는 아버지가 맡고 있다. "자기 한 사람으로 인해 집안이 쑥밭이 되었고 이제 겨우 살아보려는 참에 그 악령이 다시 나타나다니……"라고 하는 '화자'의 한탄처럼 30년 전의 과거가 아직도 살아남아 있는 사람들을 괴롭히고 있는 것이다. 어떻게 보면 집안에 불행을 가져왔던 좌경화된 가족이란 집을 떠나서 어딘가에 살아 있든지 죽었든지 아직도 현재의 가족을 괴롭히고 곤경에 빠지게 한다는 점에서 '악령'이라고 해도 맞고, 그러한 가정에 남아 있는 사람들은 그 악령으로 인한 억압을 마치 원죄처럼 지니고 살고 있는 것이다. 그것은 분단의 현실이 지속되고 있는 한 지워지지 않는 악몽이며 치유되지 않는 상처로 부각된다.

이러한 비극적 삶이 보다 감동적으로 그려지고 있는 것은 '열전(列傳)'이라는 연작소설의 두번째 작품인 「씌어지지 않은 비문」에서이다. 아들 삼형제를 둔 주인공은, 일본군에 학병으로 끌려가서 행방불명이 된 큰아들 '병균', 해방 후 이북에서 월남하기 전에 인민군의 군관이 되어 낙동강 전투에서 행방불명된 둘째 아들 '병민', 월남전에 참전했다가 거기에서 실종되어버린 셋째 아들 '병천' 등 세 아들을 모두 역사의 소용돌이 속에서 잃어버린 비극의 주인공이다. 그는 이제 죽음을 앞에 두고서 이 세 아들이 돌아올 것을 기다리며 매일 버스 도착 시간에 정류장에 나감으로써 다른 사람들로부터 '노망'난 것으로 취급당한다. 그러나 그는 다가오는 자신의 죽음과 함께 행방불명이 된 자신의 아들들도 죽게 된다는 사실을 깨닫고 '화자'에게 비문을 써달라고 부탁하고 있는 것이다. 이 작품에서도 주인공은 자신의 둘째 아들이 마치 존재하지 않았었던 것처럼 그의 실종에 관해서는 언급하지 않다가 죽음을 앞두고 사실을 털어놓는다.

여기에서 살펴본 것처럼 30년 내지 40년이라는 세월 속에서 아물지 않은 상처로 남아 있는 주인공들의 과거란 이제 그들의 죽음과 함께 그들에게서는 사라지는 것이겠지만, 그것이 곧 상처의 원천적인 치유를 의미하지는 않는다. 왜냐하면 상처의 직접적인 원인이었던 분단과 이데올로기의 대립이 여전히 계속되고 있기 때문이다. 그러나 좀 더 깊이 관찰한다면 분단과 이데올로기의 대립이 극복된다고 해서 제도적인 모순과 개인의 억압적인 상황이 원천적으로 해소될 수 있는 것은 아니다. 그와 같은 원천적인 해소가 가능하다면 불행한 개인의 서술로서의 문학이란 더 이상 존재하지 않을 것이다. 그러한 점에서 분단이나 이데올로기의 대립은 개인의 불행이 어떻게 가능한지를 보여주는 하나의 상징적인 양상이다. 가령 「씌어지지 않은 비문」에서 '병천'이 제적당하고 입대하는 것이라든가 「다락일기」와 「이상한 끈」에서 나타나는 젊음의 고뇌와 방황은 개인의 불행이 한 세대에서 끝나거나 하나의 문제 해결로 마감할 수 있는 성질의 것이 아님을 단적으로 보여준다. 그뿐만 아니라 '열전' 연작의 첫번째 작품인 「어린 영웅담」은 「씌어지지 않은 비문」의 '병균'의 행방불명과 함께 분단 상황 이전에도 모순과 억압으로 가득 찬 사회가 개인을 비극적 존재로 만들어왔음을 이야기해준다.

그러한 점에서 현길언의 대표적인 작품들이 가족소설의 형태를 띠고 있다는 점에 주목할 필요가 있다. 왜냐하면 우리의 전통적인 가족제도가 한 집안에 3대가 함께 살고 있는 대가족제도여서 그 세대의 이동에서 과거의 상처가 어떤 양상을 띠게 되는지 보여줄 수 있기 때문이다. 특히 6·25와 분단의 비극을 다룬 작품들이 과거의 사실을 현재와의 관련 아래 두 세대를 다룰 수 있는 가족소설의 형태를 띠는 것이다. 그런데 과거의 주역인 인물들이란 30년 세월의 흐름과 함께 이제 죽음을 눈앞에 둔 세대들이다. 그러므로 대부분의 가족소설이 그러하듯 30년 전의 사건을 다시 반성하는 계기를 마련해주는 것이 작중인물 가운데 누군가의 죽음이다. 이 죽음(혹은 부재)의 모티프가 30년 동안 없었던 것으로 간주해온 상처의 아물지 않은 흔적을 다시 드러내준다. 어떻게 보면 이것은 너무나 당연한 듯 보인다. 죽음을 앞에 두고는 무엇이나 감출 필요가 없을 뿐만 아니라 자신이 살아온 삶 전체를 결산하고 싶어 할 것이기 때문이다.

현길언의 가족소설의 특징 가운데 하나는 가족 중 한 사람이 본의든 본의가 아니든 '이단자'가 되어서 다른 가족들로 하여금 억압적이거나 한스러운 삶을 살게 하는 데 있다. 여기에서 말하는 '이단자'란 가족의 행복을 깨뜨린 것처럼 묘사되고 있지만 실제로는 그 이단자의 존재 때문이라기보다는 이단자를 만들어낸 사회와 역사 때문이다. 그러니까 가족 중 이단자가 없다고 해서 그 가족의 행복이 깨지지 않았으리라는 보장은 전혀 없다. 「우리들의 조부님」에서는 화자의 '아버지'가 민보단 부단장으로 있었음에도 불구하고 공비의 습격에 협조했다는 모략을 받음으로써 비명에 간다. 그의 죽음은 30여 년 동안 해명되지 않은 채 '할아버지' '어머니' '나'라는 가족 3대에 상처로 남아 있었던 것이다. 「먼 훗날」에서는 '9촌 아저씨 경민'이 "일본이니 어디니 호강스럽게 돌아다니며 공부를 헵네" 떠돌아다니다가 "겨우 해논 일이 집안씨 멸족시키는" 일이었다. 여기에서는 그는 유일하게 살아남아 대를 잇고 있는 '덕재'를 제외하고 덕재의 조부모와 부모와 형제들까지 죽게 한 이단자인 것이다. 「지나가는 바람에」에서는 화자의 삼촌이 열일곱 살 농업학교 4학년생 때 '빨갱이'가 되어 가출함으로써 집안 식구들이 경찰에 소환당하고, 할머니가 공비들에게 살해당함으로써 집안의 불행을 가져오는 이단자가 된다. 「귀향」에서 화자의 '아버지'는 좌익에 가담하여 가출을 함으로써 나머지 가족이 살던 집을 버리고 이사하게 되고 그 결과 '할머니'와 '삼촌', 유복자로 태어난 '동생'과 끝까지 한을 풀지 못하고 유언을 남긴 '할아버지' 등의 죽음에 대해서 책임이 있는 것으로 나타난다. 그뿐만 아니라 화자 자신의 외국 유학에도 방해하는 역할을 하는 이단자로 남아 있다. 「씌어지지 않은 비문」에서는 아들 삼형제가 모두 실종됨으로써 주인공의 불행을 평생토록 씻지 못하게 하고, 「어린 영웅담」의 '삼촌'은 일제의 '소년 특공대'로 나가서 전사함으로써 가족에게 불행을 느끼게 한다.

이와 같은 현상으로 볼 때 작가가 생각하고 있는 행복이란 철저하게 가정 중심임을 알 수 있다. 그러니까 그의 대표적인 작품들에서 가족 중 하나가 가정을 떠나서 '죽거나' '실종되거나' '돌아오지 못하고' 있다. 그것은 바로 가정의 행복이 '모두가 있음에 의한 균형'이라는 것을, 그리하여 그의 소설이 지니고 있는 미학이 '하나의 없음에 의한 불균형'이라는 것을 나타내준다. 그의 작품에 나타나는 '당숙' '재종숙' '재당숙' 등의 호칭은 바로 가족의 이름으로 개인의 비극을 설명하고자 하는 의도를 드러낸다. 그래서 실제로 그의 작품에서 개인의 불행이 보다 비극적으로 느껴지는 데는 가족의 호칭이 많은 기여를 할 수 있었을 것이다.

그러나 그의 다른 작품들에서는 이러한 개인의 비극이 6·25세대의 종말과 함께 끝나지 않음을 보여준다. 「금녕사굴 본풀이」「용마의 꿈」 등을 통해서 그 이전의 과거에도 있었고, 「성 무너지는 소리」「다락일기」「이상한 끈」에 의해 현재에도 계속되고 있으며, 「급장선거」「소문」 등의 어린이를 통해서 미래에도 계속될 것임을 예고한다. 작가는 가족의 불행이 작가 자신이 싸워야 할 근원적인 대상임을 보여주고 있는 것이다. 그런데 이처럼 작가의 관심이 시간적·공간적인 확대를 거듭할수록 비극의 농도가 약화되고 있다는 것은 작가 자신이 생각해야 할 문제이다. 왜냐하면 제주도만의 삶과 그 비극성을 표현하는 과정에서 탁월한 지방주의의 승리를 읽게 한 것은 제주도란 공간에 대한 탐구가 바로 삶 자체를 형성할 만큼 체험의 수준을 넘어서고 있기 때문이다. 그러한 점에서 시간과 공간의 확대에도 불구하고, 아니 그러면 그럴수록, 보다 새로운 감동을 경험하게 만드는 것이 모든 작가가 새로운 문학을 시도하는 이유이리라. 이 작가도 예외는 아니다. 보다 나은 삶에 대한 꿈이 있는 사람은 모두 작가들에게 그러한 기대를 하지 않을 수 없다. 제주도라는 지방적 삶의 특수성을 통해서 한국인이라고 하는 분단된 민족의 보편적인 비극을 이야기해주는 이 작가의 탁월한 재능이 우리에게 그러한 기대를 갖게 만든다. 가족소설이 지닌 보수성에도 불구하고 과장된 몸짓이 없는 그의 소박성에서 작가적 진실을 읽게 만드는 그의 재능은 가족소설의 한계를 뛰어넘을 수 있기 때문이다. 〔1984〕

일상적인 삶의 즐거움과 괴로움
—김국태의 단편소설

김국태의 소설을 읽게 되면 대부분의 경우 주인공이나 등장인물 들이 우리에게 거리감을 갖게 하기보다는 이웃사람같이 친근감이 느껴진다. 그의 소설 속 주인공들이 남들보다 권력이나 재산, 재능을 많이 소유하지 않은 평범한 일상인이라는 것을 의미한다. 장래 소설가의 꿈을 안고 해마다 연말이면 신춘문예에 응모했다가 실패한다든가, 적은 월급을 받으면서 직장에서 승진 기회를 기다리지만 승진하지 못한다든가, 박봉을 받는 처지이면서 이모네집 식구들에게 끊임없이 돈을 뜯기고 있다든가, 노처녀인 여순경이 고아 출신의 전과범 손에 놀아난다든가, 정년퇴직한 노인이 대학생이 된 아들과 술동무가 된다든가 하는 그의 소설 속 주인공들은 모두 우리 주변에서 흔히 볼 수 있는, 이를테면 서민들과 다르지 않다. 주인공들이 이처럼 서민들이라는 것은 그들이 우리의 선망의 대상이 아니라, 우리와 마찬가지로 작은 일에 분노하고, 사소한 사건으로 고민하며, 아무렇지도 않게 넘어갈 수 있는 일에도 상처를 받고, 하찮은 성취에 커다란 기쁨을 느끼는 사람들이라는 얘기다. 조그마한 이해관계로 갈등을 느끼고 일상생활의 끝없는 얽힘 속에서 헤어나지 못하는 이들은 보다 큰 이상의 실천이나 보다 근원적인 삶의 의미에 대해서 질문을 던질 겨를도 없이 매일매일 부딪치는 문제와 씨름하며 살아간다. 그의 소설 속 주인공들이 지닌 이러한 성질은 어쩌면 역사적으로 변해온 문학의 주인공의 그것과 일맥상통한다고 할 수 있을지도 모른다. 서사시의 주인공이었던 '영웅'이 오늘날의 문학에서 사라졌기 때문이다. 문학에서의 '영웅'이란 우리가 삶에서 성취하지 못한 것을 작품 안에서 성취한 사람을 일컫는다. 이상과 현실 사이의 거리가 오늘날처럼 멀지 않은 서사문학의 시대에는 문학 속의 영웅이 현실 속의 영웅과 지금처럼 커다란 차이를 보이지 않았기 때문에 영웅을 주인공으로 내세우는 것이 자연스러운 일이었다. 하지만 오늘날의 주인공으로 일상적인 서민을 내세우는 것은 개인의 기능이 약화된 현대 사회에서 당연한 일일 수 있다. 그만큼 현대 사회는 조직이나 기구, 그리고 그것을 구성하고 있는 대중의 기능이 강화된 반면에 개인의 역할이 세분화되고 약화되었다. 마찬가지로 소설의 주인공들도 자신의 이상을 내세워서 그것을 실천하기 위해 남다른 비상한 능력을 발휘한다기보다는 생활이라는 수렁 속에 빠져서 수렁의 현실을 벗어나지 못하고 있다. 김국태의 소설에 나오는 주인공들은 그러한 현대적인 한 유형에 속한다고 볼 수 있다.

그러나 그 유형은 전개 양상에서 삶의 다양성과 마찬가지로 여러 가지 모습으로 나타난다. 가령 소설가가 되고자 하는 사람을 다룬 「무인도에 가서」의 주인공 '김병휘'는 출판사에 근무하면서 소설가가 되기 위해 퇴근 후에도 사무실에 남아 습작을 하고 연말에는 각 신문사의 신춘문예에 응모하지만 한 번도 당선되지 못한 실패한 작가 지망생이다. 그는 응모한 작품에 대한 회답이 없자 마실 줄도 모르면서 술집을 배회하기도 하고, 자신의 작품을 읽어주기로 한 신입 사원으로부터 회답을 기다리기도 한다. 그러다가 망년회 날 그 신입 여사원에게 이끌려 온천이 있는 소읍으로 가서 하룻밤을 보내게 된다. 그곳은 회사 사람들도 없고 거리의 붐비는 인파도 없는 그 두 사람만이 있는 '무인도'로 비유된다. 여기에서 이들이 '무인도'를 찾는 이유는 무엇인가? 그것은 이들이 정당한 대타관계를 갖고 있지 못하거나 이들이 속해 있는 사회로부터 홀대와 억압을 받고 있는 등의 이유에서 가능하다. 실제로 이 소설의 주인공은 자신의 직업인 출판사 사원이라는 자격을 임시의 것으로 생각하고 있음을 알 수 있다. 그가 작가가 되고자 하는 것은 바로 '임시' 상태의 직업으로부터 평생의 직업으로 전환하고자 하는 그의 의도를 드러낸다. 그러니까 그가 출판사에 취직한 것은 어디까지나 생계유지를 위한 수단이지 그의 욕망이나 이상을 실천하기 위한 일환은 아니다. 그의 욕망이나 이상은 소설가로 성공하는 것이지만 지금 그는 그 등용문에서 끊임없이 실패를 겪고 있다. 여기에서 보다 더 근본적인 비극은 소설가가 된다고 하더라도 그의 이상이 실현된다는 어떤 보장도 없다는 데 있다. 그렇기 때문에 주인공이 소설가가 되고자 한다는 사실마저도 서민의 소박한 꿈에 지나지 않는다. 그래서 서민이 아닌 사람의 눈에는 그것이 주인공의 삶의 조건에 큰 변화를 가져오지 못할 것으로 보일 수 있고, 따라서 주인공의 행동이 무모해 보일 수 있다. 그러나 그의 삶의 과정을 이해하고 그것을 사랑할 수 있는 사람은 주인공과 거의 동일한 삶의 조건 속에 사는 그 '여자'이다. 이들이 '무인도'로 떠나고자 하는 이유는 이 인물들이 동일한 삶의 조건 속에 있는 모든 사람을 이해하고 사랑하는 것이 아니라는 점을 말한다. '무인도'로 떠난다는 것은 그 두 사람과 동일한 삶의 조건을 갖고 있는 동료들과 그들이 속한 사회 전체로부터 떠난다는 의미다. 바꾸어 말하면 그 두 사람을 제외한 모든 것으로부터의 탈출이다. 그것은 그 두 사람만의 내밀한 관계가 그들을 다른 사람과 구별되게 만든다는 점에서 타인들로부터의 도피라고 할 수 있다. 그런데 이러한 도피에는 '금지'의 어김이 전제되어야 함에도 이들의 사랑에는 금지의 어김이라는 요소가 전혀 없다. 그들은 미혼의 젊은이들로서 사랑을 하는 데 방해가 될 요소들이 없다. 따라서 그들이 상상의 무인도로 떠나는 것은 그들의 사랑이 사회로부터 허용받기 힘든 성질을 띠거나 그들의 삶의 조건을 잠시 잊고자 하는 망각의 의지가 작용하고 있다고 보아야 한다.

이러한 관점에 주목하게 되면 김국태의 소설은 대개 그 두 가지 요소가 서로 작용하고 있는 양상을 띠거나 혹은 그 두 가지 계통으로 구분되어 나타난다고 할 수 있다. 가령 「무너지는 얼굴」은 한 집안의 생활을 꾸려가는 노처녀 여순경의 이야기다. 여기에서 '노처녀'란 나이가 들었으되 결혼을 하지 못했다는 것을 뜻하는데, 그렇게 되기까지는 그 집안의 살림을 꾸려가야 하는 그녀의 삶의 조건이 작용하게 된다. 그러나 친구 남편으로부터 고아이지만 '일류'라고 소개받은 전과 3범의 남자를 알게 되자 그녀는 그의 인간적인 면모에 끌리는 것이 아니라 그의 성적인 욕망의 대상이 되어버린다. 그녀는 그것을 사랑이라고 생각하면서 그와의 결혼을 꿈꾸게 되지만 어느 날 자신이 전과 3범인 그에게 속아왔다는 사실을 알게 된다. 그녀는 그와의 결혼이라는 결과만으로 그를 용서하게 되는데, 여기에서부터 그녀와 그의 관계는 반전된다. 그는 그녀에 대한 보복의 수단으로 섹스를 하게 되고 그 결과 그녀는 스스로 간통의 죄를 허위로 고백함으로써 그로부터 자유로워지는 반면에 감옥에 구속되는 것이다. 여기에서 섹스는 사랑의 표현이 아니라 다른 목적을 달성하는 도구로 쓰인다. 그것은 바로 진정한 사랑에서 금지의 어김에 해당하는 도구다. 그러나 그들은 각자 섹스를 통해서 자신들의 삶의 조건을 바꾸고자 시도하고 있는 것이다. 작가는 여자 주인공으로 하여금 그로부터 자유로워지는 대가로 감옥의 구속을 선택하게 만듦으로써 그러한 시도가 전혀 성공할 수 없다는 것을 암시한다.

이와 같은 섹스의 왜곡된 표현은 「애박(愛縛)」이나 「딸」에서 더욱 심각하게 나타난다. 「애박」에서 주인공 '조일광'은 위로 딸만 다섯을 낳은 어머니 '남양댁'의 손버릇 때문에 성년이 된 후에까지 곤욕을 치를 뿐만 아니라 소설의 제목 그대로 모성애의 이름으로 속박당해 결혼에 이르지 못한다. 얼핏 보면 그것은 맹목적인 모성애의 왜곡처럼 보이지만, 이 작품의 도처에서 그것이 섹스의 왜곡된 표현이라는 암시를 읽을 수 있다. 가령 남양댁이 남편 조주사를 "하초가 튼튼치를 못하다"라고 비난하면서 딸을 많이 낳은 이유도 거기에서 찾고 있는 것이라든가, 친구가 술좌석의 농담을 통해서 조일광의 출생에 의혹이 있음을 암시하는 것이라든가, 아내의 구박에도 불구하고 '조주사'가 아무런 대답을 하지 못하고 당하기만 한다든가 등은 모두 정상을 벗어난 성 관계를 암시한다. 고희를 맞이한 '남양댁'이 '신붓감' 타박을 하고 아들의 등판에 땀띠약을 발라주며 "힘껏힘껏 더듬어나갔다"라고 하는 것은 좀 아슬아슬한 왜곡된 성의 표현이 아닐 수 없다.

이러한 현상은 「딸」에서 '정신병의 중환 증세'로까지 이야기된다. 이른바 '윤 교장의 간통 사건'이라는 다분히 저급한 주간지 기사의 제목 같은 주제를 다루고 있는 이 작품에서 주인공인 윤 교장은 어렸을 때 자신이 좋아했던 총각 선생으로부터 아무런 응답을 얻지 못하자 자살을 결심하기도, 또 사창가에 출입하기도 한다. "자살의 충동에서 놓여난 그녀는 낮에는 학교에 갔으며 저녁 시간은 사복을 입고 사창가를 출입했다"라고 하는 설명이 커다란 설득력을 얻지는 못하지만, 작가는 그러한 행위를 "총각 선생님에 대한 복수의 방식으로" 선택했다고 설명한다. 여기에서 주인공은 자신의 수치심과 죄책감을 씻기 위해 "포주에게 물고 남은" 돈을 가난한 사람들에게 던져주었으며, 그러한 과정에서 '총각 선생님'을 만나 그에 대한 환상으로부터 벗어날 수 있게 되었다는 것이다. 그러나 일단 순결을 잃은 자신의 육체를 보다 깨끗하게 하려는 심리적인 욕망은 교장이 된 그녀로 하여금 끊임없이 새로운 남자에 대한 욕망과 출산 욕망을 갖게 만드는데 작가는 이것을 정신병으로 설명한다. 여기에서 작가는 무엇을 이야기하고자 했는지 분명하게 보여주지 않지만, 어렸을 때 체험한 성의 억압이 개인의 삶 전체에 비극적인 요인으로 작용하는 과정을 보여주고자 하지 않았을까 유추하게 만든다.

그러나 무슨 문제나 마찬가지겠지만 성의 문제를 삶의 구체성을 떠나서 탐구하고 묘사하는 것은 문학에서 별로 바람직한 현상이 아니다. 자칫하면 성을 지나치게 신비화하고 그것에 너무 많은 가치를 부여함으로써 윤 교장의 소녀 시절처럼 삶과 성의 관계를 정상적으로 받아들이지 못하고 '삶 속의 성'이 아니라 '성 속의 삶'이라는 왜곡된 관계로 받아들이게 만든다. 그러한 왜곡은 가짜 문제를 가지고 고민하고 싸우는 결과를 가져옴으로써 인간의 능력을 소모시켜버릴 가능성이 있다. 그러나 이 작가에게서 성의 가장 중요한 현상은 이러한 신비화에 있지 않고 서민들에게서 삶의 즐거움이란 그들이 사회나 역사 전체를 움직일 수 있다고 생각하지 않기 때문에 커다란 성취에서 찾아지기보다는 사소한 데서 찾아진다. 예를 들면 버스가 고장 났을 때 누군가가 나타나서 눈길에 헤매지 않게 해준다든가, 회사에서 회식을 시켜주어서 주머니 사정을 걱정하지 않고 술을 마실 수 있다든가, 딸만 낳던 아내가 아들을 낳았다든가, 자식이 커서 부모의 마음을 기쁘게 해줄 작은 효도를 한다든가 하는 것들과 마찬가지로 일상적인 생활의 한 양상으로 나타나는 사소한 즐거움이다. 그렇기 때문에 「드잡이」와 같은 작품에서는 "이모부가 그런 식으로라도 찾아주는 것이 못내 고마운 것"이라고는 하지만 주인공 '이필한'이 살고 있는 박봉의 월급쟁이의 생활은 고부간의 불화도 없고 모자 사이의 관계도 나쁘지 않으며 부부 사이의 금실도 좋기 때문에 그런 대로 행복한 편이다. 여기에서 불편함으로 남아 있는 것은 이모와 그 식구들이 돈을 얻어간다는 사실이지만 작가는 그러한 불편함도 마지막에 이모부의 구원을 그림으로써 삶의 정겨운 양상으로 파악하고 있다. 말하자면 일상생활에서 약간의 속임수도 그들의 의도가 나빠서 일어나는 것이라기보다는 생활의 빈곤 때문에 불가피하게 일어나는 것임을 이모부의 '고추' 사건으로 설명한다. 그러나 이러한 설명 과정에서 주인공의 내밀한 성 생활의 일부를 드러내는 것은 주인공 부부의 일상생활에서 즐거움이 지닌 사소한 성질들을 이야기하기 위한 것이다.

주인공들이 이처럼 서민적인 삶의 즐거움과 슬픔을 체험하게 되는 것은 그들이 소속된 직장이나 그들이 이끌고 있는 가정에서 거세된 남성으로 존재하고 있기 때문이다. 거의 대부분의 작품에서 김국태의 주인공들은 자신의 삶을 적극적으로 개척하며 살아간다기보다는 피동적으로 이끌려가며 살고 있다. 대부분이 월급쟁이인 그의 주인공들이 왜 그들의 사회 속에서 피동적인 삶을 살 수밖에 없었는가는 「귀는 왜 줄창 열려 있나」에서 잘 드러난다. 교과서를 만들다가 편집장이 과로로 쓰러지자 공무부장으로 있던 '우길호'가 편집부장 서리를 겸임하게 된다는 이 작품에서 하나의 조직체를 지배하는 사람은 출세를 위해서 온갖 수단과 방법을 가리지 않는 사람이거나 자신에게 맡겨진 일을 적당히 수행하면서 온갖 요령을 부리는 사람인 반면에, 맡은 일에만 충실한 사람은 시간이 지남과 함께 도태될 수밖에 없다는 것을 보게 된다. 여기에서 공무부장인 '우길호'나 편집부 윤 계장의 대결은 바로 전자의 경우를 대표하고, 편집부 '조 과장'이 공무부로 밀려났다가 회사를 그만두는 것은 후자의 경우를 대표한다. 그런데 전자의 경우에서 두 사람의 대결이 처음에는 회사에 충성을 가장하고 있는 '우길호'의 승리로 나타나다가 나중에는 '윤 계장'의 승리로 반전되는 것은 작가가 '우길호'의 행위를 열등 콤플렉스로 파악하고 있기 때문이다. 그의 '우직'을 가장한 '노회성'은 자신보다 학력이 높은 사람들의 지배까지는 이를 수 있지만 그 지배가 열등의식의 충족 수단이 되었을 때 또 다른 요령주의자의 도전을 받아 무너지게 된다. 여기에서 요령도 없고 야망도 없이 맡은 일만 충실히 하는 '조 과장'이 결국 공무부로 밀려났다가 회사를 그만두게 되는 것은 「무인도에 가서」의 주인공이 출판사 사원을 임시직으로 생각하는 이유가 된다. 그처럼 소극적인 월급쟁이는 「술동무」에서 '김진범'처럼 만일 밀려나지 않고 정년퇴직을 한다고 해도 결국 아들을 술동무로 찾을 정도로 외롭고 쓸쓸한 종말을 맞이하는 수밖에 없는 것이다. 그렇기 때문에 서민들은 「무인도에 가서」의 주인공처럼 그들의 현재의 직장이 아닌 곳에 꿈이 있지만 어쩔 수 없이 현재의 직장 생활에 이끌려가면서 적극적인 삶을 사는 출세주의자나 요령주의자의 지배를 받는 수밖에 없는 것이다.

직장에서 온갖 억압과 지배를 감당해온 이들은 따라서 웬만한 일을 보고도 분노하지 않는다. 가령 「귀는 왜 줄창 열려 있나」에서 편집부장 서리가 된 '우길호'가 편집부 직원들의 좌석을 벽을 향해 배치하고 전화도 길게 하지 못하게 했을 때 거기에 도전했던 '조근제'의 분노는 그 전날 마셨던 알코올의 힘을 빌린 것으로 나타나서 결국 다른 사람보다 더 비굴한 아첨으로 변해버리게 된다. 아마도 '조근제'의 이 분노를 제외하고 그의 소설들에서 찾아볼 수 있는 또 다른 분노는 「여름밤 사나운 꿈」과 「청맹과니」에서 느낄 수 있는 운전사의 횡포 정도가 아닐까 생각된다. 물론 이 작품들에서 주인공들의 직접적인 분노의 폭발을 읽을 수 있다는 이야기가 아니라 여기에서 작중인물들이 분노를 일으켰음직한 답답한 현실을 읽을 수 있다는 것이다. 우선 「여름밤 사나운 꿈」은 오랜 가뭄이 계속되다가 비가 내리자 피서지에서 버스를 타고 귀향길에 오른 서민들이 차 안에서 마주하게 되는 운전사의 횡포와 차장의 뻔뻔스러움을 보여준다. 운전사의 횡포는 승객들을 지배하려는 자세로부터 정비 불량의 차 냉방 상태에서 나타나고, 차장의 뻔뻔스러움은 운전사의 횡포에도 불구하고 승객들의 박수까지 끌어내려는 행동과 서민들의 교양 정도를 경멸하는 행위로 나타난다. 작가는 이 작품에서 주인공을 내세우지 않고 다만 운전사와 차장의 행동을 묘사함으로써 그들의 횡포에 대해 서민인 승객들이 적극적인 반응을 보이지 않고 소극적으로 이끌려가고 있는 것을 분개하고 있는 듯하다. 그러나 실제로는 그러한 작가의 분노도 나타나지 않고 오직 읽는 독자만 이 그것을 느낄 수 있을 뿐이다. 반면에 「청맹과니」에서는 눈길에 대비하지 않은 버스 운전사가 눈길에 차가 박혀 움직일 수 없게 되자 마치 그 책임이 승객들에게 있기나 한 듯 승객들을 억압하려 드는데, 교도소에서 나온 '사내'가 승객들과 힘을 합해 운전사의 횡포에 대항하고 있다. '사내'는 반항하려는 운전사를 묶어놓고 스스로 운전대를 잡아 승객들을 위기에서 벗어나게 한다.

여기에서 한 가지 주목할 수 있는 것은 이 작가가 서민들을 그리는데 흔히 이름을 사용하지 않는 사실이다. 「무인도에 가서」에서 '김병휘'의 상대역을 '여자'로만 부를 뿐 이름이 없다거나, 「청맹과니」에서 승객들을 구한 사람을 '사내'로만 지칭할 뿐 이름을 붙이지 않은 것은 물론이거니와 「여름밤 사나운 꿈」에는 이름을 지닌 인물이 하나도 등장하지 않는다. 특히 「여름밤 사나운 꿈」에서 '화자'는 분명히 다른 승객들과 함께 버스에 타고 있는 하나의 승객임에는 틀림없으면서도 그 모습을 드러내지 않고 '운전사'와 '차장'도 무명의 인물로 나타난다. 이처럼 작중인물들이 고유명사를 소유하지 않은 채 작품 속에 등장하는 것은 대단히 상징적이다. 그것은 그들이 모두 이름을 어떻게 붙여도 좋을 필부필부(匹夫匹婦)에 지나지 않음을 의미하는데, 그들에게는 이름이 있거나 없거나 마찬가지다. 그들은 우리 주변 어디에서나 흔히 볼 수 있는 평범한 인물들이라는 것을 그들의 무명성에서 보다 분명하게 알 수 있다. 따라서 그의 주인공들이 이름을 지녔다고 하더라도 그것은 단지 그 인물을 지칭하기 위한 것일 뿐 힘을 행사하는 경우가 아니다.

이처럼 김국태의 소설 속 주인공들은 모두 현실에서 커다란 성공을 거두지 못하고 무명의 존재로 삶을 유지하고 있는 서민들이다. 이들 중 그래도 비교적 사회적 지위가 향상된 주인공을 든다면 「빛이 머물렀던 자리」에서 신문사 논설위원이 된 '윤'과 「길 위에서 길 밖에서」의 회사 이사로까지 승진한 '나' 정도일 것이다. 그러나 이 소설들에서 다루고 있는 주제는 '윤'이나 '나'의 성공담이 아니다. 김국태의 작품들 중 그 짜임새나 감동의 질 면에서 다른 작품들을 능가하는 이 두 작품에서 문제가 되고 있는 것은 한때 동일한 삶의 체험을 공유하고 있는 두 친구의 위치가 삶을 지속하면 할수록 달라지는 현실이다. 가령 「빛이 머물렀던 자리」에서 '윤'은 기자 생활 20년에 부끄러움만 가지고 논설위원이 되었는데, 옛 전우인 '김 중령'이 무직의 알코올 중독자가 되어 찾아왔을 때 더욱 부끄러움을 느낀다. 그래서 '김 중령'이 6·25 당시의 우정을 생각해 술값 좀 얻으려고 왔을 때 '윤'은 더 많은 것을 그에게 주고 싶어 한다. 그 두 사람 사이에 신분은 달라져 있었지만 남성적인 우정은 여전했던 것이다. 그러나 과거에 그처럼 많은 무공훈장의 주인공이 결국 거리에서 동사하고만 현실에 대해서, 주인공은 자신이 마음대로 기사를 쓸 수 없었던 것과 같은 모순을 발견하고 있다. 그렇기 때문에 '윤'은 자신이 논설위원이 되어 '김 중령'보다 나은 삶의 조건을 누리는 것을 자랑스럽게 생각하기보다는 부끄럽게 생각한다. 특히 '김 중령'이 사무실로 찾아와 책상 위의 원고를 보고 이것이 '윤 위원'이 하는 일이냐고 묻는 장면은 그의 부끄러움을 잘 보여준다.

「빛이 머물렀던 자리」의 '윤 위원'과는 달리 「길 위에서 길 밖에서」의 주인공 '나'는 대학 동창인 소설가 지망생 '유군'보다 빨리 사회에 진출하여 회사의 계장-과장-부장-이사로 승진을 거듭한다. 반면에

'유군'은 여러 가지 면에서 '나'보다 재능과 실력을 갖추었음에도 불구하고 어느 직장에도 정착하지 못하고 떠돌아다닌다. 이처럼 여기저기 떠돌아다니면서도 '나'와의 우정을 유지해오던 '유군'은 그러나 교통사고로 비명에 가버린다. 여기에서 '유군'의 떠돌아다님은 그가 사회 속에 뿌리를 박지 못하고 있음을 의미한다. 뿌리 뽑힘이라고 말해도 좋을 그의 사회적 방황은 그의 재능을 수용할 수 없는 그의 사회가 지닌 문제의 제기인 것이다. 그런 가운데 재능 있는 개인은 창조적인 자아를 실현하는 능력을 상실하고 비판과 야유의 제스처로 자신을 지탱하게 된다. 이것은 일종의 허세에 해당하는데, 그러한 개인 앞에서 '나'는 부끄러움을 느끼는 반면에 자신의 가족 앞에서는 승진을 자랑으로 생각하게 된다. 따라서 '나'는 친구와 가정 사이에서 이중의 배반된 의식과 씨름하게 된다. '넥타이'로 상징되는 '나'와 친구, 혹은 나와 사회의 관계는 '유군'을 받아들이지 못하고 '나'를 인정하고 있는 사회의 약점을 드러내는 동시에, 그것을 이용하고 있는 '나'에게 삶의 정체를 반성하게 만드는 것이다. 전쟁터의 영웅인 「빛이 머물렀던 자리」의 '김 중령'이 사회에 정착하지 못했던 것처럼 학창 시절의 재사인 「길 위에서 길 밖에서」의 '유군'도 사회에 뿌리를 내리지 못하고 있다. 이 두 사람의 죽음은 그들의 방황만큼이나 비극적인 일이지만, 그것을 통해서 '윤 위원'과 '나'의 내면에 망각 상태로 있던 의식이 비로소 잠을 깬다. 그리하여 사소한 즐거움과 고통을 느끼며 살고 있던 김국태의 일상적인 인물들이 이제 삶의 정체를 반성함으로써 큰 고통 없이 산다는 것의 허구를 깨닫고 있는 셈이다. 이러한 깨달음은 어쩌면 작가의 소설에 보다 중요한 전기를 마련할 수 있을 것이다. 〔1984〕

III

구조」에는 현실의 폭력을 비판적으로 성찰하고자 했던 한 비평가의 지적 노력이 온전하게 담겨 있다. 정치적인 현실이 정신을 병들게 하고 언어를 파괴하고 있던 추문의 1980년대 한가운데에서,
비평적 모색을 꾸준히 이어간다. 그에게 문학은 이른바, "고통스러운 행복의 기록들"이 각인되어 있는 새로운 언어적 가능성을 의미했다. 그러한 가능성을 길어 올리기 위한 지적

「풀」의 구조와 분석

—김수영의 「풀」

김수영의 시를 높이 평가하는 사람들 중에는 두 계열의 주장이 공존해왔다. 그 한 계열은 김수영의 초기 시인 모더니즘의 영향 아래 쓰인 시를 인정하지 않으면서 1960년대 이후의 김수영을 도덕적인 긍정의 입장에서 파악하고 민중 시인의 대표적인 인물로 내세우는 쪽이고, 다른 한 계열은 김수영의 초기 시로부터 마지막 작품으로 추정되는 「풀」에 이르기까지의 시적 변모 자체를 긍정적으로 파악하면서 김수영의 시가 지닌 힘의 근원을 그의 시의 미학적 구조에서 발견하고 있는 쪽이다. 그러나 이 두 계열의 공통점은 김수영이 한국 시의 역사에서 하나의 세계를 연 시인이며, 그의 시 작품 중 「풀」이 대표적인 작품이라는 데 있다.

사실 '온몸으로' 시를 써야 한다고 하면서 「시여, 침을 뱉어라」라고 하는 그의 독특한 시론은 그가 시의 본질에 대한 탁월한 깨달음에 이르렀음을 이야기하며 그의 시의 실험적인 성격은 시적 열정의 결과로 보아야 한다. 가령 백낙청은 「김수영의 시 세계」에서 "피로한 밤을 감미롭게 노래하는 것으로 만족하기에는 그는 너무도 왕성한 생명력과 발랄한 지성의 소유자였고 염치와 예절의 인간이었다"라고 하면서 김수영의 서정이 낭만적인 것이 아니라 현실적인 것임을 강조한다. 그러나 그러한 강조는 곧 김수영의 시가 '행동의 시'이지 '행동의 도구로서의 시'가 아니라는 결론에 도달하면서 그의 시의 결점은 지나치게 '재기 발랄'하다는 점에서 찾고 있다. 그리고 이 재기 발랄함이 4·19의 위대성과 빈곤성을 동시에 깨닫게 된 무렵부터 보다 큰 '시민의식'의 성장으로 나타남으로써 한국 문학의 한 지표를 형성하게 되었고, 그리하여 "김수영의 작품에서 아쉽게 여기는 것들, 예컨대 그 난해성과 단편성, 또는 완전히 극복 안 된 소시민성조차도" "그가 이 시대를 정말 자기 것으로 산 흔적으로" 소중히 여기게 된다는 것이다.

이러한 견해는 김수영이 한국 문학의 역사에서 차지하고 있는 위치를 지적인 조명으로 밝히고자 하는 경우에 속한다. 그러한 점에서는 염무웅의 다음과 같은 평가도 같은 궤도 위에 있는 것처럼 보인다.

> 4·19 혁명은 해방 후 우리 문학사의 분수령이었을 뿐만 아니라 김수영의 문학적 생애에 있어서도 분수령이 되었다. 이를 계기로 하여 김수영의 문학은 단연코 사회적인 성격을 띠게 되었고, 인간의 구체적 삶을 규정짓는 터전으로서의 정치·사회적 상황에 예리한 관심을 기울이게 되었다. 1960년대의 시들도 그 대다수는 소재를 개인적·신변적인 데서 구했지만 그런 경우에도 언제나 사회적 관련이 의미를

결정하는 보다 중요한 요인이 되었다. 이와 동시에, 그는 시론과 시 비평에 손을 대어 우리 시단의 낙후성과 기만성을 공격하고 시인적 양심과 표현의 자유를 옹호하기 위한 정력적인 활동을 전개함으로써, 1960년대 후반부터 지금까지에 이르는 한국 시의 한 시대를 개막하였다.

이러한 평가에서 볼 수 있듯이 문학에서 어떤 이념을 정립하는 데 공헌한 지식인으로서 김수영의 역할이 높이 평가된 반면에, 그의 시에 대한 평가는 "기술적으로 더욱 원숙해지고 있고 예민한 정치적 감각이 도처에서 번뜩이고 있다는 것 이외에 시 자체의 어떤 본질적인 발전을 찾기는 매우 어려운 것"으로 나타난다. 이처럼 김수영 시가 본질적으로 변하지 않았다는 데에는 그의 초기 시에 나타난 모더니즘의 흔적이 완전히 제거되지 않았다는 것과, 따라서 소시민적 요소를 극복하지 못했다는 것이 이유가 된다. 즉 "김수영은 한국 모더니즘의 위대한 비판자였으나 세련된 감각의 소시민이요, 외국 문학의 젖줄을 떼지 못한 도시적 지식인으로서의 그의 모더니즘을 청산하고 민중시학을 수립하는 데까지 나아가지 못하였다"는 것이다. 염무웅의 이러한 유보도 「풀」에 이르면 완전히 사라진다. "그러나 「풀」 같은 그의 마지막 무렵의 작품은 그가 1960년대 말부터 등장한 젊은 후배 시인들과 어깨를 나란히 하여 그 자신의 시대적 한계를 넘어서는 일에 적극 나섰으리라는 심증을 굳게 한다"라고 하는 평가는 김수영의 시에서 「풀」의 중요성을 시인의 이념적 역할로 설명하는 것이다.

「풀」이 김수영에게 대표적이며 최고의 작품이라는 평가는 황동규에게서도 나타난다. 그는 김수영의 「꽃잎」 연작을 분석하면서 "그가 사고로 갑자기 세상을 뜨지 않았다면, 이 시에서 출발하여 그의 최후의 작품이라고 추정되는 「풀」을 통과하여 연장되는 하나의 새롭고 확실한 선 위에 이 시를 놓을 수 있을지도 모른다"라고 함으로써 「꽃잎」 연작을 높이 평가하고 있지만, 사실은 「풀」이 많은 평가를 받고 있는 반면에 「꽃잎」이 별로 평가를 받고 있지 못하기 때문에 「꽃잎」을 「풀」과 연관시켜서 새로운 평가를 내리고자 하는 것으로 보인다. 그러한 평가는 김수영의 시가 파블로프의 개와 같은 조건반사를 요구하는 사회에서 그런 요구에 분개하면서도 어쩔 수 없이 종소리에 침을 흘리는 자기 자신의 발견과 그 발견에 의한 절망을 노래하고 있다는 데로 귀착된다.

황동규는 이 절망감이 김수영의 시에서는 '반복'이라는 시적 기법을 통해서 나타나며 반복의 기법이 「꽃잎」과 「풀」에서는 주술적인 효과로 사용되고 있다는 것이다.

반복 기법에 관한 황동규의 이러한 주목은 시의 기교가 시인의 시적 의식의 추이와 별도로 존재하지 않는다는 것을 드러내고 있다는 점에서 중요한 의미가 있다. 그러나 여기에서 주술적이라는 말이 「풀」에도 해당하는지는 확실하지 않다. 왜냐하면 「꽃잎」에서는 "꽃을 주세요"라는 기원이 있고, 「해」에서는 "해야 솟아라"는 기원이 있기 때문에 주술적이라고 할 수 있겠지만 「풀」에서는 어떤 기원이나 명령 없이 현상의 묘사로 끝나고 있기 때문이다. 그러한 점에서 주술적이라는 해석보다는 모순율의 발견이라는 해석이 훨씬 더 설득력 있는 것처럼 보인다.

"혼자서는 움직일 수 없는 풀"과 "풀을 움직이게 하는 바람" 사이의 관계에서 처음에는 바람에 의해 풀이 누웠다가 일어나지만 나중에는 바람보다 먼저 풀이 누웠다가 일어나는 현상을 볼 수 있다.

이런 현상은 사물의 두 가지 움직임이 하나로 귀일되는 경지에 시인의 의식이 도달하고 있음을 의미하는 것처럼 보인다.

그러나 이 시를 보다 자세하게 읽어보면, 여러 평자가 지적하듯 여기에는 '눕다' '일어나다' '울다' '웃다'라는 네 개의 동사의 반복이 시의 주된 흐름을 형성한다. 그러나 우리가 자연현상을 관찰하는 데서 볼 수 있는 이 네 개의 동사만으로는 이 시가 어떤 강력한 메시지를 전달하기에 불가능하다. 황동규가 지적하듯이 풀을 민중의 상징, 바람과 '비를 몰고 오는 동풍'을 외세의 상징으로 본다는 것은 시에서 메시지를 지나치게 찾는 데서 오는 오류로 보인다. "그런 의미를 붙이게 되면 비를 몰아오는 바람을 풀이 싫어할 리가 없다는 생물 생태학적인 반론에 부딪히게 될 것이다. 그리고 바람보다 동작을 '빨리' '먼저' 한다고 해서 민중에게 어떤 찬사를 주는 것이 되지도 못할 것이다."

그러한 의미에서 김현의 다음과 같은 심층적인 분석은 대단히 설득력 있다. 즉 "누군가가 지금 풀밭 속에 서 있는 것이다. 그런데 이 시에서 가장 중요한 것은, 그 숨어 있는 누구이다. 서 있는 그는, 마찬가지로 서 있는 풀이 바람에 나부껴 눕고, 뿌리 뽑히지 않으려고 우는 것을 본다(과거). 그때의 울음은 바람 소리와 풀의 마찰음이리라. 그 울음을 그는 그러나 웃음으로 파악한다(현재)." 이러한 김현의 관점은 "발목까지/발밑까지 눕는다"는 구절에서 사람의 체험의 실체를 발견했기 때문에 가능한 것이다. 이와 같은 체험을 바탕으로 이 시를 이해하게 되면 '풀'과 '바람'이라는 대립이 '눕는다'와 '일어난다'는 운동의 반복 속에서 하나로 합일되는 체험을 노래하고 있음을 알 수 있다. 실제로 이 시를 산문의 내용으로 바꿔보면 "날이 흐리다" "바람이 분다" "풀이 눕는다" "풀이 운다" "풀이 일어난다"는 문장을 기본 골격으로 삼고 있다. 그러한 점에서 이 시는 대단히 간단하며 문장 자체로서는 하나도 어려운 점이 없는 쉬운 시다. 그러나 시가 이처럼 간단하고 문장 자체가 쉽다고 하는 것은 그 시에 대한 이해가 간단하다거나 쉽다는 것을 의미하지 않는다. 아니 그렇기 때문에 시에 대한 이해는 훨씬 더 어렵고 난해한 것처럼 보인다.

그렇다면 풀이 눕는다거나 일어난다는 동작과, 바람과 풀 사이에서 그 동작의 선후관계가 되풀이된다고 하는 것은 무엇을 의미하는가? 이러한 되풀이가 이 시에서는 완전히 되풀이로 끝나지 않고 변용되어 나타난다. 여기에서 말하는 변용은 상황의 발전이라고 볼 수 있다. 즉, 첫째 연은 기본적인 상황의 제시이다. 풀이 날이 흐린 날 바람에 날려서 울고 눕는다는 기본적인 상황의 제시인 것이다. 둘째 연에서는 바람보다 풀이 더 빨리 울고 먼저 일어난다고 함으로써, 풀의 동작을 하게 만든 바람과 혼자서는 동작을 일으키지 못하는 풀이 서로 선후의 자리를 바꾸게 되는 현상을 나타내고 있다. 즉 눕는 게 일어나는 것이고 우는 게 웃는 것이 되는 깊은 경지의 깨달음의 상태를 표현한다. 다시 말하면 진정으로 눕는 것도 일어나는 것과 다름없고 진정으로 우는 것은 웃는 것과 다르지 않은 불교적 세계관의 깊은 의미를 깨닫게 하는 것이다. 따라서 '눕는다/일어난다'와 '운다/웃는다'라는 대립은 세속적으로는 성립되지만 이 시에서는 이미 해소된 상태로 나타난다.

이와 같은 대립의 해소는 서우석의 리듬 분석에 따를 것 같으면 "단순하면서도 치밀한" 리듬으로 가능하다. 그의 지적에 따를 것 같으면 셋째 연의 각 행에서 첫 음이 '날·발·바·날'의 반복이고, 첫 행 '날이 흐리고—눕는다'와 끝 행 '날이 흐리고—눕는다' 사이에 둘째 행부터 일곱째 행까지는 '까지·보다'의 반복이 있고, 넷째 행부터 일곱째 행까지는 '늦게·먼저'가 교대로 반복된다. 여기에서 이 시의 반복되는 단어만을 살려서 다시 써보면 다음과 같다.

풀이 눕는다
……
풀이 눕고
…… 울었고
…… 울다가
…… 누웠다

풀이 눕는다
바람보다 …… 눕는다
바람보다 …… 울고
바람보다 ……… 일어난다

…… 풀이 눕는다
……
…… 눕는다
바람보다 ……… 누워도
바람보다 …… 일어나고
바람보다 …… 울어도
바람보다 ……… 웃는다
…… 눕는다

이러한 반복 속에는 리듬의 속도감이 전달되고 있는 반면에 '누웠다' '울었다'와 같은 과거시제와 '누워도' '울어도'와 같은 양보 어미의 사용은 시적 언어의 변용을 통한 리듬의 희열을 느끼게 한다. 황동규는 이러한 리듬과 반복이 "논리를 초월하는, 인간의 영역이 넓어지는 쾌감까지 곁들인 그런 감동"을 준다고 주목한다.

따라서 김수영의 「풀」은 시인의 의식이 시적 완성에 지상의 목표를 두고 이룩한 새로운 단계의 시로 보인다. 그것은 초기의 작품에서처럼 복잡한 이미지들의 뒤얽힘이 전혀 없고, 4·19 전후에 나타나고 있는 야유와 탄식, 풍자와 자학 등의 일상적 자아성찰과 그 성찰 속에서 발견하게 될 절망이 보이지 않는다. 다시 말하면 그런 것들로부터 새로운 질서를 발견한 경지에 이르렀다고 할 수도 있다. 그의 마지막 무렵의 작품에서 「꽃」이라든가 「풀」이라든가 하는 자연이 등장하고 있는 것도 그러한 점에서 우연이 아닌 듯하다.

이와 같은 맥락에서 본다면 김수영의 뛰어난 점은 자기 자신의 시의 유형이 제도화되어버리지 않도록 끊임없는 자기파괴를 이룩한 시인이라는 데 있으며 그러한 파괴를 통해서 새로운 시의 유형을 끊임없이 창조한 데 있다. 여기에서 자기파괴를 이룩했다고 하는 말은 자신의 시가 양식화되어버리지 않도록 끊임없는 경계를 했을 뿐만 아니라 스스로의 시가 지닌 한계를 극복하기 위해서 끝없는 자기 자신과의 싸움을 계속했다는 것을 의미한다. 그러한 싸움을 계속하지 않았다면, 모더니즘 시절의 시적인 실험이나 4·19 이후의 시적인 변모, 그리고 마지막 2~3년간의 새로운 경지가 그의 시 세계를 그처럼 풍요롭게 만들 수는 없었을 것이다. 그러므로 「풀」은 김수영이 추구해온 '시의 완성'에 도달한 작품이라고 보지 않을 수 없다. 〔1982〕

경쾌함 속의 완만함

—오규원의 『이 땅에 씌어지는 서정시』

오규원의 시집 『이 땅에 씌어지는 서정시』를 읽으면 최근에 쉬워지고 있는 한국 시의 한 경향이 발견되고 있는 것 같다. 난삽한 단어나 이미지가 거의 눈에 띄지 않는 오규원의 시들은 상당히 경쾌한 리듬에 의존하면서 우리가 일상적으로 보고 들을 수 있는 언어와 시청각적 이미지들로 가득 차 있다. 그래서 오규원의 시를 읽으면 우리 주변에서 볼 수 있는 일상적인 장면들이 쉽게 우리의 눈앞에 전개된다.

그러나 그러한 시들을 읽고 난 다음에 다시 생각하게 되는 것은 우리의 일상 속에서 우리가 의식하지 않고, 혹은 의식하지 못하고 지나가는 삶의 모습 뒤에 감추어진 것의 존재이다. 이것은 시의 언어가 쉬워졌다고 해서 시 자체가 쉬워진 것은 아님을 말해주는 중요한 예이다. 왜냐하면 오규원의 시들이 지닌 평이한 외양은 어디까지나 외양일 뿐 시인의 시적 조작을 거친 언어의 깊은 뒤틀림을 동반하고 있기 때문이다. 그 뒤틀림은 여기에서 사용된 '조작'이라는 어휘로 인해 자칫하면 '꾸밈'으로 오인될 수도 있지만, 사실은 일상적인 언어가 시적인 질서 속에서 새로운 의미를 갖게 되는 데서 겪는 필연적인 결과이다. 흔히 쉬운 시가 '있는 그대로의' 언어의 사용이라고 생각하는 오해는 여기에서 유래한다. 그러나 오규원의 시는 일상적인 언어를 사용한다기보다는 일상적인 언어에 새로운 질서를 부여하는 것이다. 실제로 시를 창조한다는 것은 우리가 일상적으로 사용하고 있는 언어들에 새로운 질서감을 부여함으로써 일상 언어 자체가 지닌 의미를 벗어나서 새로운 의미를 태어나게 하는 데 있다. 그런 뜻에서 시란 엄격한 의미에서 창조된 것이라기보다는 언어의 뒤틀림을 통한 새로운 질서를 발견하는 것이라고 할 수도 있다. 가령 오규원의 시 「거울」을 읽어 보자.

누가 거울을 하이타이로 깨끗이 빨아버렸나 봅니다.

거울 속에 들어가 어디 사람이 없나 하고 '야호' 하고 소리를 지르니까 거울 속의 누가 내 소리도 하이타이로 빨아버립니다.

그래도 다시 '야호' '야호' 하니까 이번에는 하이타이로 빨아버린 소리를 보란 듯이 빨랫줄에 척척 걸어놓습니다.

거울 속은 닭 한 마리 울지 않는 대낮입니다. 거울 속에 들어간 내 얼굴도 하얀 빨래로 걸려 있습니다.

누가 내 얼굴을 혹시 빨래 뒤에 두었는가 싶어 뒤져보아도 없습니다.

나는 크레파스를 집어 들고, 눈, 코, 귀, 입, 이렇게 차례로 내 얼굴을 다시 그립니다. 얼굴 뒤에다 우리 동네의 집도 몇 채 그립니다.

내가 그린 얼굴은 그러나 눈은 이마에, 코는 턱에, 입은 이웃집 지붕에 그려집니다. 내 안에서 누가 붓끝을 잡고 장난하는 까닭입니다.

내가 웃으니까 이웃집 지붕에 붙어 있는 입이 웃습니다.

이럴 때는 차라리 내 입이 웃는 게 아니라 이웃집 지붕에 붙어 있는 입이 웃는 것이 내 얼굴에도 어울립니다.

이상의 시 「거울」을 연상시키는 이 시는 거울을 들여다보는 자신의 모습이 자신의 일상적인 정황 속에서 개별성으로 존재하는 것이 아니라 융합되고 있음을 자각하는 형태로 그려져 있다. "이럴 때는 차라리 내 입이 웃는 게 아니라 이웃집 지붕에 붙어 있는 입이 웃는 것이 내 얼굴에도 어울립니다"라고 하는 것은 거울이 지닌 우화적인 요소를 통해서 자신의 모습을 발견하고 있는 것이다. 다분히 동요적 혹은 우화적인 요소가 가미되어 있는 것으로 보이는 이러한 시적 진술은 그러나 그 내면에 깔려 있는 보이지 않는 고백을 담고 있다. 그것은 여기에서의 거울을 가령 '시'로 바꾸어놓으면 쉽게 이해될 듯 보인다. 또 "거울 속의 누가 내 소리도 하이타이로 빨아버립니다"에서 '내 소리'를 시로 바꾸어도 표백된 시를 이야기해준다. 시인 자신의 개성 있는 육성을 시로 써보아도 그것이 시인의 일상적인 삶 속에 융합되어버림으로써 일상으로부터 빠져나오고자 하는 시인의 희원은 무산되어버린다. 여기에서 시인은 일상/시인이라는 대립관계를 벗어나 그 일상의 참다운 의미를 읽어내려는 의지를 갖게 된다. 그 때문에 오규원의 시에는 많은 일상이 시적 이미지의 주류를 형성하고 있는 것이다.

그러나 그러한 일상은 시인 자신의 깊은 관찰을 통해서 삶의 진정한 모습을 드러내주는 데 기여하게 된다. 그러한 예는 다음과 같은 시를 읽으면 분명해진다.

죽음은 버스를 타러 가다가
걷기가 귀찮아서 택시를 탔다
나는 할 일이 많아
죽음은 쉽게
택시를 탄 이유를 찾았다

죽음은 일을 하다가 일보다
우선 한잔하기로 했다

생각해보기 전에 우선 한잔하고
한잔하다가 취하면
내일 생각해보기로 했다

내가 무슨 충신이라고
죽음은 쉽게

내일 생각해보기로 한 이유를 찾았다

술을 한잔하다가 죽음은
내일 생각해보기로 한 것도
귀찮아서
내일 생각해보기로 한 생각도
그만두기로 했다

술이 약간 된 죽음은
집에 와서 TV를 켜놓고
내일은 주말여행을 가야겠다고 생각했다

건강이 제일이지—
죽음은 자기 말에 긍정의 뜻으로
고개를 두어 번 끄덕이고는
그래, 신문에도 그렇게 났었지
하고 중얼거렸다 —「이 시대의 죽음 또는 우화」

여기에서 '죽음'이라는 단어를 '시인'으로 바꿔놓으면 이 시는 시인의 일상을 그대로 드러내놓게 된다. 버스를 타려다 택시를 타면서도 "할 일이 많아"라는 이유를 찾아내고 생각을 뒤로 미루며 술을 한잔하면서도 "내가 무슨 충신이라고"라는 이유를 찾아낸다. 그래서 술이 취하면 "내일 생각해보기로 한 생각도 그만두기로 했다." 이러한 시인의 의식의 고갈 상태는, 거울 속에 비친 자아가 끊임없이 일상 속에 묻혀

버리는 것과 같은 시인 자신의 '패배'의 경험에서 유래한다. 그 패배는 자신의 일상과의 대결마저도 "내가 무슨 충신이라고"와 같은 깊은 절망을 낳는다. 그리고 그러한 절망의 이유 중 하나가 이 시의 맨 끝에 나타나고 있다. 즉 "건강이 제일이지—"라고 한 다음에 나오는 "신문에도 그렇게 났었지"라는 긍정 같은 부정이 그것이다. 시인은 모든 신문이 '건강 비법'을 싣고 있는 세계 속에 살고 있는 것이다. 말하자면 시인이 살고 있는 세계가 삶의 내용에 대해서 질문하지 않고 육체적 건강에만 관심을 기울이고 있음을 인식한 것이다. 그래서 이 절망적인 세계에 대해서 시인은 자신의 삶이 그러한 메커니즘 속에서 벗어나려고 하는 것마저도 절망적인 것으로 깨닫고 있다. 그 때문에 시인은 택시를 타면서도 쉽게 자신을 합리화시키고 생각을 미루면서도 쉽게 합리화시키는 이유를 발견하게 된다. 그러나 그것은 시인의 순응주의를 긍정하기 위한 게 아니라 부정하기 위한 것이다. 이를테면 시인 대신에 '죽음'을 사용하고 있는 것으로도 충분히 알 수 있다. 다시 말하면 그러한 '죽음'이 '건강'을 유지하고 있는 자신의 일상으로부터 시인은 절망적으로 빠져나오고자 하는 열망을 밑에 감추고 있는 것이다. 그렇기 때문에 시인은 자신을 '죽음'으로 대신해서 부르고 있다.

시인이 자신의 '죽음'을 본다고 하는 말은 '삶'이 어디에, 어떤 상태에 있는지 의식하고 있는 것이다. 「골목에서」라는 시를 읽으면 시인은 자기 자신과 아이들을 대립시킨다. 위에서 본 듯한 시인 자신은 모든 것을 '바라보는' 입장에 있는 자신을 깨닫는다. 반면에 골목에서 노는 아이들은 '아무것도 바라보지 않는 눈'을 가지고 있다. 이러한 아이들의 눈을 시인은 "가장 불길한 가장 불길한 눈이다"라고 말한다. 말하자면 아이들의 눈은 아직 일상의 때가 묻지 않은, 그래서 다른 어느 것도 보지 않는 순수한 눈이다. 그래서 아이들의 놀이는 그 자체가 절대적인 것이며 무상적인 것이지만 그들이 일상의 물결 속에 휩쓸릴 때 언제나 두 가지 가능성을 갖게 된다. 그것은 시인 자신의 지금의 자아처럼 '건강 비결'을 가르쳐주는 신문의 상황 속으로 함몰되거나 그렇지 않으면 자신의 불행을 의식함으로써 끝없는 절망에 빠져버리는 가능성이다. 그 때문에 시인은 아이들의 눈을 불길한 눈으로 생각한다.

> 아이들이 놀고 있다. 골목에서
> 바로 내 코앞에서 놀고 있다.
> 저 끝이 없을 것 같은 아이들의 놀이
> 저것이야말로 언젠가는 끝이 날
> 가장 불길한, 불길한 놀이이다. —「골목길에서」 종연

"언젠가는 끝이 날" 놀이여서 불길하다고 하는 것은 그들의 생명이 '죽음'으로 바뀔 가능성 때문이다. 그러한 이유로 인해 "나의 아버지와 나의 아버지의 아버지가/나의 적이듯 마땅히 나는 그들의 적이다"라고 말한다.

그러나 시인에게 '죽음'이란 몰라서 빠지게 되는 함정이 아니다. 그것은 있는 줄 알면서도 빠질 수밖에 없는 함정이기 때문에 시인의 비극적인 운명이 된다. "밝힐 수 없다고 해서 그것이/사실이 아니라고 말할 수 없듯"(「우리 집의 그 무엇엔가」)이 시인에게 진실은 수사관이 요구하는 진실과는 다르다. 현실 속에서 요구되는 사실과 시인의 상상력 속에서 요구되는 사실 사이의 간극이 말하자면 시인에게 인식된 '죽음'이기 때문에 여기에서 말하는 '죽음'은 시인의 상상력 속에 현전

하는 것이다.

식구들이 모두 잠든 어둠 속에서
막힌 숨통이 녀석을 깨우면
녀석의 눈은 고양이모양 은밀하게 번쩍인다.
소리도 없이 거실에 나타나서는
이곳저곳에 놓아둔 기관지 확장제를 찾아 먹는다.

그때마다 나는 잠을 깨고
그때마다 내가 할 수 있는 일은
함께 깨서 서성거리는 것뿐.
이런 나를 보고 녀석은 어른이 된다.
나의 아들이 나의 아버지가 되어
가서 자라고 나를 타이른다.

죽음이란 별게 아니다.
분명히 이렇게 있음을 알면서도
이렇게 헛짚기만 하는 일.
숨통이 막히어 손톱이 드디어 파래지면
아홉 살짜리도 죽음이 보이는지
목소리가, 목소리가
낮게 낮게 가라앉는다. —「우리 집의 그 무엇엔가」 제3~5연

여기에서 분명히 볼 수 있는 것처럼 '어른/아이'의 대립은 '죽음/삶'

의 대립이다. 아홉 살짜리의 "어린아이"가 "가서 자라고" 타이르는 것은 아이 속에 어른의 요소가 자리 잡고 있는 것이다. 그래서 시인은 "나의 아들이 나의 아버지가 되어"라고 말한다. 이것은 "나의 아버지와 나의 아버지의 아버지가/나의 적이듯 마땅히 나는 그들의 적이다"라고 하는 구절과 들어맞는다. 그렇기 때문에 "죽음이란 별게" 아니라 우리 자신의 내면에 늘 있는 것이다. 아니 우리 자신의 일상 속에 늘 있는 것이다. 다만 "분명히 이렇게 있음을 알면서도/이렇게 헛짚기만 하는" 것 때문에 '죽음'은 우리 자신에게 의식되지 않고 있는 것이다. 그래서 「빈약한 상상력 속에서」는 시인의 '어제' '오늘' '내일'이 예견되는 일상성 속에 잠겨 있는 것이다. "이 모든 것을 사랑의 이름으로 나는 갈구했고, 그리고/사랑의 말에는 모두 구린내가 나기를 희망했다"라고 하지만 그러한 일상성 속에서 그것은 잊힐 수밖에 없다.

그러나 오규원은, 그처럼 확고부동하고 굉장한 힘을 지닌 일상성이 "정답 아닌 다른 대답을 못 하는"(「우리들의 어린 왕자」) 아이들을 만들고 있는 사회를 형성하고 있는 것에 대해서 일상성의 질서를 깨뜨리고 있다. 그 깨뜨림은 일상적인 언어가 지닌 견고성을 부수는 것으로 드러난다. 그것은 겉으로 드러난 일상의 견고성이 가짜 견고성이기 때문에 극복의 대상이 되는 것임을 의미한다.

빈자리도 빈자리가 드나들
빈자리가 필요하다
질서도 문화도
질서와 문화가 드나들 질서와 문화의
빈자리가 필요하다.

지식도 지식이 드나들 지식의
빈자리가 필요하고
나도 내가 드나들 나의
빈자리가 필요하다

친구들이여
내가 드나들 자리가 없으면
나의 어리석음이라도 드나들
빈자리가 어디 한구석 필요하다 —「빈자리가 필요하다」

거의 동어 반복으로 보이는 이 시에서 "빈자리"는 말하자면 일상의 견고성이 지닌 도덕적 성질과 효용적 가치에 대한 대립 개념이다. 시의 본질을 무상적 행위로 생각하고 있는 시인의 의식 속에서 도덕적이고 효용적인 일상의 견고성은 깨뜨려야 할 우상이 된다. 왜냐하면 가장 고도의 시적 정신은 도덕적이고 효용적인 가치를 떠났을 때 전복적인 기능을 수행할 수 있는 것이지 그렇지 않을 경우에는 그러한 일상성에 수렴되어버리기 때문이다. 그래서 시인은 우리가 이미 기지의 사실로 받아들이고 있는 것들에 대해서 거의 '말장난'이라고 보일 정도로 극단적인 흔들림이 일어나게 한다. "어둠은 역시 자세히 봐도 어둡다/라고 말하면 사람들은 말장난이라고 나를 욕한다"라고 하는 시인의 고백은 "어두운 게 어둠이므로 날 본 태양도 어둠이다"라고 하는 얼핏 보면 역설 같은 시인의 깊은 관찰을 '말장난'으로 돌려버리는 세계 속에서의 시인의 고통과 절망을 말해준다. 따라서 "보이는 것은 모두 내 눈에는/보이지 않는 눈/보이지 않는 주먹"(「보이는 것과 보이지 않는 것」)이라는 시인과 일상의 간극은 인정받지 못하게 된다.

그러나 이러한 시인의 절망이 시인의 노력을 포기하게 하지는 않는다. 그것은 시인 자신이 자신의 무력한 언어와의 절망적인 싸움을 계속하는 데서 얻어졌다. 이 시인의 싸움이 절망적인 것은 일상적인 언어 자체에 아무런 견고성이 없는 것을 아는 데서 연유할 뿐만 아니라 그 견고하지 않은 언어로 된 현실을 '안녕'의 표본인 것처럼 착각하고 있는 데서도 연유한다. 그렇기 때문에 오규원은 '문'이라든가 '시계'라든가 '창문'이라든가 하는 수많은 일상적인 사물을 뒤틀리게 하고 있으며, 동시에 "진리란, 하고 누가 점잖게 말한다/믿음이란, 하고 또 누가 점잖게 말한다/진리가 믿음이 그렇게 점잖게 말해질 수 있다면/아, 나는 하품을 하겠다"라고 극단적인 비꼼을 말하면서 '우리 시대의 순수시'를 쓰고자 한다. 그에게 순수시는 순진한 '아이들의 눈'과 '놀이'가 불길한 것처럼 불온한 것이다. 왜냐하면 순수시는 절대적인 시로서 다른 것을 '바라보지 않기' 때문이다.

그러나 이러한 그의 시가 읽고 있는 동안에는 아무런 심각성을 느끼게 만들지 않는다. 그것은 시인 자신이 사용하고 있는 경쾌한 이미지와, 동어 반복과 유사한 속도감 있는 리듬 때문이다. 바꾸어 말하면 시인 자신이 의식의 패배를 정면으로 다루지 않고 고도의 시적 조작으로 다루고 있기 때문이다. 그럼에도 불구하고 오규원의 시를 읽고 난 다음에 돌아보게 되는 현실은 희극 속에 내재하고 있는 비극성을 짙게 풍긴다. 그것은 말을 다루는 시인의 의식이 말을 떠나서 혹은 말의 탐구를 떠나서 존재할 수 없다는 오규원의 시적 정신의 높이를 말해준다. 그의 시가 지닌 힘은, 읽을 때 우리를 즐겁게 하면서도 나중에 고통을 느끼게 만드는, 완만한 감동에 있는 것 같다.

밤사이, 그래 대문들도 안녕하구나
도로도, 도로를 달리는 차들도
차의 바퀴도, 차 안의 의자도
광화문도 덕수궁도 안녕하구나

어째서 그러나 안녕한 것이 이토록 나의 눈에는 생소하냐
어째서 안녕한 것이 이다지도 나의 눈에는 우스꽝스런 풍경이냐
문화사적으로 본다면 안녕과 안녕 사이로 흐르는
저것은 보수주의의 징그러운 미소인데

안녕한 벽, 안녕한 뜰, 안녕한 문짝
그것 말고도 안녕한 창문, 안녕한 창문 사이로 언뜻 보여주고 가는 안녕한 성희(性戲)……
어째서 이토록 다들 안녕한 것이 나에게는 생소하냐

—「우리 시대의 순수시」

오규원의 시가 지닌 이러한 아이러니는 두고두고 음미해볼 만하다.
〔1981〕

고통의 인식과 확대
—최하림의 『작은 마을에서』

1

1960년대 초 『산문시대』 동인으로 활동하기 시작한 최하림은 그동안 부단한 시작(詩作) 활동을 해오면서 시적 관심의 변모와 시의 세계의 심화를 이룩한 시인이다. 그러나 최하림의 시는 한 편 한 편을 읽을 때마다 그것이 시인 자신의 내면의 고뇌와 외면의 절망에 대한 한스런 노래로 시적인 성취를 이룩했다는 생각이 들면서도 이상하게도 그와 같은 세대에 속하는 다른 시인에 비해 주목을 덜 받아온 듯 보인다. 그의 첫 시집 『우리들을 위하여』가 1976년에 간행됨으로써 시인 자신의 시적 작업에 대한 평가를 받을 수 있는 기회가 주어졌음에도 불구하고 극히 일부에서 그의 시집에 대한 서평을 했을 뿐 논의의 대상으로 크게 다루어지지 않았다. 이러한 사실을 이야기하는 것은 그

동안 최하림의 시가 높이 평가받지 못했음을 상기시키기 위한 것이라기보다는 그의 시가 지닌 특성이 우리의 시단을 주도해온 두 경향 사이의 어느 쪽에 완전히 치우치지 못한 결과를 가져왔음을 지적하기 위해서다. 최하림의 시는 가령 『조선일보』 당선작 「빈약한 올페의 회상」에서 "먼 들을 횡단하여 나의 정신은 부재의 손을 버리고/쌓여진 날이 비애처럼 젖어드는 쓰디쓴 이해의 속/퇴각하는 계단의 광선이 거울을 통과하며 시간을 부르며 바다의 각선(脚線) 아래로 빠져나가는/오늘도 외로운 발단인 우리"라고 하는 것처럼 시인 자신의 존재에 대한 형이상학적인 탐구의 측면을 지니고 있는 한편, "열두 산을 너머 기차가 달리는 산골에는/눈이 많아, 사람들은 쿨룩거리며 어둠 속으로/들어간다. 아세티린 불빛이 가물거리는/갱도를 지나서, 검은 석탄을 지나서/새들이 하늘에 매달리듯/띄엄띄엄 선 가로수들이/기슭에 매달리듯,/헬멧을 쓴 십장이/소리 지르고 굴착기가 울고/흐르는 달같이 내리치는/곡괭이와 함께/떠오르고 가라앉는다"처럼 가난한 현실에서의 고단한 삶을 노래하는 측면이 있다. 이 두 가지 측면에서 보면 최하림의 시는, 가령 이른바 순수시 계열의 작품들처럼 극단적인 관념의 세계로만 치닫고 있지도 않고 언어에만 매달리는 형식의 탐구에만 몰두하고 있는 것도 아니다. 그렇다고 해서 그의 시가 현실의 부조리를 원색적인 언어로 고발한다든가 이념적인 메시지를 내세우는 지사적 풍모만 드러내고 있지도 않다. 아마도 이러한 이유 때문에 최하림은 순수시 계열이나 참여시 계열 가운데 어느 한쪽에 분류될 수 없었고, 따라서 그러한 분리주의자들로부터 보다 적극적인 평가를 획득하지 못했던 것이다.

그러나 최하림의 시가 지닌 중요성은 그의 시 내면에서 순수와 참여의 분리를 극복하려는 의지가 끊임없이 꿈틀거리고, 그리하여 그 두 가지 문제가 '시의 완성'이라는 하나의 문제로 귀착되도록 하려는 시인의 노력을 보여주고 있다는 데 있다.

저녁마다 안개가
아랫도리를 가리는 서귀포에서
정방폭포가 흰 몸뚱이째로
떨어지면서 말하더라
수치스럽다고 말하더라
수치스러워 못 살겠다고 말하더라
하늘도 땅도 보이지 않는 천길
벼랑에서 사지가 녹아드는 그리움으로
울부짖어도 별들은 보이지 않고
별의 그림자도 보이지 않는다고 말하더라
밤마다 안개가 아랫도리를 감는
서귀포에서 술을 마시고 욕지거리를 퍼부어도
마음의 깊은 곳에서 울리는 소리
너의 것도 아니고 나의 것도 아닌
소리 들으며 동서남북 소리쳐도
들리는 것은 검은 수면에 일었다
사라지는 물포래뿐 물포래뿐……　　　　—「정방폭포」 전문

최하림 시의 특성을 잘 드러내는 이 시에서 중요한 힘이 되고 있는 것은 에로티시즘이다. "저녁마다 안개가/아랫도리를 가리는 서귀포"

라든가 “밤마다 안개가 아랫도리를 감는/서귀포”라는 구절에서 안개와 폭포와의 관계를 에로티시즘으로 표현함으로써 아름다운 한 폭의 산수화를 체험하게 하는 한편 “정방폭포가 흰 몸뚱이째로/떨어지면서 말하더라/수치스럽다고 말하더라/수치스러워 못 살겠다고 말하더라”라고 함으로써 시인 자신이 폭포로부터 수치심을 읽어냄과 동시에 시인 자신의 부끄러운 마음을 표현하고 있다. 이것은 시인과 사물의 관계가 처음에는 서로 마주 보는 상태로부터 시인이 사물의 내면으로 융화되어서 사물과 하나가 되는 과정을 드러내준다. 이 과정 속에서 시행 자체도 “떨어지면서 말하더라”에서 “수치스럽다고 말하더라”를 거쳐 “수치스러워 못 살겠다고 말하더라”라고 하는 것처럼 단계적인 형식을 띤다. 이 형식은 시의 리듬에 호소하고 있는 최하림의 시적 특성을 잘 드러내준다. 따라서 안개와 폭포의 융합의 과정을 보던 시인은 자신과 폭포의 융합에 도달하게 된다. 그리하여 “사지가 녹아드는 그리움으로/울부짖어도 별들은 보이지 않고/별의 그림자도 보이지 않는다고 말하더라”는 폭포의 절망과 허무를 통해서 시인은 자신의 존재를 깨닫게 된다. 그 존재는 “욕지거리를 퍼부어도/마음의 깊은 곳에서 울리는 소리/너의 것도 아니고 나의 것도 아닌/소리 들으며 동서남북 소리쳐도/들리는 것은” 없는 커다란 절망과 허무의 존재인 것이다.

2

절망과 허무의 존재로서 자아를 인식한 시인은 「소리꾼」에서는 한의 깊은 목소리를 내고 있다. 모두 3연으로 되어 있는 이 시에서 최하림은 시인의 운명을 소리꾼에게서 발견하면서 소리꾼의 한이 노래로서 완성되듯이 시인의 한은 시로서 완성되어야 하는 자신의 운명을 노래한다.

저 강과 바다를, 산맥을
햇볕이 쨍쨍한 들판을
선무당처럼 혼신의 힘을 다해 부른다.
삼백예순날 처처를 돌면서
맺힌 한을 서편에 실어서,
찢고 찢어 배앝으는 붉은 피로
너의 마음을 부른다 고수야 슬픈 고수야

노래가 임당수 물을 가르고
저승의 강바람에 밀리고
밀리다 스러질지라도
북소리를 고르게 높여라
우리는 센 물살을 거슬러
천년이고 백년이고
노래이어야 한다.

저 들판의 붉은 노을과
갑오년에도 들녘에 고웁게 핀 진달래
우리 마음의 이 울한과 나라도 없는
계집들의 음심을, 자식도
부모도 버리고 도망간
비오는 골목의 네 계집처럼
고수야 슬픈 고수야

—「소리꾼」 전문

창을 하는 소리꾼이 자신의 맺힌 한을 슬픈 고수의 운명을 빌려서 노래하고 있는 제1연은 "햇볕이 쨍쨍한 들판" "맺힌 한" "찢고 찢어 배앝으는 붉은 피" 등의 강렬한 이미지들이 소리꾼의 한의 강도를 잘 드러낸다. 물론 이런 이미지들이 단계적인 발전을 이룩했더라면 보다 큰 효과를 거두었을 테지만, 제2연의 주장에 설득력을 부여하기에 충분한 강도를 보여준다. 제2연은 소리꾼이나 고수가 살고 있는 세월의 거친 힘이 그들의 한 맺힌 노래를 밀어내고 있을지라도 노래를 지키고 불러야 할 자신의 운명을 자각하고 있다. 그 운명이 자신의 울한과 관계된 것임을 제3연에서 보여준다. "붉은 노을"과 "진달래"로 이어지는 색채의 이미지가 갑오년이라는 역사적 이미지와 합쳐짐으로써 오늘의 한이 역사적 성격을 띠고 있음을 드러낸다.

이처럼 소리꾼으로서의 시인의 운명의 자각은 제1연에서 "삼백예순날 처처를 돌면서"라는 구절에서 나타나듯이 한편으로 '노래'하는 운명의 자각이며 다른 한편으로 '돌아다니는' 운명의 자각인 것이다. 아마도 이 두 가지 운명의 자각이 최하림의 시가 지닌 이중적인 성격으로 나타나고 있는 듯 보인다. 다시 말하면 노래는 시의 유희적이며 예술적인 측면을 나타내는 것이고, '돌아다님'은 시의 현실적인 측면을 나타내는 것이다. 그러한 점에서 최하림의 시에 「부랑자의 노래」가 여러 편 있는 것은 우연이 아닌 듯하다.

유리창 앞에서 물끄러미
하나의 별이었던 우리들을 본다
신안 앞바다 소금밭에서 소금을 구워 먹고

동지가 지나면 지리산으로 벌목하러 가선,
벌목이 끝나면 또 긴긴 겨울밤 눈보라를 헤치며
소금의 쓰라림, 여린 마음의
별의 쓰라림을 씹으며
무엇이 옳고 무엇이 그른지 생각할 수도 없어
한없는 길을 헤매다가
소금에도 벌목에도 눈보라에도
길들여져 버리고 쓰라림에도 길들여져,
물 같은 시간을 흘러서
시구문이라든가 남양만에서 또
일거리 없는 서해안의 싸구려 여인숙에서
잠 아니 오는 밤을 보내이느니
일하고 먹고 말하고 생각하는 것
그 가운데서 구하고자 하는 것, 그것은
대체 무엇인가, 무엇이어야 하는 것인가

이야기가 있는 이 시에서 부랑자는 계절에 따라 장소를 바꿔가며 노동을 하는 노동자의 고달픈 삶을 살고 있다. "동지가 지나면 지리산으로 벌목하러 가"던과 같은 일이 현실적으로 가능한 일인지 모르지만, 소금을 굽고 벌목을 하는 삶의 고통을 겪으면서 거기에 익숙해지는 자신을 관찰하는 '부랑자'는 잠을 이루지 못한다. 이 시에서는 거의 산문과 같은 설명문 "무엇이 옳고 무엇이 그른지 생각할 수도 없어"라는 대목에서 고통의 밀도를 나타내준다. 그러나 "일하고 먹고 말하고 생각하는 것"에서 구하고자 하는 것이 '무엇인가'라고 하는 질문은 자신의 삶에 대한 의식의 눈뜸을 의미한다. 이 의식의 눈뜸은 최하림의 '부랑자'를 시인 자신의 변신으로 보게 한다. 시인의 삶이 "일하고 먹고 말하고 생각하는 것"으로 끝나지 않고 그 가운데서 구하는 것을 갖게 되는데 그것은 '노래'이다. 그래서 또 다른 「부랑자의 노래」에서 "헤매는 자들아 헤매는 자들아/이제는 그만 마을로 돌아가/어린 날의 보리들을 보아라"라고 말한다. 여기에서 말하는 "어린 날의 보리들을 보아라"의 명령형은 시인의 마음속에 있는 목가적이고 서정적인 과거의 정서를 회상시키는 것이다. 그것은 떠돌아다니는 삶 이전에 있었던 고향의 삶, 때 묻지 않은 순수한 삶을 상기시킨다. 이와 같은 현상 때문에 최하림의 시는 그것이 강한 현실적인 암시를 담고 있으면서도 감정의 절도를 잃지 않고 시인의 심정의 밑바닥에 자리 잡고 있는 서정이나 아름다움을 찾고자 하는 의지를 노출시킨다.

걸어갈거나, 오늘도 나는 걸어갈거나
음산한 바람은 버릇같이 나를 달래고
어느 한곳에서도 지워지지 않는,
기러기 떼처럼 하늘을 흔들며 가고
온종일 지저귀다가 보는 저녁 햇빛을 받은
떨어진 잎새의 흔적들
참 저녁 햇빛은 우리 것이다. 저녁 햇빛은 우리 것이다.
이렇게 피곤할 때면 나는 어머님 곁으로 가 누우리
그 곁에 누우면 물소리 흐르는 나무들이며 이파리들이며
삼라만상이 내 생전 처음 내게 와서 소곤대고
나는 얼굴을 숙이고

나를 팔아먹은 여자 생각도 않고
부끄러운 신부처럼 귀를 모으고,
홍건히 어깨 적시는 비여……
공중에서 내리는 비여……   —「어머니 곁에 누우면」

이 시는 물론 "이렇게 피곤할 때면 나는 어머님 곁으로 가 누우리"와 같이 상투적이며 산문적인 상황 설정과 시행이 있기는 하지만 시인 자신의 정신적인 경험을 표현해주는 고뇌에 찬 자아와 그 자아의 행복의 가능성을 보여준다.

3

그러나 이러한 개인적 심정의 표현과 현실의 인식을 병행하던 최하림의 시는 비교적 최근의 작품으로 보이는 시에서(여기 제2시집에 수록된 작품들에는 발표 연대가 기록되어 있지 않다) 시인의 정서적 기록이 약화되고 현실에 대한 절망이 보다 큰 비중을 차지하고 있는 것처럼 보인다. 시인의 절망이 시인 자신의 시 쓰는 행위와 그 작품 자체에 대해 나타나고 있는 시를 읽으면 최하림의 경험적인 절망이 갖고 있는 보편적인 특성에 대해서 공감을 느낄 수도 있을 것이다.

여름 뜰에서 다알리아가 피어
검붉은 꽃잎이 어둠으로 퍼지며
진한 설움을 동서로 남북으로 전할 적에
나는 무엇을 집착하고 있느냐
원고료 일만 원의 의미밖에 없는, 그래서

마누라에게 핀잔이나 받는 시이냐! 시이냐!
여름밤의 벌레들이 제 설움에 시달려
울어대는 작은 마당에서
'나의 설움'을 우는 나는 독백의 광대냐
멀리 남도에서 올라와 보아주는 이 없는
춤을 추고 있는 달밤의 어릿광대냐
어릿광대의 시이냐.

자신의 시를 '설움'의 독백으로 보고 있는 시인은 그것이 현실적으로 그 설움의 무게와 비교했을 때 깨닫게 되는 무의미를 견디지 못해 시를 쓰는 행위를 어릿광대의 춤으로 비교한다. 그러한 비교는 시 한 편이 현실적으로 원고료 1만 원의 의미를 갖고 있고, 그것이 마누라의 핀잔의 대상이 됨으로써 자신의 설움을 우는 시인을 여름밤의 벌레와 동가의 자리에 위치시키게 된다. 시인이 빠진 이러한 자기모멸감과 무력감은 오늘날 시가 서야 할 위치에 대한 시인 자신의 깨달음을 가져왔을지도 모른다. 왜냐하면 비교적 최근의 작품으로 보이는 「영동」이라는 제목이 붙은 시들과 「절망」이라는 제목이 붙은 시들, 그리고 「잘사는 세상」 「비가」 「거리」 「다알리아」 등에서 사회적인 삶과 관련된 현실에 대해 깊은 관심을 나타내고 있기 때문이다. 최하림의 현실에 대한 관심이 이들 시에서 확대되고 있다고 하더라도 그것이 곧 그의 시가 사실성을 가지고 있다는 것을 의미하지는 않는다. 다시 말해서 그의 시에 나타난 현실이란 있는 그대로의 현실이 아니라 시인 자신의 정서적 반응으로 나타난 것이다. 그렇기 때문에 절망의 정도는 훨씬 더 심화되고 이미지는 보다 강렬한 색채를 띠게 되지만 그의 시적 체험의 진실을 과장하거나 왜곡시키지 않고 시인의 정직성을 강하게 느끼게 한다.

그러나 이러한 시적인 변모를 가져오는 것과 동시에 최하림의 시는 상황의 묘사에 보다 큰 정확성을 부여하는 데 성공하고 그런 시 중에는 겨울 풍경에 관한 것이 많다. 가령 「겨울 정치(精緻)」라는 시는 "큰 나무들이 넘어진다 산과 산 새에서/강과 강 새에서 마을 새에서/길을 벗어난 사람이 어디로인지 달리고/길러진 개들이 일어서서/추운 겨울을 향하여 짖는다"로 시작된다. 여기에서 묘사되고 있는 겨울은 쓸쓸하고 살벌하며 춥고 비정상적인 것이다. 산과 강과 마을에 서 있는 큰 나무란 그것을 사람의 비유로 보지 않는다고 하더라도 산을 산답게 해주고 마을을 마을답게 해주며 강을 강답게 해준다. 큰 나무가 없는 산이나 강이나 마을을 상상한다는 것은 추운 겨울의 황량함을 보여주는 것이고, 거기에서 들려오는 개 짖는 소리는 불길하기 짝이 없는 상황을 연상시켜주며, 사람이 길을 벗어나서 어디로 달려가는 것은 끝없이" 방황을 하는 비극적 숙명을 서술한다. 여기에서 끝없는 방황의 비극적 성격은 삶의 모든 것을 잃어버리기 때문에 빚어지는 것이다.

> 한 방향으로 흐르는 작은 강을 따라
> 우리들은 입을 다물고 걸어간다.
> 저녁 그림자처럼 걸어간다 마을도
> 나루터도 사라지고 과거도 현재도
> 보이지 않는다 날아가는 새들의
> 불길한 울음만 공중에 떠돌며
> 얼어붙은 겨울을 슬퍼하고
>
> —「겨울 정치(精緻)」 제2연

여기에서 보이는 풍경은 유랑민들의 이주에서 볼 수 있는 패배의 풍경이다. 과거와 현재가 보이지 않는 삶은 규범도 양식도 없는 삶이며, 사람들의 침묵 속에 들려오는 새들의 울음소리는 더욱 불길할 수밖에 없다. 유난히 춥고 쓸쓸하며 절망적인 겨울 풍경은 폭설로 인해 갇힌 상황으로 바뀐다.

언덕도 상점도 폭설에 막히고
거리마다 바리케이드 쳐져
사람들이
어이어이어이 울부짖고
갈색 옷을 입은 사내 몇, 들리지 않는 소리로
진정하라고 말하고 또 다른 소리로
진정하라고 말하고 그 소리들이 모여
겨울나무를 모두 넘어뜨린다.
꽁꽁 언 새벽 여섯 시, 지령처럼 걷는
사람들 새로 우리들은 걸어간다.
살얼음의 아픔이 여울마다 일어나고,
흰 말의 무리가 하늘의 회오리 속으로
경천동지하며 뛰어올라 갈기를 날리고
우리와는 다른 방향으로 일단의 사내들이
사냥개를 끌고 온다 개들이 짖는다.
이제는 얼어붙은 우리들의 꿈이여
눈과 같은 결정체로 삼한(三韓)의 삼림에 내리어오라

기다리는 노변에서 상수리 숲도 우어이우어이
울고 겨울새도 울고 우리도 울고 있다.

1연과 2연에서 침묵으로 나타나던 사람의 표정이 3연에서는 "어이어이어이" 울음으로 나타나면서 보다 나빠진 상태를 노래한다. 그 노래는 꿈이 얼어붙어버린 결과를 이야기하면서 기왕 얼어붙은 것이라면 눈처럼 결정체로 내려달라는 기원을 담고 있다. 이 기원은 따라서 주술사의 주문과 같은 요소를 담고 있고 시인은 주술사와 같은 역할을 수행하게 된다. 왜냐하면 이 경우 시는 돌이킬 수 없는 상황의 타락에 대한 회한의 외침이 되기 때문이다.

여기에서 한 가지 짚고 넘어갈 현상은 최하림의 첫 시집의 제목이 『우리들을 위하여』이기도 하지만 그의 많은 시에서 '나'라는 개인의 존재는 거의 나타나지 않는 반면에 '우리'라는 복수 개념이 거의 모든 시를 지배한다. 물론 상당히 많은 시에서 '우리'와 대립되는 개념으로 '사내'가 씌어지고 있다는 점도 주목해야겠지만 여기에서 볼 수 있는 '우리'는 시인이 적어도 자신의 고통과 동질의 것을 느끼는 사람들, 혹은 설움받고 고통받는 사람들을 보고 똑같은 아픔을 느끼는 시인들을 의미하는 집단적인 개념인 것 같다. 이와 같은 동류의식의 표현은 공동체에 대한 꿈이 시인의 무의식이나 의식 속에 자리 잡고 있음을 의미할 수도 있다.

4

사람이 살아가는 데에는 의미 있는 것과 의미 없는 것이 삶의 공간을 채우고 있는 중요한 두 요소가 되고 있는 듯 보인다. 그것은 마치 언어가 의사 전달의 수단이라고 하는 구조주의적 해석에도 맞는 측면이 있으면서도 동시에 의사 전달과는 아무런 상관도 없는 무의미한 요소를 지니고 있음과 마찬가지다. 다시 말하면 언어가 의사 전달을 하는 데 결정적인 역할을 하는 것은 사실이지만, 다른 한편으로는 의사 전달을 한다기보다는 언어를 발설하는 주체자가 '그냥' 발설하는 행위만이 필요해서, 누구에게 자신의 의사 전달을 하는 것과는 상관없이 언어를 사용하는 경우도 언어의 중요한 기능 중 하나이다. 이와 마찬가지로 사람이 사는 데 우리가 만들어놓은 여러 가지 제도, 우리가 늘 함께 살고 있는 자연의 여러 사물과 현상, 그리고 우리가 관계를 맺고 있는 사람들도 얼핏 보면 모두가 우리에게 의미 있는 것으로 보이지만 실제로는 의미와는 상관없이 그냥 '있음'에 지나지 않는 경우가 있다. 문학에서 의미의 지나친 추구는 문학을 주장의 한 양상으로 굳혀버리는 경향이 있고, 반면에 의미의 지나친 배제는 사물의 '있음'의 정당성을 인정하지 않는 경향이 있다. 이러한 양극적인 발상이 한국 시의 경직된 두 경향을 대표하면서 서로 부딪쳐 온 것이 사실이라면 최하림의 시는 그 두 경향을 포용하면서 극복하려는 의지로 가득 차 있다. 이렇게 이야기할 수 있는 것은 최하림의 시가 시인 자신의 존재에 대한 깨달음을 보여주고, 사물과 시인의 복합적인 관계에 대한 인식임을 전달하고 있으며, 동시에 모든 사물이 지닐 수 있는 '있음'의 권리를 인정하고 있기 때문이다. 따라서 보다 성실한 독자는 최하림의 시에 있는 무의미한 것처럼 보이는 요소들의 참다운 의미를 음미하기 위해서 시인의 고통을 함께하려는 노력을 기울여야 한다. 의사 전달이 아닌 내적인 욕구에 의한 시인의 독백은 우리의 고통스런 삶에 치유의thérapeutique 비밀을 가지고 있을지 모르기 때문이다. 그렇지

않으면 적어도 고통을 고통으로 느끼게 되는 기능을 수행할 것이기 때문이다. 〔1982〕

고향의 의미

—김준태의 『나는 하느님을 보았다』

김준태의 시를 읽으면 이상한 감동을 경험하게 된다. 그의 시에는 우리가 추억으로 간직하고 있는 과거 농촌의 삶이 지닌 투박한 삶의 건실성과 우리가 일상적으로 “이게 사는 것이 아닌데”라고 생각하는 도시의 삶이 지닌 세련된 삶의 허구성이 동시에 노출된다. 그렇기 때문에 그의 시에는 무수한 대립의 이미지들이 뒤얽혀 있는데, 그렇다고 그것이 단순히 선악의 양분법을 가르치기 위한 것은 아니다. 오히려 그것은 삶의 진정한 의미를 발견하고자 하는 시인의 고통스런 자아 탐구이면서 동시에 그 자아가 뿌리를 내릴 수 있는 현장의 탐구이다. 김준태의 그러한 탐구로서의 시는 우리의 삶 속에 있는 원초적인 생명력에 바탕을 두고 있다.

누가 흘렸을까

막내딸을 찾아가는
다 쭈그러진 시골 할머니의
구멍 난 보따리에서
빠져 떨어졌을까

역전 광장
아스팔트 위에
밟히며 뒹구는
파아란 콩알 하나
나는 그 엄청난 생명을 집어들어
도회지 밖으로 나가

강 건너 밭이랑에
깊숙이 깊숙이 심어주었다
그때 사방팔방에서
저녁노을이 나를 바라보고 있었다. —「콩알 하나」

이미 여기에서 드러나고 있듯이 "콩알 하나"에 대한 시인의 애착이 '도회지 안/도회지 밖'이라는 두 가지 대립 개념을 낳으면서 "쭈그러진 시골 할머니"가 지닌 '생명'으로서의 '콩알'을 인식하게 만든다. 그것은 도회지의 아스팔트에서는 생명 없이 굴러다니고 밟히는 콩알이지만 '밭이랑'에서는 생명으로서의 엄청난 가치를 지니게 된다는, 얼핏 보면 아주 단순한 사실의 확인일 수 있다. 이것은 물론 도시가 '콩알'의 소비적인 장소인 반면에, 농촌이 그것의 생산적인 장소라는 대립적인 의미를 환기시키는 것일 수도 있다. 그러나 중요한 것은 '나'가 콩알을 밭이랑에 심어주었다는 행위에 있다. 바꾸어 말하면 생명력을 지닌 콩알을 생명으로서 되돌려주는 행위이다. 이것은 콩알에게도 생명력을 발휘할 수 있는 고향이 있고, 따라서 시인은 콩알의 고향을 찾아주는 것이다.

김준태의 첫번째 시집 『참깨를 털면서』의 후기에는 '고향'과 '자연'에 대한 이야기로 일관된다. "나의 고향은 나의 우주다. 나의 고향은 나의 교과서요, 바이블이요, 눈알이요, 망원렌즈요, 배꼽이요, 귓구멍이요, 속옷이요, 머슴이요, 스승이요, 보리밥이요, 천국이요, 개똥이요, 구정물통이다. 요컨대 나의 고향은 나의 모든 것이다. 나의 미래다"라고 하는 이 시인의 고향은 시인 자신의 시 전체이며 삶 전체이다. 그것은 그의 두번째 시집 『나는 하나님을 보았다』 전체를 지배하고 있는 주제이며, 그 시를 쓰는 시인 자신의 삶 전체이다. 첫번째 시집의 후기에서 말하고 있는 시인의 고향은 시인의 과거와 현재와 미래라는 시간적(흔히 하는 말로는 역사적)인 의미를 갖고 있으며, 동시에 시인 자신의 삶을 결정짓고 있는 시인의 공간적(혹은 상황적) 의미를 띠고, 나아가서는 시인의 정신(혹은 문화)을 지배하고 있는 거대한 힘을 가지고 있다. 그렇기 때문에 김준태에게는 "고향에 고향에 돌아와도 내 그리던 고향은 아니려뇨"와 같은 잃어버린 고향의 슬픔도 아니고, 기억 속에만 간직하고 있는 추억의 고향도 아니고, 비판과 찬양의 대상이 되는 객관적인 고향도 아니며, 어느 지역에 한정되는 지역적인 고향도 아니다. 그것은 삶 전체로서의 고향이라는 점에서 다른 누구에게서도 볼 수 없는 독특한 고향이다.

물론 그렇다고 해서 김준태의 시에 나오는 고향이 어느 특정한 지역을 말하지 않는 것은 아니다. 왜냐하면 그의 시 곳곳에서는 '나의 고향'이 '해남'이라는 것을 밝히고 있다.

광주에서
남쪽으로 삼백 리
내 고향 해남 —「추억에서」 제1연

해남이라 동백꽃 내 고향
황소마저 팔아버린 마구간
비좁은 둥근 양철그릇 안에
할아버님을 앉혀드려 놓고
옛날 같은 뒷등을 밀어주었네
옛날 같은 앞가슴도 밀어주었네 —「할아버님 생각」 제1연

여기에서 드러나는 '해남'이라는 특정 지역으로서의 고향은 시인의 개인적인 삶이 형성되었던 고향임에는 틀림없다. 그러나 이러한 특정한 지역으로서의 고향은 "할아버지야/할머니야/전쟁 통에 자식 잃고/지금은/어디로/어디로 가셨나"라든가 "홍두깨로 휘감아 방망이로 두드린/무명 베 바지 적삼을 여며 입고/한세월 지게 밑에 살아오신/할아버지의 뒷등을 밀어주면서"와 같은 그다음 부분을 읽게 되면 한국인이면 누구나 경험했던 역사적인 사건과 시골의 가난한 삶을 대변하는 보편적인 고향을 의미한다는 것을 알 수 있다.

이러한 보편적인 의미로서의 고향은, 가령 한국 사회 전체와의 관련 아래서의 시골이라든가, 도시와의 관계 아래서의 시골로 인식된다. 다시 말하면 옛날과 같은 폐쇄되고 보존되는 공간이 아니라 도시라든가 우리 사회라든가 하는 전체 공간으로부터 끊임없는 간섭을 받아 변화하는 공간이다.

보리꽃이 피면 가겠네
살구꽃이 피면 고향이여 가겠네
칼날 같은 기계 속에 팔려 온 목숨이어도
노을의 저 불타는 입술에 속살을 비비고
억새풀 굳센 바람으로 가서 춤추겠네
메말라 터진 살덩이를 적시겠네

돌아간다는 것은 어쩌면 새로운 출발
고향이여 지금은 당당하게 돌아가겠네
썩은 고목 속에 집 짓는 검은 박쥐들을 쫓아내며
언덕마다 나무마다 흐르는 강물마다 가슴을 헹구며
산꿩이 푸드덕 청천(靑天)하늘로 날아오르듯
황톳길 들녁에서 다시 태어나겠네

앞뒷산에서 늑대가 울던 날 밤
연두콩알 같은 눈물이나 떨어뜨리고
말없이 이끌려 하룻밤에 멀리 죽어갔던
짚신이여 나막신이여 들기러기 떼여

뻘겋게 부서지는 흙덩이를 뒤에 두고
아아 원통하게 사라진 뜨거운 앞모습이여

—「기계 속에서」 제1~3연

여기에서 볼 수 있는 고향이란 "보리꽃"과 "살구꽃"이 피는 자연의 목가적인 고향이다. 그러나 벌써 "보리꽃"이라는 표현에서 이미 우리의 '보릿고개'라는 가난의 역사가 상기되고 있을 뿐만 아니라, "말없이 이끌려" "죽어갔던" 역사적 상처가 시인의 마음속에 '원통하다'는 한을 남겨놓은 고향임을 말해준다. 돈을 벌기 위해 그러한 고향을 떠나 일터로 찾아 나온 사람에게 고향이란 일터가 있는 도회지와 대립되는 곳이다. 말하자면 고향을 떠나왔지만 그곳은 언제나 '돌아갈' 곳으로 나타난다. 그렇다고 해서 고향이 이제는 자신을 편안하게 받아들일 곳은 아니다. 그곳은 "칼날 같은 기계 속에"서 사는 사람에게는 '숙명'처럼 존재하는 것이고, 그래서 "지금은 당당하게 돌아가겠네"라고 말하고 있는 것이다. 다시 말하면 고향을 떠나본 사람의 고향 재인식은 그래서 가능하다. 그렇지만 그러한 고향이 편안함을 보장해주는 곳은 아니라는 것을 알고 있기 때문에 "억새풀 굳센 바람으로 가서 춤추겠"다고 말한다. 온갖 역사적인 비극에도 버텨나가면서 자신이 되찾게 될 고향을 떠나지 않겠다는 강렬한 생명력을 "억새풀 굳센 바람"으로 표현하는 것이다. 이처럼 "굳센 바람으로" 춤을 추기 위해서는 아무리 고향을 떠나려고 해도 떠날 수 없다는 삶의 비극적 인식을 숙명처럼 안고 있을 수밖에 없다.

천번을 돌아선들 오로지 하늘과 바람으로 씻겨지는 고향산천이여

보리꽃이 피면 풋풋한 보리꽃에 묻혀서
살구꽃이 피면 연분홍 살구꽃에 묻혀서
한 많은 오천년을 흙덩이로 울겠네
그 울음으로 다시 논밭을 가꾸고
그 울음으로 다시 들불을 이루겠네 —「기계 속에서」 제4연

말하자면 고향 땅에서 흙을 일구고 농사를 짓는 것이 5천년 역사의 한을 푸는 행위로 바뀜으로써 한국 사회 전체로, 역사 전체로 확대되고 있다. 그것은 '돌아온 탕자'와 같은 행복한 귀환은 아니다. 그것은 "울음으로 다시 논밭을 가꾸고/그 울음으로 다시 들불을 이루"는 비극적인 귀환이다. 이러한 비극적 귀환의 대상으로서의 고향이 침략의 설움을 당한 한국의 역사로 확대되는 것은 "글안족이 뭉개고 일본의 어스름이 짓누르고/간밤의 도적놈이 살금살금 기어가던 흙에 배를 깔고서/쌀밥보다 미끈한 시를 쓴다"(「시작(詩作)을 그렇게 하면 되나」)라고 하는 첫번째 시집 속의 한 구절에서 특히 드러난다. 따라서 김준태에게 고향이 도시와 가지고 있는 관계는 한국 사회가 역사 속에서 외국과 가졌던 관계로 나타난다. 그래서 시인은 고향을 노래하면서 고향의 한 많은 삶과 현실을 함께하는 시를 생각하고 그러한 삶과 현실을 무엇보다도 강조한다.

말을 꼬불려서 곧은 문장을 비틀어서
시작을 그렇게 하면 되나
참신하고 어쩌고 떠드는 서울의 친구야
무등산에 틀어박힌 나 먼저

어틀란틱지나 포에트리지를 떠들어봐도
몇 년간을 눈알을 부라리고 찾아봐도
네 놈의 심장을 싸늘하게 감싸는
그럴듯한 시구는 없을 거다
네놈의 아버지와 할아버지를 찢어서
죽인 어제는 없을 거다
남한과 북한이 동시에 부딪치던 도리는 없을 거다.

—「시작(詩作)을 그렇게 하면 되나」 부분

6·25라는 역사적 비극을 떠나서 우리의 현실이 존재할 수 없듯이 이 시인에게는 고향을 떠나서는 자신의 시적인 현실이 존재할 수 없는 것이다. 그래서 이 시인의 시에서는 끊임없이 고향으로 돌아가는 것만이 문제가 되는 게 아니라, 고향의 모든 것과의 끊임없는 조화와 친화의 관계를 유지한다. 그 조화와 친화의 관계는 근원적인 사랑으로 표현될 수 있는데, 생명력을 지닌 모든 것에 대한 것이다. 모든 사물이 바로 고향 의식을 일깨우고 그 사물들과 함께 있음으로 해서 '울음을 우는' 한을 지닐지라도 자신의 고향을 찾을 수 있는 것이다. 가령 「고향으로 달리는 차 속에서」라는 시에서 "롯데껌이나 해태껌을 씹으면서/쓰디쓴 지난날을 잊어버"리는 도시적인 삶을 살다가 고향으로 돌아가는 차 속에서 "우리는 문득, 몸서리치며 바라본다/공동산 언덕 위에 날으는 도깨비불들을/도깨비불들의 소리 없는 비명과 아우성을!"이라고 하는 것은 수많은 죽음으로 점철된 우리의 역사를 고향을 떠나서는 잊은 듯하지만 우리의 내면에 언제나 잠재되어 있어 그 비극을 떠올릴 수밖에 없다는 것이다. 이처럼 고향이 '비명과 아우성'으로

가득 찬 역사를 지니고 있지만, 그 역사와 함께 살고 있는 사람에게는 모든 것을 사랑할 수 있다는 사실을 알 수 있다.

도시에서
15년을 살다 보니
달팽이
청개구리
딱정벌레
풀여치
이런 조그마한 것들이
더없이 그리워진다
조그만, 아주 조그마한 것들까지
사람으로 보여와서
날마다 나는
손톱을 매만져댄다
어느 날 문득
나도 모르게
혹은 무심하게
이런 조그마한 것들을
짓눌러 죽여버릴까 봐
날마다 나는
손톱을 깎으며
더욱 사람이 되자
더욱 더욱 사람이 되자

몇 번이고 마음속으로 외친다

오, 파랑새여 파랑새여…… —「15년」

여기에서 "달팽이" "청개구리" "딱정벌레" "풀여치" 등은 흔히는 서정시에서 시인의 감정 표현 도구로 사용되는 '자연'에 지나지 않는데, 이 시인에게는 고향의 핵심적인 구성 요소이다. 그래서 "무심하게" "죽여버릴까 봐" 시인이 손톱을 깎는다고 하는 말은 시인 자신의 마음속에서 그것들이 사라지는 것을 죽임으로 표현하는 것이다. 15년 동안 도시에 살아오면서 시인 자신의 마음속에서 그 하찮은 듯한 생명들을 잊게 되는 건 고향을 잊는 것이며, 따라서 고향을 죽이는 것이다. 그리고 고향을 잊는다는 건 '사람이 되지' 않는다는 것을 의미한다. 그렇기 때문에 시인은 "더욱 사람이 되자/더욱 더욱 사람이 되자" 라고 마음속으로 외치는 것이다. 자연으로 표현되고 있는 시인의 고향은 「이 세상에서 사라지는 것은 하나도 없다」라든가 「달이 뜨면 그대가 그리웠다」라든가 무수한 시편에서 확대되고 심화되고 있다. 그것은 고향의 작은 곤충들뿐만 아니라 산천초목에 이르기까지 모두 생명을 지닌, 따라서 역사를 지닌 것으로 인식되면서 그것이 곧 '사람'이 된다. 시인은 그러한 고향의 사물을 통해서 사람을 만나고 고향을 만나며, 그 고향을 통해서 사람에 대한 사랑에 도달한다. 다시 말하면 사람에 대한 사랑 없이는 고향을 찾을 수 없고 '하느님'을 볼 수가 없는 것이다.

1980년 7월 31일 오후 5시

뭉게구름 위에 앉아계시는

내게 충만되어 오신 하느님을
나는 광주의 신안동에서 보았다
그런 뒤로 가슴 터질 듯 부풀었고
세상 사람들 누구나가 좋아졌다
내 몸뚱이가 능금처럼 붉어지고
사람들이 이쁘고 환장하게 좋았다
이 숨길 수 없는 환희의 순간
세상 사람들 누구나를 보듬고
첫날밤처럼 씩씩거려주고 싶어졌다
아아 나는 절망하지 않으련다
아아 나는 미워하거나 울어버리거나
넋마저 놓고 헤매이지 않으련다
목숨이 붙어 있는 것이라면 피라미
한 마리라도 소중히 여기련다
아아 나는 숨을 쉬는 것이라면 무엇이든지
사람이 만든 것이라면 하찮은 물건이라도
입 맞추고 입 맞추고 또 입 맞추고 살아가리라
사랑에 천번 만번 미치고 열두 번 둔갑하면서
이 세상 똥구멍까지 입 맞추리라
아아 나는 정말 하느님을 보았다 —「나는 하느님을 보았다」

이 시에서 볼 수 있듯이 부정적인 현실 속에서 긍정적인 의미를 찾아내고 죽음 속에서 생명의 참뜻을 발견함으로써 사랑에 도달한 그의 고향 시들은 고향 안에서 고향의 한과 함께 사는 삶에 의미를 부여하는 것들이다. 그래서 그의 시들은 논리적이라든가 이론적인 모든 것에 대해서 극도의 불신을 가지고 있으면서 경험적인 세계가 지닌 원초적인 생명의 아름다움을 노래한다. 그것은 우리의 역사가 지닌 비극성 자체를 경험적으로 인식하려는 시인 자신의 강력한 의지의 표현이다. 그렇기 때문에 그가 가령 「참깨를 털면서」에서 할머니의 지혜를 터득하는 것은 참깨 자체를 털 때 쏟아지는 깨알의 중요성보다도 한을 털어내는 인고의 양식을 더 깊이 노래하는 것으로 드러난다.

한풀이가 사랑에 도달하게 되는 김준태의 시는 그것이 지닌 시적 언어의 특수한 배열과 리듬으로 인해서 그 강력한 생명력을 발휘하는 것처럼 보인다. 대단히 거친 듯 보이는 그의 시적 표현들은 언제나 두 개의 강렬한 이미지가 맞부딪침으로 인해 끊임없이 불꽃 튀게 만들고 그렇게 함으로써 우리와 잠든 의식에 충격을 가하는 것이다. 그 충격은 우리 시가(詩歌)의 전통적인 가락 때문에 유장하면서도 깊은 감동을 선사한다. 그리고 그것을 제대로 경험하기 위해서는 그의 장시인 「살풀이」와 「지리산 여자」를 읽는 것으로도 충분하다.

김준태의 시에 나타나는 서사시적인 요소는 그의 시가 우리의 삶의 고향을 되돌려주는 강렬한 이미지와 그 이미지를 이끌고 가는 전통적인 리듬으로 요약될 수 있을 것이다. 그가 사용하는 이미지와 리듬은 우리의 삶 속에 있는 것들이 우리 자신의 의식의 자동화 때문에 부재화되고 있는 것들을 존재화시킨다. 그리고 우리가 삶에 대해서 새로운 감각으로 지각하지 못하고 있는 것을 지각하게 한다. 여기에서 지각하게 한다는 것은 우리로 하여금 그의 시를 읽는 순간에 소비해버린다는 게 아니라 그 지각의 순간을 지연시킴으로써 그의 시를 생각하게 만든다는 말이다. 그의 시를 읽고 생각함으로써 삶을 읽고 생각할 수 있는 것도 그 때문이다.「송장 메뚜기」같은 시가 우리로 하여금 읽는 과정을 길게 만드는 것은 그의 시가 쉽지 않다는 사실을 말해준다. 그의 시가 어렵게 느껴질 때 우리는 삶의 어려움을 생각하는 것이다. 〔1981〕

유형지에서의 삶과 사랑

—문충성의 『수평선을 바라보며』

문충성의 두번째 시집 『수평선을 바라보며』를 읽으면, 그의 첫번째 시집인 『제주 바다』(문학과지성사)에서와 마찬가지로 그의 시 세계가 '제주도'와 '바다'라는 두 가지 소재로 이루어져 있음을 알 수 있다.

> 손을 펴면 지금도 수평선 같은 손금이
> 어린 날의 꿈을 태운다
> 수평선을 넘어갈 팔자우다
> 외할머니 손잡고 점쟁이 찾아다니던 어린 날은
> 진주 강씨 집안의 단 하나 외손이었다 손금 덕으로
> 농사일도 안 하고 맨날 빈둥빈둥
> 잠자리 잡기 연 날리기로 큰 사람이 되어갔다

점쟁이 말하던 수평선이야 어디 한두 번만 넘었으랴
수평선을 넘으면 수평선은 또 있었다 제주 섬에
태어나 수평선을 넘어본 사람은 안다 어디를 가나
제주 사람은 수평선을 벗어나지 못하고 산다
그러다 바람도 잠자는 어느 겨울 날 사각사각
첫눈이 내릴 그때쯤 아무도 몰래
이승의 온갖 덧없음 내버리고 나의 수평선을 건너가리라

—「수평선·2」 전문

이 시는 제주도와 바다라는 두 소재에 얽힌 문충성의 시 세계를 전형적으로 보여준다. 이미 여기에서 알 수 있듯이 제주 섬과 바다를 중심으로 얽히고 있는 시인의 어린 시절의 추억과 섬에서의 삶의 숙명, 그리고 죽음을 맞고자 하는 태도가 문충성의 두번째 시집에서 대단히 중요한 의미를 띠고 있다. 왜냐하면 시인 자신이 어린 시절에 경험했던 여러 가지 체험이 시 곳곳에서 시인과 사물들이 맺게 되는 관계를 결정해주고 있기 때문이고, "제주 섬에/태어나 수평선을 넘어본 사람은 안다 어디를 가나/제주 사람은 수평선을 벗어나지 못하고 산다"는 삶의 숙명적인 성격이 이 시인의 극복의 대상으로 드러나고 있기 때문이며, 그럼에도 불구하고 자신의 의지는 언제나 실패한 극복의 의지에서 자신의 고향을 발견하고자 하기 때문이다.

이 시인이 노래하고 있는 제주 섬과 바다는 대단히 서정적인 세계다. "바다로 나오라 북문 열고 바라치며 파도를 타며/비바람 눈보라 한 세상 오가는 길/조개 줍고 모래성 쌓고 소꿉장난 하루살이"에서 볼 수 있듯이 자연은 비록 거칠고 변화무쌍하지만 그 속에서 사는 삶은 평화롭고 목가적이고 자연의 아름다움을 느끼기에 충분하다. 이러한 서정적인 자연들과 끊임없이 대조를 이루고 있는 것이 바로 사람들의 인위적인 삶이며 거기에서 시인 자신의 '꿈'이 드러나게 된다. 시인의 의식 속에 어린 시절의 추억이 자주 떠오르는 것은 시인이 현재의 삶에 만족을 느낄 수 없는 데서 가능하다. 시인이 어린 시절에 느낀 쾌락은 가령 "온몸을 벗고 물을 맞는다. 등에 떨어지는 아 어린 날의 물소리/물속에서 오줌을 갈긴다 무더위를 헤쳐온 길엔 짙은 어둠이 깔려 있다. 이마에 와 떨어지는 별 하나/나 하나 한평생 물소리가 되어 별빛 속을 흘러 다니고 싶다"(「물 맞기」)라고 표현된다. 여기에서 "흘러 다니고 싶다"라고 이야기하는 것은 어린 시절의 그 물 맞기의 무구하고 자연스런 쾌락에 대한 동경이며 동시에 그러한 쾌락이 사라진 현실에 대한 혐오이다. 이러한 혐오의 대상으로서의 현실은 결코 자연이 아니라 인위적인 현실이다. 그렇기 때문에 어린 시절이나 지금이나 변함없이 긍정적으로 보이는 것은 자연적인 현실로 나타난다. "날아오른다 둥그런 불새 하나/만물이 깊은 잠의 물결에 부대낄 때 잠속을 빠져나와/아직 하늘도 어둠 속에서 어둠 밖의 꿈을 꿀 때/그 어둠 뚫고 온 세상에/눈부신 새벽을 깨워놓는다 또렷이 눈뜨고 이제야/바닷 물결을 베고 눕는 수평선"(「성산포」)처럼 제주의 섬과 바다와 자연은 아름답기만 하다. 그러나 이러한 자연이 시인과 아무런 관계를 맺지 않을 경우에는 그것은 단순한 사물에 지나지 않게 되고, 그러면 그 사물의 아름다움은 그냥 중성적으로 '존재'할 뿐 시인에게 무의미해진다. 그러나 이 시인의 자연은 시인의 정서의 원천이고 전설의 주인공이며 삶의 공간이다. 그렇기 때문에 시인의 언어에 포착된 자연은 그냥 대상으로만 존재하는 것이 아니라 주체의 삶에 어떤 간섭을 하는 것이 된다. 그러한 예는 「용두암」이라는 시에서 "비상의 나래 꺾이우고 몇 만 년이냐 바위로 굳어져/그대 파도 소리에 이리저리 깨어나며 나의 잠 한 잠도 이룬 적 없었나니/이제는 풀어다오 제주 바다여/유형의 세월 속 두어 뼘 남은 목숨 하늘나라로 날아가게 해다오"라고 표현된다. 시인은 실제로 시인이 살고 있는 제주시 동쪽에 있는 용두암이라는 바위를 전설화시키고 있다. 그리고 그러한 전설화를 통해서 시인은 자신의 운명을 그 용두암에서 발견하고 있는 것이다. 이처럼 자신의 운명을 그 용두암에서 발견하고 있기 때문에 시인은 자신의 삶을 유형으로 인식하게 되고 그 유형으로부터 남아 있는 목숨이나마 해방시켜달라고 기구하게 된다. 따라서 시인의 어린 시절에서 자연 그 자체가 시인을 유형당했다고 느끼게 한 것은 아니지만 시인은 어린 시절 이후 줄곧 자신이 유형당했다고 생각하고, 그러한 생각을 가능하게 한 것은 바로 인간들이 만들어낸 현실들이다. 그것은 「중학시절」이라는 시에서 시인이 "상급생한테 이유 없이 터지며/삼태기 괭이 들고 학교길이나 닦으며" "때로 운동장 남쪽 공동묘지에서 싸움도 하며" "씨름하던 친구들도 일본으로 서울로 미국으로 더러는 저승으로" 흩어졌지만 "나는 쥐꼬리만 한 월급쟁이 그때나 이때나/우등생 되긴 틀렸구나"라는 탄식을 하게 만든다. 또 「유년송(幼年頌)」이라는 시에서는 일제 말 미군 폭격에 사흘 동안 피난을 다니고 조밭에 김을 매곤 했는데, "수염도 없는 일본 병정 하나 우리 밭엘 와 일본이/이겼다면서 '다이니뽄 만세'를 시켰다"라고 고백하는 한편, 일본이 떠나가니까 결국 친일파들이 벼락부자가 되어서 다시 활개를 치는 현실의 모순을 말한다. 그러나 가령 「매미 · 1」과 같은 시에서 "한 마리 매미가 되어 우는/울음소리에 귀를 열면/넓다란 나의 유년을 만난다/고추잠자리 떼 하늘 가득 내 손때 묻은/황혼을 헤엄쳐 가고 있다"와 같은 평화를 보면 자연의 화려한 이미지를 이 시인이 갖고 있음을 알 수 있다.

이와 같은 어린 시절/현재, 자연/현실의 대립은 이 시인의 시대 부분에서 찾아볼 수 있다. 그래서 「집·1」에서는 "월급쟁이 세상 눈치나 보고/싸움질할 때야 부지런히 자기 생각 털어놓지만/사랑 위한 참마음 나누는 것 잊어버리고" 살게 되는 일제의 허위를 이야기하고 있고, 「집·2」에서는 "언제부터 돌담을 쌓고 그 위에 철망을 두르고/살았느냐 집은 중병이다 멍멍멍 똥개나 키우고/대문 없던 시절엔 도둑도 없었건만/잠 속에서도 도둑을 걱정하고/날마다 자기 양심 도둑질하면서" "나는 불치의 병을 앓고 있다"라고 고백한다. 이처럼 대립된 두 세계의 대조를 통해서 확인할 수 있는 것은 이 시인의 대인관이 어렸을 때는 상당히 긍정적으로 나타났지만 현재는 대단히 부정적으로 드러나고 있다는 사실이다. 특히 이 시인의 '사랑'의 관계는 여러 시에서 드러나듯 어린 시절의 '어머니' '할머니'와 같은 혈연에게서 나타나고 있는 반면에, 현재에는 어느 누구에게서도 드러나지 않고 있다. 그가 현실에서 보고 있는 불신과 병의 근원은 그러나 사실은 어린 시절의 추억 속에서 입고 있는 상처에 있다고 할 수 있다. 이미 앞에서 인용한 시에서도 일제가 거짓말을 가르쳤던 것으로 드러나고 있기도 하지만 그 흔적은 가령 「연가·8」에서도 명백하게 드러난다.

아직도 남아 있었다. 내 어린 날의 동구(洞口)는
근대화에 이리저리 밀려다니며 신작로나 만들고
참새들 새끼 치던 초가집이나 허물고
쓸쓸히 고층건물 사이 다리 꼬부리고 다른

여러 길로 통하고 있었다. 소 물 먹이러 다니던 남수각(南水閣) 냇가로

오돌또기 두들기는 무허가 선술집으로

춘궁(春窮)으로 뚫렸던 황톳길도 아물아물

보인다. 4·3사건이나 6·25 때 죽은 몇몇 이웃들과

엄마 아빠가 된 동네 아이들 각기 동산 꼭꼭 숨어버리고

옛날이야기 속 옛날얘기가 되어버린 할머니 할아버지들

이조 때 귀양 온 정승이 심었다던 당유자(唐柚子) 나무도

잠자리 떼 하늘 가득 날아오르던 가을날

맨발로 밟아 다니던 푸른 달밤도 개똥벌레도

없어졌다. 눈사람들 만나는 사람마다 낯설어 말없이 지나친다.

오늘날 어린 날의 동구(洞口)를 지나 한 번씩 옛 얘기에 이르기도 하고 월급쟁이 곤죽의 나날을 거쳐 귀가하느니 길은

다른 여러 길을 만들지만 나와 함께 늙어갈 뿐이다.

—「연가·8」 전문

이 시에서 볼 수 있듯이 이 시인의 꿈속에 자리 잡고 있는 것은 고층건물들이 들어선 근대화된 거리가 아니라 참새들 새끼 치던 초가집의 세계와 같이 대단히 목가적인 장면이다. 그렇기 때문에 시인의 눈에 비친 제주 섬과 바다는 언제든지 옛이야기와 같은 전설적인 세계와 매일의 생활에 지친 월급쟁이의 세계를 동시에 연상시킨다. 그러나 그렇다고 해서 시인의 과거가 모두 행복한 것은 아니다. 이 시집에서는 아마 위에 인용한 시에서 한 번 정도밖에 드러나지 않지만 이른바 4·3사건과 6·25가 시인의 의식 속에 상처로 남아 있는 것은 사실이다.

그렇기 때문에 시인 자신은 그 두 가지 사건을 거론하지 않으려 하고 다만 떠나간 친구를 부르며〔그러한 예는 가령 「서귀포」라든가 「서부두(西埠頭)에서」 볼 수 있다〕 자신의 일상에 대한 한탄을 하게 된다. 일상에 대한 한탄은 이 시인에게 '잡주(雜酒)'로 표현되고 그러한 일상이 아닌 세계는 '꿈'으로 표현된다. 그래서 이 시인의 작품에는 잡주가 있는 곳에서 어린 시절의 그곳으로 혹은 다른 세계로 길을 떠난다. 다시 말하면 시인의 상상력은 언제나 그 어린 시절의 고향에 가 있는 것이다. "꿈꾸는 나날들 초롱초롱/눈 떠 있는 그 땅을 찾아"(「무지개·1」)에서 '찾아'가 이야기하고 있는 것처럼, "내 얼굴 찾아 어디로 떠나가는가"(「서부두에서」)에서 물새들이 떠나가는 곳은 '내'가 있는 이곳으로부터 '다른 곳'인 것처럼, '사람 사는 세상 속 하루를 찾아'(「연가·4」)에서 되돌아올 길이지만 떠나는 것처럼, "날아간다 한 뙈기 나의 땅을 찾아 아슬히/두 발 붙일 파란 꿈속을"(「억새꽃·1」)에서 억새꽃이 바람에 날아가는 데 자신을 맡기는 것처럼, 시인 자신의 마음은 끊임없이 다른 곳을 향하고 있다. 그렇다면 시인이 살고 있는 '이곳'이란 무엇인가?

그 '이곳'은 이 시인의 「수평선」이라는 제목의 시들을 읽으면 쉽게 이해된다. 그것은 한마디로 말하면 육지와 떨어져 있는 바닷속에 고립된 섬이다. 이 섬에서의 삶이 숙명처럼 되어 있는 시인은 "어디를 가나/제주 사람은 수평선을 벗어나지 못하고 산다"는 것을 잘 알면서도 그 수평선을 벗어나고자 한다. 마치 숙명에 대한 도전처럼 이 수평선을 벗어나고자 하는 시인은 그래서 그것을 '죄업(罪業)'이라고까지 표현하고 있지만 그러나 숙명의 극복은 누구에게도 가능한 것이 아니다. 바로 그러한 이유 때문에 숙명에 대한 도전을 통해서 "차라리 수평선을 사랑해야지"라고 체념하는 듯하면서 사랑이라는 새로운 관계를 발견하게 되는 게 불가능한 싸움에서 삶의 의미를 발견하는 것과 동일한 차원에 속하게 된다.

이러한 싸움을 통했기 때문에 시인 자신의 눈에 비친 모든 자연은 이제 시인의 의식 속에 극도의 친화력을 갖고 의미화된다. 다시 말하면 제주 섬과 바다에 있는 모든 것과 시인은 대화의 상태에 들어가게 된다. 그래서 가령 매미의 울음소리를 들으면 "중학생 때는 영어로 우는 매미를 보았다/대학 다닐 적엔 프랑스 말로 울고 싶었다/그러고 보니 나는 참말로 오래도록 울지 못했다"(「처서(處署)의 시」)라고 말함으로써 매미를 통해 자신을 발견하게 되고, 지는 해를 보며 욕망의 덧없음을 깨닫게 되고(「일몰에」), 육지 사람들이 비행기를 타고 와서 곱다고 감탄하고 있는 제주의 유채꽃에서 할머니의 한숨과 눈물을 읽게 된다(「유채꽃」). 그리고 특히 흐르는 물속에 있는 조약돌에게마저도 "네 얼굴 더 단단해져야 될 더 큰 슬픔을"(「연가·2」) 발견하게 되는 것은, 시인이 비록 '이곳'을 떠나고자 하지만 그 실패를 통해서 '이곳'에 있는 모든 것을 사랑하게 되었음을 의미한다. 따라서 이러한 사물들에 대한 시인의 사랑은 단순히 관념적인 것도 아니고 그렇다고 순간적인 충동에 의한 것도 아니다. 그것은 시인 자신이 숙명과 싸워오는 과정에서 함께 고락을 같이했다는 대단히 경험적인 것이며 동시에 이제는 시인 삶의 일부가 되어버린 것이다. 아니 어쩌면 시인의 존재를 정당화시켜주는 것이라고 하는 편이 더 정확할지도 모른다. 그만큼 그 사물들은 이제 시인에게 없어서는 안 될 어떤 것들이 되었다. 이처럼 시인 삶의 일부가 되어버린 자연은 가령 「봄 노래」 같은 시에서는 봄에 새순을 내밀고 있는 고사리처럼 '비바리'가 되고, 따라서 비바리도 자연의 일부가 된다.

제주 섬과 바다에 있는 모든 것이 시인에게 자연으로 등장하는 것 은 이 시인의 시가 서정적인 가장 중요한 이유가 된다. 시인은 떨어지는 은행잎 하나에서도 "노란 세상이 한 잎으로 떨어진다"라고 느끼게 되며, 「동백꽃·1」 같은 시에서는 동백꽃이 피어나는 소리를 "맨발로 하얀 눈 한겨울 캄캄함을 밟아 올 때" 나는 '사각사각'이라는 표현으로 묘사하면서 '누이야'라고 부름으로써 추위 속에서, 특히 하얀 눈 속에서 피어오르는 동백꽃의 이미지를 누이에게 결부시키고 있다. 이러한 서정이 가능한 것은 비록 시인이 제주 섬을 유형의 땅이라고 하면서 그곳을 벗어나려고 하지만 그곳을 벗어날 수 없고 그곳을 저주할 수 없는 사랑을 지니고 있기 때문이다. 그러면서 시인은 이제 "새빨간 꽃술 헤쳐 목 축이고 인동(忍冬)의 차운 새벽 깨워놓는 동백새"의 울음소리를 30년이나 들어왔지만 그 뜻을 못 캤노라고 탄식하면서 차라리 그러한 자신의 넋을 위해 울어달라고 하소연하게 된다(「동백새 · I」). 이러한 하소연은 시인 자신이 자연과 일치하고 교감하지 않고는 불가능하다. 그리고 그럴 때 시인은 자신에게 일상적인 삶과 생활이 얼마나 욕되고 얼마나 바보스런 짓인지 깨닫게 된다. 이것은 바로 그 일상적인 삶과 생활을 도피하고자 하는 시인의 정신을 의미하지 않고 그것을 오히려 자연화할 수 없는 시인의 무능을 자각하고 깨닫는 일이다. 왜냐하면 시인이 일상적인 삶에서 발견한 것은 위선과 허위와 가짜 의식이기 때문이다.

이처럼 일상적인 삶이 자연화할 수 없는 세계에서 살고 있는 시인은 그렇기 때문에 자신의 정서와 생활의 일부가 되어버린 제주 섬과 바다의 모든 것을 어렸을 때의, 따라서 추억 속의 그것으로 간직하고 싶어

한다. 이러한 바람이 현실적으로 불가능하다는 것을 깨달을 때 시인은 괴로워하고 실제로 시인 자신의 전설과 추억과 정서에 상처를 입게 될 뿐만 아니라 자연에 대한 친화력에 어떤 위화감이 끼어들게 된다. 가령 「연가·6」에서 썩은 이를 초가지붕에 던짐으로써 "쌀알같이 하얗게 돋아"난 이의 기억을 가지고 있는 시인이 "초가지붕 없어 감옥 같은 슬라브 지붕 위로 썩은 이를" 던질 수 없게 된 것은 시인과 자연의 관계에서 전설이 개입될 수 없음을 이야기한다. 그러한 예는 또 「유채꽃」에서 비행기 타고 잠깐 구경한 유채꽃을 보고서 곱다고 하는 육지인의 관찰에서도 드러나며, 「천지연」에서 관광객들의 목소리에서 '매춘'의 눈길을 느끼고 있는 것으로도 드러난다. 이러한 시인의 태도를 혹시라도 폐쇄적이라고 판단한다면 그것은 시인과 제주의 자연이 서로 맺고 있는 관계를 무시하는 결과를 가져온다. 그 관계는 오늘날 많은 도시인의 때 묻은 정서로는 파악될 수 없는 순수성을 지닌다.

이 순수성은 문충성의 시에서 가장 큰 장점인 것처럼 보인다. 왜냐하면 그의 서정적인 시 세계가 때로는 지나치게 감상적인 데로 흐르는 듯하면서도 불쾌감을 주지 않는 것은 바로 그 청정한 순수성에서 기인하기 때문이다. 그래서 그의 시는 지나치게 투명하면서도 그 투명함을 오히려 즐기게 만들고, 지나치게 단순하면서도 오히려 그 단순함을 향유하게 만든다. 그리고 이러한 시적인 정열은 아마도 자신이 혐오하면서도 사랑할 수밖에 없는 제주 섬과 바다에 대한 숙명적인 사랑에서 시적인 표현을 얻게 된 것이기 때문이리라. 대상이 확실하고 감정이 확실하다는 것은 이 시인의 가장 큰 장점이 아닐 수 없다. 그의 시는 확실한 대상과 그 대상에 대한 확실한 감정에서 우러나온 자연스런 노래이다. 그리고 이 노래가 진실한 노래인 한 앞으로 언

어에 대한 이 시인의 탐구 정신이 새로운 경지에 도달할 수 있을 것으로 보인다. 〔1979〕

인식과 탐구의 시학
—김명인의 『동두천』

『반시(反詩)』 동인인 김명인의 시를 읽어온 것이 몇 년 전부터이기는 하지만, 그를 비롯한 『반시』 동인들의 뛰어난 시적 노력은 널리 주목의 대상이 되어야 할 것처럼 보인다. 왜냐하면 적어도 최근 10여 년 동안 이들처럼 뚜렷한 개성을 가지고 시를 써온 동인들이 드물다고 생각되기 때문이다. 여기에서 뚜렷한 개성이라는 의미는, 다른 동인지들을 폄하하려는 의도는 아니다. 다른 동인지들이 그 나름의 개성이 있지만, 『반시』 동인들이 지닌 개성이 막연하지 않다는 것을 의미한다. 바꾸어 말하면 이 동인들은 시를 만들어내는 것이 아니라 시가 스스로 씌어지는 경우를 경험하고 있기 때문이다. 시가 스스로 씌어지고 있다는 것은 자동 기술을 의미하지는 않는다. 그것은 시인들 자신이 오랫동안 마음속에 품고 있던 '할 이야기'가 시인 자신들의 오랜 사유와 절제와 인내를 통해 이미 내부에서 하나의 결정 작용을 일으키면서 자연스럽게 시로 변모되었다는 것을 의미한다. 할 이야기가 시로 되었다고 하는 것은 시인 자신들이 시라고 하는 문학 양식에 대해서 질문하고 탐구하지 않고는 불가능한 일이다. 『반시』 동인들에게서는 그러한 노력이 하고 싶은 이야기와 맞아떨어진 경우라고 할 수 있다.

김명인의 시를 읽게 되면 아마도 누구나 이 시인의 관심이 어느 한 곳을 문제 삼고 있음을 알 수 있으리라. 여기에서 어느 한 곳이라고 해서 단순한 의미로 생각해서는 안 된다. 가령 그의 시가 '베트남'을 소재로 택하고, '동두천'을 주제로 삼고, 광부들과 어부들을 그리기도 하기 때문이다. 그러니까 어느 한 곳이라고 해서 장소적인 개념이나 사회의 어떤 위치 개념으로 쓰인 것이 아님을 알 수 있다. 공간적인 측면에서 본다면 김명인의 시들이 특별히 다양하다든가 단조롭다고 할 수 없겠지만, 그러한 공간 하나하나가 시인과 맺고 있는 관계는 결코 우리가 놓칠 수 없는 부분이다.

봄과 여름에 정든 모습들 모두 어디로 갔느냐
바다는 더 조용하고 소문에는
그해 전쟁도 이미 끝난 겨울에
아이들은 더러 먼 친척을 따라 떠나가고 날마다
골짜기를 덮으며 눈 내려서
추위에 그슬린 주먹들도 깨진
유리창에 매달린 얼굴들도
그렇게 쉽사리 서로를 용서하지 않았다. —「켄터키의 집 I」

혼혈아들이 있는 어느 고아원의 풍경을 노래하는 이 시에서 볼 수 있듯이, 피부 색깔이 다른 고아들의 커다란 눈망울에서 켄터키 옛집의 검둥이의 슬픔을 읽고 있다. 그러나 그러한 슬픔은 우리가 이국적인 정서로 믿고 있는 것과는 달리 괴로운 자기 확인에서 근거한다. 여기서 겨울과 깨진 유리창이 이중으로 추위를 연상시키는 것이라면 봄·여름에 정든 모습들이 그 겨울이 오면서 떠나버린 것은 떠난 자들보다는 남아 있는 자들에게 또 다른 슬픔이 된다. 여기에서 남아 있는 자들에게 슬픔이 되는 것은, 떠나간 자들의 삶이 행복하리라는 보장이 있기 때문도 아니다. 그것은 또 다른 송천동 이야기인 「안개」라는 시에서 다음과 같은 구절을 읽으면 쉽게 이해가 간다.

> 우리는 떠났다 들기러기 방죽 따라 낮게 흐르는
> 여울을 건너면 저무는 들길
> 모두 밤인데 어느 눈발에
> 젖어 얼룩지는 마음만큼이나 어리석게
> 그 세상 속에도 좋은 일들이
> 기다리고 있으리라 믿으면서
> 믿음이 만드는 부질없는 내일 속으로 우리들은
> 힘들게 빠져나가면서
> —「안개」 제4연

그들이 살고 있던 송천동의 고아원을 떠난 것은 '좋은 일들이' 있으리라는 현실 극복의 기대와 믿음을 전제로 한 시도이기는 하지만 그 기대와 믿음이 '부질없는' 것은 그들이 누구보다도 더 잘 알고 있다. 그렇지만 그곳을 떠나지 않을 수 없는 것은, 배고픔조차 견딜 수 없어서 11월의 "새벽 한기에도" "허기 속을 더듬어" "무밭에 엎드려 있었"던 고통을 이기기 위해서였었다. 말하자면 이러한 현실보다도 더 지독한 현실은 있을 수 없기 때문에, 혹은 어차피 다른 행복이 주어질 것이 없기 때문에 일단은 '지금'을 떠나는 것이고, 막연한 변화를 기대하며 다른 세상을 찾아가는 것이다. 따라서 좋은 일들이 기다리고 있으리라고 어리석은 생각을 하며 '다른 세상'을 향하는 것이고, 부질없는 "내일" 속으로 빠져나간다. 여기서 "내일" 속으로 빠져나가는 부질없음이나 다른 세상을 향하는 어리석음은 「역류」라는 시에서는 '그래도'라는 접속사로써 절묘하게 표현된다. "너는, 희망이 있느냐? 그래도 건너가야 할 어둠 속에 무엇이 오래 박혀 저렇게 우는지, 헤어져선 끝까지 너 또한, 아무도 되돌아보아서도 안 되었다." 희망이 없어도 건너가야 할 어둠으로 표상되고 있는 "내일"은 말하자면 오늘의 연장일 수는 있지만 오늘과 대조되는 세계는 아니다. 이러한 절망적인 상황 인식은 시인의 오랜 경험에서 얻어진 표현임을 그의 시를 읽으면 알 수 있다.

김명인의 시에 어린애들의 이야기가 많이 나오는 것은 그런 의미에서 주목할 필요가 있다. 가령 부모를 잃고 송천동의 고아원에서 생활하고 있는 어린애들은 불행의 대명사이다. 그들은 배고픔을 달래기 위해서 무밭을 더듬고, 헛간에 여자 얼굴을 그렸다고 해서 벌을 선 다음에는 손칼을 기둥에 던지며 자란 어린이들이다. 이러한 어린이들이 그로부터 30년 가까이 흘러간 뒤에도("서러운 서른 살에 아이를 낳게 되어서"라는 표현을 보면 자연적인 시간의 거리를 잴 수 있다) "……춘삼월 눈 여기 내리는데/다시 바람에 불리며 혹은 머리 위로/강을 건너 공장으로 아이들이/열을 지어 천천히 몇 명씩 지나가고 있습니다"와 같이 그 가난과 불행을 벗어나지 못하고 있다. 물론 이러한 어린이들의 가난과 불행은 어린이들 자신의 선택이나 어린이들의 행위의 결과가 아니라 어린이들의 의견과는 상관없이 숙명처럼 밖에서 주어진 것이다. 시인은 이처럼 어린이들의 불행과 가난을 통해서 자신의 불행과 가난을 확인하게 되고, 그 확인을 통해서 자기 슬픔의 내면을 들여다본다.

어린이들을 통해서 자신의 가난과 불행을 확인한다는 것은 이 시인의 일련의 작품인 「동두천」을 읽으면 분명해진다. 역두(驛頭)의 저탄 더미에 눈이 내리는 풍경을 그리고 있는 「동두천 I」에서 "무엇이/우리가 녹은 눈물이 된 뒤에도 등을 밀어/캄캄한 어둠 속으로 흘러가게 하느냐"라고 하듯이 눈이 녹는 것을 눈물이 녹는 것으로, 그리하여 까만 저탄 더미의 노출을 "캄캄한 어둠 속"으로 표현하고 있다. 캄캄한 어둠이라는 표현을 통해 시인은 자신이 바라보고 있는 모든 대상과 관계를 맺게 되고 이 관계를 통해서 그 대상이 우리의 삶에서 차지하고 있는 무게를 잴 수 있게 해준다. 그렇기 때문에 멎었다가 떠나는 기차를 보면서 미군을 따라 바다를 건너 떠나버린 아이들을 연상하게 된다. "그만그만했던 아이들도/미군을 따라 바다를 건너서는/더는 소식조차 모르는 이 바닥에서" 살고 있는 시인은 모든 사물을 그 자체로서 절대적인 의미를 부여하지 않고 그 사물들이 무엇을 연상시키느냐에 따라서 상대적인 의미를 부여하게 된다. 말하자면 그 사물이 자신의 삶 속에 끼어 있는 어떤 사건과 관계를 맺느냐가 시인에게는 대단히 중요하다. '만남'과 '떠남'의 이러한 변주는 기차의 멎음과 떠남에서 그 동기를 찾게 된 「동두천」 연작들의 주요한 테마가 된다. 그것은 미군들이 왔다가 떠남으로써 새로운 만남과 떠남이 이루어지고, 이 만남과 떠남을 통해서 새로운 아이가 탄생하고, 또 미군의 떠남과 함께 그 아이들의 떠남도 이루어지는 관계로 드러난다.

물론 여기에서 이러한 떠남들이 단순한 이별을 의미한다면 거기에서 연유하는 슬픔들이란 그처럼 괴로운 것일 수도 없고 그처럼 보편적인 의미를 띨 수도 없으리라. 이들의 떠남은 말하자면 그들의 고통스런 삶의 연장으로서의 떠남이다. 그렇다면 그들의 고통스런 삶이란 무엇인가. 그것은 "태어나서 죄가 된 고아들과" "보산리 포주집 아들들이/의자를 던지며 패싸움을 벌이고" 있는 학급의 담임이 직면한 현실과 다르지 않다. 전쟁의 유물로서 자기네들의 의사와는 전혀 상관없이 고아로 태어났기 때문에 죄의 씨앗으로 취급당하고 있고, 포주집 아이들은 그들의 생활 때문에 포악해진다. 이러한 아이들을 앞에 두고 담임인 나는 언제나 무기력함을 경험하게 된다. "우리들이 가르치던 여학생들은 더러 몸을 버려 학교를/그만두었고/소문이 나자 남학생들도 덩달아 퇴학을 맞아/지원병이 되어 군대에 갔지만" 이러한 현실에 대해서 '내'가 배우게 되는 사실은 현실의 의미를 모르기 때문에 모르는 것을 알려고 하지 않는다는 점이다. 그렇기 때문에 이 시인은 그때마다 '막막한 어둠'을 이야기하게 된다.

그러나 실제로 이 '막막한 어둠'의 의미는, 시인이 살고 있는 고아원이라는 세계를 어떻게 규정할 수 없다는 절망감에서 비롯된다. 그러한 현상을 절실하게 파악하게 하는 것은 바로 「동두천」이란 제목이 붙은 시들에서 '아메리카'의 되풀이임을 알 수 있다. 가령 "함께 울음이 되어 넘기던 책장이여 꿈꾸던/아메리카여"(「동두천 Ⅱ」)라든가 "나는 돈 많은 나라 아메리카로 가야 된대요"(「동두천 Ⅳ」)라든가 "아버지, 밤이면 아메리카를 꿈꿔도 될까요?"(「동두천 Ⅸ)에서 볼 수 있듯이 이들이 살고 있는 세계는 가난과 전쟁이 휩쓸고 있는 한국 땅이면서도 이들의 의식 한쪽에는 '아메리카'가 끝없이 작용하고 있는 것이다. 말하자면 아메리카와 한국의 동시적인 체험은 그 체험 자체가 지닌 굴절된 비극성 때문에 이들로 하여금 어떠한 정확한 인식도 할 수 없게 만든다. 돈 많고 힘이 센 나라라는 이유로 아메리카가 동경의 대상이 되지만, 현재 그들의 태어남 자체를 죄로 만들고 있는 것도 사실은 아메리카이다.

내가 국어를 가르쳤던 그 아이 혼혈아인
엄마를 닮아 얼굴만 희었던
그 아이는 지금 대전 어디서
다방 레지를 하고 있는지 몰라 연애를 하고
퇴학을 맞아 고아원을 뛰쳐나가더니
지금도 기억할까 그때 교내 웅변대회에서
우리 모두를 함께 울게 하던 그 한 마디 말
하늘 아래 나를 버린 엄마보다는
나는 돈 많은 나라 아메리카로 가야 된대요

일곱 살 때 원장의 성(姓)을 받아 비로소 이(李)가든가 김(金)가든가
박(朴)가면 어떻고 브라운이면 또 어떻고 그 말이
아직도 늦은 밤 내 귓길을 때린다.
기교도 없이 새소리도 없이 가라고
내 시를 때린다 우리 모두 태어나 욕된 세상을

〔……〕

그래 너는 아메리카로 갔어야 했다.

국어로는 아름다운 나라 미국 네 모습이 주눅 들 리 없는 합중국이고

우리들은 제 상처에도 아플 줄 모르는 단일 민족

이 피가름 억센 단군의 한 핏줄 바보같이

가시같이 어째서 너는 남아 우리들의 상처를

함부로 쑤시느냐 몸을 팔면서

침을 뱉느냐 더러운 그리움으로

배고픔 많다던 동두천 그런 둘레나 아직도 맴도느냐

혼혈아야 내가 국어를 가르쳤던 아이야 —「동두천 Ⅳ」

이 혼혈아의 생명과 생존은, 말하자면 아메리카와 한국의 동시적인 구현이면서 또한 비극의 출발이며 끝이다. 말하자면 시인은 이러한 현실을 저주받은 것으로 인식하지 않을 수 없고 그래서 "태어나 욕된 세상"에서 그러한 현실을 두고 시를 쓰는 부끄러움과 무력감을 체험하게 된다. 말하자면 문자 그대로 합중국에서는 얼마든지 있을 수 있는 '혼혈아'가 이 땅에서는 그 피부 색깔로 이미 저주와 죄의 상징이 되어버리기 때문에 상처를 쑤시는 아픔을 우리에게 남기게 되고 따라서 그러한 혼혈아에게 국어를 가르치는 시인이 "그래 너는 아메리카로 갔어야 했다"라고 통탄하고는 있지만, 그러나 그 아메리카가 구원 그 자체는 아니다. 「동두천」에 나타난 아메리카는, 말하자면 그 구질구질한 동두천을 떠났을 때 향하는 곳이면서 동시에 동두천에서의 삶을 구성

하고 있는 핵심적인 요소이다. 시인은 바로 그러한 동두천에서의 삶 속에서 우리의 현실을 읽고, 혼혈아들의 피부에서 자기 정신의 실체를 발견한다. 그렇기 때문에 동두천의 선생으로 나오는 '나'는 고아원의 어린이들에 대해서 "누가 누구를 벌줄 수 있었을까/세상에는 우리들이 더 미워해야 할 잘못과/스스로 뉘우침 없는 내 자신과/커다란 잘못에는 슷제 눈을 감으면서/처벌받지 않아도 될 작은 잘못에만/무섭도록 단호해지는 우리들"이라는 자괴감을 갖게 된다. 이와 같은 부끄러움은 이 시인의 현실에 대한 기본적인 태도라고 해도 좋다. 그렇기 때문에 선생으로서 자신이 "가르치지 못한 남학생"과 "아무것도 더 가르칠 것 없던 여학생"을 앞에 두고 깊은 침묵의 상태에 빠지거나 혹은 싸운 학생의 뺨을 때리는 일이 일어나게 되지만, 그것은 바로 그 학생들의 삶에서 자신의 삶을 확인하는 자의 절망과 증오와 사랑의 표현이다. 이처럼 동일한 고통 속에서 서로 한데 엉클어져 삶으로써 이루어진 관계는 서로가 서로를 만들어주는, 아니 지탱해주는 관계이기 때문에 그것이 생존의 한 양상이지 제도화된 관계는 아니다. 따라서 함께 울고 웃고 미워하고 벌주고 증오하다가도 헤어질 때에는 "오래 손을 흔들어주었"던 것이다. 말하자면 시인은 사실 이 '저주'의 땅과 삶을 사랑하고 있으며 그 때문에 이 시집 도처에서 그러한 고아들이나, 그 고아들을 데리고 왔던 누나들이나, 함께 그들을 가르치며 싸웠던 동료들의 떠남을 아쉬워하고 슬퍼하고 아파한다.

그러나 이 떠남이 그들의 삶에 어떤 전기를 마련하지 못한다는 것은, 아메리카가 그들의 새로운 삶의 낙원이 아닌 것과 마찬가지다. 즉 "떠나온 뒤 몇 년 만에 광화문에서/우연히 그를 만났다/ 나보다 나이가 더 들어 뵈는 그의 손을 얼결에 맞잡으면서/오히려 당황해져서 나는/황급히 돌아서 버렸지만"(「동두천 V」) 그러나 동두천이 아닌 광화문에서 본 '그'의 삶은 옛날의 그것보다 나아진 게 없는 삶이다. 그리고 그의 삶이 나아지지 않았다는 것은, '나'의 직업이 선생이라는 사실과 관련 아래 바로 자기 자신에 대한 부끄러움을 확인하지 않을 수 없게 만든다. "선생님, 그가 부르던 이 말이 참으로 부끄러웠다/선생님, 이 말이 동두천 보산리/우리들이 함께 침을 뱉고 돌아섰던/그 개울을 번져 흐르던 더러운 물빛보다 더욱/부끄러웠다"라고 하는 시인의 고백은 동두천과 서울의 삶이 하나로 겹쳐지고 있는 현실에 대한 자각이며, 동시에 동두천에서나 서울에서나 '선생'이라는 자기 자신의 무능력에 대한 자각이다.

이러한 현실과 자아의 발견은 가령 「베트남」이라는 시에서도 똑같이 나타난다. "로이, 월남군 포병 대위의 제3부인/남편은 출정 중이고 전쟁은/죽은 전남편이 선생이었던 국민학교에까지 밀어닥쳐/그 마당에 천막을 치고 레이션박스/속에서도 가랑이 벌려놓으면/주신 몸은 팔고 팔아도 하나님 차지는 남는다고 웃던" 로이라는 여자에게서 "너는 거기까지 따라와 벌거벗던 내 누이"를 발견하는 것은 전혀 우연이 아니다. 또한 "운동장을 질러 가는 아이들을 바라보면/너희 나라가 생각난다. 탐아./한 나라가 무엇으로 황폐해지는지 나는 모르지만/한 어둠에서 다음 어둠으로 끌려가며/차례차례 능욕당한 네 땅의 신음 소리를 다시 듣는다"라고 하는 데서 탐을 연상하고 있는 것은 그 베트남의 현실에서 시인이 자신의 조국의 현실을 보았기 때문이다. 아니 자신의 경험적 현실이 다시 재현되고 있는 현장을 확인하고 있다. 그렇기 때문에 동두천의 혼혈아에게 느꼈던 것과 마찬가지로 탐에게 "너는/슬픔이 아니라 미움이었다"고까지 이야기한다. 이것은 차라리 미움이 아니라 사랑이었다고 하는 것의 반어적 표현 그 자체이다. 그래서 시인은 "강을 건너 공장에선 아이들이/한 조각 빵을 움켜쥐고 돌아오고 있었습니다"(「아우시비쯔」)라고 하는 '눈물이 지키는 세상'을 자신이 살고 있는 세상으로 규정짓게 된다. 다시 말하면 이것은 이 시인의 시야에 들어온 모든 것이 사물 자체로 존재하지 않고 이 시인의 생존 양식과의 관계 속에 놓인다는 것을 의미한다.

그리하여 이 시인의 또 하나의 연작시 「영동행각(嶺東行脚)」을 보게 되면, 바다와 파도와 장다리꽃과 수평선들도 삶과 죽음, 가난과 불행에 관련된 생존의 한 양상으로서 나타나는 자연이 된다. 따라서 김명인의 자연은 자연 그 자체가 아니라 삶의 터전이면서 가난의 표현이다. 그렇기 때문에 그의 시에 등장하는 백석 마을의 어부들이나 광산 광부들의 삶이 시인 자신의 삶의 표정이 되어 나타난다. "한 생애가 눈물 가득 찬 물결로도 출렁이고/서러울수록 그 위에 엎어져 함께 흐느껴 가면/어둠 속 더욱 넓어지는 소리의 이 한없는 두런거림/여기서 자라 이 물결에 마음 붙인/사람들의 오랜 고향을 나는 안다." 자연과 시인의 감정과 가난하고 불행한 삶이 한꺼번에 친화력을 갖고 어울리는 이러한 자연은 말하자면 시인 자신이 그러한 자연을 통해서 자신을 확인하고자 하는 노력에서 기인한다.

따라서 김명인의 이와 같은 시들은 언어 자체의 절대적인 탐구라고 할 수가 없을 것이다. 그에게 언어는 현실 인식의 한 도구이면서 동시에 그의 시에서 상대적인 탐구의 대상이다. 그렇기 때문에 그는 하고 싶은 이야기가 있는 시인이고 그의 시는 '이야기가 있는 시'다. 이때 시에 이야기가 있다고 하는 것은 이 시인의 시에 대한 태도의 표현이면서 동시에 시인의 시적 태도를 추구하는 양상으로 볼 수 있다. 이러한 양상이 오늘날 시의 기능과 역할에 대해서 질문하고 회의하면서도 바로 그 질문과 회의를 통해서 시를 쓴다는 것은 그것이 이미 시의 존재를 증명하는 길이기 때문이다. "이 황량하고 살기 힘겨운 시대에 시를 쓰면서, 삶과 사물에게 나는 얼마만큼의 절실한 사랑을 베풀고 있는지, 생각할수록 부끄러움뿐이다"라고 하는 이 시인의 자서(自序)는 그러므로 김명인의 시에서 가장 정확한 시의 탐구 자세로 보인다. 그것은 언어에 대한 사랑이 현실의 여러 대상을 부끄러움으로 묶을 수밖에 없는 자기 확인이면서 동시에 시의 확인이다. 어떤 대상에서나 두 가지 이상의 요소들의 구성을 찾고 있는 김명인의 시적 세계는 따라서 삶과 죽음이라는 영원한 보편적 주제를 탐구하는 것이면서 동시에 모든 대상과 자신의 관계를 내보이는 세계관을 표현하고 있는 것이다. 그러므로 그의 시어는 언어 자체의 진공 상태라고 할 수 있는 의미 축소를 시도하기보다는 의미의 극대화를 시도하고 있다. 이러한 의미의 극대화는 필연적으로 모든 사물을 시인과의 관계로서 파악하게 된다. 바로 그 점에서 김명인 시의 강력한 힘이 솟아나고 있는 것처럼 보인다. 〔1979〕

이야기의 시
—송수권의 『꿈꾸는 섬』

송수권의 시를 읽으면 어린 시절 농촌에서 자라온 사람에게는 농촌 시절의 까마득한 기억들이 갑자기 눈앞에 현실로 되돌아오고 있는 듯한 생각이 들게 만든다. 그만큼 그의 시는 투박한 토속어가 지닌 정감을 드러내고 이제는 우리의 농촌에서 사라져버린 한국적인 풍경이 그림처럼 묘사되며 그러한 풍경 속에 나타나는 민족의 집단의식이 우리 삶의 현실에 대응하여 여러 가지 양상으로 변화되어오고 있음을 서술한다. 바로 그러한 이유 때문에 그의 시에는 남도 특유의 사투리가 힘을 발휘하고 또 여러 가지 새와 나무와 꽃 들이 때로는 서술의 대상이 되기도 하고, 때로는 시인의 마음을 대변하기도 하며, 나아가서는 시인이 느끼고 있는 삶의 희열이나 고통의 원형이 농촌의 현실에서 찾아지기도 한다.

송수권의 시는 우선 한국 시의 여러 경향 중 토속적인 언어로 추구된 전통적인 정서의 묘사라고 할 수 있다. 얼핏 보면 거북하기까지 한 전라도 사투리가 끼어 있는 것처럼 보이는 그의 시는, 그러나 전통적인 세계가 지닌 인간다운 삶의 모습을 드러내는 방법으로서 토속적인 언어를 사용하고 있다. 그의 연작 중 하나인 「환촌」이란 인가가 둥글게 고리 모양으로 모여 이루어진 마을을 의미하는데, 이것은 시인 자신이 아름답게 보고 있는 세계의 한 유형으로 나타난다.

> 조잘조잘 산봉우리들이
> 비켜서면서 길을 낸다.
> 쇨뫼재를 내려서는 주인 없는 콩밭머리
> 건강한 어깨뼈를 쳐들고
> 저 혼자 도리깨질을 해대는 가을 햇빛
> 경조(京調)의 구두코를 물며 쭈루룩 미끄러진다.
> 서너 알의 검은 콩알들
> 아 숨은 저 집집 마을이 즐거운
> 콩 타작 소리 「환촌」

여기에서 시인은 산봉우리들로 둘러싸인 '환촌'으로 가고 있는데, 높고 낮은 산봉우리들이 겹겹이 가리고 있는 모습을 마치 산봉우리들이 서로 속삭이고 있는 것처럼 느끼고 있기 때문에 '조잘조잘'이라는 표현을 쓰고, 겹겹이 쌓인 산봉우리만 보면 도저히 그곳에 길이 있을 수 없는 것처럼 생각되지만 그 봉우리 사이로 길이 있는 것을 보고 산봉우리들의 '비켜섬'을 연상하고 있다. 이처럼 산봉우리들이 있는 양상을 '조잘조잘'이라고 표현하고, 길이 있음을 산봉우리들의 비켜섬으로 표현하며 시인이 걷는 길을 '낸다'고 하는 것은 시인의 기분이 상쾌하며 걸음걸이가 가볍고 즐거움을 이야기해준다. 여기에는 시골에 대한 시인 자신의 근원적인 애정이 깔려 있다. 사물과 시인 사이에 있는 것처럼 보이는 이러한 친화력은 시인 자신이 살고 느끼는 농촌의 삶에 대한 특별한 의미 부여 없이는 불가능하다. 여기서 말하는 농촌의 삶이란 바로 고향에서의 삶이다. 그러나 오늘날의 변화하는 역사 속에서 모든 사람은 고향을 상실하고 타향을 떠돈다.

이러한 타향 의식에 젖어 있는 사람에게는 고향을 연상시키는 모든 것에 대해서 친화력을 느끼게 된다. 이러한 친화력은 고향을 잃어버린 사람에게는 고향을 재발견하게 하는 힘이 되고, 또 참된 삶을 살기 어려운 사람에게는 그 어려움을 극복할 수 있는 힘이 되며, 역사의 물결에 휩쓸린 개인에게 자아를 발견할 수 있는 계기를 마련해준다. 따라서 송수권의 작품에서 나타나고 있는 농촌의 모든 사물은 단순한 가난의 상징이 아니라 삶다운 삶을 느끼게 하는 친화력의 표현이다. 이 친화력은 그의 시에 기본적인 힘으로 나타나고 있다. 가을 햇빛이 따갑게 내리쬐는 콩밭을 보면 콩이 익어서 톡톡 터지는 소리가 나는 듯하고 그 소리를 들으면 마치 건장한 농군이 힘차게 도리깨질을 하는 것 같은 모습이 연상된다. "집집 마을이 즐거운/콩 타작 소리"처럼 시인의 기본적인 정서는 "건강한 힘이 노동을 하여 얻게 되는 수확"뿐만 아니라 도리깨질과 같은 일 자체의 과정에서 얻게 되는 즐거움이다. 이러한 즐거움은 삶을 바라보는 사람에게는 관념으로만 존재하지만 그러한 삶을 사는 사람에게는 현실로 존재할 수 있는 성질의 것이다. 가령 도리깨질을 하는 장면을 관찰하는 사람이 제일 먼저 느낄 수 있는 것은 이마에서 흐르는 구슬땀을 보면서 노동의 힘듦이리라. 여기에서는 농사를 짓고 산다는 것이 힘든 노력을 요구하고, 따라서 삶이란 일종의 고통으로 보일 것이다. 이것을 도리깨질을 관찰한 사람의 제일 첫번째 감상이라고 한다면, 두번째 감상은 그럼에도 불구하고 도리깨질의 규칙적인 소리를 들으면서 리듬의 희열을 느끼는 것이다. 그러나 관찰자의 이 두 가지 느낌은 도리깨질의 행위자도 갖게 되는 느낌이다. 다만 그 두 느낌 사이에는 거리가 있을 뿐이다. 첫번째 느낌인 고통으로 말하자면 관찰자에게는 그것이 타인의 것으로 느껴졌겠지만 행위자에게는 자신의 것으로 느껴진다. 고통이 타인의 것으로 느껴질 때는 과장되기도 하고 축소되기도 하지만, 자신의 것으로 느껴지면 과장이나 축소를 떠나 고통 그 자체이다. 그것은 삶의 일부이며 따라서 숙명에 속한다. 그러니까 이 경우 '고통'이라는 객관화된 표현으로는 설명할 수 없는 어떤 것이 된다.

두번째 느낌인 리듬의 희열로 말할 것 같으면 관찰자에게는 순전히 청각적인 효과로서 나타날 뿐이지만 행위자에게는 그것이 근육에 육체적인 효과로서 나타난다. 실제로 도리깨질이 제대로 될 때에는 농민 자체의 팔뚝에 훨씬 큰 힘이 솟아나며 도리깨질할 때마다 솟구치는 그 힘의 느낌은 귀로 듣는 리듬이 아니라 몸으로 느끼는 리듬이어서 힘의 증가를 가져온다.

시인이 이처럼 관찰자의 관점에서가 아니라 행위자의 관점에서 농촌의 정서를 노래할 수 있는 것은 그의 삶이 그러한 정서 속에서 태어나고 살았던 체험에 뿌리박고 있기 때문이리라. 그러한 점을 단적으로 설명하고 있는 부분은 가령 "경조(京調)의 구두코를 물며 쪼루룩 미끄러진다"라고 하는 시구에서 확인할 수 있다. "경조(京調)의 구두코"

란 도시적인 감각의 한 표현이다. 모처럼 고향에 돌아온 시인의 구두는 콩이 익어가는 농촌의 풍경 속에서 도시의 정서로 나타나며 농촌의 그것과 대립되는 이미지다. 그러나 "가을 햇빛"이 "쪼루룩 미끄러진다"라고 하는 것은 바로 그 도시적 정서로서의 반짝이는 구두가 농촌의 풍경 속에 완전히 용해되고 있음을 말해준다. 여기에서 특히 "가을 햇빛"이 "쪼루룩 미끄러진다"라고 하는 표현은 '햇빛'을 '콩알'의 굴러감으로 비유한 경쾌함을 느끼게 한다. 그러나 그 경쾌함은 한편으로는 귀향길의 즐거움을 나타내면서도 다른 한편으로는 "세습 전답 다 팔아먹고" "이따금씩 선산이나 보러 오는 고향"이라는 자각 때문에 "운모상석(雲母床石)들도 걸어나와/툴툴거려 쌓는 소리"에서 볼 수 있듯이 투정을 받아 마땅함을 인정한다. 그렇지만 그 투정은 산골의 귀향길을 걷는 즐거움에 비하면 너무나 미약한 것에 지나지 않기 때문에 농촌의 정서 속에 흡수되어 귀향길의 즐거움을 더해주는 데 기여한다.

그러나 이러한 시인의 경쾌한 마음은 곧 농촌의 삶이 지닌 모든 어려움을 외면한 것은 아니다. "밝은 햇빛 떨어진 황톳길/통나무 같은 지렁이 한 마리가 고딕체로 넘어져 있다/새까맣게 엉긴 활자들/조간신문을 보듯 가벼운 흥분이/경조의 구둣발 끝에서 몸살을 앓는다/농사는 갈수록 힘들고/경제 대국은 어려워요"(「환촌」 5)에서 볼 수 있는 것처럼 시인이 "세습 전답"을 팔고 떠났던 농촌에서의 삶이 더욱 좋아진 것이 아니라 갈수록 힘들어진 현실을 발견하고 있다. 수레 발자국에 눌려 있는 지렁이를 보고 신문의 커다란 고딕 활자체를 연상하는 시인의 머릿속에는 타고난 정서와 현재의 생활이 양극화되어 있는 농촌에서의 삶의 고통이 존재한다. 그래서 그의 시는 어느 것을 읽거나 간에 삶의 어려움을 체험한 사람의 깊은 한을 느끼게 한다.

비가 오는 날 고모를 따라 고모부의 무덤에 갔다.
검은 배들이 꿈틀거리고 묵호항이 내려다보였다.
고모는 오징어를 따라 군산 여수 목포 앞바다를 다 놔두고
전라도에서 묵호항까지 고모부를 따라왔다.
나는 실로 이십 몇 년 만에 고모부를 찾았다.
고모부는 질펀한 동해에서 돌아와 무덤 속에 잠들었다.
폭풍이 치고 온 산과 바다가 울고
독도 바깥 대화퇴 잠든 어장을 우산으로 가리며
늙은 고모의 등이 비에 젖지 않게
나는 우산대에 박쥐처럼 붙어 눈물을 떨구었다.
사는 일은 무엇일까?
공동묘지의 벌겋게 까진 잔등이 비에 얼룩지고
비명처럼 황토 흙의 빛깔들이 새어 나왔다.
외짝 신발 하나를 묻고 봉분을 짓고
"오매 오매 날 무얼라고 맹글었는고 짚방석이나 맹글 일이제……"
흐렁흐렁 울음 속에서도 황토 흙처럼 불거져 나온
저 전라도의 간투사들
오늘 나처럼 고모부 내외가 낯설게 이삿짐을 풀던 날도
묵호항은 이렇게 흔들리고만 있었을까 —「묵호항」

어부 출신의 고모부에게 시집간 고모의 삶을 그리고 있는 이 시는 거의 인위적인 꾸밈없이 '고모'의 일생을 서술하고 있어서 마치 그것이 하나의 이야기와 같이 읽힌다. 그러나 이 이야기는 시 자체가 지녀

야 할 의도적인 기법을 사용하고 있지 않음에도 불구하고 시적인 긴장을 유지한다. 시적인 긴장이 유지될 수 있는 것은 어쩌면 고모나 고모부 자신의 기구한 삶 때문일는지도 모른다. 오징어잡이를 하기 위해서 "군산 여수 목포 앞바다를 다 놔두고" 묵호항으로 가는 남편을 따라나선 고모의 일생은 바로 생계 유지를 위한 떠돌이 같은 타향살이로 일관된 것이다. 그러나 '내'가 20년 만에 찾아 나선 고모부는 이미 무덤으로 남아 있고, 살기 위해 고향을 떠났던 고모는 이제 남편을 잃음으로써 타향살이의 명분을 잃게 된 것이다. 이러한 비극적 운명의 주인공인 고모는 다른 것을 원망하지 않고 "오매 오매 날 무얼라고 맹글었는고 짚방석이나 맹글 일이제……"라고 함으로써 자신의 출생을 원망하고 있다. 이것은 현실의 불행이나 가난을 어디까지나 자신의 운명으로 받아들인 사람의 기막힌 한을 담고 있으면서도 "무엇 때문에 나를 만들었는가, 차라리 짚방석이나 만들 일이지"라고 함으로써 '나'를 "짚방석"과 비교하고 그것보다 못한 운명으로 비유하지만 사실은 그러한 불행 속에 일종의 해학적인 표현을 담고 있는 것이다. 여기에서 특히 원색적인 시골 풍경의 대명사라고 할 수 있는 "황토 흙"의 강렬한 이미지가 "저 전라도의 간투사들"에 비교되고 있는 송수권의 시적인 기법은 옛날이야기처럼 수많은 사연이 얽혀 있는 그의 시가 우리의 현실 일부로 의식되게 만들어준다.

이와 같은 시인의 현실 인식은 곧 자신의 고향에서 볼 수 있는 모든 것에 대해서 의미를 부여하기에 이른다. 여기에서 말하는 의미는 고향이 지닌 역사적 성격으로, 삶이 지닌 고달픔의 양상으로, 세월이 지닌 숙명의 모습으로 나타나고 있지만, 삶의 보람은 역시 고향 의식에 있다는 것을 말해준다. 그렇기 때문에 고향에서 볼 수 있는 모든 사물이 시인 자신의 세계를 비추어주고 있는 것이다. 가령 시골의 병아리들이 나 새들에게 공포의 대상으로 존재하는 독수리를 보고 시골의 정경을 묘사하고 있는 「나의 독수리」에서 "울지 마라 나의 독수리/오직 살아 있는 힘으로 죽음 같은/대낮의 정적을 깨치고/오롯이 허공 위에 피 묻은 날개로 떠 있어야 하리니"라고 하는 구절은 시골의 정적과 미루나무 꼭대기 너머로 보이는 독수리의 그림자와 그 그림자 속에 감추어진 핏자국이라는 세 가지 이미지를 통해서 회의 속에 빠진 독수리를 상상하는 것이나, 봄날에 핀 목련꽃을 보면서 부끄러움을 타던 스무 살 안팎의 사랑을 연상하면서 이제 그러한 사랑은 할 수 없고 물푸레꽃 같은 '질펀한 울음'만을 우는 자신을 발견하고 있는 것이나(「백목련」), 꿀벌들이 열심히 꿀을 따다가 나르면서 일하는 것을 보고 "소문(巢門) 앞에서 요것들의 웃고 떠드는 요모양을/보고 있으면/이리도 내 가슴 뿌듯해진다./이리도 사는 일이 즐거워진다"(「꿀벌」)라고 하고 "말없이도 이 크낙한 기쁨 속에/너희들 나라 사회는 잘되어가고/너희들 나라 민주주의는 잘되어가고/육법전서도 헌법도 없는 나라/너희 나라 궐문 앞에 서 있으면/나는 왜 이리도 부끄럽고 황송하냐"〔「채밀기(採蜜期)」〕라고 외치고 있는 것은 시인이 살고 있는 세계의 아픔과 시인이 태어난 고향에 대한 그리움에서 기인하고 있는 것으로 보인다. 특히 꿀벌들의 공동체 생활을 보면서 육법전서도 없고 헌법도 없으면서 각자가 맡은 일을 충실히 해나감으로써 꿀벌의 집단 사회가 조화롭게 이루어지는 것을 민주주의로 이야기하는 것은 그가 꿈꾸고 그리워하고 있는 고향이란 어쩌면 어느 특정 지역을 말하는 것이 아니라 사람다운 삶을 누릴 수 있는 세계라는 보편성을 띠고 있는 것 같다.

오늘은 할아버지 죽어서 고향 가는 날
차마 성한 육신으로 백발로도 가지 못하고
혼백으로 바람 타고 가는 날
살아서는 산〔山〕도 옮길 듯한 한(恨)이
오늘은 삭아서 한 줌의 재
물길 따라 바람 따라 고향 가는 날
바람아 불어다오

추석달이 뜨면 갈거나
임진각 누마루에 올라 함부로
북녘 땅 여기저기 손가락을 디미시던
할아버지
어느 날은 채송화며 복숭아
꽃씨 주머니를 풍선 끝에 매달아
바람도 없는 날
우우우……
입으로 불어 올리시던 할아버지

—「풍장(風葬)」 1~2연

여기에서 말하는 할아버지의 고향은 이북 땅으로 역사적인 분단의 비극으로 가지 못하는 곳이다. 그리하여 그 그리움을 달래기 위해 풍선에 꽃씨를 실어 날려 보내던 할아버지가 이제는 스스로 한 줌의 재가 되어서야 고향으로 날아가는 것이다. 그러한 귀향길이란 현실에서 이루어지는 것이 아니라 혼백의 세계에서 이루어진다는 점에서 이룰 수 없는 그리움에 속한다.

그러나 이처럼 분단의 역사에 대한 비극적인 의식을 지닌 송수권의 시를 읽게 되면 심각한 분위기에 완전히 압도되기보다는 오히려 한편으로 우리 자신의 감정이 정화되는 듯하면서도 다른 한편으로는 즐거운 장면을 보고 웃고 난 다음에 오는 슬픔의 잔재를 느끼게 된다. 그것은 그의 시어가 지닌 소박하면서도 진실된 성격에서 기인한다고 말할 수도 있다. 실제로 그의 시에는 어려운 '문자'는 하나도 없고 시적인 기교도 비교적 눈에 띄지 않는다. 대부분의 시가 옛날이야기와 같은 서술 형식을 띠고 있다는 것은 바로 그러한 사실을 뒷받침해준다. 그러나 그의 시를 읽을 때 느끼게 되는 경쾌함이 우리의 감정을 정화시켜주게 되는 것은, 그의 시에서 가령 출근길에 "아내의 장독대를 보면 큰 항아리 작은 항아리/그 곁에 쭈그리고 앉아 슬픔을 처바른 항아리가 되고/싶어진다"와 같은 시구에서처럼 시인 자신을 장독대의 항아리에 비유하는 일상적이면서도 순수한 동요의 성질을 띠고 있기 때문이다. 여러 종류의 항아리를 나열할 때에는 그것들이 동요적인 재미를 곁들이게 되지만 "24시간을 긴장긴장 끝에 저 배불뚝이 키 큰 항아리처럼/온몸에 된장을 처바르고 돈 몇 푼 얻으러 악을악을 쓰며 가는/슬픈 가장이 되지 말았으면 좋겠다/오늘도 아내의 장독대를 지나다 보면/죄도 미움도 부끄러움도 없는데/내 가슴속에선 웬일인지 자꾸만 장독대가 무너져 내린다"(「출근」)라고 하는 독백에 이르면 동요적인 세계는 마음속의 고향으로만 남아 있고 삶의 고달픔에 시달리면서 돌아가지 못하는 고향만을 그리워하는 사람의 슬픔을 읽게 된다.

이처럼 근원적인 슬픔을 지닌 사람은 마치 탈춤에서 '얼쑤얼쑤' 신나게 돌아가는 리듬을 타면서도 그 배면에는 한이 서려 있는 듯 거칠고 소박한 반복과 리듬 속에 주술적인 해한(解恨)의 바람이 깔려 있는 것이다. 그렇기 때문에 「망치꿈」과 같은 시에서는 처음에 "날아라 작은 새/삐삐 우는 작은 새/고 귀여운 작은 새"처럼 무당이 신을 부르는 듯한 리듬을 타면서 동요 같은 수식어를 사용하지만 마지막에 "높이 솟은 빌딩과 검은 아스팔트와 질주하는 차량들/끝내는 우리들의 생(生)을 답답하게 가두어놓고/놓아주지 않는 요 작은 새/저 지평선 밖으로 끌고 간/한 줄의 긴 캐터필러의 발자국을 따라 날자, 날자꾸나/한 번만 더 우울하게"로 끝남으로써 삶의 슬픔을 남겨주게 된다.

송수권의 시가 지닌 이러한 주술적인 힘은 그의 시 전편에 흐르고 있는 전설 혹은 설화의 현대적인 성격을 드러내는 역할을 한다. 이 시집의 제2부에서 볼 수 있는 민족의 집단의식이나 제3부에서 발견하게 되는 한국적 풍경 묘사나 제4부에서 읽게 되는 시인의 삶이란 모두 고향이라고 하는 전통 사회로의 귀환을 꿈꾸고 있다. 따라서 이 불가능한 꿈은 시인에게 한을 풀고자 하는 주술적인 시를 가능하게 한 것이다. 그의 시가 지닌 이야기로서의 힘은 전설로만 존재하게 만드는 고향의 현실적 부재를 깨닫게 하는 데 있다. 고향의 부재는 시인의 영혼을 정처 없이 떠돌아다니게 하고 이렇게 방황하는 영혼은 이 땅에 전설 혹은 설화만을 남긴다. 그렇기 때문에 그의 시집을 다 읽고 나면 우리 자신의 삶과 현실을 되돌아보고 우리의 역사에 대해서 반성하게 되는 것 같다. 〔1983〕

사랑의 방법

—최승자의 『이 시대의 사랑』

시인은 누구나 자기의 삶을 행복으로 노래하거나 불행으로 노래한다. 이 두 가지는 모두 자기 자신에 대한 사랑, 자기 주변에 대한 사랑, 자기 시대에 대한 사랑의 방법이다. 행복으로 노래하는 시인은 삶의 여러 가지 양상 가운데 불행이 없는 삶에 대한 기원을 가지고 있고 불행으로 노래하는 시인은 행복이 있는 삶에 대한 기원을 가지고 있다. 그러나 사실 이 두 가지 기원은 시인의 이상주의적 성격에서 비롯된다. 왜냐하면 현실적으로 삶은 행복과 불행을 항상 함께 지니고 있는 것이기 때문이다. 하지만 여기에서 시인의 삶이란 일상적인 삶 자체를 의미하지 않고 언어의 삶을 의미한다. 따라서 시의 언어는 일상적인 언어에서 빌려온 것이지만 그 고유의 질서를 지니고 있고 일상적인 언어와는 다른 또 하나의 의미와 내포를 지향한다.

최승자의 시는 대단히 강렬한 일상적인 언어들이 서로 부딪치고 화해하는 언어의 드라마로 보인다. 여기에서 드라마란 시인이 의식의 싸움에서 앓고 있는 정신적인 고통의 과정이다. 정신적인 병은 다른 증세로 나타나기보다는 시를 쓰는 증세로 나타난다. 그러나 시를 쓰는 행위는 일종의 즐거움의 행위가 아니다. 그것은 시인의 의식 속에서 경험하는 아무것도 할 수 없는 상황과의 갈등 때문에 시밖에 쓸 수 없는 자아의 인식으로 나타나는 병이다. 그러나 그 병은 치유될 수 있는 것이라기보다는 숙명처럼 지니고 사는 시인을 시인이게끔 하는 역할을 한다. 어느 시인은 그것을 시인의 '저주받은 운명'이라고 표현하지만, 최승자는 자아와 그 자아를 둘러싸고 있는 모든 것과의 갈등 속에서 자신의 외로움으로 표현하고 있다.

사공이 사라진 하늘의 뱃전
구름은 북쪽으로 흘러가고
청춘도 병도 떠나간다.
사랑도 시(詩)도 데리고

모두 떠나가다오
끝끝내 해가 지지도 않는 이 땅의
꽃피고 꽃 져도
남아도는 피의 외로움뿐
죽어서도 철천지 꿈만 남아
이 마음의 독은 안 풀리리니

모두 데려가다오

세월이여 길고 긴 함정이여 —「억울함」 전문

여기에서 '청춘'과 '사랑'이 동류항으로 쓰이고 있는 반면에, 이의 대칭으로서 '병'과 '시'가 동류항으로 쓰이고 있다. 그렇다면 이 시인의 '사랑'의 실패는 시인으로 하여금 "모두 떠나가다오" "데려가다오"라는 표현을 통해서 혼자서의 '외로움'을 견디겠다는 의지를 나타내고 있는 듯하지만 사실은 일종의 반어법이다. 사랑의 떠남 때문에 외로울 수밖에 없는 시인의 정신은 '마음의 독'이 어느 것으로도 풀리지 않을 것임을 알고 있기에 모든 것이 떠나가주기를 기원하고 있지만, 사실은 모든 것이 사랑과 함께 있어주기를 바란다. 특히 아직 20대의 나이로서 "세월이여 길고 긴 함정이여"라고 외칠 수 있는 것은 '청춘' 시절의 '사랑'의 상처가 그만큼 큰 것이기 때문이리라. 그렇다면 이 시인에게 '사랑'이란 무엇인가?

최승자의 시에는 '사랑'을 다룬 시들이 많다.

① 거기서 알 수 없는 비가 내리지
내려서 적셔주는 가여운 안식
사랑한다고 너의 손을 잡을 때
열 손가락에 걸리는 존재의 쓸쓸함
거기서 알 수 없는 비가 내리지
내려서 적셔 주는 가여운 평화 —「사랑하는 손」 전문

② 종기처럼 나의 사랑은 곪아

이제는 터지려 하네.
메스를 든 당신들
그 칼 그림자를 피해 내 사랑은
뒷전으로만 맴돌다가
이제는 어둠 속으로 숨어
종기처럼 문둥병처럼
짓물러 터지려 하네 —「이제 나의 사랑은」 전문

③ 사랑은 언제나
벼락처럼 왔다가
정전처럼 끊겨지고
갑작스런 배고픔으로
찾아오는 이별 —「여자들과 사내들」 제1연

①에서의 사랑은 대상과 함께 있는 사랑이다. 그러나 그 사랑은 전부로서의 사랑이 아니라 "가여운 안식" "가여운 평화"로서의 사랑이어서 열 손가락에 의해서만 만나는 흡족하지 못한 것이다. 이 미흡한 사랑을 통해서 확인하는 것은 "존재의 쓸쓸함"이지만, 이러한 사랑이 ②에 와서는 "뒷전으로만 맴돌"고 "어둠 속으로 숨어" 있는 것이 된다. 그래서 이 사랑은 남의 눈에 띄지 않으려는 속성을 지닌 종기처럼 안에서 곪게 되는 터부가 된다. 이처럼 터부와 같은 성질을 띤 사랑은 언제나 "칼 그림자"의 위협 속에서 은밀한 가운데 진행되지만 언젠가는 그 위협 속에서 견디지 못해 스스로 곪아 터질 것을 예감한다. 그리고 그 예감이 현실로 드러났을 때 시인은 자신의 삶을 '저주받은 운

명'처럼 괴로워하고 사랑의 다른 표현인 증오의 비밀을 갖는다. 그렇기 때문에 ③에서 사랑의 순간 뒤에 찾아오는 이별을 허기진 듯이 덤벼드는 것으로 이야기하면서 "여자들과 사내들은/서로의 무덤을 베고 누워/내일이면 후줄근해질 과거를/열심히 빨아 널고 있습니다"라는 단정을 내린다. 그것은 이별의 아픔을 통해 진정한 사랑의 불가능을 겪은 경험으로부터 나온 것이다. 실패한 사랑의 경험은 범속한 일상성을 행복으로 받아들이지 못하는 시인의 충만된 의식으로 이룩된다.

> 회색 하늘의 단단한 베니어판 속에는
> 지나간 날의 자유의 숨결이 무늬져 있다.
> 그리고 그 아래 청계천엔
> 내 허망의 밑바닥이 지하 도로처럼 펼쳐져 있다.
> 내가 밥 먹고 사는 사무실과
> 헌책방들과 뒷골목의 밥집과 술집,
> 낡은 기억들이 고장 난 엔진처럼 털털거리는 이 거리
> 내 온 하루를 꿰고 있는 의식의 카타콤.
> 꿈의 쓰레기 더미에 파묻혀.
> 돼지처럼 살찐 권태 속에 뒹굴며
> 언제나 내가 돌고 있는 이 원심점.
> 때때로 튕겨져 나갔다가 다시
> 튕겨져 들어와 돌고 있는 원심점.
> '그것은 슬픔'
>
> —「청계천 엘레지」

여기에서 시인은 지금의 일상적인 생활 이전에 있었던 의식의 상태

를 '자유'로 비유하면서 자신을 사무실 안의 실내장식인 베니어판 속에 갇혀 있는 것으로 인식한다. 그래서 그 보이지 않는 지하에 흐르고 있는 청계천처럼 자아의 내면에 '허망'과 같은 공허가 감추어져 있는 자아를 의식하게 되고 젊은 시절에 드나들던 헌책방, 싸구려 밥집과 술집 들이 자유의 추억으로서만 존재할 뿐 지금은 그 보잘것없는 추억의 장소들이 자신의 의식과 융화되지 않고 유리되고 있는 것이다. 그렇기 때문에 지금의 일상적인 자아는 옛날의 실현되지 않은 꿈들이 버려져 있는 쓰레기 더미 속에 파묻혀 있는 것이 되지만 떠나려고 하면서도 주위만 맴돌 뿐 항상 되돌아오는 슬픈 운명을 되풀이한다. 이처럼 시인은 자신의 일상적인 자아 속에 충족되지 않은 공백을 의식하고 있는데, 그것은 일상적인 편안함 속에 도사리고 있는 함정에 대해서 눈을 똑바로 뜨고 자아의 내면을 관찰하고자 하는 의식의 소산이다. 그러나 그러한 의식은 이 시인에게서 거의 운명론적 불행으로 나타난다.

나는 아무의 제자도 아니며
누구의 친구도 못 된다.
잡초나 늪 속에서 나쁜 꿈을 꾸는
어둠의 자손, 암시에 걸린 육신.
어머니 나는 어둠이에요.
그 옛날 아담과 이브가
풀섶에서 일어난 어느 아침부터
긴 몸뚱어리의 슬픔이에요.

밝은 거리에서 아이들은
새처럼 지저귀며
꽃처럼 피어나며
햇빛 속에 저 눈부신 천성의 사람들
저이들이 마시는 순순한 술은
갈라진 이 혀끝에는 맞지 않는구나.
잡초나 늪 속에 온몸을 사려감고
내 슬픔의 독이 전신에 발효하길
기다릴 뿐

뱃속의 아이가 어머니의 사랑을 구하듯
하늘 향해 몰래몰래 울면서
나는 태양에의 사악한 꿈을 꾸고 있다. —「자화상」

비교적 초기작으로 보이는 이 시에서 볼 수 있는 것처럼 시인은 자신의 운명을 "어둠의 자손" "암시에 걸린 육신"으로 표현한다. 아담과 이브의 원죄의 상징인 뱀의 슬픈 운명("긴 몸뚱어리의 슬픔이에요")처럼 모든 사람으로부터 기피의 대상이 되고 모든 사람과 어울리지 못하도록 기어 다니는 운명(어둠)이 된다. 그리하여 자신의 의식의 불행 때문에 일상적인 행복과는 상관없이 태어난("저이들이 마시는 순순한 술은/갈라진 이 혀끝에는 맞지 않는구나") 자아 속에서 "슬픔의 독"이 발효하기를 기다리는데, 바로 그 과정이 시가 되고 있다. 자아와 대상, 자아와 일상, 자아와 상황의 이 숙명적인 괴리의 인식은 따라서 시인으로 하여금 일상적인 관계를 부인하게 만든다. "아무의 제자도 아니며/누구의 친구도 못 된다"고 하는 부정은 물론이거니와 심지어는 인간의 가장 원초적인 혈연관계마저도 부인되고 있는 것이다. "아무 부모도 나를 키워주지 않았다"(「일찌기 나는」)라고 하는 것은 그러나 사실은 일상적인 관계를 부정한다기보다는 자기 자신의 '부재'를 이야기한다. 여기에서 "일찌기 나는 아무것도 아니었다"라고 하는 자신의 '부재'는 "너, 당신, 그대, 행복/너, 당신, 그대, 사랑"처럼 일상 언어 속에 '루머'로서만 존재하는 자아의 인식이며 따라서 '부재'와 다름없는 것이다.

이와 같이 철저한 부정은 사실 철저한 긍정의 바람 때문에 가능한 것이다. 그것은 "돌아가신 아버지도 살아 계신 아버지도 하나님 아버지도 아니다 아니다"라고 하는 끝없는 부정이 "다시 태어나기 위하여" 행해진 부정이라는 데서 찾아질 수 있다. 자신의 삶을 행복하다고 생각하는 것이 낙관주의의 한 표현이고, 자신의 삶을 불행하다고 생각하는 것이 비관주의의 한 표현이라면 이 두 가지는 방법의 차이가 있는 동일한 사랑에 근거를 두고 있다. 그러나 진정한 행복에 도달하기 위해서는 후자가 보다 적극적인 의미를 갖게 된다고 보아도 무리가 없을 것이다. 왜냐하면 시인의 이상주의는 언제나 자신의 존재에 대한 비극적 인식으로부터 출발하고 현실과는 다른 꿈으로 가득 차 있기 때문이다.

움직이고 싶어
큰 걸음으로 걷고 싶어
뛰고 싶어
날고 싶어

깨고 싶어

부수고 싶어

울부짖고 싶어

비명을 지르며 까무러치고 싶어

까무러쳤다 십 년 후에 깨어나고 싶어

—「나의 시가 되고 싶지 않은 시」

욕망과 의지의 표현으로만 나타나고 있는 이 시는 그러한 괴리를 극복하는 데 성공적으로 도달할 수 없는 시인의 비극적 운명을 나타내면서 동시에 움직이지 않는 시 정신이 썩을 수밖에 없다는 시인의 의식을 드러내준다. 이러한 의식은 '싶어'라고 하는 강한 의지의 표현 때문에, 그리고 그 표현의 반복 효과 때문에 시인의 절규처럼 강렬한 형식을 획득한다. 그것은 바로 시인의 치열한 의식과 상통하는 것으로 보인다. 그렇기 때문에 다음의 시는 이 시인의 시론이면서 동시에 시인의 사랑의 방법인 것이다.

그러므로, 썩지 않으려면

다르게 기도하는 법을 배워야 했다.

다르게 사랑하는 법

감추는 법 건너뛰는 법 부정하는 법.

그러면서 모든 사물의 배후를

손가락으로 후벼 팔 것

절대로 달관하지 말 것

절대로 도통하지 말 것

언제나 아이처럼 울 것
아이처럼 배고파 울 것
그리고 가능한 한 아이처럼 웃을 것
한 아이와 재미있게 노는 다른 한 아이처럼 웃을 것.

—「올여름의 인생 공부」

따라서 이 시인의 사랑은 집단적이면서 동시에 개인적이고, 실패한 것이면서 성공한 것이고, 절망이면서 극복인 것이고 죽음이면서 삶이 된다. 〔1981〕

IV

구조』에는 현실의 폭력을 비판적으로 성찰하고자 했던 한 비평가의 지적 노력이 온전하게 담겨 있다. 정치적인 현실이 정신을 병들게 하고 언어를 파괴하고 있던 추문의 1980년대 한가운데에서,
한 비평적 모색을 꾸준히 이어간다. 그에게 문학은 이른바, "고통스러운 행복의 기록들"이 각인되어 있는 새로운 언어적 가능성을 의미했다. 그러한 가능성을 길어 올리기 위한 지적

한국 단편소설 1982년

1

소설이 허구라고 하는 말은 소설과 체험 사이에 아무런 관계가 없다는 것을 의미하지는 않는다. 소설 속에서 다루어지고 있는 에피소드들이란 어떤 의미에서는 모두 현실 속에 있는 것이라고 할 수 있다. 다만 그 에피소드 하나하나가 현실 속에 놓여 있는 질서와 소설 속에 놓여 있는 질서가 다르다는 차이만 있을 뿐이다. 그러므로 소설 작품이 완전히 창작된 것이라고 할 수는 없다. 좀더 엄격하게 말한다면 이 세상에서 신이 '창조'한 것을 제외하고는 어느 것도 완전한 창작일 수 없다. 소설은 무(無)에서 이루어진 창작이 아니라 이미 존재하는 것, 이미 체험된 것으로부터 이루어진 창작이다. 그렇기 때문에 소설을 읽게 되면 그 속에 들어 있는 에피소드들이 처음 듣는 것으로만 되어 있지 않고, 소설 속에 나오는 상황이 체험되지 않은 것만으로 나타나지 도 않는다. 우리는 독서할 때 그러한 에피소드나 상황을 순전히 소설적인 것으로 받아들인다기보다는 우리의 체험 속에 위치시키거나 체험에 비추어서 받아들이게 된다. 따라서 소설에서 '그럴듯함'이란 우리의 삶에 비추어서 이야기될 수 있다. 그러나 그럴듯한 에피소드나 상황이란 그것이 현실 속에 있을 때에는 일종의 자연현상 중 하나에 지나지 않는다. 그러니까 자연현상으로서의 에피소드나 상황은 사실은 중성적인 존재일 뿐이다. 그러나 그러한 에피소드나 상황이 소설 속에 끼어들게 되면 그것들은 소설 작품 전체를 구성하는 요소가 되면서 작품에 기여하게 된다. 우선 에피소드나 상황이란 현실 속에 무수히 많은데 왜 하필이면 어떤 에피소드, 어떤 상황이 소설 속에 선택되었느냐 하는 점에서 의도적인 에피소드이며 상황인 것이다. 뿐만 아니라 일단 자연현상으로서 존재하는 에피소드나 상황이 소설 속에 들어온다고 하는 것은 존재의 상태로부터 의미의 상태로 넘어온다는 이야기다. 여기에서 의미의 상태라는 것은 소설이라는 장르의 미학적인 의미를 뜻한다. 가령 옛날이야기의 상태에 머물러 있던 소설적 미학이란 주인공의 운명이 파란만장하면서도 그 운명을 극복한 영웅의 전기로 요약될 수 있을 것이다. 이때 그 영웅의 전기란 현실 속에 있을 수 있는 '그럴듯한' 에피소드와 상황에 의해 만들어진 것이다. 따라서 영웅은 평범한 사람들보다 훨씬 탁월한 재능의 소유자임을 보여주어야 한다.

그러나 19세기 소설부터 주인공은 옛날 '영웅'의 모습만을 지니고 있지 않고 평범한 사람의 모습을 자주 띠게 된다. 이들은 과거의 '영웅-주인공'처럼 남다른 재능으로 삶의 위기나 운명을 타개하는 능력을 소유하고 있지 않고 대개의 경우 삶의 위기에서 파멸하거나 운명에 패배하는 무능력자들이다. 따라서 '영웅-주인공'에게는 어떠한 상황이 닥쳐올지라도 그것을 극복하는 일이 시간문제에 속하기 때문에 그의 영웅적 성격이 얼마나 강한가가 주목의 대상이 된다. 반면에 근대적인 주인공은 자체의 개인적인 능력에 초점이 맞춰진 것이 아니라 주인공을 패배시키고 파멸시키는 그 상황의 강한 힘이 주목의 대상이 된다. 그렇기 때문에 근대 소설에서는 주인공이 한 사람으로만 제한되어 있지 않고 때로는 여러 사람이 될 뿐만 아니라 주인공이 없다고 할 수 있는 경우조차 나타난다. 따라서 소설에서 주인공이란 처음에는 단수적인 영웅의 위치를 차지하고 있다가 차츰 그 크기가 줄어들면서 수적으로 복수화되었다고 말할 수 있겠지만, 소설의 초점이 주인공으로부터 주인공이 살고 있는 집단으로 이동된 것으로도 볼 수 있다. 영웅으로서의 주인공에게 초점이 맞추어져 있을 때에는 그 주인공의 운명만이 서술의 대상이 되겠지만, 여럿으로 분화된 주인공에 초점을 맞추다보면 초점이 흐려진다는 인상을 갖게 될 것이다. 다른 말로 하면 주인공이 살고 있는 사회, 주인공이 구성원 중 하나로 참여하고 있는 사회 전체로 관심의 폭이 확대되어간다는 증거이다. 이와 같은 과정에서 나타나는 특색은 주인공에게 고민과 갈등의 양이 상승한다는 점, 주인공 자신보다는 주인공을 둘러싸고 있는 상황의 서술이 많아진다는 점, 그리고 주인공의 행동의 서술보다는 행동이 이루어지기까지의 혹은 행동 다음에 나타나는 심리적 변화의 서술이 많은 비중을 차지하게 된다는 점, 그렇게 함으로써 주인공의 '영웅'으로서의 위치는 사라지고 일상인의 모습만이 삶의 현실감을 주고 있다는 점 등에서 찾아질 수 있다. 따라서 '영웅'으로서의 주인공의 체험이 우리 삶의 체험과 거리가 있을 수밖에 없는 반면에, 일상인으로서의 주인공의 체험은 현실적으로 가능한 체험으로 보이는 것이다.

바로 이와 같은 이유 때문에 현대 소설 속 주인공의 삶이 우리의 현실과 상상력의 세계에서 멀리 떨어진 것으로 보이지 않을뿐더러 일종의 공감대를 형성하는 것이다. 다른 말로 표현하면 현대 소설의 지역성이며 특수성이라고 할 수 있다. 물론 여기에 반대되는 말이 세계성과 보편성이라고 할 수 있다. 그러나 이 두 가지 대립 개념은 양립되지 않는 것이 아니다. 그렇기 때문에 우리가 동일한 시대의 다른 나라의 소설들을 읽으며 느끼는 공감은 가능하다. 다만 다른 점이 있다면, 외국의 현대 소설에서는 체험의 공유 분량이 많지 않은 반면에, 우리의 현대 소설에서는 그 분량이 다른 어느 나라의 소설에서보다 많다는 데 있다. 체험의 공유량으로 말하자면 동시대의 작품들 중에서도 작가나 작품에 따라 얼마든지 다를 수 있다. 그러나 이 경우에 문제가 되는 것은 체험의 종류가 다른 데서 연유하지 시대의 차이에서 연유하지는 않는다. 체험의 종류란 작가에게 개성의 종류와 마찬가지로 출신 지역이나 가문에 따라서, 그리고 교육이나 천성에 따라서 다르게 나타난다.

소설에서 체험이란 육체적인 것이든 정신적인 것이든, 그리고 현실적인 것이든 상상적인 것이든 작가에 의해서 기술된 것만을 의미한다. 그렇기 때문에 작가에 의해서 기술되지 않은 체험이란 문학이 아니다. 이 말은 비평에서 현실적인 체험이 문학적인 체험에 우선하는 것이 아님을 이야기하기 위한 것이다. 바꾸어 말하면 소설 작품을 읽고, 감동을 받는 것은, 우선은 현실 속에서의 체험을 기대했던 대로 재확인하기 때문일 수도 있지만, 의식하지 못했던 새로운 체험을 하게 되었기 때문인 경우가 더욱 많고 더욱 감동적이라는 이야기다. 이와 같은 논리에서 본다면 소설 작품이란 우리에게 풍부한 체험을 하게 해줌으로써 감동의 통로를 다양화시키는 것이라고 할 수 있다.

2

1982년 1년 동안에 문예잡지에 발표된 중편소설과 단편소설 중에서 우리에게 더 새로운 체험을 하게 해주고 감동의 통로를 다양화시켜준 데 초점을 맞추어보면 6·25동란이라는 분단의 비극이 오늘에서 어떠한 양상으로 나타날 수 있는지 보여주는 작품들과 우선 부딪치게 된다. 어떤 의미에서 6·25는 우리 민족이 겪은 현대의 비극 중 가장 크기 때문에 소설의 소재로 등장하는 것은 당연하다. 실제로 1950년대의 소설 대부분은 6·25동란 혹은 전쟁 직후의 현실을 다루고 그 후에도 많은 소설이 이 비극을 재현시키고 있다. 그러나 여기에서 6·25동란의 단순한 재현이란 어쩌면 소재의 되풀이로 떨어질 것이다. 다시 말해서 과거의 고통과 비극을 다시 그린다고 하는 점은 그것을 망각의 심연 속에 빠지지 않게 하는 것 이상의 의미가 없으리라. 그러나 오늘날에 와서 6·25를 다시 소설화한다고 하는 말은 망각의 상태를 기억의 상태로 바꿔놓는 것으로 충분하지 못하다. 왜냐하면 소설은 단순한 역사의 기록이 아니기 때문이다. 문학에서 중요한 것은 과거의 사실이 현재의 삶 속에 어떤 양상으로 남아 있고 영향을 미치고 있는가, 과거의 상처가 오늘의 삶의 고통과 어떻게 연관되는가, 현재의 삶을 사는 사람들이 왜 과거로부터 완전히 자유로울 수 없는가 등의 질문을 끊임없이 제기하는 데 있다. 그러니까 여기에서 중요한 것은 주인공이 특수한 체험을 했다는 사실 자체가 아니라, 그 체험이 아직도 존재하고 있는 양상이며, 그 양상의 의미에 대한 질문이다. 이와 같은 양상과 질문의 세계는 우리로 하여금 과거를 통해서 현재의 삶을 인식하게 만드는 것이며 동시에 삶의 순간순간마다 우리의 선택을 의식화시키는 것이다.

그러한 의미에서 주목을 받아야 할 작품으로 김원일의 「미망」, 이동하의 「파편」, 유재용의 「그림자」를 들 수 있다. 김원일의 「미망」은 '할머니' '어머니' '나' 그리고 '준호' 등 4대가 살고 있는 가족의 이야기지만 이 소설에서 실질적인 주인공은 '할머니'다. "올해로 여든여덟"이라는 소설의 기록으로 보면 '할머니'의 출생이 19세기 말엽이고 따라서 그녀의 일생은 일제강점기와 해방, 6·25전란과 그 후의 역사를 관통하고 있다. 그러나 그녀의 삶은 바로 역사의 주인 쪽에 끼여 있는 것이 아니라 역사의 물결에 휩쓸린 것이어서 역사적인 사건에 능동적으로 대처하지 못한다. 물론 어떤 사건에 능동적인 인물은 주로 그 사건을 일으킨 경우이거나 아니면 그 사건이 일어난 사회의 특수 계층에 속하는 경우이기 때문에, 일상적인 생존의 문제에 허덕이고 있는 '할머니' 같은 인물이 역사적인 사건에 의해 피해만을 입는 것은 당연한 일일는지 모른다. 실제로 소설에서 나타나고 있는 사건이란 주인공이 본인의 의도와는 상관없이, 그리고 본인의 근면에도 불구하고 더욱더 생존의 어려움을 당하게 되는 것들뿐이다. 주로 '할머니'와 '어머니'라는 사사로운 가족관계를 중심으로 전개되고 있는 이 소설은 가령 '할머니'가 갈치구이를 좋아하는 데 반해 '어머니'는 싫어한다든가, '할머니'가 담배를 피우는데 '어머니'는 담배를 피우지 않는다든가, '할머니'가 수중에 지닌 돈이 없는 데 반해 '어머니'는 2천만 원을 저금해놓고 있다든가, '할머니'는 키가 작고 마른 데 반해 '어머니'는 키가 크다든가 따위의 대립을 통해서 두 인물 간의 일상적인 적대관계를 중심으로 서술된다. 여기서의 적대 감정은 주로 일상생활의 이해관계에서 비롯되고 있는 것처럼 보이지만 사실은 동일한 비극적 운명을 산 과거의 감정적인 대립에서 유래한다. 실제로 역사와의 관계에서 볼 때 이 두 인물 사이에는 가해자도 피해자도 있을 수 없을 정도로 두 사람은 모두 피해자이다. 이들을 피해자로 만든 직접적인 인물은 화자에게는 '아버지'이고 '할머니'에게는 아들이며 '어머니'에게는 남편인 인물이다. 그는 "수리조합이니 면서기니 금융조합이니, 그 좋다는 직장을 다 마다하고 모화에서 야학당을 개설하여 농민 운동을 시작"했고 해방 후 "본격적인 좌익 운동에 나섰다"가 6·25동란 때 행방불명이 됨으로써, 가족들을 가난과 불안 속에 살게 만들었다. '할머니'는 '아버지'를 교육시킴으로써 자신의 삶을 개선하려고 시도했지만 실패했을 뿐만 아니라 그로 인해서 '순사'의 방문을 받아야 했고, '어머니'는 "전짓불을 비추며 저들이 또 들이닥칠까 봐 밤을 무서워"했을 정도로 연행당할 때마다 "타작매"를 맞았다. 따라서 이 두 여자는 '아버지'라는 인물의 좌익 운동으로 인해 가난과 억압 속에 살게 되는 공동의 운명을 겪으면서도, 삶에 대처하는 양상을 달리하고 있는 것이다. '할머니'는 "말 같은 며느리가 이 집 귀신 댈라고 간택되는 바람에 멀쩡한 서방 죽고 자슥까지도 좌익에 미치갱이가 됐다"라고 함으로써 자신의 불행의 원인을 '며느리'에게서 찾고, 그리하여 '며느리'를 피해 '딸'과 함께 살고자 한다. 반면에 '어머니'는 남편으로 인한 가난과 억압에 시달리면서도 그 불행의 원인이 자신의 타고난 운명에 있는 것으로 취급당하는 설움을 딛고 걸식과 행상으로 버텨나간다. 이 두 가지 태도는 삶의 어려움에 대응하는 양상이 서로 다르다는 것을 보여주고 있는 듯하지만, 위기를 극복하는 태도라는 점에서는 두 사람의 입장이 동일하다는 것을 보여준다. 그렇기 때문에 이 두 인물의 대립은 진정한 의미에서의 적대관계가 아니라 동일한 입장의 이해를 전제로 한 감정적인 대립이다. 이 감정적인 대립이란 개인이 자기 자신의 행동을 미워하게 될 때 스스로에게 느끼게 되는 반감과 비슷한 것으로, 실제로 증오의 대상이 되어야 할 것은 동일한 입장에 있는 사람이 아니라 그들을 동일한 입장이 되게 만든 상황이며 역사이다. 그러나 그러한 상황이나 역사를 인식하는 것은 지식인에게 주어진 역할이고, 그것들을 이용하는 것은 권력의 소유자에게나 가능한 일이므로 이 소설의 주인공들 같은 농촌 출신의 서민들은 자신의 일생에 다가온 모든 위기를 운명의 지배자인 어떤 절대자의 뜻에 의한 것으로 받아들이고 동시에 여기에서 발생하는 미움의 감정을 자신과 동일한 운명의 소유자에게 풀어버림으로써 삶을 지탱하게 된다. 이들이 미움의 감정을 푸는 과정은, 말하자면 이들의 삶의 양식에 속한다. 서로 미워하고 있는 이들의 대립 속에는 상대방의 운명에 대한 연민으로 표현될 수 있는 사랑이 자리 잡고 있는 것이다. 따라서 이들의 감정적인 대립은 운명의 공동의식이라는 보다 깊은 화합을 내포한다. 이들 상호 간의 미움의 감정이란 개인이 자기 자신에 대해 갖게 되는 미움의 감정과 같은 것이어서 이들은 서로 미워함으로써 공동의 운명을 살아가는 능력을 소유하게 된다. 따라서 이들 중 어느 누가 죽게 된다면, 겉으로 드러나던 미움의 감정은 사라지게 되고 그 밑바닥에 자리 잡고 있는 사랑의 감정으로 화해에 도달할 수 있는 것이다. '아버지'가 행방불명이 된 다음에는 '할머니'가 '어머니'와 함께 살지 않으려고 피했으나, '할머니'가 위독해지자 '어머니'가 그 자리를 피하는 입장이 된다. 이것은 서로의 역할이 동일한 것임을 나타낸다. 그러나 '할머니'가 죽은 다음에 나타난 '어머니'는 자신이 싫어했으면서도 노인을 위해서 '갈치 두 마리'를 들고 있다. 이것은 두 사람의 운명적인 화해처럼 보인다.

이와 같은 화해는 이 소설의 중요한 힘이 되고 있다. 왜냐하면 이 소설의 서두가 "또 그느무 간갈치를 꿉었구나"라는 '어머니'의 타박으로 시작되고 이 소설의 마지막이 "나중에 안 일이지만 어머니가 들고 오신 그 비닐봉지 속에는 갈치 두 마리가 들어 있었다"로 끝나고 있기 때문이다. 그것은 소설 속에서 이들의 삶이 '갈치'라는 사사로운 일상생활의 편린들로 이루어져 있음을 이야기하면서, 그러한 사사로운 편린들에 의한 사적인 자아의 삶이 공적인 자아의 역사적 의미를 드러나게 만든다. 다시 말하면 소설의 본질 가운데 가장 중요한 부분을 이 작품이 보여주고 있는 것이다. 그것은 우리의 일상적인 삶이 사사롭게 이루어지고 있으면서도 그 삶을 가능하게 한 사회와 역사와 독립적으로 존재하지 않는 것과 마찬가지로, 소설 속 인물들의 사소하고 일상적인 에피소드를 통해서 사회 밑에 깔려 있는 역사의 흐름에 대해서 질문을 던지고 의미를 묻게 하는 것이다. 그것은 곧 '할머니'와 '어머니'가 살아온 과거의 삶이 '나'의 현재의 삶과 이어지는 역사적 맥락을 찾는 일에 해당한다. 소설에서 사소한 것처럼 보이는 단순한 이야기가 조직적으로 엮어지고 구조화됨으로써 복합적인 의미의 세계로 확대되는 것은 소설이 언제나 꿈꾸어 온 것 중 하나이다.

이 소설의 시작과 끝이 '갈치' 에피소드로 열리고 닫힌 것은 「미망」의 특징 중 하나이다. 이 에피소드는 주인공들의 생활수준이 옛날이나 지금이나 별로 향상되지 않았음을 이야기한다고 볼 수도 있겠지만, '불화'에서 '화해'로 가는 두 인물의 관계를 드러내고 있는 것이다. 여기에서 두번째로 주목할 요소는 소설의 맨 마지막에 '보도연맹 가입증' 에피소드를 사족처럼 첨가한 사실이다.

> 그날 저녁 고모가 할머니의 유품을 정리할 때, 사십여 년을 차고 다닌 낡은 비단 꽃주머니 속에서 지전 삼백 원과 닳은 증명서 한 장이 나왔다. 그 증명서는 누렇게 색 바랜 아버지의 손톱만 한 사진이 붙은 '보도연맹 가입증'이었다.

여기에서 볼 수 있듯이 '할머니'가 "보도연맹 가입증"을 지니고 다닌 것은 행방불명이 된 '아버지'의 생사 문제에 대해서 '할머니' 자신이 어떤 결론을 내리지 않고 평생을 기다려왔음을 의미한다. 그리고 '할머니'는 그 문제의 해결을 보지 못하고 이 세상을 떠난 것이다. 여기에는 30년 전에 헤어진 '아버지'를 죽음으로 받아들이지 못하고 주머니 속에 간직한 증명서처럼 자신의 마음속에 지니고 살아온 것이다. 바꾸어 말하면 분단의 비극과 6·25전란의 상처가 오늘날까지 가족의 관계로 현존하고 있는 것이다. 그리고 이 문제는 '할머니'의 죽음으로 인해 한 세대를 거친 것이지만 앞으로 어떤 양상으로든 간에 계속 남아 있을 것이다.

이 에피소드를 통해서 알 수 있는 것은 화자인 '나'가 '할머니'를 이해하게 된 사실이다. 화자는 이미 고등학교에 들어간 날 밤에 '어머니'의 고백과 울음을 통해서 "그 거칠고, 어떤 면에서는 모질기까지 한 어머니를" "뜨겁게 이해하게" 되었고, 이제 '할머니'의 유물을 통해서 '할머니'도 이해하게 된 것이다. 이 말은 결국 화자 자신의 생활 속에서 끊임없이 불편함으로 존재했던 '할머니'와 '어머니'의 대립이 화자 자신의 삶의 일부였다는 인식을 가능하게 한다. 그것은 그 사사로운 대립 자체가 지닌 역사성을 깨닫게 한다.

그런데 「미망」도 그러하듯 대부분의 6·25 소설들이 최근에 와서는 어떤 인물의 '죽음'과 결부되어 이야기되는 경향을 띤다. 다시 말하면 6·25의 비극을 겪고 난 다음 약 30년을 살다가 죽은 사람의 이야기가 그 죽음을 계기로 소설화되는 경향이 있다는 것이다. 이처럼 '죽음'의 소식이 등장하기 전에는 '묘지 이장'이라는 소식과 함께 6·25동란 이야기가 시작되었던 점을 상기하면 어쩌면 죽음의 소식과 묘지 이장의 소식은 6·25 소설의 상투적인 기법일는지도 모른다. 그러나 묘지 이장이란 30년 전에 죽은 사람과 관련된 것이고 부음의 전달이란 그 후 30년을 더 살았던 사람과 관계된 것이라는 점에서 다르게 보일지 모르지만, 실제로는 마찬가지의 기능을 하고 있는 셈이다. 왜냐하면 묘지 이장의 기별이나 부음의 전달은 6·25 이야기를 하기 위한 동기의 역할을 하고 있기 때문이다. 실제로 우리 소설에서 나타나고 있는 현상 중 하나를 든다면 그것은 아마도 소설의 시작에 강한 동기를 부여한다는 것이다. 그리고 이처럼 강한 동기 부여는 우리 소설이 사건 자체, 이야기 내용 자체의 전달에 의존하는 경향에서 유래하는 듯 보인다.

그렇지만 부음의 전달로 시작된 이동하의 작품 「파편」은 시작 부분의 동기 부여가 상투성을 띠고 있음에도 불구하고 주목받아 마땅한 것으로 보인다. 물론 이 작품의 주인공도 역사의 물결에 휩쓸려간 인물이고, 또 그의 개인적인 체험이 남다른 것도 사실이지만, 이들 삶의 반경이 일단은 가족의 범주를 벗어나지 않는다는 의미에서 일상적인 인물이다. 화자인 '나'가 숙부의 30여 년간의 삶을 회고하는 이 소설은, 첫째는 '나'의 집안이 갖고 있는 자랑스럽지 못한 과거와 '나' 자신의 현재 삶과의 관계를 다루고, 둘째는 숙부가 30여 년 동안 가슴에 지니고 살았던 쇠붙이처럼 한국인의 삶 속에 비극의 씨앗으로 작용하고 있는 과거의 현재적 존재와 한 세대의 종말을 다룬다. 여기에서도 '아버지'와 '숙부' 세대의 죽음을 다룬다는 점은 「미망」에서 할머니의 죽음을 다룬 것과 거의 동일한 의미를 지닌다. 왜냐하면 '숙부'의 죽음을 계기로 그의 30여 년의 삶이 지닌 의미와 그것이 화자인 '나'와 맺고 있는 관계를 생각하게 되었기 때문이다.

> 숙부의 갑작스런 죽음이 무엇을 뜻하는가를 나는 비로소 깨달았던 것이다. 적어도 나에게 있어서 그의 죽음은 일찍이 내가 속해 있었던 한 세계의 완전한 종언(終焉)을 의미하는 것이었다. 이제 내가 장사치를 것은 한 사내의 시신이 아니라 그것과 연루된 나의 어둡고 치욕스러운 과거였다. 그러므로 지금까지 한사코 담을 쌓고 은폐해 왔던 그 세계를 마지막 순간에 내 아내에게 열어 보일 수는 없다고 나는 생각했다.

화자인 '나' 자신이 이루고자 하는 과거와의 결별을 '숙부'의 장사와 함께할 수 있다고 생각하는 것은 '숙부'라는 혈연의 끈이 생존해 있으므로 자신이 과거로부터 독립해서 존재할 수 없다는 것을 전제로 한다. 그러나 실제로는 이처럼 과거와의 결별이 이루어질 수 있는 것은 아니다. 단지 그만큼 과거를 잊고 싶은 화자의 희망을 이야기하는 것이다. 이러한 기법은, 가령 「미망」의 '어머니'가 '할머니'를 미워하는 것이 진정한 증오 때문이 아니라 자신의 비참한 삶을 '할머니'를 통해서 보고 있는 것과 마찬가지로, 과거와의 결별이 있을 수 없음에도 불구하고 숙부의 죽음으로 이루어진 것으로 생각하려는 심리의 표현 방법일 뿐이다.

그렇다면 '나'의 과거란 어떠한 것인가? 여기에서 화자가 강조하고 있는 것처럼 고향으로의 발길이 자신의 과거로의 발길이라고 한다면 과거란 결국 '나'의 의도와는 상관없이 이루어진 부끄러움일 것이다. 다시 말하면 할아버지의 친일도, 아버지의 부역도, 그리고 어머니의 수모도 모두 자신의 의지나 행동의 잘못으로 이루어진 것이 아니다. 그러나 고향으로의 발길을 끊고자 하는 것은 그러한 과거가 자신의 현재의 삶에 불편함을 제공하기 때문이다. 그렇기 때문에 월남민 출신의 아내가 남편의 고향과 친척에 대한 관심을 보임으로써 실향민의 이루지 못한 꿈을 대신하려고 함에도 불구하고 '나'는 가능하면 '아내'와 '나'의 고향을 갈라놓고자 한다. 특히 '나'의 고향 기피증의 가장 큰 원인은 "마을의 여러 가닥 고샅길을 질질 끌려다닌 끝에 동구의 두엄자리에다 내팽개쳐진 어머니의 모습은 빈사의 광견과도 조금도 다를 바가 없었다. 넝마처럼 해지고 찢긴 옷은 여인의 가장 수치스런 곳마저도 가려주지를 못했다"라고 하는 어린 시절에 입은 상처에 있는 것처럼 보인다. 이 상처는 「파편」의 중심 주제인 숙부의 삶 속에서의 '파편'과 마찬가지로 내가 앓고 있는 아픔으로 현재도 존재하는 것이다. 따라서 숙부의 아픔이나 나의 아픔은 동질성을 띤다.

그런데 아버지와는 달리 서출인 숙부는 제대로 교육을 받지 못했으나 '국방군'에 입대하여 '초주검' 상태로부터 어머니를 구해낸 반면에 스스로 말 못 할 고민을 가지고 있다. 그것은 그의 육체 속에 박혀 있는 파편처럼 그의 정신을 괴롭혀서 결국 네 번이나 감옥살이를 하게 만들었다. '숙부'가 '나'에게 '아버지'의 제사를 '5월 중순 이전에' 올리라고 부탁한 것이 네번째 출옥 후였다. 이 사실은 '숙부'의 공비 토벌 참가와 '아버지'의 죽음 사이에 어떤 관계가 있음을 뒷받침해준다. 그것은 '숙부'가 그토록 오랜 세월 동안 '아버지'의 제사에 대해 언급하지 않은 반면에 살인 미수라든가 강도 상해라든가 납득되지 않는 행동을 계속함으로써 스스로의 삶에 파멸을 가져오는 데서 알 수 있다. 이러한 발작적이고 충동적인 행동은 '숙부'의 정신이 과거의 상처 때문에 정상 상태에 있지 않다는 것을 보여준다. '숙부'는 한편으로 몸속에 박힌 '파편' 때문에 육체적 고통을 받아왔고, 다른 한편으로는 마음속에 감춰진 비밀 때문에 정신적인 고통을 받아왔다. 그러한 고통은 해방 후 남북의 분단과 6·25동란을 거쳐오면서 '숙부' 자신이 역사로부터 받은 상처의 현재성을 이야기하기에 충분하다.

그러나 그러한 '숙부'의 죽음이 숙부에게는 파편으로 인한 육체적 고통의 종말을 의미하는 것처럼, '나'에게는 과거와의 종말이 되기를 '나'는 희망하고 있다. 그러나 '파편'이 지닌 상징성으로 보아, 숙부의 고통이 '죽음' 외에는 어떠한 방법으로도 끝나지 않는 것처럼 — 실제로 파편을 제거하기 위한 외과수술이 성공하지 못한다 — '내'가 아무리 과거와의 결별을 시도한다고 할지라도 '죽음' 이전에는 성공하지 못할 것임을 암시한다. 그리고 이러한 암시는 이동하 자신의 단단한 서술 때문에 비극적인 성질을 강하게 드러내게 된다.

6·25동란의 비극적인 체험 때문에 현재의 삶에 성공하지 못한 경우는 유재용의 「그림자」에서도 발견된다. 물론 「그림자」가 6·25동란 자체의 체험을 다루는 작품은 아니다. 여기에는 동란 때 월남해서 서울에 살고 있는 실향민들의 삶이 나오는데 이들 삶의 양상은 세 가지로 나타난다. 우선 '장순구'는 조그마한 아동복 가게를 꾸려가며 생활하

지만 자신이 '가장'으로서 누이동생의 뒷바라지를 해주고 또 '친구'로서 '조근식'에게 인간적인 도움을 서슴지 않으나 이제 건강의 한계 때문에 더 이상 도울 능력을 상실해가는 유형으로 주변의 모든 개인적인 불행이 고향에만 가면 해결될 수 있으리라는 선의의 기대를 갖고 있다. 두번째 유형은 남한에서 아직도 뿌리를 내리지 못하고 고향 사람이나 가족에게 삶을 의탁하려는 정신적인 결핍증 환자 같은 유형으로 '조근식'이나 '장순애'가 여기에 속한다. 세번째로는 남한에 온 뒤에 돈을 벌게 되자 고향 사람들을 멀리하는 유형으로 '박성출'이 여기에 속한다. 3인칭으로 씌어진 이 소설은 세 사람의 관점을 빌리고 있다. 처음에는 '장순구'의 시점을 빌리고, 그다음에는 '조근식'의 시점으로 서술하고, 세번째는 '장순구'의 아내 '남숙'의 시점으로 서술하며, 마지막에는 다시 '장순구'의 시점으로 돌아오게 된다. 이러한 시점의 이동은 이 소설의 제목을 '그림자'라고 한 작가의 의도로 이루어진 것처럼 보인다. 그것은 고향을 떠날 수밖에 없었던 월남 실향민에게 남아 있는 보이지 않는 '그림자'의 정체를 밝히는 데 시점의 이동을 통해서 완벽을 기해보고자 한 것이라고 설명할 수 있다. 이 소설에서 '그림자'라는 표현이 제대로 나타난 것은 '남숙'의 시점으로 서술되고 있는 부분이다. 남편 '장순구'의 표정을 보면 이따금 아내인 자신이 뚫고 들어갈 수 없는 부분이 '그림자'로 비치고 있는 것이다. 그러나 실제로는 '장순구'의 시점으로 서술되고 있는 '순애'의 불안한 정서적 반응이나 북쪽으로 여행을 떠나는 자신의 마음속에도 '그림자'의 정체는 나타나 있으며, 언제나 남쪽에서의 생활을 잠정적인 것으로 생각하며 고향 사람끼리 만날 수 있는 장소를 갖고 싶어 하는 '조근식'에게도 '그림자'의 모습이 보인다. 뿐만 아니라 고향 사람들로부터 따돌림을 당하고 있는 '박성출'에게서도 사실은 그러한 그림자를 발견할 수 있다. 그가 돈을 벌기 위해서 여러 가지 수전노 노릇을 하는 것은 뿌리 뽑힌 사람의 불안함의 한 표현일 수 있기 때문이다.

그렇지만 이러한 그림자의 정체만을 이야기한다는 것은 별로 의미가 없을지도 모른다. 여기에서 중요한 것은 분단의 비극적 체험이 현재의 삶에 상처로 나타나고 있는 두 인물 '조근식'과 '장순애'의 보편성이다. '조근식'에게 가장 중요한 점은 '고향을 느낄 수' 있는 것이다. 그래서 그는 '박성출' 같은 수전노를 찾아가지 않는 반면, 별로 반기는 기색은 없으면서도 면전박대를 하지 않는 고향 사람에게는 접근한다. 물론 윤리적으로 볼 때 대서소를 운영하는 '김정수'나 영구차 운전수로 있는 '송광덕'이나 한약방에 근무하는 '권기남'이 '조근식'을 대하는 태도에서 보다 긍정적이라든가 부정적이라고 말할 수는 없다. 그리고 그 점에서는 '조근식' 자신도 마찬가지의 인물이다. 그가 '고향을 느끼고자' 하는 것은 그 자신이 다른 사람처럼 바쁘다든가, 돈을 많이 버는 위치에 있지 않기 때문에 그 자체로서는 의미 없다. 그가 돈도 없고 할 일도 없기 때문에 고향 친구를 찾아다닐 수 있는 가능성은 얼마든지 있다. 그러나 문제는 그가 일을 찾는다든가 돈을 벌려고 하지 않고 고향을 느끼고자 한다는 데 있다. 그것은 그의 정신 속에 '결핍' 증세가 있음을 말해준다. 그 점에서는 '장순애'도 마찬가지다. 소설 속에서 그녀의 현재 성격에 원인이 될 만한 여러 가지 설명이 있는 것도 사실이지만, 분단의 체험이 그녀에게 결정적으로 부정적인 요소로 작용한다. 분단 때문에 '아버지'의 의처증이 해소될 수 있는 기회를 잃게 되었고, 그로 인해 '딸'로서 인정받지 못해온 '순애'는 이제 '순구'의 이해를 통해 집안에서 자신의 혈통을 인정받고 싶은 것이다. '아버지'

는 죽고 '어머니'는 이북에 있어서 자기 혈통의 정당성을 인정받을 수 있는 것은 '순구'에게서뿐이다.

따라서 이 두 인물은 마치 깃들 곳을 찾지 못해 방황하는 영혼처럼 이 사회 속에 떠돌아다니고, 이들을 이해하고 받아들이던 유일한 인물 '순구'도 이제 자신의 역할을 아내에게 빼앗김으로써 이들의 불행이 심화될 뿐만 아니라 '순구' 자신도 이들과 동일한 운명을 살게 될 것임을 암시한다. 이미 『누님의 초상』이라는 연작집을 통해 월남한 사람들의 가족사를 보여준 유재용은 이 작품을 통해 분단된 한국인의 삶과 인간에 대해 보다 깊이 이해하는 데 기여하는 것으로 보인다.

3

윤흥길의 「꿈꾸는 자의 나성(羅城)」은 이미 『아홉 켤레의 구두로 남은 사내』 연작집을 통해 산업사회에 살고 있는 개인의 문제를 파헤친 작가의 능력이 되살아난 작품으로 보인다. 이 소설의 서술 기법은 '나'라는 화자의 이야기와 '이상택'이라는 기묘한 인물의 이야기가 서로 조응하는 형식을 갖추고 있다. 어느 회사의 말단 사원으로 있는 화자는 자신이 다니는 회사 안에서의 인간관계를 관찰한 대로 서술하면서 자신의 삶에 대해서 질문한다. 회사 안에서 동향 선배인 '강 과장'의 도움을 받아온 '나'는, 그의 지방 전출이 경쟁 사원의 모략 때문이라는 '강 과장'의 말을 들으며 회사를 그만둘까 생각할 정도로 환멸을 느낀다. 그러나 '강 과장' 송별연에서 '손 과장'의 생활을 알게 된 '나'는 '손 과장'에게 입은 상처를 위로받지 못한 채 다방에서 우연히 만난 한 인물을 찾아 나선다. 그 인물은 '나'의 단골 다방에서 차 한 잔 시키지 않고 어딘가에 전화를 걸어서 '로스앤젤레스행 비행기 편'을 묻는 전화만을 되풀이하는 사람이다. 바로 그러한 이유로 그는 이 다방에서 저 다방으로 온갖 괄시를 받으며 쫓겨 다니면서도 반드시 열대어 수족관 옆자리를 차지하곤 한다. 따라서 '나'가 이 인물을 찾고자 하는 것은 현실적인 이해관계가 전혀 없어 보여 다분히 상징적인 의미를 띠고 있는 듯하다. 그 의미는 '나'와 '강 과장'이 '손 과장'에 대해 지녔던 악의적인 선입관과 관계있는데, 삶에 대한 그릇된 생각을 지녔던 자신의 보상 행위일 것이다. 그러나 '나'가 정작 이 인물을 만났을 때 이 인물에 대해서 밝혀진 것은 거의 아무것도 없다. 다만 이 인물이 '열대어'에 관해서 대단히 많은 것을 알고 있다는 사실과, 이 인물의 이름이 '이상택'이라는 사실 정도뿐이다.

하지만 이 작가는 이처럼 꿈을 꾸는 듯한 인물들을 통해서 오늘날의 삶에서 발견되는 어려운 점을 드러냄으로써 인간다운 삶이 가능해지기를 바라고 있는 것 같다. 여기에서 작가가 밝히는 것은, 첫째로는 우리 사회가 동창이나 지연에 의해 작용받고 있는 사회라는 것, 둘째로는 너무나 서로 경쟁하는 사회가 되어버림으로써 다른 사람에 대해서 지나친 피해의식에 사로잡혀 있다는 것, 셋째 그리하여 다른 사람의 진실을 알아보기도 전에 자신의 인상으로 판단함으로써 정직한 사람을 고통 속에 빠뜨리는 일을 저지르고 있다는 것, 넷째 사람을 외모로 판단하여 이해관계에 부정적인 경우에는 전혀 용납하지 않는 공격성을 띠고 있다는 것, 다섯째 정직한 사람은 이 땅에서 다른 곳을 계속 꿈꾸고 있으면서도 떠나지 못하고 만나는 것 등이다. 이와 같은 사실들만을 읽다 보면 이 소설이 마치 윤리 교과서 같다는 결론을 얻을지 모르겠지만, 그러나 여기에서 주목해야 할 것은 바로 '이상택'이라는 인물의 설정이다. 그가 끊임없이 되풀이하고 있는 "로스앤젤레스

행 비행기 편이 몇 시에 출발합니까?"라는 말은 한편으로 대단히 현실적이면서도 현실로부터 패배한 자의 공허한 주문처럼 들린다. 그리고 바로 그러한 인물에 '나'를 조응시킴으로써 우리가 살고 있는 삶 속에 들어 있는 허구적인 요소를 절망적으로 느끼게 만들고 있는 것이다. 특히 '나' 자신이 '이상택'처럼 가방을 챙겨서 떠돌아다니는 꿈과, '이상택'이 마지막으로 전화를 걸어서 돌아가겠다는 고향이라는 말은, 한편으로 화자가 '손 과장 부인'의 병실을 찾아가는 화해를 뜻하면서 다른 한편으로는 월급과 직장을 보장해주는 대가로 끊임없이 지불해야 했던 위선과 허위와 계산과 안락으로부터 떠남을 의미한다. 그것은 '고향'을 잃어버린 오늘의 삶에서 '고향'을 되찾겠다는 의지의 표현이며, 타인에 대한 불신과 공격성으로부터 믿음과 사랑으로 전신하고자 하는 자구책이다. 따라서 유재용의 「그림자」에 나오는 고향이 현실적이면서도 현재로서는 찾아갈 수 없는 것인 반면에, 윤흥길의 「꿈꾸는 자의 나성」에 나오는 고향은 상징적이면서 다시 찾을 수 있는 것으로 보인다. 그러나 실제로 후자의 고향을 다시 찾는다는 것은 그 고향 자체의 상상적인 성질 때문에 대단히 복합적인 것이고 순간적인 것이어서 개인이 삶 속에서 끊임없이 윤리적 결단을 내리지 않고는 불가능한 듯 보인다. 문학이 그러한 윤리적 결단이 힘든 사회 속에서 힘든 것을 가능하게 하는 상상력의 싸움이어야 하는 것도 그 때문이다.

그러한 점에서는 홍성원의 「투명한 덫」도 고향의 상실과 관계된 것으로 보인다. 본인의 의도와는 상관없이 직장을 쫓겨난 주인공이 고향을 찾아가는 것은 자신의 마음속에서 망각의 상태로 있던 '고향'을 되찾기 위한 것이었다. 그리하여 '고향'이라는 개념 속에 포함된 어린 시절의 친구를 만나고자 한 주인공의 의도는 옛 친구의 지나친 이해타산으로 인해 깨어진 꿈이 되고 만다. 다시 말하면 옛날에는 국회의원을 지냈지만 지금은 농장을 운영하고 있는 친구가 주인공을 자신의 농장으로 안내하고 또 옛 동창생들의 모임을 주선한 것은 주인공의 도움으로 자신의 사업을 확장하고자 하는 이해타산을 바탕으로 이루어졌다. 사람과 사람 사이의 이러한 관계는 고향의 상실이 의미하듯 진정한 관계의 상실에서 유래한다. 그리고 진정한 관계의 상실은 작중인물이 이야기하고 있는 '세상의 밑구멍'과 관계있다. 서 있을 때는 보이지 않고 거꾸러졌을 때만 보인다는 것은 작중인물들로 하여금 역사에 대한 신뢰를 잃게 하고 역사의 교과서적인 해석에 이의를 달게 하는 말이다. 삶의 여러 가지 체험에서 비롯된 것 같은 작중인물들의 고향 상실은 주인공이 소설 속에서 느끼고 있는 배반감과 적막감을 현실적인 것으로 느끼게 만든다. 어쩌면 이것이 이 작가를 사로잡고 있는 문제인 듯 보인다.

4

오정희의 「동경」과 강석경의 「폐구」는 삶에서 두 순간의 적막함과 번뜩임을 묘사하고 있는 작품으로, 메시지 중심의 한국 소설의 경향에 비추어볼 때 매우 독특하다. 오정희의 「동경」은 20여 년 전에 아들을 잃은 노부부의 일상생활을 그린 작품이다. 아마도 4·19 때 20세였던 아들을 잃고 평생을 '시청의 하급 관리'로 근무하다가 정년퇴직한 노인과 그 부인의 일상적인 삶이란, 말하자면 '적막함' 그 자체라고 할 수 있다. 이들의 일상생활은 마치 고여 있는 물처럼 움직임이 없다. 노인이 식사 시간 30분 전에는 식욕을 돋우기 위해 산책을 한다든가, 그 부인이 점심으로 칼국수를 만든다든가 하는 따위의 극히 정적인 행위가 주된 서술의 대상이 된다. 이와 같은 정적인 생활의 수면 위에 조약돌의 파문과 같은 움직임을 일으키고 있는 것이 바로 '이웃집 계집아이'와 수도 검침원이다. '이웃집 계집아이'는 이따금 나타나서 꽃밭의 꽃을 꺾거나 거울을 가지고 나타나서 햇빛을 반사시켜 노파를 집요하게 괴롭히기도 하고, 수도 검침원은 완강한 목뼈와 붉게 익은 가슴팍을 드러냄으로써 노파의 눈길로 하여금 탐욕스럽게 더듬으며 허둥거리게 만든다. 그러나 이 정도의 파문은 순간에 지나지 않기 때문에 잠시 후면 다시 원래의 침묵 상태가 계속된다. 이들이 떠나버린 두 노인의 집에서는 이제 아무런 일도 일어나지 않고 정적만이 감돈다. 노파는 밀가루 반죽으로 여러 가지 모양의 동물들을 주물러 만들고 노인은 몰려오는 졸음을 견디지 못해 드러눕는다. 노파가 만들고 있는 동물 모양은 악몽을 꾸지 않기 위한 맥으로서 이들은 옛날 사람들이 무덤에 함께 묻혔던 동경이나 토우 등과 같은 것을 생각하고 20여 년 전에 한창 나이로 죽은 아들의 추억을 더듬고 있다. 이러한 이들의 일상생활이란 이제 멀지 않은 죽음과 친해지면서 죽음을 기다리는 생활로 보이지만 사실은 죽음의 공포를 이기는 훈련일지도 모른다. 그렇기 때문에 이들에게는 그러한 정적을 깨뜨리는 일체의 행위를, 소음과 활동으로 나타나는 생명의 움직임을 받아들이는 관용이 있는 것이 아니라 만물을 정관하는 태도가 있다. 여기에서 주목할 수 있는 것은 일반적으로 소설이란 주인공의 동적인 행동을 중심으로 이야기를 엮어간다는 통념과는 달리 주인공들의 정적인 침묵을 서술하고 있다는 점이다. 그것은 종래의 메시지 중심의 서술과는 전혀 다른 양상을 띠고 있어서 마치 죽음을 기다리고 있는 두 노인의 느리고 보이지 않은 무너짐을 보여주고 있는 듯하다. 이러한 것을 가령 '묘사적 소설'이라고 한다면 오정희는 이 방면의 뛰어난 소설가이다. 특히 이러한 정적인 상황 묘사 속에서 '틀니'의 이미지와 거울을 가진 어린애의 햇빛 놀이가 지닌 섬뜩함은 일상적인 삶 속에 있는 전율을 파악한 작가의 능력에 의하지 않고는 불가능하다.

강석경의 「폐구」는 오정희의 작품처럼 묘사적인 소설이 아니다. 오정희의 작품이 노년기에 접어든 인물들의 일상생활의 적막함과 전율을 묘사하고 있다면, 강석경의 작품은 어린 시절의 체험이 어둠과 밝음이라는 두 양상 속에서 서술된다. 어쩌면 오정희의 「유년의 뜰」이나 「중국인 거리」를 연상하게 될지도 모른다. '침산동'의 공장 사택 시절의 어린 주인공들의 일상적인 삶이란 때로는 가슴 두근거리게 만드는 흥분도 일으키지만, 절망의 연습이라고 하는 어른들 세계의 소년적 체험과 다르지 않다. 비누 공장의 사택에 살고 있기 때문에 넓은 땅에서 뛰어놀 수 있다는 이점이 있지만, 그로 인해 어른들의 세계를 본의 아니게 알게 되는 '나'는 세계가 이해할 수 없는 것들로 가득 차 있음을 깨닫게 된다. '진택'의 출현으로 시작된 집안의 무너진 균형은 마치 신화적 주제를 다시 읽는 것과 같은 긴장과 흥미를 일으킨다는 점에서 작가의 놀라운 재능을 발견하게 만든다. 가령 공장 사택으로 이사 온 다음 날부터 어린 '내'가 체험하기 시작한 것은 가난과 원한과 부정과 불륜으로 가득 찬 어른들의 세계였다. 그것은 곧 '나'의 집안의 파멸의 출발이어서 불길한 모습을 띠기 시작한다. 승마를 하던 '형'은 진택과의 대립에서 패배한 다음부터 악마의 신 역할을 하는 진택의 조종으로 더욱 뒤틀리게 됨으로써 마지막에는 총기 사고를 일으키게 되고 유난히 부끄럼을 잘 타고 감수성이 예민한 '누나'는 진택에게 폭력을 당하게 되고, '아버지'는 서울의 소실이 낳은 아들을 보러 가고, 어머니는 소아마비 딸 우애가 침을 맞고 있는 무등산을 찾아가는 등 마지막에 들이닥친 모든 파국은 마치 그리스 비극에서와 같은 처절함을 보여주면서 우리의 삶에 도사린 함정들과 그 함정 뒤에 깔린 비극성을 깨닫게 한다. 물론 여기에서 사업을 한다는 미명 아래 노동력을 착취해서 치부를 하고, 그 치부한 돈으로 여자를 얻어 작은집을 차리고, 집을 비우는 대가로 아이들에게 선물이나 잔뜩 안겨주고, 승마나 사냥과 같은 값비싼 여가를 즐기는 '아버지'에게 그 파국의 모든 책임을 돌리게 되는 작가의 윤리의식도 충분히 인정할 수 있겠지만, 철저한 파국으로 이끌어간 작가의 비극의식은 삶 자체를 페시미즘으로 바라보는 그의 미의식에서 유래한다고 볼 수 있다. 이러한 미의식은 비극의 참된 아름다움을 일깨워줌으로써 삶을 살아가는 방법에 대해서 질문을 던지고 그 방법을 모색하게 하는 힘을 갖게 한다. 그것은, 우리의 삶이 지닌 모순의 비극성을 미의식으로 승화시키는 데 익숙지 못한 우리의 문학적 감성을 눈뜨게 하며, 그럼으로써 삶을 정직하게 바라보고 받아들일 수 있는 가능성을 열어주는 것이다.

이와 같은 강석경의 비극에 대한 인식은 사실 현실의 '밝음' 속에서 그 '어둠'을 볼 수 있었던 작가적 역량에서 비롯된다고 할 수 있다. 다시 말해서 현실의 밝음은 비록 그것이 여러 가지 조건에 의해 이루어졌다고 할지라도 절대적인 것이 아니라 상대적인 것이다. 여기에서 상대적이라고 하는 말은 그 '밝음'이 보이지 않는 '어둠' 없이는 불가능하다는 것이기도 하지만, 보다 적극적으로 말하면 바로 그 '어둠'과 함께 있는 '밝음'이라는 것이다. 따라서 각도를 달리할 경우 '밝음'이 어둠으로 비치고 '어둠'이 밝음으로 바뀌는 것이다. 그것은 사물을 보는 작가 자신이 '어둠' 쪽에 서 있느냐, '밝음' 쪽에 서 있느냐에 따라 달라진다는 것을 의미한다. 그러한 점에서 문학은 현실을 있는 그대로 그리기보다는 현실을 때로는 뒤틀고, 때로는 확대하고, 때로는 축소시킴으로써 겉으로 보이는 것보다 훨씬 잘 보이게 만드는 것이라고 할 수 있다.

5

소설이 메시지를 전달하는 문학 장르로서 발전해온 이유는 아직 '무엇'인지 이야기할 것이 있기 때문이다. 그러나 그러한 경우에 작가는 자신이 사용하는 언어에 대해서 굉장히 신뢰하고 있지 않으면 안 된다. 언어에 대한 신뢰란 사실은 작가 자신이 맺고 있는 모든 관계에 대한 신뢰이다. 그리고 모든 관계에 대한 신뢰는 모든 것을 관례에 따라 명확하게 알 수 있는 사물의 질서를 바탕으로 한다. 그러므로 거꾸로 이야기한다면 사물의 질서가 무너져 내리게 되면 모든 관계에 대한 신뢰가 없어진다. 그것은 곧 우리 자신의 의식이 어느 쪽에서는 기형적으로 확대되고 어느 쪽에서는 뒤틀리고 또 어느 쪽에서는 축소되는 현상을 일으킨다. 현대 예술의 특색 가운데 가장 중요한 것이 사물의 변형된 인식에 근거하고 있는 것도 바로 그 때문이다. 가령 피카소의 그림에서 사람의 눈이 앞뒤로 지나치게 크게 나타난다든가 육체의 어느 부분만이 기형적으로 확대된 여인의 모습을 볼 수 있는 것도 그러한 근거에 입각하고, 소설에서 의식의 흐름이 강조된 반면에 생활이 축소된 인물이 나오는 것도 그러한 이유 때문이다. 따라서 사물의 관계에 대한 신뢰의 상실은 인간과 사물의 관계 가운데 어느 한 면만을 지나치게 강조하는 결과를 가져온다. 가령 사물에서 눈에 보이는 시각적이며 즉물적인 측면이 강조된 반면에 개인의 심리의 움직임이 배제된 소설이라든가, 진정한 심층 심리의 세계가 추구되어서 사물과의 보이지 않는 관계가 묘사의 대상이 된 반면에 시각적인 측면이 무시된 소설이라든가 하는 것들은 그러한 예에 속한다.

이러한 것이 현대 소설의 특징 중 하나라면 이인성의 소설 「유리창을 떠도는 벌 한 마리」는 그와 같은 실험 정신에 바탕을 두고 있다. 만약 줄거리를 요약한다는 것이 허용된다면—이러한 소설일수록 줄거리 자체가 중요하지 않고 그 소설을 있는 그대로 읽는 일이 중요하다—싸구려 술집에 고용인으로 있는 중년의 여자가 중학교에 다니는 아들과 함께 살면서 주기적으로 '병적인 고요함'의 껍질 속에 갇히게 되고 의식의 집중 현상을 보인다. 그 가운데 남편 없이 살아온 여자로서 육체적 욕망이 확대되면 주인 남자에게 욕망을 해결하고 그 대가를 받아 저금을 한 다음 그녀는 부엌 고용인의 위치로 돌아온다. 이러한 과정에서 그녀의 삶의 질서는 깨졌다가 제자리로 돌아오지만, 소설의 시점이 3인칭에서 1인칭으로 바뀌면서 아들이 화자가 되는 것은, 모든 윤리적 관계가 질서를 잃은 세계 속에 그들이 살고 있음을 의미한다. 작가는 이들에 대한 서술을 인과관계로 설명하지 않고 작중인물의 확대된 시점을 언어화되지 않은 생각의 상태로 그냥 쏟아놓고 있다. 그렇기 때문에 여기에 사용된 언어는 교양 있는 것이 아니고 모든 것을 명확하게 보여주는 투명한 것도 아니다. 말하자면 의미가 흔들리고 있는 말의 기록이며 동시에 모든 것이 혼란 속에 빠져버린 현실의 묘사이다. 이때 현실은 확정된 어떤 것이 아니라 끊임없이 생성되고 변화하는 어떤 것이므로 그 묘사도 불투명해진다. 언어에 대한 신뢰마저 사라진 이러한 묘사는 따라서 주인공의 모험이 아니라 언어의 모험으로 보인다. 주인공의 모험이 언어의 모험으로 대치된 이러한 현상은, 소설을 태어나게 한 사회 자체가 어떤 규범의 지배를 받지 못한다는 것을 의미한다. 왜냐하면 사회가 어떤 규범에 의해 움직이게 될 때에는 주인공의 행동에 어떤 가치가 주어질 수 있는 반면에, 그렇지 못할 때에는 주인공의 행동이 삶과 아무런 관계가 없는 가장된 것이 되어서 그 행동을 서술한다는 것 자체가 의혹 속에 빠져버리기 때문이다. 문학이 이처럼 철저한 회의 속에 빠질 수 있는 것은, 제도 속에 안주하지 않고 스스로에게 가장 정직한 길이 무엇인지 질문하면서 문학의 자기반성에 도달했기 때문이다. 문학의 이러한 시도는 문학의 살아 있음을 증명하는 것이며, 이 미완의 시도를 읽어내려는 노력이 작가에게서뿐만 아니라 독자에게서도 이루어질 때 새로운 문학이 이룩되는 것이다.

이와 같은 소설적인 실험은 사실 우리의 소설에서는 몇 안 되는 경우에 해당한다. 즉 글을 쓴다는 것이 무엇이며, 어떻게 써야 할 것인가라는 문학 자체에 대한 근본적인 질문의 결과로 이루어진 것이어야 한다. 공연히 이야기를 뒤틀리게 함으로써 기괴한 취미를 만족시켜서도 안 되고, 무조건 기술의 양식을 파괴함으로써 자신의 재능 없음을 호도해서도 안 된다. 이를테면 작품의 내적인 질서가 작가의 치열한 창조 정신과 부딪침으로써 형성하게 되는 새로운 문학의 탄생을 가져오는 것이어야 한다. 새로운 문학이 필요한 이유는 삶과 세계를 보다 새롭게 보고 우리 자신을 더 잘 알기 위해서 문학이 싸워왔고, 싸우고 있기 때문이다. 우리 문학에서 가장 결핍되었던 실험 정신의 체험이 이 작가 개인의 것으로 끝나지 않고 보다 축적된다면 우리 소설이 열게 될 세계는 보다 풍요로울 뿐만 아니라 문학의 올바른 역할을 발견하게 될 것이다. 〔1982〕

한국 단편소설 1983년

1

1980년대에 들어와서 한국 문학의 현재와 미래에 대한 전망을 해보려는 노력이 여러 가지 방향에서 진행되어오고 있지만 그것을 분석하게 되면 대개 다음과 같은 주장으로 요약될 수 있으리라. 즉 시에서는 많은 시인이 개인적인 시집이나 문학 월간지 혹은 동인지를 통해 등장함으로써 여러 가지 시 운동을 전개하고 또 새로운 시적 경향도 창출하고자 하는 움직임을 드러내고 있다면 소설에서는 대단히 침체된 단편적인 움직임을 나타내고 있다는 것이다. 실제로 이러한 주장은 최근에 발간되고 있는 시집이나 동인지를 읽게 되면 충분히 수긍이 갈 수도 있다. 아마도 1930년대 이후 최근처럼 시단이 활발하게 움직인 적은 없을 것이다. 반면에 소설계는 1970년대의 그 화려한 각광을 받던 면모를 잃은 채 여기저기에서 간헐적으로 나타나는 작은 움직임으로 그 명맥을 잇고 있다고 해도 과언이 아니다. 이러한 주장을 하는 사람들은 일반적으로 소설계에서 1970년대의 작가들이 너무나 화려한 모습을 보임으로써 그 이후의 작가들이 그들의 그림자에 가려 새로운 활동을 전개하지 못하고 있다는 이야기를 한다.

그러나 이와 같은 생각의 뒷면에는 1970년대의 시단이 소설에 비해 침체했다는 비판의 인상이 은근히 내포되어 있다. 실제로 1970년대의 시가 소설에 비해 활발하게 움직이지 못했을 수는 있겠지만 그 시대의 시가 질적으로 떨어진다고 이야기할 수는 없다. 그러니까 1970년대에는 소설이 활발했고 1980년대에는 시가 활발하다고 하는 것은 겉으로 드러난 문학 운동의 현상에 지나지 않을 가능성이 대단히 높다. 또 작품 자체의 평가란 당대적인 것만은 아니기 때문에 소설과 시의 활발성 여부가 작품의 질과 관련될 수 있을 가능성은 희박하다. 그럼에도 불구하고 시가 우리나라에서 문학의 한 양상으로 사회적인 기능을 하고 있다는 사실은 문학의 장치로서 문학이 그 사회 속에서 차지하는 비중이 그만큼 크다는 것을 의미한다. 이것은 문학인이 예술가로서의 역할과 지식인으로서의 역할을 동시에 수행하게 되는 우리의 현실 반영이라고 할 수 있다. 이 두 가지 역할의 동시적인 수행이 한국 문학이 지닌 야누스적인 얼굴이었다면 순수와 참여의 거론도 바로 거기에서 연유한 것이었다.

그러나 소설이 침체되었다고 이야기하는 첫번째 근거는 최근에 활발하게 진행되고 있는 동인지 운동이 시 중심으로 이루어진다는 사실에 있는 것으로 보인다. 『반시』 『오월시』 『자유시』 『시운동』 『열린 시』 『시와 경제』 등의 동인지 운동은 모두 시 중심으로 이루어지고 있고 여기에서 표방하고 있는 동인 운동의 목표가 순수와 참여의 대립의 극복으로 나타나고 있으며, 동인 운동에 참여하고 있는 사람들이 대부분 바로 그 동인지를 통해서 문단에 등장하고 있다는 것이다. 이처럼 활발한 동인지 운동은 사실 이 젊은 시인들에게 새로운 문학을 펼쳐볼 수 있는 공간의 필요성에 따라 이루어진 것으로 보인다. 1970년대에 신인들의 가장 중요한 등장의 무대를 제공했던 두 계간지가 1980년대 초에 폐간됨으로써 많은 문학 지망생이 그들의 재능은 그만두고라도 그들의 뜻을 시험해볼 수 있는 무대를 잃어버린 것이었다. 글을 쓰고 싶다는 욕망과 그런 욕망을 실현시켜야 한다는 의지를 만족시켜줄 무대를 잃어버린 문학 지망생들은 기존의 월간 문예지나 신춘문예로 그들의 문학적 정열을 만족시킬 수 없었다. 그들은 자신들이 마음대로 시험해볼 수 있는 무대를 스스로 마련하지 않으면 안 되었다. 이것이 바로 동인지라는 형태의 문학 운동을 낳게 된다. 동인지 운동의 장점은 그것이 기존의 세력에게 간섭을 받지 않고 문학적인 실험을 성취할 수 있다는 점과, 상업적인 성공에 별로 구애받지 않고 문학 운동을 벌일 수 있다는 점에 있다. 이 두 가지 특성을 지닌 동인지 운동은 따라서 공식화되지 않은 전위 운동, 비공식적 문화이다. 반면에 계간지를 포함한 문예지나 종합지란 제도화된 문학, 공적인 문화이다. 역사적으로 볼 때 전위적인 실험 문학과 제도화된 기성 문학은 끊임없이 교차되어왔다. 동인지 운동으로 전개되는 실험적인 전위예술이 기성 예술의 보수성에 도전하게 되면 문단이 활발한 논쟁을 벌이면서 기성 문예지를 중심으로 한 공식 문화가 전위예술을 수용하게 된다. 이러한 수용을 통해서 공식 문화에 변화가 일어나게 되지만, 일단 공식 문화에 수용된 전위 문화는 이미 실험적이고 전위적인 성격을 잃게 된다. 그렇게 되면 또다시 새로운 전위 문화가 태동하여 실험적인 운동을 전개하며 새로운 동인지 시대를 열게 된다.

이와 같은 맥락에서 보면 1970년대의 문학 운동의 중심을 이루었던 계간지도 사실은 공식 문화에 속하는 것이었고, 최근의 동인지들은 그 공식 문화에 뒤이은 전위 문화라고 할 수 있다. 달리 말하면 10여 년 동안 문학 운동을 주도해온 계간지가 10여 년이라는 세월과 함께 공식 문화로 변모한 셈이며, 따라서 계간지가 폐간되지 않았다고 하더라도 동인지 시대가, 혹은 그와 유사한 문학 운동이 조만간에 대두되었을 것이라고 추정하게 만든다.

이러한 동인지 운동 가운데서 소설에 속하는 것은 『작단(作壇)』과 『작가』 둘뿐이었다. 그러나 이 동인지들의 구성 인원은 문학적인 이념이나 동인 구성의 내적인 요인에 의해 단단하게 묶인 것이 아니어서 동인지가 지니는 강한 색채를 띠지 못했고, 또 전위적인 성격을 부각시키지도 못했다. 그것은 이 동인지들에 실린 작품이 실험적인 성질을 드러내지 못한 것으로 설명된다. 그뿐만 아니라 1970년대의 영향으로 소설은 그 길이 때문에 기성 잡지에 발표했을 때 '돈'이 될 수 있다는 사실도 작용하고 있는 것으로 보인다. 이러한 사실은 소설가들로 하여금 훌륭한 작품이면서도 대중에게 읽히는 작품을 써야 한다는 생각을 갖게 함으로써 자연히 전위적인 실험을 등한시하게 만든 요인이 된다.

게다가 올해에 들어서는 소설 동인지의 활동이 더욱 위축된 것으로 보이는데, 그것은 시 동인지의 활발한 운동의 그늘에 가렸을 수도 있지만 사회적인 여건이 소설로 하여금 암중모색을 강요하고 있기 때문인 듯 보인다. 1970년대 소설의 전성시대가 조세희의 『난장이가 쏘아올린 작은 공』으로 막을 내림으로써 산업사회에서 개인의 비극적인 삶과 사회의 모순이라는 사회적 관심의 확대를 갑자기 정지당한 채 새로운 돌파구를 발견하지 못한 현상으로 볼 수 있을 것이다. 이청준의 『당신들의 천국』, 이문구의 『우리 동네』, 윤흥길의 『아홉 켤레의 구두로 남은 사내』, 황석영의 『객지』, 조세희의 『난장이가 쏘아올린 작은 공』 등으로 대표되는 사회적 관심에서 획득된 1970년대 소설의 업적은 최근 들어 거의 사라져가고 있다.

그러나 이러한 일반적인 현상에도 불구하고 시뿐만 아니라 문학 전체의 전위 운동을 일으키려는 움직임이 끊임없이 나타나고 있는데, 그것이 바로 단행본 형식을 빌린 종합지 '무크'이다. 제일 먼저 나온 무크지는 문학과 예술의 민중적 실천을 들고 나온 『실천문학』으로 운동 자체는 문학의 여러 양식을 종합하고 문학을 문학 전문가의 전유물이 되지 않게 하고자 한다는 점에서 대단히 전위적인 성격을 띤다. 뒤이어 나온 『우리 세대의 문학』 『공동체 문화』 『언어의 세계』 등은 바야흐로 무크 문화의 전성시대를 예견케 한다. 특히 이 가운데 『우리 세대의 문학』에 발표된 소설 중 이인성·최수철·김남일의 작품들은 무크지가 지닌 전위적 성격에 맞는 성과라고 할 수 있다. 여기에서 진정한 전위란 기성의 문학에 대한 깊은 절망을 전제로 한다. 그러한 절망으로부터 탈출하기 위해 그 이상의 절망적인 노력을 기울임으로써 나타나는 실험 정신이 자기표현을 획득했을 때 새로운 문학, 새로운 소설이 되는 것이다. 그러한 점에서 위의 세 작가는, 전위 운동은 활발하면서도 전위 문학은 드문 우리의 문학에서 새로운 소설에 대한 정열을 깊이 있게 불태우고 있는 것으로 보인다.

2

1980년대에 들어와서 가장 활발하게 작품을 발표하고 있는 작가는 아마도 이문열인 것으로 보인다. 적어도 최근 몇 년 동안에 그만큼 많은 작품을 발표하면서 단편소설의 여러 가지 가능성을 타진하고 있는 작가는 분명히 드물다고 할 수 있다. 『사람의 아들』 이후 그가 발표한 장편도 중요하지만, 지난해 동인문학상 수상 기념 작품집으로 내놓은 『금시조』의 수록 작품들을 비롯한 그의 중·단편도 그를 1980년대의 대표적인 작가로 꼽아도 무리가 없을 정도로 뛰어난 것으로 보인다. 올해에 그는 장편소설의 연재 때문인지 많은 단편을 발표하지 못하고 있지만 내가 읽은 「두 겹의 노래」도 특이한 작품이었다.

이문열과 함께 지난해 동인문학상 수상자인 오정희는 원래 다작의 작가가 아니지만 올해에 발표한 「전갈」 「지금은 고요할 때」 등은 이 작가의 재능과 문학사적 비중을 높이 평가하게 만든다. 소설이 시에 비해 침체되어 있다는 것이 문학적으로 큰 의미가 없다는 점은 이들 외에도 많은 작가가 주목을 받든 받지 못하든 중요한 작품들을 발표했다는 사실로써 증명된다. 분단 이후 월남해서 끊임없이 반공전선의 일선에서 싸운 사람을 인간적으로 이해하게 된 선우휘의 「한 평생」, 여전히 아름다운 단편을 쓰고 있는 서정인의 「골짜기」와 「철쭉제」, 오랜만에 짧으면서도 옛날 이상의 예리함을 보인 최인훈의 「달과 소년병」, 작가로서 제2의 생애를 맞이한 듯 왕성하게 발표하고 있는 최일남의 「서울의 초상」 「영웅들」 「이야기」, 이산가족의 아픔을 현실보다 먼저 우리에게 눈뜨게 한 송기숙의 「당제(堂祭)」와 박완서의 「아저씨의 훈장」, 오늘의 삶에 대한 성숙한 성찰을 보인 박태순의 「잘못되어진 이야기」와 「3·1절」, 현대 사회의 삶을 알레고리로 보여주고 있는 김원우의 「망가진 동체(胴體)」「살아남을 친구」와 정종명의 「이명」, 올해 이상문학상 수상자로 주목받은 서영은의 「먼 그대」, 최근에야 문학적 재능을 인정받기 시작한 현길언의 「열전」 연작, 「흘러간 영웅담」과 강석경의 「밤과 요람」「거미의 집」 등은 소설이 올해에 화려한 변신을 하지는 않았지만 끊임없이 암중모색을 하고 있음을 보여준다.

이러한 작품들의 일반적인 특성은 대개 산다는 것이 무엇인가, 혹은 내가 살아왔고 또 살고 있는 삶은 어떤 것인가 하는 질문을 안고 자기의 내면을 들여다보고 있는 것으로 나타난다. 이것을 내면화의 길로 일컫기도 하지만 1970년대의 사회적 의식의 확대로 치닫던 소설이 올해 들어 내면적 의식의 집중 현상을 보여주고 있는 것은 사실이다. 사회적 의식의 확대를 시에게 빼앗긴 소설이 이제 자기반성의 길을 걷고 있는 것으로 이야기될 수 있다. 그러나 시와 소설의 이러한 위치 변화는 문학 외적인 요소를 통해 이루어진 것으로 보인다. 시는 이미지와 상징, 리듬과 박자를 중요시하는 문학 장르인 반면에 소설은 이야기를 기본 바탕으로 하는 문학 장르이기 때문에 격동의 역사 속에서 소설의 자기 도사림은 자연적 현상일 것이다.

이 중 몇 작품을 읽어보기로 하자.

3

오정희 씨의 「지금은 고요할 때」는 현재형으로 되어 있는 묘사적인 소설의 전형처럼 보이는 작품이다. 그의 다른 소설도 그렇지만 이 소설에서 작가는 쉼표 하나에도 소홀함이 없는 절제된 문장으로 한 가정주부의 일상생활을 묘사하고 있다. 그 묘사는 가정주부의 일상생활에서 겉으로 보기에는 무의미한 것들까지 소설 속에 담으면서 그 무의미한 것들이 사실은 개인의 내면을 보이지 않게 갉아먹음으로써 '죽음'을 준비하고 있음을 보여주는 데까지 이른다.

가령 소설의 서두에 아이가 현관문을 나서는 에피소드에서 문이 "기어이 진저리 나는 금속성을 내고야 만다"의 묘사는 금속으로 된 문을 갖춘 아파트에서 흔히 있는 일이면서도 화자가 '기어이'라는 부사를 사용함으로써 예견되었지만 일어나지 않기를 바라고 있음을 이야기한다. 여기에서 "진저리 나는 금속성"이란 문의 삐걱거림을 묘사하지만 아이의 외출이 불길할 것 같은 예감을 불러일으킬 정도로 소설 전체와 연관되어 있다.

이러한 묘사의 치밀성은 오정희 소설이 지닌 힘이라고 할 수 있는데 여기에서도 독자의 긴장을 조금도 늦춰주지 않는다. 사실 그의 소설에는 긴장된 묘사를 제외하고는 큰 사건이 일어나지 않는다. 더운 지방에서 2년간 근무하고 귀국하자 회사로부터 권고 휴양을 받아 두 달간 누워 지내는 남편, 아마도 자폐증에 걸린 듯 보이는 아이와 함께 사는 주인공의 일상생활은 대단히 답답할 것으로 보이지만 그녀가 유리를 닦는다든지 아이에게 관심을 쏟는다든지 남편의 요구대로 응한다는 것은 가정주부라는 제도적인 개인으로서 자리를 지키고 있고 따라서 일상생활의 파탄을 겪지 않을 것으로 보인다.

그러나 이 작가의 뛰어난 점은 겉으로 보이는 평온한 일상 밑으로 우리의 내면을 침식해 들어오는 죽음의 그림자를 감지하고 그것을 의식하게 한다는 데 있다. 이 작품에서 '아이의 외출'과 '공사장의 불도저 소리'는 죽음이라는 사건과 관련 있을 것으로 예감되고, 남편의 존재는 일상의 깊은 늪이 지닌 삶의 공허함을 상징적으로 보여준다. 그래서 실제로 그녀가 아이를 찾아 나섰음에도 불구하고 헛된 결과를 가져올 것이 예견되고 또 그녀가 부르는 "기주야"라는 외침이 절망적인 외침으로 들리는 것이다. 여기에서 자폐증을 앓고 있는 아이는 대단히 상징적이다. "정말로 자기 자신 세상을 거절한, 세상에 대해 문 닫아버린 아이"는 어쩌면 주인공 자신이 역설적으로 빠져버리고 싶은 "절대적인 고독과 평화"의 상징으로 보이기 때문이다.

그러나 그녀가 자신의 내면에서 느끼고 있는 죽음의 그림자를 제거하기 위해 끊임없이 노력했음에도 불구하고 그녀가 발견하게 되는 것은 결국 죽음이다. "창으로 얼굴을 내밀던 연희는 저도 모르게 아, 비명을 지른다. 둥글게 남아 있던 산은 자취 없이 사라지고 휑하니 뚫린 벌판이 낯설고 돌연한 침묵으로 감지되었던 것이다"라고 함으로써 독자로 하여금 아이의 죽음을 전율로 느끼게 할 뿐 아니라 산의 사라짐처럼 우리 정신의 죽음도 갑작스럽게 감지되는 것임을, 그리하여 비어 있는 풍경이 텅 빈 내면으로 환치되는 묘사의 아름다움을 느끼게 만든다.

문학이 내면의 죽음의 그림자를 거두게 할 수 있는 것은 이처럼 일상적인 생활 속에서 존재하지 않는 듯 흘려보내는 삶의 순간마다 죽음이 존재하는 것을 끊임없이 의식함으로써 가능하다. 이러한 의식의 내면화는 이 작가가 다른 작가보다 더 심한 경우에 속하지만 그것은 소설에 대한 그의 의식이 그만큼 투철하다고 해도 지나치지 않다.

4

이문열은 다작에도 불구하고 타작이 드문 작가이다. 특히 전통적인 세계를 다룬 그의 장편소설들에서 볼 수 있는 예리한 선비 정신과 보수적인 문체는 한국인의 삶을 이해하는 데 도움을 주고 있으며, 작품집

『금시조』에 실려 있는 단편들은 소설의 여러 가지 기법을 시험하면서도 모두 어느 정도의 수준을 유지하고 있다는 점에서 한국 소설을 이해하는 데 도움을 준다.

이러한 작가적인 재능으로 볼 때 「두 겹의 노래」는 특이한 작품이면서도 특출한 소설이라고 할 수는 없다. 이 작품은 3년 전부터 만난 두 남녀가 마지막 정사를 벌이고 헤어지는 장면을 대단히 환상적으로 그린다. 여기에서 환상적이란 이들의 육체에 관한 서술이 즉물적이 아니라는 것을 말한다. 다시 말하면 이들의 육체는 때로는 화석의 형태로 서술되기도 하고, 때로는 식물의 형태로 서술되기도 하며, 때로는 세포의 형태로 묘사되기도 하고, 때로는 동물의 형태로 묘사되기도 하면서, 시간과 공간을 실제보다 더 확대하기도 하고 축소하기도 한다. 이러한 환상적인 서술은 이 작품의 상황을 불투명하게 만들고 있다. 우리가 어렴풋이 짐작할 수 있는 것은 이 두 남녀가 주고받는 대화 속에서 일종의 지독한 허무주의에 빠져 있다는 사실과, 그로 인해 생겨난 슬픔을 잊기 위해 성합을 나눈 다음 헤어진다는 사실과, 두메산골의 수몰 지구에서 상경하여 호텔 벨보이로 일하다가 입대하게 된 청년이 목격자가 되었다는 사실 등이다. 그러나 이 세 가지 사실을 중심으로 이 소설의 환상적인 상황과 사실적인 상황을 대조해볼 때 소설 전체를 지배하고 있는 두 남녀의 이야기와 소설의 마지막 단에 나오는 '김시욱'의 이야기는 현실의 이원적인 모습과 다르지 않다. 그것은 마치 남자가 비관적인 비전을 소유하고 있는 반면에 여자가 낭만적인 비전을 드러내고 있는 것과 마찬가지로 삶이 지닌 두 가지 양상의 동시적 제시라고 할 수 있다. '자유/구속' '삶/죽음' '주인/노예' '실상/허상' 등 서로 모순되고 대립되는 요소들이 함께 있는 것이다. 그래서 이 두 사람은 다음과 같이 말한다.

> "성녀(聖女)였고…… 요부였지."
> "기사(騎士)였고 치한이었지요."
> "축복이고…… 저주이기도 했지."
> "기쁨인 동시에 괴로움이었지요."
> "도취이고 환멸이었지."
> "모든 노래는 두 겹이지요."

이 '두 겹'의 양상이 사회적으로는 호텔에 투숙한 손님과 호텔의 벨보이 사이에서도 나타난다. 수몰 지구의 산골에서 상경하여 몇 달 뒤 입대하게 된 호텔 벨보이에게는 두 남녀의 세계가 현실이 아니라 환상의 세계로 보였을 것이다. 그렇기 때문에 이 작품은 마지막 문단만이 사실적인 서술이 가능했을 뿐 전체가 환상적인 서술로 이루어진 것으로 보인다. 이러한 소설적 실험이 보다 과감하게 이루어질 때 새로운 소설이 가능하다.

5

박태순의 「잘못되어진 이야기」는 시골 출신의 인물들이 '서울에 남는 일'에 어떤 식으로 성공하고 있는지 보여준다는 점에서 대단히 흥미롭다. 대학 시절에 향우회 회장을 지낸 주인공이 그 당시 젊음을 함께 누렸던, 이제는 중년 부인이 된 여자들을 만나게 되는 이 작품은, 어쩌면 작가 자신이 젊은 시절부터 '속물'로서의 삶을 의식하고 그것을 극복하고자 한 작가 의식의 발전적인 모습을 제시하고 있는지도 모른다. 주인공 자신이 "젊은 세대의 역사의식 완수 사업에서 손만 댔다가 겁에 질려 도망쳐버린" 과거와, "향우회 회장에게 걸었던 고향 사람들의 기대를" 저버리고 고향 사람들 앞에 나타나지 않는 현재의 삶 속에서 '잘못된 삶'을 발견하고 있는 것은 주인공이 중년의 나이에 접어들었음에도 불구하고 자신의 순응주의적 삶을 의식하고 있기 때문이다. 주인공은 "옛날처럼 이취가 되도록 술에 적셔"져 보지도 못하고 "세상의 유능함을 자신의 무능과 무력함으로 확인하는 기준을 삼으면서" "자기 자신만 질근질근 껌처럼 씹어대고 있을 뿐" 이제 절망이 삶의 방식이 되어버린 것이다. 이러한 주인공이 어느 날 만난 옛날의 여자 친구들에게서 발견하게 되는 삶도 절망의 방식과 다르지 않다. "여자라는 게 섹스 시장에 내놓은 상품처럼 여겨지는 세상에" 자신의 값을 최대한으로 올려놓은 '유명심'은 아내로서의 자신의 존재 이유가 "호화 주택을 건사해서 살아가자면 식모에 정원사에 운전사에 보일러공이 있어야 되는 것과 마찬가지"의 논리를 지니고 있다는 것을 발견하고, "남자로 하여금 주색잡기를 마음껏 해주도록 하기 위한 명분으로서의 아내의 존재"가 "하나의 가재 집물과 같은 존재"임을 자각하게 된다. 이러한 자각은 그녀로 하여금 이혼에 이르게 하는데, 그러나 가정으로부터의 탈출이 곧 그녀에게 사람다운 삶을 보장해주지 않는다는 데 비극적인 운명이 있다. 그렇기 때문에 그녀는 "노예로 살았던 자들이 해방이 되면 사람답게 사는 줄 아니? 천만에, 한바탕 마당극부터 끝없이 놀아나고 보는 거야. (중략) 옷을 벗으면 몸뚱이가 해방되는 거구 탈을 쓰면 신분으로부터 해방되는 거야"라고 말하는 것이다. 그것은 '황애재'의 말처럼 "남성 우위의 사회에서 여자가 일종의 노예적 존재에 불과하다"라는 현실의 체험을 통한 것이다. 그러나 이러한 현실의 체험은 억압적인 존재로서의 남성의 군림이 여성의 자유와 해방의 적으로 작용하고 있는 것처럼 우리의 삶 자체가 당하고 있는 억압과 구속의 현실을 다시 체험하게 한다. 다만 다른 것이 있다면 주인공의 옛날 여자 친구들은 현실이 그들의 허위의식이라는 것을 발견하자 그 현실을 벗어나기 위해 가정을 버린 반면에 주인공 자신은 무능하고 비겁한 소시민으로 남아 있다는 사실이다. 이러한 사실은 주인공으로 하여금 현실뿐만 아니라 자기 자신에 대해서 절망을 하게 만든다. 그러나 주인공은 자신의 절망이 황애재의 자포자기와는 달라야 한다는 자각에 도달함으로써 제대로 된 삶을 살지 못한다고 해서 그 이야기마저 제대로 되지 않는 문학의 현실을 제시하고 있다. 그러한 문학적 현실의 제시는, 절망 속에서도 자포자기하지 않는 주인공의 힘찬 걸음이 제대로 된 이야기, 나아가서는 제대로 된 삶을 발견하게 되었으면 하는 우리의 바람을 불러일으킨다. 왜냐하면 '아 참 그렇구나'라는 깨달음과 마찬가지로 그것은 마치 존재하지 않는 듯 현실에 맡겨진 우리 자신의 삶을 해방시키는 것이기 때문이다. 중요한 것은 우리의 현실이 힘의 억압을 받고 있고 그것의 지배를 받고 있다는 사실을 자각하는 데 있다. 그러한 자각을 통하지 않고는 우리의 비존재를 존재로 바꿔놓지 못하고, 우리의 내면에 자리 잡고 있는 죽음의 그림자를 내쫓지 못하기 때문이다.

6

소설이 근대적인 문학 장르로서 힘을 발휘하게 된 것은 현실에서 볼 수 있는 인물을 소설 속에 수용할 수 있기 때문인 듯 보인다. 그 인물은 사회의 변화와 함께 이룩된 개인 삶의 양상의 변화와 마찬가지로 소설의 역사 속에서 존재 양상의 다양화로 끊임없이 나타나고 있다. 바꾸어 말하면 소설이 지닌 묘사적인 기능의 무한한 가능성이라고 일컬을 수 있을 것이다. 그렇기 때문에 소설은 어느 시대에나 혹은 어느 사회에서나 이미 존재하는 어떤 것을 묘사하거나 존재할 수 있는 어떤 것을 묘사하는 듯 보인다.

그러나 소설이 묘사한 것이 존재한 어떤 것이든 존재할 수 있는 어떤 것이든지 간에 사실은 작가의 상상력의 산물에 지나지 않는다. 다만 그것을 읽는 독자가 자신의 체험을 토대로 그 상상력의 산물을 현실로 받아들이는 것이고 작가도 그것을 전제로 글을 쓰는 것이다. 이러한 작가와 독자의 관계를 주목하다 보면 소설이란 한편으로는 현실과 가장 가까운 것을 묘사하고자 하면서 다른 한편으로는 현실 이상의 어떤 것을 이야기하고자 하는 것임을 깨닫게 된다. 그러나 우리의 삶의 현실이란 작가가 묘사해놓은 것처럼 그렇게 이로정연하지 않고 혼란되고 모순된 것이다. 바로 그러한 혼란과 모순 때문에 고통스럽고 괴로운 현실을 극복하기 위해 작가는 무질서해 보이는 현실에 질서를 부여하는 사람이다. 이때의 질서는 닫혀 있는 하나의 질서가 아니라 열려 있는 복수의 질서인 것이다.

작가의 역할을 이러한 관점에서 파악했을 때 정종명의 「이명」을 들 수 있다. 이야기 자체는 우리 주변에서 흔히 볼 수 있는 회사원의 승진을 계기로 한 회사 안에서의 인간관계로 요약될 수 있다는 점에서 새롭지 않을 수도 있다. 주인공 '하기석'은 세 번의 '이명'을 체험하게 된다. 처음의 이명은 자신이 부장으로 승진한 다음 동료 사원들이 사장과 자신에 대한 비판을 하고 있는 자리에서이고, 두번째는 친구인 사장으로부터 고참 사원에 대한 비판을 듣게 된 자리에서였으며, 세번째는 상사인 기획실장으로부터 모욕을 느낀 자리에서였다.

여기에서 말하는 이명은 "손바닥으로 양쪽 귀를 힘껏 틀어막았을 때와 흡사한 울림이 머릿속에 가득히 들어차면서 갑자기 눈앞이 어지럽고 정신이 혼미해졌다. 마치 바닷가 소나무 숲을 스쳐가는 바람 소리 같기도 하고 이제 막 모퉁이를 돌아오기 직전의 지하철 전동차 바퀴 구르는 소리 같기도 한 이상한 이명이 우렁우렁 머릿속을 채우는 것이었다"라는 점에서 개인이 지닌 질병에 해당하지만 그 질병의 발생이 대인관계 속에서 발생했다는 점에서 사회적인 의미를 띤다. 물론 이처럼 사회적인 의미를 띤 질병이란 이 작가가 처음 다룬 것은 아니다. 가령 서정인의 중이염이라든지 이청준의 딸꾹질 등과 같이 질병이 소설의 중심 모티프가 된 것은 오히려 현대 소설의 중요한 양상이다. 여기에서 경계해야 할 점은 사회적인 문제를 개인의 심리적 결함이나 육체적 질병으로 대체시켜버리는 은폐 행위일 것이다.

작가 정종명은 이 작품에서 바로 그러한 함정에 빠지지 않으면서 주인공이 회사 안에서 겪는 운명의 변화를 세 번의 이명을 중심으로 설득력 있게 묘사하는 재능을 보여준다. 그것은 주인공이 살고 있는 세계가 우연의 지배를 받고 있는 사회이면서 동시에 개인의 존재가 주어진 일에 대한 능력으로 평가되기보다는 소속된 조직체의 변화에 따른 이용가치에 의해 평가되고 있는 사회임을 드러내는 데서 보인다. 주인공의 운명은 자신의 의사와는 상관없이 부장으로 승진되면서 다른 동료들의 질시의 대상이 되었다가, 사장이 내쫓고자 하는 '서 과장'을 옹호하는 입장이 되었다가, 결국 다른 동료들의 집단 행위에 속죄양으로 전락하고 있다. 이른바 조직체 속에서 펼쳐지는 삶의 부조리를 보여주는 이 작품은 "삶이란 코미디에 지나지 않는다"라는 식의 비극적인 세

계관에 입각해 있으면서도 그래도 '살 만한 가치가 있는 삶'이라는 긍정의 가능성을 엿보게 한다

7

최수철의 「공중누각」은 대단히 특이한 작품이다. 이른바 전통적인 소설의 독서에만 익숙한 독자는 접근하기에 대단히 힘들 정도로 이 소설에는 흔히 말하는 '이야기'가 거의 배제되다시피 되어 있고, 주인공 자신의 행동이 '무엇'을 표현하기 위한 한 가지 목표로 집약되어 있지 않으며, 주인공의 눈에 비친 모든 사물이 지나치게 자세하게 묘사되어 있어서 독자의 독서 습관으로는 받아들이기 거북하기까지 하다. 일반적으로 독자들이 기대하는 사물에 대한 묘사는 그것이 무엇을 표현하기 위한 것이기를 바라기 때문에 어느 수준 이상으로 자세한 것이 되거나 어느 정도 이상으로 간단한 것이 되면 독자들로부터 배척을 받는다.

> 그러나 그가 점점 더 안구에 힘을 줌에 따라 그물 사이의 미세한 각각의 조각들도 차츰 그 윤곽을 드러내기 시작했다. 그리고 그 풍경의 부분들은 나일론 그물의 날과 올 덕분에, 그것들이 속해 있는 담벼락이나 줄장미, 은행나무 등등의 전체에서 독립하여, 모두 나름의 색깔과 소리와 냄새의 독특한 성질을 가지면서 이를테면 감각의 무정부 상태를 준비하기 시작했다. 맞은편 건물 중앙에 붙어 있는 창문의 푸른색이 게릴라처럼, 아니면 인디언 전사처럼 그물코를 타고 조금씩 확산되어 나가다가 줄장미의 붉은색과 초록색에 부딪혀 갑작스럽게 원래의 크기대로 수축되어버리고 줄장미의 붉은색과 푸른색은

바람 탓인지 가볍게 몸을 움직이면서 원숭이처럼 그물눈의 이쪽에서 몇 간 건너 저쪽까지 넘나들고 있었다.

잠에서 깬 주인공이 방충망을 설치해놓은 창문을 통해 나무와 꽃이 있는 정원을 바라보고 있는 모습을 그린 이 묘사는 사물을 바라보는 사람의 심리나 의도로 그리는 것이 아니라 눈에 비친 그대로 그리고 있다. 원래 소설에서 사물의 묘사가 주인공의 삶을 서술하기 위한 것이라면 이러한 객관적인 묘사도, 혹은 이처럼 자세한 묘사도 그러한 기능을 수행할 수 있다. 다만 다른 점이 있다면 이와 같이 건조한 묘사는 적어도 눈에 보이는 것 외에는 그 어느 것도 신뢰하지 않으며 눈에 보이는 것을 통해 낭만적 환상에 빠지지 않으려는 의지가 감추어져 있는 것이다. 그러니까 소설이라는 제도적인 장치에 의해서 묘사가 빠져 있는 의미의 세계로부터 가능하면 밖에서 주어진 의미를 제거하고 사물을 있는 그대로 나타나게 하려는 이러한 시도가 실제로는 더욱더 '뒤죽박죽'이 되고 더욱 혼란 속에 빠지게 되는 체험을 하게 된다. 이 소설의 줄거리는 주인공 '방기본'이 아침에 일어나서 세수를 하고 아침을 먹고 신문을 보고 상념에 잠겼다가 외출을 하고 전화박스에 들어가 전화를 걸고 길을 산책하고 외국 재단에 의해 만들어진 문화단체의 자료실에 들어가 독서를 하고 잠시 졸고 자료실을 빠져나와 공중전화 박스에서 전화를 걸고 산책을 하다가 다방에 들어가고 수첩 속에 끼어 있던 옛날 사진을 찢어버리고 다시 전화를 걸고 차를 마시고 다방의 겉창을 가린 커튼을 걷어서 사람들을 놀라게 하고 다방을 나와 소주를 마시고 공중전화 박스에서 전화번호부를 떼어 들고 산으로 올라가 구덩이를 파고 그곳에 음식물을 토하고 쓰러져 잠드는 것으로 끝난다.

이것은 삶의 아무런 의미를 발견하지 못하고 방황하는 젊은이의 일상적인 하루이다. 여기에는 기존의 윤리나 가치가 끼어들지 못하고 모든 행동이 확실성과 안정성과 순수성을 잃어버리게 된다. 이것은 '엉터리 이야기를 함'으로써 독자들을 안심시키고 환상적인 거짓을 진실로 받아들이게 되는 소설을 거부하는 방법이다. 의자에 앉아 있는 사람의 몸을 세 개의 마디를 지닌 소시지 덩어리처럼 보는 작가의 시각은 거짓 이념에 젖어 있는 독자의 의식에 일단 충격을 줌으로써 그것이 거짓임을 깨닫게 한다. 이러한 충격은 보다 집중적으로 그리고 방법적으로 탐구될 필요가 있는 것으로 보인다. 〔1983〕